둘이서
다섯처럼

둘이서 다섯처럼

발행일	2017년 10월 18일		
지은이	임 다 슬		
펴낸이	손 형 국		
펴낸곳	(주)북랩		
편집인	선일영	편집	이종무, 권혁신, 최예은
디자인	이현수, 김민하, 한수희	제작	박기성, 황동현, 구성우
마케팅	김회란, 박진관, 김한결		
출판등록	2004. 12. 1(제2012-000051호)		
주소	서울시 금천구 가산디지털 1로 168, 우림라이온스밸리 B동 B113, 114호		
홈페이지	www.book.co.kr		
전화번호	(02)2026-5777	팩스	(02)2026-5747

ISBN   979-11-5987-788-9 03810(종이책)   979-11-5987-789-6 05810(전자책)

이 도서의 국립중앙도서관 출판예정도서목록(CIP)은 서지정보유통지원시스템 홈페이지(http://seoji.
nl.go.kr)와 국가자료공동목록시스템(http://www.nl.go.kr/kolisnet)에서 이용하실 수 있습니다.
(CIP제어번호 : CIP2017025689)

(주)북랩 성공출판의 파트너

북랩 홈페이지와 패밀리 사이트에서 다양한 출판 솔루션을 만나 보세요!

홈페이지 book.co.kr   •   **블로그** blog.naver.com/essaybook   •   **원고모집** book@book.co.kr

이념과 사랑 사이에서
고뇌하는 한 외화벌이
북한 청년 이야기

둘이서

다섯처럼

임다슬 장편소설

북랩 book Lab

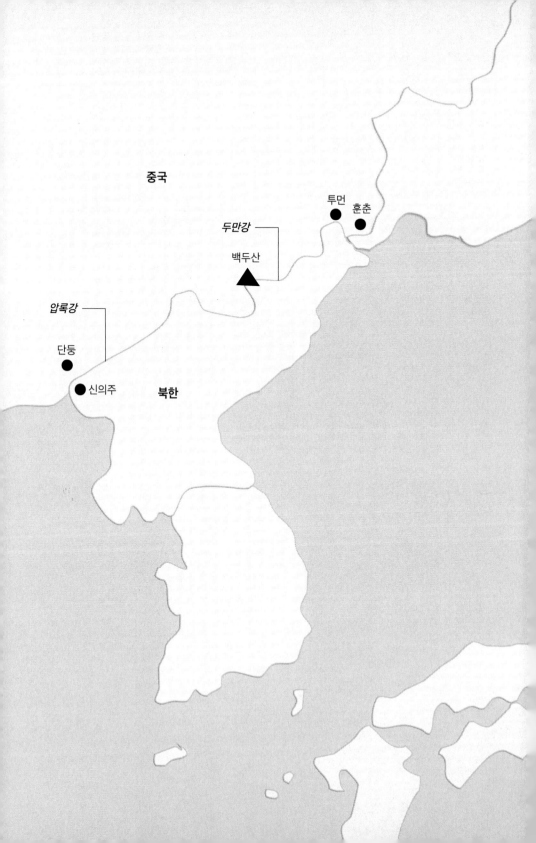

책머리에

　생존전선에서 치열하게 몸부림치며 운명에 맞서는 젊은 남녀가 남, 북한이 함께 가는 길에는 여러 가지 좋은 것들이 많다고 하네요. 허구를 빚어 엮는 소설이라는 공간에서 그들이 들려주는 이야기에 귀 기울여 보시겠습니까.

프롤로그

'대륙에서도 하루해가 지는 것은 마찬가지야.'

일과가 거의 끝나갈 무렵 철민은 약간은 경건한 감정에 사로 잡혀 먼 하늘을 바라보며 흐뭇한 감상에 젖었다. 뉘엿뉘엿 지는 해와 함께 대륙에서 불어오는 신선한 바람은 공사현장의 열기를 식혀 주고 있었고 점점 넓게 퍼져 나가는 땅거미는 어슴푸레한 빛깔로 현장과 세상을 차분히 마감해 주고 있었다. 하지만 중장비의 운전대를 잡고 있는 철민의 두 눈은 창공의 끝을 쫓아가는 소년처럼 충만한 기상으로 번들거리고 있었다. 그는 단지 근로가 즐거웠고 지는 해가 아쉬웠다. 다만 남아 있는 인부들도 얼마 없어서 쓸쓸한 현장에 그가 운전하는 지게차의 그림자는 처량하게 길게 늘어져 보였고 둔탁한 기계음은 마지막 투혼을 발휘하는 마라토너의 숨소리처럼 들렸다. 아무래도 누군가가 그의 의욕을 잠재워 줘야 할 것 같았다. 동료 한 명이 나타나 늦었으니 그만 가자고 손짓한다.

'로동의 대가는 렬심히 하는 과정 속에서 우연히 얻는 산물일 뿐이지 그 자체가 목적일 수 없다고. 거의 다 끝나 가는데 하던 거나 마저 하지.'

저 멀리서부터 대륙을 덮어 오는 저녁놀만이 아쉬움으로 가득한 그의 마음을 어루만져 주었다.

현장사무소에 가 보니 반원들은 벌써 다 모여 있는데 다들 표정이 밝았다. 여기저기서 담배 연기가 올랐고 즐거운 대화소리가 방 안을 가득 메웠다. 왜 아니겠는가? 오늘이 급료를 받는 날인데… 모두에게 즐거운 날이었고 철민 또한 괜스레 흥분해서 몸과 마음이 달아올랐다. 그도 중국에 와서 돈에 대한 집착이 강해진 것만은 틀림없는 사실이었다. 지장을 찍고 금액을 확인해 보니 당에 내야 하는 돈을 빼고도 신의주에서 받았던 금액보다 몇 배가 많았다. 거기다 중국 돈이었다! 가난으로부터 자신을 구원해 주리라는 부푼 꿈을 안고 왔는데… 역시 압록강 건너기를 백 번 잘했다고 스스로 만족하며 철민의 굳은 얼굴에도 모처럼 환한 미소가 그려졌다.

"동무들. 그동안 고생들 많았소. 사흘 련속 야간작업을 했더니 다들 얼굴이 말이 아니네. 급한 대로 철근공사는 다 끝냈으니까 래일은 하루 쉬도록 하겠소. 이제 그만 숙소로 돌아갑시다."

급료에 휴식까지… 여기저기서 가벼운 환호성이 터져 나왔고 철민도 소리 내어 크게 웃었다.

"철민아. 래일 압록강변에 산보나 가자. 로임도 받았는데 가볍게 술도 한잔 걸치고…"

목 차

제1화
압록강을 함께 품은 쌍자도시

'음…. 조각상의 균형이 아주 잘 맞고 여기 강변에 딱 어울리는 몸짓이야. 무엇보다 비둘기를 하늘 높이 날려 보내는 녀인의 손끝이 주제를 훌륭하게 상징하고 있어. 배경으로 분수가 솟아오르면 상단의 비둘기가 단연 돋보이겠는걸. 멋진 조각상이야! 강바람만큼이나 신선해.'

조화를 통해서 역동적으로 뭔가를 간구하는 작가의 의도는 그에게도 충분히 익숙했던 경험인지라 철민은 쉽게 공감대를 형성할 수 있었다. 그는 작가의 숨결을 느끼며 작품에 몰입하였다. 그리고 조각상의 가냘픈 손길에 자꾸 시선이 꽂히면서 뭉게뭉게 호기심이 꽃피기 시작했다.

'과연 저런 식으로도 가능할까?'

'저런 표현으로도 장군님께 다가갈 수 있을까?'

생각이 깊이를 더해가며 철민은 마음속 깊은 곳의 가장자리를 걷고 있었다. 그의 볼을 세차게 때리는 강바람만 아니었더라면 즐거운 상념이 계속 이어졌을 텐데…. 갑자기 불어온 매서운 바람에 철민은 목을 잔뜩 움츠리며 옷깃을 세웠다.

'강변이라 그런가? 날씨가 심술을 부리네.'

바람을 피해 강변의 맞은편을 바라보니 쾌청한 날씨라 신의주가 손을 뻗으면 닿을 듯이 가까워 보였다. 철민은 두 눈을 감고 정신을 집중하여 조각상의 그 가녀린 손끝에 주문을 걸어보았다. 그리고 살며시 눈을 떠보니 오래전에 꿈꿨던 세계가 펼쳐졌다. 조각상 뒤의 분수들이 일제히 하늘을 향해 치솟아 오르며 행사장의 전면을 장식하고 있는 자신의 작품을 발견할 수 있었다. 조각상을 중심으로 군집한 인민의 행렬이 끝도 보이지 않을 만큼 인산인해를 이루고 있었지만 자신의 작품 아래서 모두 질서정연하게 정렬해 있었으며 장엄하리만치 일사불란한 '힘'과 '충성'의 위세는 그들 사이에서 '조화'와 '균형'으로 전체 모습을 수놓고 있었다. 철민은 벅차오르는 감정에 도취되어 현실을 잊은 채 마음속의 세계에 몰입해 버렸다. 광장을 뒤흔드는 수많은 충성의 구호와 횃불 속에서, 포효하는 함성 속에서 그리고 번득이는 군도 속에서 오로지 지도자동지만을 바라보며 친구와 가족에 대한 모든 책임과 의무를 포기한 채, 가슴속에선 진리라 부르짖는 모든 규범과 상식들을 외면한 채, 완전한 절망 속에서 수령님에게 도약하는 장관을 꿈꾸었던 그때의 감동이 그대로 느껴졌다.

'할 수만 있다면 나도 조각상의 손끝이 가리키는 저 높은 곳으로 비상하고 싶다.'

현실로 돌아온 철민은 사방을 둘러보고는 깊은 한숨을 내쉬었다. 환영은 곧 사라졌지만 잠시나마 낭만을 만끽할 수 있어 즐겁고 행복했다.

'단지 강 하나를 건넜을 뿐인데…'

철민은 신선한 일탈을 맛보며 강변의 신선한 봄바람을 만끽했다. 그는 한동안 맞은편의 고향 땅을 바라보며 상념에 잠겼다.

"철민아. 이제 그만 가자. 이러다 해 떨어지겠다."

깜짝 놀란 듯 주변을 둘러본 철민은 비로소 이곳이 중국이란 것을 깨달았다.

"어, 그래. 가자."

돌아서는 발걸음이 못내 아쉬운 듯 철민은 조각상을 돌아보며 씨-이익 웃었다.

'덕분에 즐거웠어.'

"강바람 맞으며 무슨 생각을 그렇게 했냐?"

"별거 아냐. 그저 집 생각이 나서 압록강에 시름을 달래봤어."

"그러냐. 그런데 한 달 지내보니 어떠냐? 할 만하냐."

"두말하면 잔소리 아니겠냐. 작년에도 기회가 있었는데 '진작 올 걸…' 하는 아쉬운 마음이 종종 들곤 한다. 거기서 어쭙잖게 간부 한답시고 굶어 죽느니 차라리 여기서 돈 벌어 가지고 가족들 먹여 살리는 편이 훨씬 보람찬 일 아니겠냐."

"아! 그래서 좀전에 그렇게 신의주 쪽을 망연히 바라봤구나. 그래, 집에 송금 많이 했냐?"

"여기서 돈 쓸 일이 뭐 있겠냐? 고저 생활비 빼고는 다 보냈어. 그나저나 중국이 언제부터 이렇게 별천지가 됐냐? 신의주에서 멀리 볼 때도 '불빛이 참 화려하구나!' 혼자 생각했었는데 막상 와서 거리를 거닐어 보니까 '세상천지에 이런 데도 있구나!' 하는 일종의 경외감이 다 든다. 정말이지 요즈음 중국에는 물자가 넘쳐나는가 보다."

철민은 노점대에 진열되어 있는 알록달록한 물건들에서 눈을 떼지 못했다.

"그럼 로임 받은 걸로 시원하게 한 번 써보지 그러냐."

"돈 쓰는 게 다 뭐냐? 난 고저 고향생각 때문에 아직도 밤잠을 설치곤 하는데…. 그런데 오늘 송금도 했는데 집에 전화 한 통화 할 수 없겠냐?"

무심히 걷는 동료의 입가엔 미소가 늘어졌다.

"있기는 하다만 쉽지는 않아. 반장동지가 허락을 해 주어야 하는데 너노 한 날 넘세 봐서 알겠지만 뚜렷한 사유가 없으면 편의를 봐주는 일이 거의 없거든. 어쨌거나 나랑 같이 가서 사정 한 번 해보자."

"고맙다. 신경 써 줘서."

아직도 철민에게는 중국이 낯설었고 보이는 모든 것이 신기하기만 하여 길을 가면서도 정신없이 두리번거렸다.

* * *

중국에 와서 처음으로 허락받은 외출이었고 즐거운 하루였다. 그래서인지 오늘 밤은 땀내음에 절은 모포시트에 맡긴 몸이 깃털처럼 가볍게 느껴졌다. 이맘때면 철민은 무의식적으로 하루일과를 정리했다.

'엊그저께 중국 공안이 왜 왔을까? 반장이 바짝 긴장하던데 잘 해결되기는 한 걸까? 그나저나 공기 못 지키면 중국에서는 벌금을 물어야 한다는데 래일은 차질 없이 진행할 수 있으려나?'

철민은 몸을 뒤척이며 가로누웠다.

'나야 뭐 별수 있나? 그저 나라가 어려워서 온 거고 돈이나 좀 벌어 가면 되는 거지. 다 잘 될 거야.'

철민은 다시 바로 누우며 잠을 청했다. 그런데 잠깐 눈 좀 부쳤을 뿐인데 무엇에라도 놀란 듯 갑작스레 눈을 떴다. 그리고 엄습한 한기에 '부르르' 몸을 떨며 창문 쪽을 바라봤다. 평생 몸에 익은 합숙생활이라 그는 습관적으로 아래 칸의 동료부터 살폈다. 다행히 잘자고 있었고 방 안은 고요했다. 심지어 이곳이 남의 나라라는 사실이 실감이 안 날 정도였다. 바깥 창문을 닫고 의자에 앉은 철민은 오늘 할 일을 떠올리며 정신을 집중했지만 친근하고도 적막을 깨는 나지막한 목소리가 그를 방해했다.

"철민아. 오늘 타설작업 하냐?"

"어. 일어났냐. 미안하다 깨워서. 근데 어제 왜 창문은 열어놓고 잤냐? 객지에서 감기라도 걸리면 어떡하려고."

철민은 침대로 돌아와 다시 누웠다.

"아. 어제 담배 한 대 피느라고 창문을 열어놨었지. 닫는 것을 깜빡했구나. 미안하다. 근데 진짜 오늘 타설작업 하냐?"

"낸들 알겠냐? 원래는 오늘 하기로 돼 있었는데 여기도 공사일정이 틀어지기는 신의주 못지않더라. 왜 장화 때문에 그러냐? 혹시 현장에 없으면 낭패 보니까 한 번 가져가 봐."

시계를 보니 벌써 새벽녘이었다.

'잠은 다 잤구나.'

이불을 갠 후 주섬주섬 옷을 챙겨 입고 창밖을 보니 바깥은 아직도 어두컴컴하였지만 어디선가 들려오는 경적소리는 새날의 약동하는 기운을 느끼게 해 주었다. 눈을 뜨면 철민은 습관적으로 주전자에서 물을 한 잔 따라 마셨다. 언제나처럼 온몸에 생기가 돌며 힘이 솟았다. 그리고 하루일과가 떠올랐다. 철민은 차분히 공사 진행을 가늠하며 한참 동안 생각에 잠겼는데 바깥세상도 서서히 자신의 형체를 드러내기 시작했다. 오늘도 어김없이 떠오르는 먼동은 그의 등을 떠밀었고 새벽을 비추는 서광은 그의 뇌리를 적셔 주었다.

* * *

철근을 엮는 철민의 손도 열심이었지만 반원들 모두가 일심동체가 된 공사현장은 열기가 사뭇 뜨거웠다.

"어이! 좀 더 내리라우. 높이가 안 맞아. 그리고 이게 뭐야? 여기는 아직도 안 끝났잖아. 여기 담당이 누구야?"

"빈강동지. 지재기 없어서요. 오후에는 물건이 온디고 히니끼 오늘 중으로는 끝내겠습니다."

'그나저나 어휴! 이 많은 걸 나 혼자 해.'

"철민아. 지게차 좀 써야겠다."

"나도 바빠. 이거 끝나면 바로 갈게."

"승재야. 아래층에 가보면 자재 쌓아 놓은 거 있어. 전부 이리 가져와. 오늘 중으로 거푸집 일 마무리해야 돼."

반장은 공사 진행에 여념이 없었는데 언제나 솔선해서 열심히 일했고 반원들을 독려하며 현장 일을 진두지휘했다. 그리고 막간을 이용해서는 정신교육에도 열심이었다.

"수령님께서는 '신용을 지키는 일이 무엇보다 중요하다'고 말씀하셨지요. 무슨 일이 있어도 작업과제를 기필코 완수하여 수령님의 교시를 철저히 이행하도록 합시다."

그날도 철민과 반원들은 모두 야근을 했는데 다들 야간작업에는 인이 박여 있었다.

전등불빛 아래에서 밤의 적막을 깨는 소리에 빠져들 때면 철민은 언제나 색다르고 묘한 기분을 느껴왔다. '노동의 진수'라고나 할까? 강을 건너기 전의 현장에서는 '추위와 배고픔'을 잊기 위해서 노동에 몰입해야 했다. 그렇게 일단 빠져들면 현실의 고난은 불빛 속으로 녹아들고 일을 즐길 수도 있었다. 그러나 여기서는 최소한 춥지도 않고 배고프지도 않았다. 둔탁하게 들리는 작업음은 모두의 시간관념을 무디게 만들었으며 달빛과 별빛 그리고 현장을 비춰주는 전등불빛은 인부들을 모두 무대 위에 올려놓은 듯 싶었다. 그들이 내뿜는 긴 한숨은 어둠을 배경으로 선명한 자국을 남겼고 현장의 열기는 절정으로 치닫고 있었다.

"철민아. 야식 왔다. 가서 좀 들어라."

"그러냐. 그런데 이제 대충 정리해야겠다."

일과를 끝낸 후 한잔 술은 하루의 피곤을 씻어주는데 작업등이 밝혀주는 한쪽 구석에 자리 잡고 앉아 달빛을 안주 삼아 기울이는 술잔은 감칠맛이 더 했다.

'둘만의 송별회인가…'

"승재야. 이렇게 석별의 정을 나누는 것도 괜찮지 않냐."

"어차피 일 년 후에 다시 올 건데 석별의 정은 무슨…"

"아무쪼록 거기 가면 몸 건강히 잘 지내라. 돈도 많이 벌고…. 근데 련변에서 근로인민을 보내 달라고 했대냐?"

"그런 것 같더라. 어제 반장동지가 급히 찾더라고."

"련변까지는 천릿길도 넘는데 이것저것 준비하느라 오늘 밤은 바쁘겠다. 내가 뭐 도와줄 일은 없냐?

"준비할 게 뭐 있겠냐. 그냥 내가 쓰던 연장하고 옷가지나 들고 가면 되는데…. 말만이라도 고맙다. 철민이 너도 건강 조심하고 명년 이나 볼 텐데 좋은 모습으로 다시 만나자."

접경지역에서 조선근로인민의 노동력은 훌륭하기로 정평이 나 있었고 나름대로 신용도 쌓고 있었다. 다만 상부의 명령에 따라 좋은 노동력과 기술이 십분 발휘되지 못하는 경우가 종종 있어 철민은 그 점이 안타까울 뿐이었다.

* * *

"수고하십니다. 고저 오늘 물건 좋습니까?"

"아, 안녕하세요. 조선아저씨. 여기 물건들 다 오늘 새벽에 온 것들 이에요. 얼마나 싱싱하고 좋은데요. 근데 이 시간에 웬일이에요. 오늘은 비가 와서 그냥 쉬는 거예요?"

"하하! 예. 그럼 이걸로 좀 싸게 주세요."

숙소에서 철민의 생활은 단조로웠다. 쉬는 날에도 제일 먼저 일어나 재래시장에서 부식을 사오고 숙소를 정리하고 동료들의 점심을 챙겨주고… 하지만 이렇게 틀에 박힌 부지런함도 그에게는 단지 일상이었다. 그리고 중국에 온 지 며칠 지나 철민은 그들과 소통해야 할 필요를 절감했다. 그래서 틈만 나면 중국어를 공부했고 소리 내서 따라했다. 그날도 나른한 오후 철민은 피곤도 잊은 채 '중국어 삼매경'에 빠져 누가 살며시 다가오는 것도 눈치채지 못했다.

"동무. 뭐에 그렇게 렬심이야?"

철민은 흠칫 놀라며 멋쩍어했다.

"반장동지시군요. 고저 중국어 공부 좀 하고 있었습니다. 여기서 살다 보니까 여러 모로 필요해서요."

"그럼. 필요하고말고. 나도 단둥에서 3년 살면서 중국인과 소통할 수 있으면 곧 '돈'이 된다는 사실을 알게 됐다고. 근데 동무. 당장 그보다 더 급한 일이 있는데 어쩌지…"

"뭐가 급하다는 말씀이십니까?"

철민은 잠시 어리둥절했다.

"래일 신의주에 다녀와야겠어."

"신의주요!"

철민은 어리둥절하다 못해 황당해졌다.

"래일 신의주로 들어가는 트럭들이 있어. 책임자가 '오상현'이라는 사람인데 인부들이 보통 '대방'이라고 불러. 예전엔 보따리 장사꾼이었대. 하지만 지금은 번듯한 운송업을 하고 있고 밑에 사람도 여럿 쓰고 있어. 그 사람이 신의주에서 우리가 쓸 건물 내장재와 돌장식품을 실어올 거야. 원래는 '리창식'이 항상 대동했었는데 그 사람이 얼마 전에 무리를 하다가 사고를 당했거든."

"예! 그 성실한 인민이 어쩌다…."

철민은 혀를 찼다.

"아끼려고 과적에다 과속까지 했다 하더라고. 그래서 앞으로 최소한 두어 달은 누워 있어야 된데."

'적당히 좀 하지. 그 인민도 어지간히 벌고 싶었던 모양이군.'

"그래서 저 보고 가라는 말씀이십니까. 근데 제가 할 일은 뭡니까?"

"동무. 여기 오기 전에 신의주에 있는 가공공장에서 일했다고 했었지. 그럼 그 근방에 대해서는 훤하겠구먼."

"네. 군대에 있을 때 신의주에 있는 기술전문학교를 다녔습니다. 그리고 학교에 소속된 공장에서도 근무했고요. 그래서 공단지역에 대해서는 누구보다도 잘 알고 있습니다."

"거 참 잘됐구먼. 근데 동무. 그럼 계속 거기서 일하지 여기는 뭐하러 왔어?"

"하하! 저도 잘 모르겠습니다."

반장도 철민을 따라 박장대소했다.

"철민아. 래일 신의주에서 오는 물건은 굉장히 중요한 거야. 그래서 여기서도 누구 한 명은 반드시 따라가야 돼. 왜냐면 확인도 해야되지만 아무래도 우리 집식구가 따라가야 일을 빈틈없이 처리할 수있거든. 지금까지 리창식이 참 잘했는데…. 하필 이 중요한 시기에 변고가 생길 게 뭐야."

반장은 목이 타는지 물을 찾았다.

'하루 동안에 가는 물건, 오는 물건 점검하고 또 하역작업까지 해야 하는데 아무나 가서는 안 되지.'

반장은 철민을 보며 '씨-이익' 웃었다.

"리창식이 사고 났다는 소식 듣고서 퍼뜩 철민이 네가 떠오르더라고. 이번에 하역하는 건자재가 무게가 상당히 나갈뿐더러 서투르게 다뤄서 파손이라두 되면 손실이 이만저만이 아니거든. 잘못하면 우리 몇 달치 벌이가 날아갈 수도 있어. 그래서 철민이 너한테 부탁하는 거야. 그동안 한 달 넘게 봐왔다만 우리 작업반에는 너만한 기술인민이 없어."

반장은 철민의 어깨를 가볍게 '툭' 쳤다.

"내가 명색이 반장이 돼가지고 몇 가지 일러주자면 가장 걱정되는 일이 '세관통과'야. 하지만 이거 때문이라도 래일 반드시 완수해야한다고. 세관통과는 사실 간단한 일이 아니야. 단둥에서도 어렵지만 신의주에서는 더 힘들어. 그런데 정해진 기일에 통과 못하면 또 몇 달을 기다려야 되는데 그렇게 되면 몇 배 비싼 값에 현지조달을 해야 하거든. 나라가 어려운 마당에 한 푼이라도 더 벌어 가야겠지."

"아! 일이 그렇게 됐군요. 그런데 저도 일전에 오 씨를 한 번 보기는 했습니다만 아직 통성명도 못해봤고…. 오 씨는 뭐라 합니까?"

"자기는 신용 하나로 지금까지 살아왔대. 그래서 '세상없어도 약속한 날짜에 신의주로 가야 한다.' 그러더라고. 그런데 내가 그 사람 입장을 아는데 실상은 그냥 가는 게 아니야. 부탁받은 물건 싣고 가는 거야. 일종의 이중거래지."

반장은 넌지시 상대를 살폈는데 철민은 무슨 말인지 얼른 와 닿지가 않아 눈만 껌뻑이고 있었다.

"원래 그런 일은 신용이 생명이야. 일이 틀어지기라도 하면 다시는안 찾거든."

"대충은 알겠습니다. 근데 뭐하러 내장재하고 돌 장식을 신의주까지 가서 들여옵니까? 단둥에도 좋은 물건들 많이 있던데 그냥 여기물건 쓰면 되지 않겠습니까."

"답답한 사람이로군. 편한 거 누가 모르나? 싸니까 그렇지! 남는 게 있어야 우리도 먹고 살 거 아닌가. 그리고 중국 돈이 가면 거기 공장 사람들이 얼마나 좋아하는지 알아. 그야말로 누이 좋고 매부 좋은 거라고. 철민아, 기왕에 돈 벌러 중국 왔으면 틈나는 대로 장사 공부도 좀 해."

반장의 질책에 철민은 쓴웃음을 지었다.

제2화
공무역과 밀무역

"처음 뵙겠습니다. 리철민이라고 합니다. 리창식 근로인민이 사고를 당하는 바람에 제가 왔습니다. 잘 부탁드립니다."

"오! 반갑소."

악수를 청한 굳은살이 박인 솥뚜껑 같은 손에서는 힘과 포용력이 느껴졌다. 대방은 비록 체구는 작았지만 다부져 보였으며 상체에 비해 하체가 약간 짧고 가늘었다. 그리고 웃을 때 드러나는 하얀 치아는 구릿빛으로 그을린 얼굴색과 좋은 대조를 이루어 오랜 세월의 풍파를 이겨낸 승리의 미소처럼 보였다.

"반장한테 얘기 많이 들었소. 그이하고는 꽤 오래 같이 일했는데 어쩌다 그 성실한 사람이 사고를 당해 가지고. 하늘도 무심하시지. 빨리 쾌차했으면 좋겠소. 이번 일 끝나면 내 한 번 문병을 갈 생각이오. 그런데 반장이 어찌나 칭찬을 하던지 당신만 있으면 반나절이면 족하다고 적극 추천합디다. 리철민 씨. 나야말로 잘 부탁하오. 오늘 잘해 봅시다."

화교 특유의 억양에 그의 말투는 약간 어눌하고 부자연스러웠지만 어딘지 모르게 친근하게 끌렸다.

철민도 합류해 보니 모두 다섯 대의 트럭이 가지런히 대기하고 있었다. 성냥갑을 쌓아 올린 것처럼 적재물은 종이박스로 포장된 채 고무 바에 꼼꼼하게 동여매져 있었고 높이가 족히 2미터는 되어보였다. 그리고 적재함은 빈 구석이라고는 손 하나 집어넣을 틈조차 없었다. 철민은 그 많은 화물의 내용이 궁금했다.

"굉장합니다! 이게 다 뭡니까?"

"가서 보면 알게 되오. 시간이 없으니까 부지런히 움직입시다. 자, 다들 출발하자고. 서둘러야 돼! 곧 세관 문이 열릴 시간이야."

자신들이 해야 할 일을 잘 알고 있는지 대방의 명령에 그 집 식구들은 모두들 기민하게 움직였다.

거리는 적막하고 싸늘했으며 강변이라 가는 도중 안개가 짙었지만 너무도 한산하여 세관에 일찍 도착했다. 철민은 대방이 수속절차를 밟는 동안 간단히 요기라도 할 겸 인부들을 따라나섰다. 미닫이문이 열리자 약간 넓적한 얼굴의 아주머니가 반갑게 맞아줬다.

"어서 오세요. 일찍들 나오셨네요."

잠시 후 구수한 연기가 오르며 맛있는 냄새가 사방으로 퍼져 나갔고 분위기는 화기애애해졌다. 이 순간만큼은 모두들 행복했고 일상의 고단함이 솟아오르는 연기 속으로 녹아들며 노동의 정직한 대가를 느낄 수 있었다.

'리밥에 고깃국. 단지 강 하나를 사이에 두었을 뿐인데 왜 건너편에는 없을까? 로동에는 역시 정당한 대가가 있어야 돼.'

철민은 새삼스레 주린 배를 움켜쥐며 천리마운동에 노력동원됐던 기억이 떠올랐다.

뱃속은 텅 비었지만 온갖 선전구호에 현실의 고통을 몰랐던 시절에는 수령님의 품 안에서 모두가 하나라는 자부심으로 충천해 있었는데 지금은 남의 집 근로인민들과 옹기종기 모여앉아 조용히 식사를 하고 있다. 그렇지만 당의 정당한 허락을 받고 와서인지 자신이 별로 타락했다거나 비굴하다고는 느껴지지 않았다.

'눈앞에 놓인 성찬은 정당한 대가일 뿐이야.'

철민은 약간의 거리낌마저 연기 속으로 함께 보내며 식사에 열중했다. 이때 드르륵 문이 열리며 새벽의 한기가 밀려들어왔다. 대방이었다. 서류작업을 다 마쳤는지 가벼운 발걸음으로 다가와 철민과 인부들에게 말을 건넸다.

"식사들 하나. 아주머니. 여기 밥 한 그릇 더 주세요."

대방도 젓가락을 들며 입맛을 다셨다.

"참. 박 씨. 그 물건들은 몇 호차에 실었어?"

"대방 차에 실었습니다."

"잘했어. 역시 자넨 나하고 호흡이 잘 맞아. 정밀제품 운반에는 방직물이 최고야! 안전하고…. 하하! 그리고 신의주에서 물건 내릴 때 이 친구하고 꼭 같이하게. 오늘 처음이라 좀 서투를 수도 있겠지만 그렇게 일 잘한다고 저 집에 반장이 입에 침이 마르도록 추천을 하더라고. 적어도 그 집에서는 이 친구만 한 사람이 없다는 거야. 신의주에서 하역작업 할 때 한 번 믿고 맡겨도 좋을 거야. 더구나 중장비도 잘 다룬다니까 아마 지금 병원에 있는 리창식 못지않을 거야."

대방은 철민을 바라보며 씨익 미소 지었다.

'정밀제품? 무슨 정밀제품? 그리고 안전하다는 것은 또 뭐야? 반장동지가 분명 원단물 수송이라고 했는데….'

철민은 영문을 몰라 고개만 갸우뚱했다.

"자. 어서들 들라고. 갈 길이 멀어. 오늘 중으로 끝내 버리고 저녁때 또 기분 좋게 한잔하자고."

벌써 두 번째 도강이라서일까? 철민에게 처음과 같은 긴장은 없었다. 오히려 다리가 너무 좁고 차량들이 많아 일상의 짜증마저 느꼈다.

'이래가지고 오늘 중으로 일 끝내고 돌아오겠나?'

반시간가량 기다렸을까? 드디어 신의주 세관이 보였다. 철민은 마음이 푸근해지고 보이는 모든 것이 정겨웠다. 마치 명절을 맞아 오랜만에 귀향이라도 하는 듯했다.

"당신 이 강을 건너왔지?"

철민의 표정을 봤는지 옆에 대방이 느닷없이 말을 건넸다.

"얼마 만에 다시 건너는 거야?"

"사실 전 중국 온 지 한 달 남짓밖에 안 됩니다."

"음, 그래. 하지만 마냥 좋아만 해서는 안 돼. 여기만 통과하면 만사형통이지만 만약 잘못되기라도 하면 그걸로 다 끝나는 거야. 나야 이쪽저쪽을 수시로 드나드니까 자연스럽게 비교할 수 있는데 조선이라는 곳이 사실 '장막'이 무섭지, 안에서는 중국보다 더 편해. 그래서 간부 놈들 자릿세 챙겨주는 일이 중요한 거고."

대방은 날카로운 눈으로 창밖을 열심히 살폈다.

"결국 사람을 파악하는 일이 성패의 관건인데 세관담당자들은 내가 훤히 꿰고 있으니까 만약 경비대들이 뭐 물어보거든 자네는 그냥 자연스럽게 행동하고 쓸데없는 말은 절대로 삼가해. 통관은 어디까지나 내 일이야. 하하!"

'이거 뭔가 이상하네.'

철민은 한 달 전 압록강대교를 건널 때를 회상했다. 물론 그때도 수속절차는 반장동지가 밟았지만 무슨 돈 얘기는 들어본 기억이 없었다. 그리고 막상 도착하자 분위기는 한 달 전과는 완전히 딴판이었다. 차창 너머 멀리 압록강의 잔잔한 수면 위를 느긋하게 바라보며 각오를 다졌던 때와는 달리 흡사 사령부의 삼엄한 경계를 통과하는 듯한 분위기였다. 철민은 무거운 분위기에 놀라며 약간은 얼이 빠져서 주변을 두리번거렸는데 곧 '대방의 자랑'을 실감할 수 있었다. 그는 군관들이 들고 있는 무시무시한 기관총 따위에는 개의치 않았다. 그리고 표독스러운 세관원들의 매서운 눈초리에도 아무런 거리낌 없이 자연스럽게 어울려 털털한 덕담을 나누고는 뭔가를 또 아무렇지두 않게 건넸다.

'저런 일도 아무나 하는 게 아니군.'

뭔가가 건네지자 그들은 웃었고 통관이 한결 수월해졌고 빨라졌다. 통관은 대방의 고유권한이었고 또한 존재이유이기도 하였다.

떠난 지 불과 한 달이 지났을 뿐인데 차창 밖으로 보이는 풍경은 왠지 낯설어 보였다. 있었을 때에는 보이는 것이 이 세상 전부이고 현세가 곧 천국이라고 굳게 믿었던 터 단지 재물이 필요해서 지상낙원을 잠시 등졌을 뿐이었지만 한 달 만에 다시 보는 같은 세상은 철민의 마음 한구석에 개운치 않은 씁쓸함을 남겼다. 강 하나를 사이에 두고 절로 비교가 되는 두 세상 때문인지 거리가 그때보다 더욱 쓸쓸해 보였다. 신록의 계절인데도 지나치는 가로수들은 듬성듬성 보여 '계절의 여왕'이라는 말이 무색하기만 했으며 칠이 벗겨진 건물들의 외관은 을씨년스럽기까지 해 계절색을 거의 느낄 수 없었다. 철민은 불현듯 집생각이 났다.

'기껏 한 시간 정도면 이 길로 당장 갈 수도 있는데…'

안타까운 마음에 고개를 돌렸다. 그리고 눈을 감고 달리는 차에 몸을 맡겼다.

방직공장에 도착했을 때는 아침이 훨씬 지난 뒤였다. 경비는 대방과 안면이 있는지 반갑게 맞아 주었다.

"어서 오시라요. 어떻게 그동안 잘 지냈습니까?"

"나야 덕분에 늘 안녕하지. 그래 당신도 잘 있었나?"

경비는 왜소했지만 다부진 기골에 눈매가 날카롭고 빈틈없이 보여 경비실에 있기에 딱 적합한 사람처럼 보였다. 단지 꼿꼿한 대방과는 달리 허리가 약간 구부정했고 계절에 안 맞게 두꺼운 점퍼를 입고 있었다. 그리고 얼굴에는 공화국의 완고함이 서려있었다. 하지만 대방을 보자 자욱한 흙먼지 속에서도 그의 얼굴에는 생기가 돌았고 미소가 그려졌다. 대방은 분명 공장의 반가운 손님이었다.

"주임 있나?"

"아마 지금쯤 현장에 있을 겁니다. 새벽부터 일찍 오시느라 피곤하실 텐데 차라도 한잔하면서 잠깐 안에서 기다리시죠."

"주임 만나면 바로 일 시작할 거니까 이 사람들한테도 뭐 시원한 것 좀 대접해 주게. 근데 자네 일전에 배터리 부탁했었지?"

"네. 자가발전하러 배터리하고 공구 좀 부탁드렸죠."

마치 사막 한가운데서 오아시스라도 발견한 것처럼 경비의 눈에는 광채가 번들거렸고 평생 규율로 단련되고 로동으로 그을린 그의 구릿빛 얼굴에는 가뭄에 단비처럼 화색이 돌았다.

"지금 좀 볼 수 있을까요?"

"당신은 항상 너무 급한 게 탈이야. 지금은 좀 어렵고…. 하지만 걱정 말게. 내 틀림없는 걸로 챙겨왔으니까. 먼저 써 본 사람들이 그렇게 힘이 좋고 성능 또한 최고라고 이구동성으로 칭찬하더라고. 정히 궁금하면 이따 하역작업할 때 오게."

"하하! 감사합니다. 대방 덕분에 올 겨울 무사히 넘길 수 있을 것 같습니다."

"그럼 잠시 후 보자고. 그리고 여기 도장 좀 찍어줘."

공단에 도착하자 반가운 말들이 오가며 모두의 얼굴에 웃음꽃이 활짝 폈지만 차 속에서 핸들을 잡고 있는 철민은 점점 미궁 속으로 빠져들어 가는 느낌이었다.

'거래하러 온 사람은 나 아닌가? 손님을 맞이하는 인민이 마음은 영 콩밭에 가 있구먼. 그리고 도대체 뭐가 저렇게 좋은 거야?'

하역일은 지체 없이 시작되었고 거대한 화물은 인부들의 능숙한 손놀림으로 곧 상품으로 변해 갔다. 그리고 작업이 점차 속도를 내면서 철민이 돋보이기 시작하였다.

"와! 저 친구 잘하네. 장비들을 무슨 수족처럼 다루는군."

"어제, 그제 허리가 아파서 오면서도 줄곧 걱정했었는데 오전 중에 다 끝나겠는걸. 대방은 역시 사람을 쓸 줄 알아. 하하!"

철민은 하역장을 종횡무진 누비고 다니며 작업을 주도했고 누구보다도 열심이었다. 그런데 갑자기 대방의 다급한 목소리가 날카롭게 귓전을 스쳤다.

"잠깐! 그 가운데 화물은 따로 분류해야 돼. 번지수가 다르다고. 그리고 조심히 다뤄. 기다리는 사람이 아주 많은 화물이야."

한참 대방과 담소하던 공장주임도 거들었다.

"나중에 하면 또 일이니까 지금 해 버리지요."

그는 급하게 지게차를 가로막더니 철민을 다른 방향으로 안내했다. 당황한 철민은 대방 쪽을 바라보았는데 대방은 아무 말 없이 담배 한 대를 빼물고는 불을 붙였다. 마치 묵시적으로 따라가라고 하는 것 같았다.

'혹시 이 화물상자가 좀전에 대방이 칭찬해 준 그 정밀제품인가?'

속으로 궁금해하면서도 철민은 공장주임이 안내해 준 장소에 따로 하역해 주었다. 작업을 마치고 다 같이 점심을 들었지만 철민은 자신이 중국에 파견 나온 근로인민이라는 사실을 숨겼다. 뭔가 낌새가 이상했기 때문이었다. 자연스럽고 일상적인 분위기 속에서 그는 어제 반장의 당부를 떠올렸다.

"대방이 사실 화교인데 우리하고 거래한 지 벌써 몇 해나 됐지만 한 번도 약속을 저버린 적도 없고 참 믿을 만한 사람이야. 하지만 명심해. 너는 그냥 가서 그들 일 좀 도와주고 우리 물건이나 확실히 챙겨 오면 되는 거야. 잡다하니 이것저것 알 필요도 없고, 알려고도 하지 마. 물건 제때 못 오면 공사 진행 안 되고 그럼 또 벌금 내야 하고 결국 손해만 커지고 그럼 어떻게든 돈 벌어서 애국하려는 우리 고생도 물거품이 되는 거야. 그래선 안 되겠지. 철민이 너만 믿는다."

* * *

오후에는 채석장에서 건자재를 하역했는데 방직공장에서와는 달리 녹록지 않았다. 군데군데 잡풀이 우거진 장방형의 하역장은 그냥 황량한 벌판이었고 그나마 달랑 하나 있는 구조물은 아무렇게나 지어진 채 덩그러니 놓여 있어 꼭 버려진 것처럼 보였다. 하지만 인부들이 중간중간 들어와 휴식을 취할 때면 나름대로 요긴한 공간이기도 했다. 다만 철민은 그 알량한 공간도 마다하고 누런 모래바람 속에서 건자재들을 확인하느라 여념이 없었다.

'젠장. 우리 물건 챙겨 가기만 하면 된다고 하더니만 내가 채석을 하러 왔나?'

내, 외장재로 쓰이는 건자재들 역시 채석장에 버려진 것처럼 산재해 있었는데 운송수단이라곤 눈을 씻고 찾아봐도 없었다. 철민은 할 수 없이 트럭을 몰고 다니며 일일이 건자재들을 하역했다. 행여나 조금이라도 파손될까 봐 이동식 기중기를 탑재하고 정성스레 포장한 물건들을 조심스럽게 실었다. 그러기를 한 시간이 지나서야 철민은 자기 혼자 온 게 아니라는 것을 알았다. 인부들이 도와주기 시작했고 철민과 함께 호흡을 맞췄다. 그러자 대방도 채근하기 시작했다.

"자. 다들 기운 내자고. 오늘 중으로 끝내고 돌아가면 내 당신들 모두에게 섭섭지 않게 해 줄 테니까 열심히들 하자고."

그리고 작업이 막바지에 접어들 무렵에는 어둑어둑해진 가운데 모두가 녹초가 돼 있었다. 장막까지 내려진 듯한 황량한 현장은 쓸쓸함을 더해 냉기마저 느껴졌고 몇 시간째 거친 바람을 온몸으로 맞다 보니 철민은 단둥에서 보았던 가지각색의 휘황찬란한 네온사인들이 절로 상기되었디.

'내가 갑자기 현장 감독관이라도 된 건가? 졸지에 현장비교를 다 하네.'

혼자 푸념하면서도 철민은 가슴 한편으론 밀려드는 착착함을 떨쳐 버릴 수가 없었다.

'로동에는 나름의 정취가 있다고. 하지만 돌아와 보니 옛날 현장이 더 황량하게 느껴지는군. 로동을 하는 나는 같은데 로동의 바깥은 분명히 달라.'

퍼뜩 한 가지 의문이 그의 뇌리를 날카롭게 스치고 지나갔다.

'신의주에서 했던 일은 단지 로동을 위한 로동이 아니었을까?'

그러나 하루 종일 쌓였던 잡다한 의구심들은 대방의 걸쭉한 목소리에 날아가 버렸다.

'요새 이놈의 모래바람 때문에 도무지 일을 할 수가 있어야지. 더구나 오늘같이 심한 날에는 갑절은 힘들어지니 말이야. 사람이 무슨 개미새끼도 아니고…'

"이보게 젊은 친구. 일은 다 끝난 거 같으니까 여기 서명이나 해 줘."

철민은 반장에게서 받은 장부와 꼼꼼히 비교, 검토해 보고 하역일을 마무리했다. 탑승한 채 돌아보니 어둑어둑해져서 그런지 현장은 더 황량해 보였고 문명의 흔적이라고는 찾아볼 수 없는 그냥 땅덩어리 정도로만 보였다.

'그래도 내 조국 아닌가. 운치 있고 좋지. 아름다운 밤이야!'

헐벗고 피폐한 산천초목에서 이따금씩 들려오는 귀뚜라미 소리는 정겨움이 묻어나 철민의 가슴속에 은은하게 울려 퍼졌다. 무사히 끝내 안심하며 물 한 모금으로 목을 축이니 그동안의 긴장이 풀려서인지 눈꺼풀이 무거워졌다. 그리고 밀려오는 몽환적 느낌은 철민의 눈에 비추는 저녁풍경에 아름다운 선율을 더해 주었다. 점점 어두워지는 압록강변에서 붉게 퍼져나가는 저녁놀에 걸쳐 있는 조각구름이 그의 눈에는 일정한 리듬으로 저녁놀을 따라 움직이는 것처럼 보였다.

'오늘 따라 하늘의 구름을 자꾸 보게 되네. 한낮에는 뭉게구름이 괴롭히는 땡볕을 막아주어 고마워서 쳐다봤는데 지금은 내 마음을 싣고 가는구나. 저 구름 따라 훨훨 어디론가 날아가고 싶다.'

트럭의 앞 유리를 통해 전경을 감상하던 철민은 피곤에 지쳐 혀를 빼물었지만 강렬한 충동은 그를 압도하여 정신만큼은 오히려 자유로웠다. 최소한 자동차 백미러 속의 장면이 철민을 다시 현실로 돌려놓기 전까지는 그랬다.

맞담배를 즐기며 서로 정담을 나누다 대방이 공장주임에게 돈을 주는 게 아닌가! 조선 돈인지, 중국 돈인지는 모르겠지만 웃으며 꽤 두툼한 돈을 건네고는 작별을 하였다.

'강 하나를 건너니 별놈의 꼴을 다 보네. 당이 결정하면 우리는 하는 것이고 대금결제 또한 당연히 당에서 하는 일인데 뭐 하러 공장 간부한테 돈까지 주나? 그리고 저래도 되는 건가.'

다람쥐 쳇바퀴 돌 듯 노동의 굴레 속에서 살던 철민은 오늘 아주 낯선 쳇바퀴 속의 자신을 발견하게 됐다.

"자, 이제 출발하자고. 오늘 다들 수고했어."

그새 술도 한잔했는지 기분 좋게 웃으며 대방은 갈 길을 재촉했다.

"근데 당신 이름이… 뭐라고 했지?"

"…."

"하하! 역시 반장은 틀림이 없어. 확실한 사람을 보내준 덕에 오늘 아주 깔끔히 끝내고 돌아가는구먼. 무엇보다 우리 직원들이 어찌나 좋아하던지 내가 다 질투가 나더라고."

만선의 꿈을 이루어 승리의 깃발을 높이 꽂고 돌아오는 어부들처럼 대빙과 인부들은 의기양양했다. 세관을 통과하는 일도 무난했고 하루를 마감해 주는 어둠이 세상을 온통 덮었을 때, 압록강변의 한 선술집에서 철민은 대방과 인부들하고 술잔을 기울이고 있었다.

"자네 술 좀 마시나?"

대방은 가방에서 옥빛 바탕에 붉은색 상표를 단 중국의 전통주를 꺼내들며 익살스러운 표정을 지었다.

"오늘 기분이 좋아서 내 아껴뒀던 거 돌릴 테니까 다들 건배 한 번 하자고."

대방은 흥겹게 웃으며 철민의 잔을 채워 줬고 곧 모두의 잔도 채워졌다.

"오늘 새로 온 젊은 친구를 위하여!"

시원한 건배구호와 함께 철민은 비로소 정식으로 환영받았다. 모두가 시원스럽게 잔을 비우자 대방은 벌써 취기가 도는지 신이 나서 수다를 늘어놓기 시작했다.

"나는 압록강과 두만강을 넘나드는 일로 잔뼈가 굵은 사람이야. 벌써 햇수로도 스무 해째니까 말이야. 이쪽과 저쪽 접경지역이 내 앞마당이라고. 하하!"

대방은 미간을 좁히며 자못 진지한 표정을 지었다.

"근데 이 일을 오래 하다 보니까 살아남는 자가 있고, 죽어나가는 자가 있더라 이거야. 자네 혹시 살아남는 비결이 궁금하지 않나?"

'그냥 저녁이나 먹고 갈려고 했더니 이 화교인민이 무슨 소리를 하는 거야? 정말 혼란스러운 하루군.'

철민에게는 왠지 불안이 엄습해 왔다. 그는 일부러 말을 얼버무리며 숟가락을 놓았다. 그러자 대방도 철민의 불편한 속내를 알아차렸는지

"이거 내가 괜한 말을 꺼냈구먼. 초면에 조선인민에게 너무 실례되는 질문을 했나?"

대방은 멋쩍어서 그냥 실소했다.

"뭐 별 뜻이 있는 건 아니고 난 진심으로 압록강에 감사한다 이거야. 압록강은 접경지역에 이데올로기 태풍이 불어닥칠 때부터 많은 이들에게 '기회의 강'이었어. 그렇지만 때론 많은 사람의 목숨을 삼켜 버리기도 했지. 당신도 여기 오래 있게 되면 차차 알게 될 거야. 그런데 오늘 어땠어? 한번 해 볼만 했어?"

"네. 충분히 할 만했습니다. 이런 거라면 내일이라도 또 할 수 있을 것 같습니다."

"하하! 역시 조선 로동자답게 화끈하군. 얼른 마저 들어. 자네 숙소까지는 또 한참인데 내 바래다줄 테니까."

차 속에서도 두 사람은 말이 없었다. 숙소에 거의 도달해서야 대방이 말을 건넸다.

"오늘 일이야 나중에라도 반장 만나서 내가 자세히 얘기할 거고…. 근데 얼핏 듣기로는 당분간 당신이 할 거라 하던데?"

"네. 저도 그렇게 알고 있습니다. 먼저 하던 근로인민이 많이 다쳤다고 들었거든요."

"그런가. 그럼 당신 번호 좀 알려 줘."

"무슨 번호 말씀이십니까?"

"…"

"혹시 손전화 말씀하시는 겁니까?"

신의주에서는 가뭄에 콩 나듯 보던 모바일이었지만 이곳에서는 길거리에서도, 식당에서도, 심지어는 화장실에서도, 어딜 가나 심심치 않게 볼 수 있었기 때문에 철민도 금세 떠올릴 수 있었다.

"왜. 자네 없나?"

"네. 전 그런 거 없습니다."

철빈은 무안해서 얼굴을 붉혔다. 그러나 사실 내방도 다 알고 물은 것이었다.

"내가 반장한테 말해 줄 테니까 하나 써. 그거 없으면 이 일 못해. 그리고 이거는 나쁘게 생각하지 말고 받아. 당연히 자네 몫이니까."

철민은 머뭇거렸지만 남들 다 받는데 거절할 이유를 알지 못했다.

"감사합니다."

철민은 잠깐 반장을 만나보고는 곧 숙소로 향했다. 승재가 떠난 후라 방은 쓸쓸하기만 했지만 불을 켜고 싶지 않았다. 그대로 침대에 걸터앉아 신발과 겉옷을 대충 벗고 누우니 공허감이 가득히 밀려왔다. 그렇지만 철민은 이맘때를 즐겼다. 텅 빈 적막한 좁은 공간에서 하루를 돌아보며 자신을 성찰하는 이 시간을 그는 진심으로 만끽했다.

'살다 보니까 이런 날도 다 있네.'

가슴팍을 더듬어 보니 두툼한 봉투가 만져졌고 왠지 모르게 뿌듯했다.

'경애하는 지도자동지 만세!'

좋은 일이 생겼으니 당연히 만세구호를 외쳐야 했지만 어둠 속에서 자신을 응시하는 지도자동지의 초상화를 느끼는 순간 소름이 돋았다.

'과연 이 돈이 정당한 것일까? 분명 로동의 대가이지만 당의 허락을 받지는 못했는데…'

갑자기 철민의 생각은 복잡해졌다.

'어차피 좀 벌어먹자고 왔는데 그냥 내버려 두시옵소서. 경애하는 지도자동지 만세!'

자신의 욕망을 정당화하기 위해 마음속으로 열심히 용서를 구해 봤지만 한편으론 '내가 이 돈을 왜 받았지?' 하는 일말의 후회를 떨칠 수가 없었다. 갖가지 번민이 꼬리를 무는 사이 철민은 잦아드는 냉기에 몸을 떨었다. 뭔가 덮을 것이 필요했다. 그런데 몸이 천근만근 무거워 꼼짝달싹 못하였다. 되는대로 새우잠이라도 청하느라 가로누워서 옆에 던져진 외투를 덮었다. 허접하나마 온기가 느껴져 눈을 감을 수 있었다. 단지 그뿐이었다. 그런데 놀랍게도 포근하고 신비한 기운이 그를 감쌌고 그를 미지의 곳으로 안내했다. 춥고 고단한 현실 속에서 종일 가졌던 의문에 대한 답을 구하러 철민은 트럭에서 본 압록강변의 저녁놀 속으로 뛰어가고 있었다. 한참 동안이나 정처 없이 강변을 거닐다 지쳐 쓰러져 잠이 들었다.

제3화
두 개의 일

신의주에 다녀온 후로 철민은 자의 반, 타의 반으로 대방을 만나는 횟수가 많아졌다. 그리고 일에 대한 대가가 주어질 때마다 중국에 온 보람도 커져 '우리 공화국에도 부자가 있어'라는 풍문을 실감할 수가 있었다. 회사를 통한 수입은 당에 계획금을 따로 내야 했지만 대방에게서 받는 수입은 떼는 것이 없기 때문에 차곡차곡 쌓여만 갔다. 그런데 세상만사가 항상 좋을 수만은 없는 터라 철민에게는 갑자기 한 가지 고민거리가 생겼다. 그리고 갈수록 시름은 깊어만 갔다. 가야 할 곳은 많고 시간은 촉박한데 대방을 만날 수 없으면 자신은 영락없이 낙동강 오리알이 될 수밖에 없었던 것이었다. 그리고 그런 경우가 점점 더 많아졌다. 어느 날 문득 철민은 주변을 둘러봤다.

'그거 없으면 이 일은 도저히 불가능해. 저 집에서 손전화 안 쓰는 근로인민은 나 하나밖에 없으니…. 근데 가만히 앉아만 있으면 돈이 벌리나? 자기가 부지런히 쫓아다녀야지.'

결국 언제부터인가 철민의 손에도 '모바일'이 들려있었다. 바로 대방이 준 것이었다.

그날은 선상에서 트럭 두 대의 하역작업을 하고 있었다. 역시 철민은 내용물에 대해서는 잘 몰랐지만 늘 하던 일이었기에 일찌감치 끝내버리고 대방과 선상에서 술잔을 기울였다.

"나야 수시로 가 보니까…. 요새는 조선에서도 손전화 많이들 쓰는 것 같던데. 물론 일반 백성이야 무서워서 대놓고야 못쓰겠지만. 근데 자네 거기서는 손전화 써 본 적 없나?"

철민은 무안해서 조용히 고개를 가로저었다.

"저도 많이 봤습니다만, 별로 필요도 없었을뿐더러 진짜 큰일 날 수도 있을 것 같아서요. 몇 해 전에 대대적으로 탈북자 단속할 때에는 정말 살벌했었습니다. 저희 동네에서도 공개처형이 있었단 말입니다. 대방도 조심하십시오. 팔자가 사나우면 화교들도 같이 끌려가서 유명을 달리하는 수가 있으니까요."

"하하! 고맙구면. 이렇게 걱정해 주는 사람 많아서 나는 복 받았다니까."

대방은 철민의 어깨를 가볍게 툭 쳤다.

"그런데 자네 일전에 식사자리에서 내가 횡설수설했던 거 기억하나?"

"아. 예. 어렴풋이 기억이 납니다."

"그때 취중에 객기도 부리고 싶었지만 내 젊은 시절이 생각나서 그랬던 거야. 그리고 무엇보다 자네 안전을 염려해서 귀띔해 주고 싶었던 거고."

대방은 미소 지으며 철민의 잔을 채워주었다.

"접경지역은 그리 호락호락한 곳이 아니야. 열정만 있다고 해서 성공하는 것도 아니고."

대방은 갑자기 정색하며 철민을 응시했다.

"자네도 여기 돈 벌러 왔지?"

"하하. 아무래도 그렇죠. 집에 송금해서 가족들 편안하면 그게 좋은 거고 지금 나라가 힘든데 조금이라도 보탬이 되면 더할 나위 없이 좋은 거 아니겠습니까. 뭐 다 그런 이유 때문에 온 거지요."

"그럼 내 얘기 잘 들어. 여기 접경지역에서는 자기 운녕은 사기가 개척해 나가야 해! 나라나 제도는 차라리 허울에 불과할 때가 많다고. 조선에 있을 때보다는 더 멀리 볼 수 있어야 하고 무엇보다 생각을 바꿔야 해! 20년 전에 나도 보따리 싸들고 열심히 형들 쫓아다녔을 때는 모든 것이 불안하고 두려웠어. 꼭두새벽부터 칠흑 같은 어둠 속에서 길을 나설 때면 멀리 희미하게 떠오르는 태양빛이 지겨웠고 매일같이 막막하기만 했던 하루하루가 힘들어서 삶 자체가 버거웠다고."

대방의 말은 사실 철민도 뼈저리게 느꼈던 경험이었다. 그래서인지 화롯불에서 군밤을 구우며 이야기보따리를 풀어 놓는 할아버지 옆에 턱 받치고 앉아 있는 소년처럼 철민은 귀를 쫑긋 세운 채 듣고 있었다.

"그런데 나도 우연한 계기로 꼭 한 번 보란 듯이 잘살아 보겠다는 열정을 갖게 됐어. 그래서 누구보다 열심히 살다 보니까 미래의 윤곽이 그려졌고 무엇보다 뭘 해야 할지 혜안이 떠오르더라고. 만주대륙이란 곳은 본시 자본주의니, 사회주의니 하는 정치신조들이 가소로운 곳이야. 내가 어릴 적에는 중국에 대약진운동이라고 엄청난 정치폭풍이 불어닥쳤어. 그때에는 집집마다 남아나는 게 거의 없었다고. 심지어는 사람목숨까지 거덜 나서 나중에는 곡소리조차 들리지 않았어. 드넓은 만주벌판에 그야말로 죽음이라는 대재앙이 휩쓸고 지나갔던 시절이었지. 거기다 뒤이어 문화대혁명이 터졌는데 천지가 온통 시뻘건 색으로 정치일색이어서 기타 경제나 사회 그리고 문화 따위는 정치신념의 그림자 정도로만 치부되던 시절이었어. 총살당하고, 맞아 죽고, 굶어 죽고…. 하여간에 그 시절에 죽어 나간 사람도 부지기수였어. 나야 어머니 치마폭에서 놀던 때였지만 그때 만주

대륙을 휩쓸고 간 공포는 지금도 아련히 생각이 나. 결국 생존을 위해 집안 어른들 손잡고 '아장아장' 걸어 압록강을 건넜지. 그나마 천만다행으로 우리 집은 그래도 신의주에 련고지가 있어서 살 수 있었어. 말하자면 피난처가 있었던 셈이었는데 당시로서는 구세주나 다름없었다고."

말없이 듣던 철민은 천천히 잔을 비웠다.

"고저 30여 년 전에는 압록강이 '대륙의 재앙'을 피할 수 있는 비상구였다는 사실이 믿어지지가 않습니다. 그러고 보면 세월 참 무상한 것 같습니다."

고추장과 어우러져 오물조물 씹는 생선회는 들이키는 한잔 술에 감칠맛을 더하면서 온몸에 취기가 퍼져 나갔다. 불과 몇 달 전까지는 고된 일과 후라도 허전한 입에는 맹물을 털어 넣기 일쑤였는데 지금은 근로 후에 먹고, 마시며, 떠드느라 입이 바쁘다는 사실에 철민은 행복했다.

"저도 어떻게든 벌어 볼려고 왔습니다만, 저는 무슨 련고지가 있어서 오게 된 것은 아니에요. 대신 당에 돈을 냈지요. 군에서, 공장에서 모은 돈 다 털어 가지고 도강증을 샀습니다. 그래서 지금 이렇게 여기서 일하게 됐는데…. 지금은 중국에 나오길 잘했다는 생각이 듭니다. 좋은 사람들도 많이 만나게 됐고요."

"어릴 적 우리 집은 강변에 있는 수산사업소 근처였어. 근데 집에 어른들도 먹고사느라 다들 바빠서 딱히 봐주는 사람도 없었고 그래서 난 항상 따라나서길 좋아했다고. 이때쯤이면 압록강을 따라 뛰어가며 강바람을 가득 안고 연을 날렸던 추억이 지금도 눈에 선해. 그때는 없이 살아서 그렇지, 얼마나 재미나게 살았는지 모른다고…. 지금도 압록강변에서 노는 애들을 볼 때면 내 어린 시절이 떠올라 입가엔 미소가 절로 그려진다네."

철민은 미소를 띠며 대방의 빈 술잔을 가득 채워 주었다. 그러자 대방도 화답이라도 하듯 철민의 술잔을 가득 채웠다.

"나는 조선인민들의 생활사정에 대해서는 언제나 예의주시하고 있어. 그래서 몇 해 전까지만 해도 그들이 얼마나 어려웠는지 잘 알고 있지. 그런데 잘살고, 못살고를 떠나서 이제는 조선 땅을 드나들면서 내가 어릴 적에 가졌던 그런 넉넉함은 좀처럼 느낄 수가 없어. 도대체 왜 이렇게 됐는지 이유를 모르겠단 말이야?"

대방은 가볍게 한숨을 내쉬며 잔을 비웠다.

"저야 이제 중국에 온 지 몇 달 되지도 않았지만 여기 오니까 이상하게 무슨 박탈감이 들더라고요. 신의주에서는 그런 거 몰랐거든요. 천하가 모두 사회주의 할 때는 대륙과 반도가 이웃사촌이었지만 지금 중국이라는 곳이 어디 그렇습니까? 너무 변화해서 언제 이런 곳에서 사회주의 공평분배원칙이란 것이 존재하기는 했었나, 의구심이 들 정도 아닙니까. 빈곤이란 우리 인민들이 느끼는 정서 같아요.

"그럴 수도 있겠군. 지금이야 여기가 화려하고 건너편이 어둡다만, 모르지 또. 어떤 정치쟁이가 나타나 상황이 바뀔지. 그렇지만 아무리 극성스러운 구호가 울려 퍼져도 모든 것을 보다듬고 압록강은 예나 지금이나 유유히 흘러. 물론 앞으로도 그럴 거고."

대방은 압록강을 바라보며 노래를 흥얼거리지 시작했다. 그리고 선상에서 기분 좋게 철민과 술잔을 기울였다.

"몇 해 전이었어. 신의주에 있는 거래처에 물건을 건네주기로 했었는데 그 당시는 탈북자 문제가 중국에서도 전파를 탈 정도로 심각했었어. 그래서 단속이 엄청 강화되어 가지고 경비병들이 얼마나 촘촘하게 늘어섰는지 '장강 칠백 리 길'이라는 말이 무색할 지경이었다고. 그렇지만 나는 상황이 아무리 어려워도 비록 천 길 낭떠러지 끝에 있더라도 숨이 붙어있는 한 신용을 저버리진 않아. 그날도 신의 주에 물건 조달해 주고 돌아오는 길이었는데 경비정을 피하느라 뗏목 위에서 밤을 지새운 적이 있었어. 그때만 해도 압록강 일대의 군기가 부러질 때라서 발각이라도 되면 즉결 처분당할 수도 있던 판국이었거든. 그날 밤은 진짜 스쳐 지나가는 경비정의 불빛이 칼날처럼 느껴지더라고. 그런데 신기한 건 그 상황에서도 불안과 초조에 익숙해지니까 오히려 평온해지는 거야. 그래서 나무 판때기 위에서 그냥 잠이 들어 버렸어. 황당하지?"

"하하. 믿기지 않는군요. 하지만 여태 사서서 이렇게 즐거운 대화도 나누고 있지 않습니까."

"자네도 기회가 생기면 강 한복판에서 유유히 흐르는 강물에 몸을 맡겨 봐. 그리고 반짝이는 물결에 비치는 자신의 모습을 한 번 보라고. 내가 과연 강물의 한복판에서처럼 순리대로 살고 있는가? 조용히 한 번 자신에게 물어보라고."

"…"

"근데 결혼은 했나?"

"아직 혼자입니다."

"사귀는 사람도 없나?"

"없습니다."

"이거 뜻밖이군. 하기는 근면과 성실이 연애하고는 종종 동떨어지는 경우가 있더라고."

대방은 취중에 선상에서 느끼는 강바람이 마냥 흥겨운지 다시 노래를 흥얼거리기 시작했다.

"이보게, 젊은이. 혁명도 좋지만 때로는 당신 삶을 위해서도 투쟁하라고. 세상이 이렇게 좋은데 조선의 젊은이들을 보면 참 안타까울 때가 많아. 강 저편에서야 세월이 정체되어 있지만 실제로 한 번

지나간 시간은 다신 돌아오지 않는다고. 청춘이 영원할 수는 없는 거야."

"대방은 다복하십니까?"

"아. 나야 어엿한 가장이지! 장성한 애가 둘이나 있는데. 자네를 보고 있으면 자꾸 내 젊은 시절이 생각나. 혁명의 횃불은 아직도 조선땅 전역에서 타오르지만 내가 젊었을 때는 더 뜨거웠어. 나도 한때는 혁명의 불쏘시개가 되기 위해 나 자신을 초개처럼 버릴 각오가 돼 있었다고. 지금도 생생하게 기억이 나. 한 번 해 볼까.

몰아치는 제국주의 침략자들의 폭탄을 맞고 쓰러져도… 우리는 혁명의 붉은 기를 높이 휘날리리라. 김일성 대원쑤님의 령도 아래…♪♬'"

대방은 선명하고 유창하게 혁명가를 불러댔다.

"하하! 어때. 이만하면 여느 로동당 선전부원 못지않지?"

대방은 호탕하게 웃으며 일어서더니 팔과 다리를 직각으로 각지게 번쩍번쩍 들어 올려 혁명전사의 흉내를 냈다.

"이래 봬도 나 또한 혁명전사가 되는 교육을 철저히 받고 자란 사람이야. 지금은 중국인이지만…"

철민도 대방이 중국인이란 사실을 알고 있었다.

"접경지역에서는 여러 모로 헷갈리는 때가 많아요. 언뜻 보기에 우리 조선인민 같아 보여서 곁을 주면 말도 잘 통하는데 느닷없이 중국 신분증을 보게 될 때면 아차 싶을 때가 더러 있거든요. 아주 어릴 적에 조선으로 피난 오셨으면 중국에는 또 언제 돌아가셨습니까?"

대방은 가벼운 한숨을 내쉬며 또 한 잔 마셨다.

"언제부터인가 마당에서, 공원에서 그리고 집에서 노는 우리 애를 볼 때면 항상 내 성장과정이 떠올랐어. 그리고 압록강을 넘나드는 횟수가 많아질수록 내가 받은 교육을 대물림해서는 안 되겠구나, 결심을 굳히게 됐지. 그 광란의 도가니에 우리 애가 있을 생각을 하면 끔찍해! 이제 그런 거 하던 시대는 정말 끝났어."

철민은 몹시도 불안했지만 내색도 못하고 듣고만 있었다.

"나야 먹고 살려면 여기저기 많이 다닐 수밖에 없으니까 세월 따라 세상이 변하는 모습을 적나라하게 볼 수밖에 없거든. 나 자랄 때는 공으로 먹여 주고, 재워 주고, 교육시켜주는 사회주의에 머리 숙여 감사했었고 집단교육이 그렇게 편했어. 자네 혹시 대학은 나왔나?"

"대학은… 못 갔습니다. 고등중학에서 기술교육을 받았고 군복무 후엔 고등전문학교를 잠깐 다녔지요. 그게 답니다."

"그래도 나보다는 높은 교육을 받았으니 다행이군. 왜냐면 내 꼭 하나 물어보고 싶은 게 있거든. '우리식 사회주의'가 대체 뭔가?"

갑작스레 철민은 심한 불쾌감을 느꼈다. 당장이라도 이 종파분자를 거꾸로 들어 압록강에다 던져 버려야 되는 거 아닌가. 철민은 눈만 껌벅이며 말이 없었다.

"왜 모르나?"

"…"

"학교는 헛 다녔구먼."

"…"

"모든 인민들이 행복하게 잘 사는 세상 아닌가?"

대방은 역설조로 반문했다.

"근데 조선은 그동안 백성은 잊고 통치만 너무 번창했어. 그래서 초심을 잊어버린 거라고."

대방은 갑자기 음식을 밀치고 젓가락을 모아 장방형으로 만들었다.

"자네 바둑 좋아하나?"

"예. 여기 오기 전에는 많이 했었습니다."

철민은 시선을 멀리한 채 억지로 답했다.

"그럼 잘 보게. 내가 당이고 자네가 인민이야. 그리고 지금 당과 인민이 대국을 하고 있어. 이때 서로가 공유하는 공간, 바둑판을 '교육'이라고 놓고 보사."

대방은 양 손가락으로 철민과 대방의 가운데에 놓여 있는 장방형의 공간을 가리켰다. 그리고는 젓가락을 더 모아 그 안에 가로선과 세로선을 아무렇게나 만들었다.

"근데 이렇게 바둑판의 오과 열이 뒤죽박죽이 돼 버렸다면 인민에게나 당에게나 아무짝에도 쓸모없는 바둑판이겠지?"

"…"

"지금 강 건너 형세가 꼭 그래. 나한테는 어린 시절 조선의 공민교육에 대한 열정과 감사가 추억으로 남아 있지만 지금 랭정하게 살펴보면 망가진 바둑판일 뿐이야. 거기다 설상가상으로 대국을 두는 두 기사가 눈가리개까지 하고 있다면 상황은 어떻겠나?"

한참 떠들고 나니 목이 타는지 대방은 또 한 잔 마셨다.

"자네도 나중에 결혼하고 애 낳으면 지금 내 말뜻이 좀 더 가슴에 와 닿을 거야. 때로는 같은 말이라도 상황에 따라 다르게 느껴지는 법이거든."

대방은 철민의 술잔을 채워주었다.

"마저 들어. 갓 잡아서 그런지 쏘가리가 입에 아주 살살 녹네. 우리 고생했다고 선주가 오늘 아주 좋은 선물했어. 하하! 그런데 자네 손전화 쓰는 법은 다 익혔나?"

철민은 대답이 없었다. 사실 아까부터 계속 속이 메스꺼웠다.

"허허. 이 사람 지금 적개심에 불타고 있구먼. 왜 나를 저 압록강에다 던져 버리고 싶나?"

대방의 말에 철민은 맥이 풀려 그만 너털웃음을 터트렸다. 한동안 침묵이 흘렀고 철민은 대방을 외면한 채 신의주 쪽을 하염없이 바라보고 있었다.

"이보게 젊은이. 극단적인 생각은 이젠 쓰레기통으로 가야 할 퇴물이야. 누구에게도 도움이 되지 않거든."

* * *

철민은 조선 근로자의 전형이었다. 강인한 체력에 누구보다 근면 성실했으며 '나'보다는 '집단'의 이익을 위해 규율을 준수하는 자세가 몸에 배어 있었고 어려서부터 기술교육을 받아왔기 때문에 새로운 기계를 다룰 수 있는 응용범위가 매우 넓었다. 갈수록 대방과 철민은 서로를 필요로 했고 많은 부분에서 진심으로 교감하며 의지하게 됐다.

젊기 때문에 살날도 많고 꿈을 꿀 수 있는 날들도 많아서 비록 가진 재물이야 얼마 없더라도 정서만큼은 풍요로울 수 있으리라. 대방과 함께 일하면서 느끼는 동료의식이 철민에게는 어느 순간부터 단순하게 다가오지 않았다. 어떤 때에는 자신의 근간이 흔들리는 것 같기도 했다. 돈에 대한 단순한 집착 대신에 그 형성과정이 눈에 들어왔고 많이 번 것이 자랑스러웠다. 그렇지만 생활총화 때에는 달랐다. 당과 지도자동지 앞에서는 '충성'이라는 열정 이외에는 용납될 수 없다고 평생 배워 온 불문율 때문에 양심의 가책을 느끼지 않을 수 없었다.

'지도자동지에 대한 일편단심에 누가 된다면 불문곡직하고 죄악인데…. 지금의 내 행위가 과연 정당한 걸까?'

자아비판과 상호비판을 통해 '정신 재무장'을 할 때에는 늘 마음 한구석에 커다란 돌멩이라도 가라앉은 듯 총화 내내 마음이 무거웠다. 현실에 존재하는 여러 공간들이 철민에게는 고뇌와 번민의 연속이었다.

자기 방에 돌아오면 또 다른 현실공간이었다. 맞은편 벽에 걸린 지도자동지의 초상화를 마주 보면 절로 고개가 숙여지면서 마음 한구석이 칼로 베인 듯 쓰라렸다. 그렇지만 그분의 면전에서라도 저축통장을 열고 잔고를 확인할 때면 흐뭇해서 입가에는 미소가 그려졌다. 그러면 철민은 어김없이 마음속으로 구호를 외쳤다.

'지도자동지 만세!'

철민의 손전화에 대해서는 작업반장도 출처를 알고 있었기 때문에 보고도 못 본 척 말이 없었고 철민은 기계를 사용하는 데 아무런 거리낌도 없었다. 다음날도 철민의 손전화에는 그를 애타게 찾는 대방의 번호가 찍혔고 마치 철민이 쉬는 날이라는 것을 아는 듯했다.

"안녕하세요. 어쩐 일이에요?"

"어쩐 일은 이 사람아. 그냥 안부가 궁금해서 전화했지. 반장이 당신 아프다 하던데 어떻게 몸은 좀 괜찮나?"

"늘 있는 일 아니겠습니까. 그래도 약 먹고 어제부터 누워 있었더니 지금은 많이 나아졌습니다."

"그만하다니 다행이구먼. 아닌 게 아니라 그동안 자네 무리를 좀 했어. 그래도 누워만 있으면 좀이 쑤시지 않나? 이럴 때는 가볍게 산보나 하면 몸이 한결 돌아온다고. 어떤가. 오늘 나하고 같이 바람이나 쐬러 항구 한 번 구경 가지 않으려나. 바다구경도 좀 하고 맛있는 음식도 먹고. 하하!"

부둣가에는 비슷한 용모의 사람이 많아 철민의 모습이 눈에 띄지는 않았지만 짧게 자른 삼부머리와 기지바지 그리고 셔츠에 달린 김일성, 김정일 배지는 전형적인 조선 근로인민의 모습이어서 작정하고 덤비면 못 찾을 일도 아니었다.

"요사이는 그래도 덜하지만 사실 여기는 조선 사람들의 출입이 많은 곳이야. 근데 자네 항구에서 일해 본 적 있나?"

"그럼요. 신의주에 있는 가공공장에서 일 년 남짓 일한 적이 있었는데 항구가 바로 지척이었습니다. 비록 규모는 작았지만 거기도 붐빌 때는 꽤나 일손이 딸렸지요. 그래서 저도 원자재 하역하러 여러 번 불려 갔었습니다. 그런데 뜬금없이 항구는 왜 묻습니까?"

"잘됐군. 실은 오는 주말에 일 좀 해 달라고 부탁할 참이었어. 몸도 성치 않은 사람한테 이런 부탁하기는 미안하지만 나도 갑자기 닥친 일이라 경황이 없는데다 이번 일은 운때가 안 맞는지 지금 일할 사람이 없어. 새벽에 항구에서 하역일 하려면 일 잘하는 사람 딱 한 명만 있으면 되는데 할 만한 인부들이 다들 아프거나 다른 일에 매여 있거든."

대방은 정색을 하고는 철민의 어깨를 툭 쳤다.

"퍼뜩 자네가 떠오르더라고. 일이야 평소 하던 일이니까 딱히 어려운 것은 없을 거야. 단지 중장비도 좀 써야 하는데 그건 뭐 자네 전문이니까 문제 될 건 없을 것 같고…. 하루만 고생해 주면 보수는 내 섭섭지 않게 줄 테니까 어떻게 가능하겠나?"

"제가 몸이 이래서…."

철민은 엄살조로 너스레를 떨어보았지만 타고난 일꾼인 그의 마음은 새로운 일에 대한 호기심으로 가득한 채 이미 수평선을 향해 달리고 있었다.

"그나저나 언제 이렇게 기반을 다지셨습니까? 지난달에는 혜산시에서 광물수송을 했지 않습니까. 동에 번쩍, 서에 번쩍! 아주 압록강을 주름잡고 다니시는군요. 덕분에 저야 돈 벌어서 좋기는 합니다만…. 하하!"

미소를 지으며 따가운 햇살을 피하려고 미간을 좁히니 조선 노동자 특유의 핼쑥한 양 볼이 더 앙상하게 보였다.

"일단 안내나 해 주시죠. 여기는 항만시설이 워낙 엄청나서 뭐가 뭔시 노동 모르겠습니다. 이렇게 큰 부두는 난생처음 봅니다."

철민은 눈이 휘둥그레져서 사방을 둘러보았다.

"저기 저 우뚝 솟은 것은 뭡니까?"

"해상기중기라는 거야. 힘이 엄청 나! 저것만 있으면 항공모함이 와도 문제없겠더라고. 저런 것들을 보면 과연 대륙은 대륙이구나! 하고 탄성이 절로 나온다고. 자네도 꿈을 크게 가져서 저런 기계 한번 운전해 봐."

"근데 제가 보기엔 저렇게 불쑥불쑥 솟아오른 모양새가 꼭 무슨 미사일 기지처럼 보이고 옆에 서 있는 중국 공안은 마치 지키고 있는 보초병 같아 보입니다. 아무 때나 쓸 수 있는 기계는 아니겠죠?"

"우리하고는 상관없는 기계야. 우리 주소는 따로 있다고. 저 아래 소포구에 내 사용권이 있는 선착장이 있어. 거기서 이번 주말에 조선 선주 한 명을 만날 거야."

주변을 유심히 살피던 대방은 쓴웃음을 지었다.

"그이하고는 작년에 한 번 거래해 봤는데 지난주에 갑자기 전화가 왔어. 올해는 꽃게잡이가 제철을 맞아 대풍을 이뤘대. 속도 꽉 차서 맛도 기가 막히게 좋다 하더라고. 그래서 조개 담은 상자하고 같이 값 좀 쳐달라고…. 예년보다 물건은 좋지만 가격만 적당히 쳐주면 그냥 넘겨주겠다 하더라고. 내 쪽에선 중국 돈 얼마하고 선물로 생필품 좀 건네주면 돼. 지금 철산반도 쪽은 식량난이 말도 못하나 봐. 풍문으로 들은 소식이 아침에 눈 뜨면 살아있는 것에 감사해야 할지, 또 하루를 더 살아야 한다는 사실을 원망해야 할지 모른다 하더라고. 어쨌거나 생존하려면 입에 풀칠이라도 해야 하니까… 나도 그런 시절을 겪어 봐서 안다고."

대방은 바닷바람에 흐트러지는 머리칼을 쓸어 올리며 담배에 불을 붙였다.

"자초지종은 대충 그렇고 모든 것은 자네 하기에 달렸어. 자네까지 못하겠다 하면 그냥 물 건너갈 수밖에 없는 거고."

불현듯 철민은 몇 해 전 기차역의 대합실 모습을 떠올리며 몸서리를 쳤다. 부대가 시내에 있었기 때문에 그때는 매일같이 불려가 아침마다 쪼그린 채 거죽을 덮고 아사한 인민들의 시신을 수습하는 일이 하루일과였다. 비단 신의주뿐만 아니라 함북지방의 배급체계가 붕괴됐다는 사실은 철민도 진작 알고 있었다. 그런데 그거야 나라가 어려우니까 할 수 없다손 치더라도 중국에 와서 철민이 깨닫게 된 사실은 아사를 막을 수 있었던 유통체계에 대한 어떠한 노력의 흔적도 그곳에서는 본 적이 없었다는 점이었다.

'배급체계가 붕괴되니까 온통 지뢰밭이구나. 어디 철산반도뿐이겠어.'

짚이는 데라도 있는 듯 잔뜩 찡그린 얼굴로 철민은 고개를 끄덕였다.

"그럼 이번엔 어디로 가는 겁니까?"

대방은 재밌는 표정을 지으며 철민의 어깨를 가볍게 '툭'쳤다.

"이번에는 내륙에 있는 심양으로 갈 거야. 그곳에 제법 큰 수산시장이 있는데 오래전부터 알고 지내는 상인들이 있어. 조선 선주에게서 부탁받고 그들과 통화했더니 꽤나 반기더라고. 요즈음 수요는 많은데 그쪽에선 물건이 없어서 못 파나 봐."

"먼저 한 번 둘러보죠. 원래 바람 쐬러 나온 거 아니었습니까."

대개 조선 사람들은 항상 둘이나 셋 또는 집단으로 다니는데 얼핏 보기에 이들의 모습은 마치 다정한 아버지와 아들처럼 보였다. 여기저기 한참을 돌아다닌 그들은 선착장 부근의 벤치에 앉아 잠시 쉬었다. 그러나 따사로운 햇살 속에서 두 사람은 서로 다른 곳을 응시하고 있었다. 동상이몽 격으로 대방은 날카로운 눈으로 자리를 찾고 동대를 살피고 있었으나 철민의 시선은 선착장을 막 떠나가는 화물선을 따라 망망대해를 향하고 있었다.

'이제는 여름 색이 완연하군.'

대방은 손수건으로 이마와 목덜미의 땀을 닦으며 철민에게 음료수를 건넸다.

"이번 주말에도 날씨가 꼭 오늘만 같았으면 좋겠는데 말이야. 고생 안 하려면 결국 하늘이 도와줘야 돼."

대방은 걱정하는 눈빛으로 하늘을 올려다보았다. 그러나 철민의 마음은 한껏 하늘과 맞닿은 바다 끝으로 열려있었고 청명한 하늘빛을 머금은 바닷물은 그의 가슴속으로 가득 밀려와 찰랑거리며 영롱하게 반짝이고 있었다. 철민은 대방의 거래 따위에는 별로 관심도 없었다. 단지 생사의 기로에 선 이웃사촌에 대한 연민과 미지의 세계에 대한 호기심으로 충만한 채 마음은 바다 건너편을 향해 달리고 있었다.

'과연 광활한 바다 한복판에도 철조망을 칠 수 있을까? 난 무엇이든 잠겨 있는 것은 항상 열고 싶었어.'

철민은 시선을 돌려 푸른 하늘과 날아가는 기러기들을 바라보았다.

'아득히 먼 수평선에 닿고자 노 저을 때 정해진 길이 따로 있을까?'

창공으로부터 부서져 나와 세상으로 퍼져 나가는 빛의 향연은 철민에게 색감에 대한 향수를 자아내게 해 주었다.

'세상은 꼭 주어지는 것만이 아니야. 스스로 만들어 갈 수도 있는 거지. 그리고 아름다움이란 힘으로 규정할 수 없는 거야. 보이는 세상은 하나지만 표현할 수 있는 마음의 빛깔은 무궁무진해.'

생각이 거기에 미치자 아픈 추억이 다시금 새록새록 떠올랐다.

'당에서 요구하는 대로, 지시하는 대로, 명령하는 대로 할 수도 있었는데…. 왜 그때 멋대로 해서 좌절을 겪었을까. 그놈의 고집 때문에 반년 동안 작업한 작품을 전시도 못해 봤고 그 바람에 예술전문학교로 진학도 못했지만 지금도 후회는 없어.'

하염없이 바다와 항만시설을 바라보고 있던 철민에게 바다 멀리서 들려오는 뱃고동 소리는 지난 추억을 더욱 아련히 떠올려 주었다.

'정말 그림 같은 풍경이군. 언제 기회가 닿으면 종이와 색칠도구를 가지고 다시 와야지.'

"이봐 젊은 친구!"

대방은 다그치듯이 철민을 가볍게 흔들었다.

"무슨 생각을 그렇게 해?"

철민은 깜짝 놀라며 대방을 바라봤다.

"항만시설이 하도 엄청나서 고저 정신없이 구경 좀 하다 보니까…."

철민은 들고 있던 음료수를 마저 마셨다.

"우리 여기 놀러 온 거 아냐."

대방은 갑자기 철민의 옷깃을 잡아끌면서 나지막이 속삭였다.

"내가 특급정보 하나 알려줄까."

"특급정보요?"

"그래. 정말 굉장한 소식이야!"

철민은 고개를 돌리며 애써 무심한 척했다.

"듣고 싶어?"

"말씀을 꺼냈으면 마저 해야죠."

"정확한 날짜는 알 수 없지만 조만간에 조선의 최고지도자가 온대."

"뭐라고요! 진짜입니까?"

철민은 화들짝 놀라며 정색을 했다. 마치 뭐에라도 얻어맞은 듯한동안 말이 없었다.

한 십여 년 전쯤이었을까?

지도자동지가 고향마을을 방문한 적이 있었다. 꼬박 한 달을 준비하여 영접할 순비를 했었는데 그때도 어린 나이에 철민은 이 일이 경사인지, 재앙인지 헛갈렸었다. 준비하느라 고생한 걸 생각하면 재앙이었지만 그분이 오셨다 간 이후로 마을에 새로운 시설물이 생기고 평생 못 받아 봤던 귀한 선물을 구경한 일은 분명 축복이었다.

　"저… 우리 반장동지도 알고 있습니까?"

　"아직 모를 거야. 이래 뵈도 내가 인맥이 넓어. 당 간부 중에 아는 사람이 있는데 얼마 전에 인사를 했더니만 살짝 귀띔을 해 주더라고."

　대방은 빙그레 웃었다.

　"지도자동지의 방중이 얼마나 중차대한 일인지는 자네도 잘 알지."

　"알다마다요! 전 지금 정신이 다 나갈 지경입니다. 어디 저만 그렇겠습니까. 우리 반원들 알게 되면 '어버이'가 오신다고! 또 한편으론 큰일 났다고! 난리 날 텐데요."

　철민은 어깨가 움츠려지며 한숨이 절로 나왔다.

　"근데 반장동지한테도 안 해 준 얘기를 왜 저한테 해 주시는 겁니까?"

　그렇지 않아도 그동안 대방과 같이 일하면서 수상한 일들을 너무 많이 봐 왔기 때문에 그러려니 하면서도 철민은 한편으로 마음 한 구석이 무거워졌다.

　"자네도 여기 오고 일 년 남짓한 사이에 꽤나 개인주의에 물들었구면. 요사이 중국 젊은이들 말투가 꼭 자네 같아. 그렇지만 중국이나 조선이나 본질은 사회주의 국가야. 개인의 행동은 집단의 발전에 이바지할 때 가치 있는 거고 사회주의 일원이라면 누구든지 집단과 공동운명체라는 사명감을 가져야 한다고. 아직도 명심하지 못하고 있는 것 같은데 이런 일을 할 때에는 혼연일체가 돼야 돼. 따라서 내가 아는 만큼 자네도 알고 있어야 한다고. 알겠어?"

"그거는 그렇죠."

철민은 대방의 말에 무안해져서 그만 할 말을 잃었다.

'이 사람은 항상 나보다 한 발 앞서 있단 말이야.'

"난 조선하고 중국이 무슨 회담을 하건 관심 없어. 하지만 최고지도자란 존재는 조선에서는 국보 중에 국보거든! 아. 명실공히 최고 브랜드에 흠집이 생기면 쓰겠나. 모르긴 몰라도 방중 전후로 해서 접경지역이 또 한바탕 뒤집어질 거야. 그런데 문제는 상주보다 곡쟁이가 요란하다는 거야. 아마 이 근방에 중국 공안 이상으로 조선의 보위부 요원들이 쫙 깔릴 거라고. 물론 위대한 령도자께서는 항상 당근과 채찍을 적절히 사용해 오셨으니까 그분 발길 닿는 곳에는 적지 않은 후광도 비추겠지만 이런 때 잘못 걸리면 아예 유명을 달리하는 수가 있어."

"그래서 이렇게 서두르시는군요?""

"이제 알겠어? 이번 주가 지나면 너무 위험해져."

대방은 문득 무슨 생각이 났는지 철민을 물끄러미 바라봤다.

"조선 선주가 생각 있으면 전화 한 통화 해달라고 했는데 말꼬리가 하도 애처로워서 한참 동안 귓전을 맴돌더라고…."

* * *

달빛 아래 융단 같은 바다 위에서 어둠을 밝히는 은은한 불빛이 너무나 아늑해 철민은 여기 선착장에서 조금만 더 가면 망망대해라는 사실이 도무지 실감이 나질 않았다. 일도 거의 끝난 마당에 그냥 누워서 새벽별을 감상하며 푹 자고 싶었다. 하지만 멀리 등대 쪽에서 사이렌 비슷한 소리가 들려오자 철민은 바짝 긴장했다.

"대방. 다 실었습니다."

대방은 대답 대신 연신 주변을 살피더니 선주와 무슨 얘기를 나눈 후 돈과 물건을 건넸다.

"물건 다 점검했지."

"예. 일일이 다 세서 확인했습니다."

"수고했어. 그만 가자고."

다행이 일은 순조롭게 진행되어 그 길로 대방과 철민은 심양으로 향했다.

기이잉 소리와 함께 소형 기중기가 회전할 때마다 그리고 철민의 땀방울이 그대로 이마에 고드름으로 맺혀질 때마다 냉동 창고에는 꽃게가 가득 쌓여갔고 대방은 창고주인과 함께 재고를 확인하느라 여념이 없었다.

일에 열중할 때는 간혹 있는 고성도 귀에 들어오지 않았다. 오로지 내 일만이 뇌리에 박혀 직무에 충실할 뿐이었다. 그 먼 길을 왔지만 쉴 틈도 없이 곧장 냉동 창고에서 하역작업 하느라 시간 가는 줄 모르다 보니 벌써 땅거미가 지고 천정에 매달려있는 등에는 하나둘씩 불이 켜지기 시작했다. 그리고 철민의 바이오태엽도 멈췄다. 이제 그만 정리해야 할 때라는 것을 알았고 주변을 살펴봤다. 대방도 그만 정리하라고 신호를 보냈다. 긴장이 풀리면서 시장기가 느껴졌고 그제야 수산시장의 여러 가지 모습들이 철민의 눈에 들어왔다.

'이 세상 수산시장이란 곳은 다 비슷비슷한 데가 있구나.'

철민은 신의주에서 봤던 수산시장과 비교해 보며 볼거리를 찾아 눈망울을 굴렸지만 특별한 눈요깃감은 없었다. 단지 부대끼는 사람들 속에서 피어나는 땀내음이 고향의 향수를 자극해 한동안 상념에 잠겼다.

"철민아. 그 상자는 내가 따로 챙겨 둔 거야. 우리 저녁거리라고. 오늘 고생했으니까 가서 특별한 음식 좀 먹자."

가게에 들어가 상자를 열자 크고 싱싱한 꽃게더미가 눈에 확 들어왔다.

'와! 굉장하군.'

흐뭇하게 꽃게를 바라본 철민은 대방의 자상한 마음씨에 감동하여 가슴이 뭉클해졌다. 둘만 있을 때도, 여럿이 있을 때도, 집단으로 있을 때도, 언제나 구수한 분위기를 만들어 주는 것은 그의 특기였다.

"아주머니. 이거 여기서 료리할 수 있죠?"

잠시 후 보글보글 빨간 고추 물과 함께 잘 익은 암게의 알이 제 색깔을 내자 대방이 먼저 첫술을 떴다.

"이제 먹어도 되겠어. 오늘 정말 수고했고 맘껏 들어."

평소에도 그랬지만 특히 이맘때 대방 특유의 입담은 사람의 마음을 편안하게 해 주어 하루의 고단함이 그의 혀끝에서 살살 녹아내리는 듯했다.

"이거 빈말이 아니라 자네만 있으면 듬직해. 덕분에 오늘도 무사히 끝낼 수 있었어. 어떤가. 아예 우리 식구가 될 생각은 없나?"

대방은 환한 미소를 띠며 철민의 잔을 채워줬다.

"별 말씀을 다 하십니다."

철민은 긴장하며 본능적으로 주변을 살피고는 경계하는 눈빛으로 대방을 쳐다봤다.

"대방도 오늘 고생 많이 하셨습니다. 제 술 한잔 받으시죠."

철민은 서둘러 대방의 잔을 채워주며 넌지시 부탁했다.

"앞으로 그런 말씀은 한 귀로 흘려버리겠습니다."

"그래 미안하네, 미안해. 농담 한 번 한 걸 가지고 뭘 그렇게 정색을 하나. 그리고 여기는 중국에서도 내륙이야. 괜찮다고."

대방은 철민의 어깨를 가볍게 치며 위로해 줬다. 저녁식사 후 대방과 철민은 서둘러 출발했다. 단둥에 있는 숙소까지는 또 대륙을 가로질러 한참을 가야 했기 때문이었다. 정신없이 누세 시산을 날리사 종일 쌓인 피로 때문인지 철민은 좀처럼 운전에 집중하기가 힘들었다.

"잠깐 쉬었다 가죠."

철민이 차에서 내려 볼일을 보고 오니 대방은 담배 한 대를 피고 있었다.

"교대해 줄까?"

"괜찮습니다."

"오늘 시장에서 중국 상인들하고 거래할 때 봤는데 자네 중국어 실력이 많이 늘었더군. 이제는 나 없어도 되겠던데."

"늘긴요. 그냥 도로 리정표나 보는 정도지요. 그래도 틈나는 대로 공부하고 있습니다."

"근데 자네 래일도 또 새벽부터 현장에 나가나?"

"별수 있겠습니까. 어차피 돈 벌러 왔는데 하루라도 더 일해야지요."

"조선의 근로인민들을 보면 가끔 인간에 대한 경외감이 들 때가 있어. 그래, 그렇게 일하고도 래일 새벽에 눈이 떠지나? 대단해!"

철민은 싱겁다는 듯이 피식 웃으며 고개를 돌렸다.

"그리고 이거는 오늘 꽃게장사가 잘되서 주는 거니까 나쁘게 생각하지 말고 받아."

"하하. 감사합니다."

주변이 칠흑같이 어두워 대형트럭의 운전석과 조수석은 마치 구 중심처에서 밀담을 주고받는 장소처럼 보였다.

"반장 얘기를 들어봐도 작업반에 항상 일감이 있는 것도 아니고 이번 공사가 끝나면 아직 딱히 잡힌 일정도 없다고 하던데…. 어때? 나중에 신의주에 한 번 더 갈 수 있겠나?"

"저야 돈 벌면 좋기는 합니다만, 뭔가 단단히 오해하시는 것 같습니다. 저는 반장동지 따라온 것이 아닙니다. 어디까지나 당의 허락을 받고 온 거죠. 압록강을 건너는 일이 중국에서 다른 일 좀 하는 거하고 같을 수는 없지 않습니까?"

대방은 피식 웃으며 담배 한 모금을 깊게 빨았다.

"아침에 내가 그 선주한테 kg당 얼마를 쳐주었는지 알아?"

"…."

"아마 그 사람 앞으로 반년 동안은 먹고살 걱정 안 해도 될 거야."

철민은 빙그레 웃으며 눈을 반짝였다.

"잘하셨네요! 근데 대방은 상인들한테 얼마나 받으셨습니까?"

"그런 거는 알 거 없고. 건방 떨지 마. 경리일은 내가 보는 거야."

기분이 상한 대방은 담배를 비벼 끄며 갈 길을 재촉했다.

"그만 가지. 아직도 갈 길이 먼데."

대륙을 관통하는 도로는 어둠 속에서도 철민을 순식간에 숙소로 데려가고 있었다.

"반장 걱정은 할 필요 없어. 내가 평소 섭섭지 않게 하고 있으니까. 나는 조선 간부들하고 거래하는 방법을 알고 있어. 간부들 복주머니는 잘 챙겨 줘야 만사가 형통한 법이라고. 하하!"

단지 강 하나를 건넜을 뿐이었지만 철민은 중국에 와서 돈과 관련된 세상살이의 민낯을 적나라하게 볼 수 있는 기회가 많았다. 그중에서도 돈의 흐름을 본능적으로 이해하기 시작했는데 이해할수록 더 많이 벌 수 있어 좋았지만 때로는 자신이 속해있는 부당한 체계에 염증이 나기도 했다.

"접경지역에서 장구한 세월 장사하면서 산전수전 다 겪어봤지만 갈수록 절감하는 게 좀 번듯하게 장사를 하려면 투자하는 법을 알아야 하겠더라고. 당장 눈앞의 리익에만 급급해서는 결국 보따리 장사밖에 못하겠어. 미래를 읽을 수 있어야 하고 무엇보다 기회를 포착할 수 있어야 돼."

"…."

"근데 오늘 저녁은 어떻게 괜찮았나?"

"저녁 잘 먹고, 돈도 벌고 일 년 열두 달 오늘만 같았으면 좋겠습니다. 마지막으로 꽃게를 그렇게 풍성하게 먹어본 지가 기억도 잘 안 나는데 하여간에 오늘 저녁은 너무 잘 먹었습니다."

"다행이군. 입에 맞았다니. 그리고 보니까 자네하고 저녁 같이 먹은 것도 벌써 여러 번이구먼. 덕분에 그동안 사업이 많이 번창했어. 고마워."

대방은 철민을 바라보며 씽긋 웃었다. 하지만 무심한 철민은 자꾸만 쏟아지는 잠이나 쫓으려 창문을 반쯤 내렸더니 신선한 공기가 밀려 들어오면서 운전에 한결 도움이 됐다.

"난 참 인복이 많은 놈이야. 그동안의 세월을 돌이켜보면 나 스스로도 깜짝, 깜짝 놀란다니까. 그리고 나는 하늘이 주신 복에 감사했고 소중히 여겼어. 좋은 사람들하고 오늘을 열심히 살다 보니까 래일은 저절로 좋아지더라고."

"훌륭한 인생이군요."

"남들에게 신용을 쌓기 위해선 먼저 같은 식구들끼리 서로를 믿을 수 있어야 돼. 그러기 위해선 아무나 쓰면 안 되지."

저녁 식사 때 넓게 비추는 식당의 전등빛은 홍조 띤 대방의 얼굴빛을 여과 없이 보여줬지만 지금 트럭의 실내등 아래에서는 푸르게 때로는 희미하게도 보여 힘주어 말할 때 대방의 얼굴빛은 흡사 카멜레온을 연상시켰다.

"뭐, 제가 한가할 때면 언제든지 도와드리겠습니다. 그렇지만 무리한 부탁은 좀 삼가해 주십시오. 돈도 좋고, 애국도 좋지만 수용소로 끌려가서 병신 되면 차라리 안 오니만 못하지 않겠습니까?"

'꼬리가 길면 잡히는 법인데 이러다 정말 큰일 나는 거 아냐.'

근심은 달리는 차의 차창 너머로 긴 꼬리를 달며 하루의 피곤을 더했으나 어쨌든 또 하루가 저물어 가고 있었다. 옆에서 말없이 고개를 돌리고 있던 대방도 목이 타는지 물 한 모금을 마시고는 철민에게 물병을 건넸다.

"식당에서 아주머니가 챙겨준 거야. 내가 먼 길 가는 거 알거든. 자네도 좀 마셔."

"그 식당하고는 여러 번 거래했습니까?"

"그럼 오래됐지. 그 아주머니하고 첫 거래했던 때가 언제였는지 기억도 안 나는데…. 접경지역은 여러모로 흥미로운 곳이야. 위험과 기회가 공존하기 때문에 언제나 가장 효과적이고 확실한 길을 찾을 수 있어야 돼. 또 그러다 보면 자연스레 성공도 할 수 있는 거고. 성공이란 어디까지나 열심히 하는 과정에서 우연히 얻는 선물이지. 자랑이라고 해 봐야 우습지만 나는 수십 년간 쌓아 온 인맥 덕분에 압록강과 두만강지역의 동태에 대해서는 남들보다 항상 한발 앞서 왔어. 그런데 근래 들어 부쩍 힘들어지는 것이 중국 쪽의 향배를 파악하는 일이야. 중국이 하도 변화무쌍해서 어떤 때는 직접 눈으로 보면서도 확신을 못하겠더라고. 그렇지만 압록강을 건널 때면 최소한 그런 걱정은 사라져. 언제나 똑같으니까 따로 시세에 대해 고민할 필요가 없거든. 어떻게 보면 참 안타까운 일이기도 해. 갈수록 양쪽이 천양지차로 벌어지고 있으니…."

대방은 한숨을 길게 내쉬며 담배에 불을 붙였다.

"세상 참 알차게 사셨네요. 젊어서 땀 흘려 일한 게 다 투자밑천이 됐으니…."

"투자! 방금 투자라고 했나? 자네 입에서 그런 말이 나오니 상당히 흥미롭구먼."

대방은 철민을 돌아보며 피식 웃었다.

"두사에 내해서는 나도 아직 입에 딤기에 쑥스러울 징도로 쥐뿔도 모르지만, 무엇보다 시기가 중요하다는 점은 잘 알아. 투자란 게 마치 잔치집의 초대장과 같아서 늦으면 늦을수록 볼거리, 먹을거리가 줄어들다가 나중에는 그냥 휴지조각이 돼 버린다고. 그래서 제때 사람 쓰는 일이 무엇보다 중요해. 내 주변에는 철민이 자네 같은 일꾼만 잔뜩 있었으면 좋겠어. 혹시 탈북이라도 하면 곧장 나한테 와. 언제든지 환영해 줄 테니까. 하하!"

정신없이 달린 끝에 철민은 무사히 숙소에 도착할 수 있었다.

'힘들었지만 오늘도 돈 벌었네. 그런데 이거 너무 늦었군. 총화도 없는 날이라 다들 자나 본데.'

사방이 깜깜 절벽이었고 개미소리 하나 들리지 않아 너무나 고요했다. 그렇지만 철민은 어둠 속에서의 생활에 충분히 익숙해져 있었다. 오랜 기간 단련된 덕에 어둠 속에서 사물을 식별하고, 느끼고, 어둠 속에서 상황을 판단하는 것이 자연스러운 일상이었다. 심지어는 세면대에서 대충 씻고 자기 방으로 올라가면서도 그는 전혀 인기척을 내지 않았다. 어둡고 고요한 복도에서 철민의 움직임은 마치 유령이라도 지나가는 듯했고 조용히 문을 열고 침대에 누워 한숨을 돌리기까지 숙소 건물의 누구도 방해받지 않았다.

'이까짓 게 뭐 대수야. 새벽별빛 아래서 이슬 젖은 삽자루를 쥐며 시작해 밤에 별들을 헤아리며 마무리했던 날들이 한두 번이었나?'

철민은 매트 위에 몸을 눕히고 두 다리를 쭉 뻗었다.

'휴우…. 살 거 같네. 좋은 날이었어. 돈도 많이 벌고.'

철민은 문득 인민공원에서 자주 봤던 현수막 문구가 떠올랐다.

세상 부러움 없어라
지도자동지 만세!

'그만 자자. 내일 또 일찍 일어나야 하는데…'

제4화
배신과 근무지 변경

눈꺼풀이 천근만근 무거워 막 곯아떨어지려는 참이었다.

"철민아, 자냐?"

마치 귓전에서 윙윙거리는 모기처럼 멀리서 들려오는 나지막한 목소리가 철민을 성가시게 했지만 만사가 귀찮아 불청객이 누구든 신경쓰고 싶지 않았다. 그렇지만 이내 묵직한 손이 그를 흔들어 깨웠다.

"철민아. 왜 이리 늦었냐? 요새는 항상 이렇게 늦냐?"

"…"

"오랜만에 얼굴 좀 보자."

좀전과 달리 가까이서 들려오는 목소리는 상당히 낮이 익은 음성이었다. 졸린 눈을 부비면서 간신히 일어난 철민은 어둠 속에서도 상대방을 금세 알아볼 수 있었다.

"아! 승재구나. 간나새끼. 인기척 좀 내지. 난 또 아무도 없는 줄 알았잖아."

철민은 지친 몸을 일으켜 문가 쪽으로 가 불을 켰다. 형광등 불빛 아래 드러난 철민의 방은 달라진 것이 아무것도 없었다. 가운데에는 낡은 탁자와 여러 가지 용도로 쓰이는 의자가 놓여있고 벽 쪽으로는 철제로 된 복층침대가 놓여있었다. 문을 열면 정면으로 미닫이 창문이 보여 그런대로 답답한 느낌은 없었으며 햇살을 가득 머금을 때면 방의 누추한 느낌을 말끔히 사라지게 했다. 그리고 창가에 놓인 몇 개의 화분은 실내의 분위기를 한층 화사하게 해 주었다.

"언제 왔냐?"

"오늘 왔어. 련변에서부터 그 먼 길을 와 가지고 피곤해서 초저녁부터 곯아떨어졌는데 잠결에 인기척이 들려서 지금 깬 거야."

"그동안 어떻게 지냈냐? 통 소식도 없이."

철민은 졸린 눈을 비비며 승재에게 초점을 맞추려 애썼는데 느닷없이 깨운 것도 모자라 그는 남의 침대 위에 털썩 걸터앉으며 기운없이 축 늘어졌다. 그리고 무겁게 입을 열었다.

"말 마라. 요새 아주 죽을 지경이다."

만사가 귀찮은 듯 다 기어들어가는 그의 목소리보다 깊은 한숨소리가 더 크게 들렸다.

"근데 오늘 왜 이렇게 늦었냐? 야간작업 했냐?"

"야간작업? 그래 야간작업이지. 오늘 일 때문에 중국대륙을 다 횡단해 봤다."

철민은 탁자에 있는 주전자에서 물을 한 잔 따라 마시고는 승재를 바라보며 멋쩍은 듯이 씨익 웃었다.

"사실 몇 달 전부터 다른 일 좀 하고 있어."

"뭐! 다른 일? 철민이 너도 그런 거 할 줄 아냐."

승재는 다소 의외라는 듯이 말똥말똥 철민을 쳐다봤다.

"무슨 일 하는데?"

"하는 일은 같아. 특별히 뭐 어려운 것도 없고… 어차피 돈 벌러왔는데 하루라도 더 일해야지 숙소에만 있으면 돈이 되냐?"

"이 간나새끼! 일 년을 안 봤더니 많이 변했구나. 그래 벌이는 괜찮냐?"

같은 방의 동료에게서 '돈벌이'란 말을 듣자 철민은 마치 학창시절 열심히 공부하고 시험 본 성적표를 비교해 보던 추억이 떠올라 괜스레 우쭐해졌다.

"뭐 벌이라고 할 것까지 있겠냐. 그래도 그냥 노는 것보다는 나으니까…. 근데 련변에서 일은 어떻게 잘 끝났냐?"

속이 타는지 승재도 물을 한 잔 따라 마셨지만 말이 없었다.

"하긴 다 끝났으니까 돌아왔겠지. 근데 왜 그렇게 기운이 없냐?"

대답 대신 승재의 한숨소리만 계속 들려오자 철민은 아직도 무거운 눈꺼풀을 치켜세우며 승재의 표정을 살폈다.

"잘된 게 다 뭐냐? 대금결제 땜에 그쪽은 지금 굉장히 어수선해. 상황이 좀처럼 나아지지 않으니까 반장동지가 일단 철수하라 하더라고. 그래서 나하고 같이 갔던 근로인민들은 낮에 다 돌아왔어. 로임도 못 받고 고생만 진탕했지 뭐냐."

아닌 게 아니라 승재의 얼굴은 핼쑥하니 생기라곤 찾아볼 수가 없었다. 담배를 입에 문 채 창가로 간 그는 깊게 한 모금 빨고는 온갖 시름을 다 뱉어내듯 입으로, 코로 연기를 마구 내뿜어 댔다.

"그나저나 당장 집에 송금해야 하는데 큰일이다. 엊그저께 우리 집 막내놈하고 통화했거든. 불행은 혼자 오지 않는다더니만, 하필 또 이런 때에 폭우까지 겹쳐서 두만강이 범람했대. 그래서 집이 거의 다 유실됐다 하더라고. 그런데 식량배급은 벌써 일주일째 감감무소식이고. 이대로 있다간 꼼짝없이 앉아서 굶어 죽을 수밖에 없는 판국이래."

승재와 철민은 동향은 아니었지만 단둥에 같이 왔고 둘 다 중국파견은 처음이라 자연스레 서로 기대면서 타향살이의 설움을 이겨내 왔다. 그리고 철민은 타고난 천성이 그렇기도 했지만 같은 방을 쓰면서 항상 하나에서부터 열까지 꼼꼼히 승재를 챙겨주었다.

'내가 잠깐 별나라에라도 다녀왔었나? 창가에 저렇게 처량맞게 서

있는 그의 모습이 어쩌면 내 모습일 수도 있는데…'

"반장동지는 뭐라 하냐?"

"반장동지라고 무슨 뾰족한 수가 있겠냐? 중국 당국하고 우리 령사관에 강력하게 건의는 해 놔서 곧 좋은 소식이 있을 거라고는 하는데 다들 별로 기대하는 눈치는 아니야. 그래도 지푸라기라도 잡으려는 심정으로 기다리고 있어. 한시라도 빨리 돈하고 약품하고 챙겨서 보내야지, 안 그러면 우리 식구 다 죽는다."

"이래저래 큰일이구나. 이제 몇 달 지나면 추위까지 닥치는데 얼어 죽지 않으려면 지금부터 빨리 보수공사를 하든지 아니면 거처를 새로 마련하든지 해야겠구나."

비몽사몽간에 철민도 불현듯 집생각이 났다. 이십 년 전에 돈이 없어서 평양에서 살다가 변방으로 쫓겨왔는데 때맞춰 마중 나온 동장군이 얼마나 반갑게 맞이해 줬던지 철민은 지금도 골수에까지 사무쳤던 추위의 공포를 잊을 수가 없었다.

"승재야. 너 량강도에서 왔다고 했지?"

"그래. 춥기로는 량강도에서도 둘째가라면 서러운 곳이다."

"그러고 보니까 우린 공통점이 많구나. 나도 어려서 쫓겨 와서 수십 년 동안 변방의 추위에 대해서는 이골이 났는데."

철민은 역전에 동태처럼 나뒹굴었던 시체들이 생각이 나 얼굴을 찌푸리며 말끝을 흐렸다.

"그래. 얼어 죽는 경우도 종종 있지. 고원지역에서야 일 년 열두 달 추위에 대한 근심거리를 달고 사니까 새삼스러울 것도 없지만 겨울만 되면 우리 집은 외양간보다도 작아졌어. 불 때는 방이 한 개다 보니까 부모님하고 동생들하고 온 식구들이 방 한 칸에 모여서 한겨울을 났거든. 근데 올 겨울에는 그나마도 없으니 우리 집 식구들은 다 어디로 피신하냐?"

승재는 피던 담배를 비벼 끄고는 물을 한 잔 따라 마셨다.

'올 서울 나 혼자 살아남으면 가족들한테 죄송해서 어떡하나.'

담담하게 듣던 철민은 문득 좀전에 받은 돈 봉투가 떠올랐다.

"나도 그때 기술학교나 갈걸. 대학공부는 괜히 해가지고…. 지금처럼 잡일이나 해서는 돈 못 벌겠어."

승재는 의자 위에 털썩 앉더니 다리를 길게 뻗고는 고개를 푹 숙였다.

'그놈의 돈이 원쑤지.'

승재에게 강하게 동병상련을 느끼며 철민도 덩달아 시간을 거슬러 갔다. 기술학교 시절 펄프공장의 양지 바른 곳은 그만의 작은 쉼터였다. 나무 밑에 기대앉아 뭔가를 그리고, 만들면서 몰두할 수 있었고 그럴 때 그는 행복했었다. 항상 시간과 규율에 쫓겨 다녔던 힘든 실습기간에도 틈만 나면 그곳을 즐겨 찾았으며 못 이룬 꿈을 아쉬워하며 상상의 나래를 펴곤 했다. 석탄과 석유가 바닥나 아무것도 가동할 수 없고 따로 하달된 명령도 없는 날이면 그의 손에는 어김없이 종이와 연필이 들려 있었다. 도화지를 채워 나가는 색은 철민의 마음을 어루만져 주었고 허기마저도 달래 주어 돈과 배경이 없어 꺾인 꿈이 거칠한 지면 위에서는 날개를 달고 훨훨 날아가고 있었다.

'이 세상에 인민의 꿈과 정서를 담을 수 있는 보자기가 있다면 그것이 바로 당과 지도자동지여야 하는 것 아닌가? 나도 그때 돈만 있었으면 예술학교로 갈 수 있었을 텐데…. 그랬으면 지금쯤 더 행복했을려나?'

"집에 송금 못한 지는 얼마나 됐는데?"

"벌써 두 달째야. 근데 목구멍이 포도청 아니냐. 집 식구들이 다 굶어 죽었는지 이젠 전화도 안 해. 나도 련락해 봤자 속만 타니까 그냥 있는데 속으로는 불안해서 자다가도 벌떡벌떡 깨곤 해."

"원래 무소식이 희소식이야. 그리고 요새 굶어 죽는 사람이 어디 있나?"

철민은 무겁게 몸을 일으켜 탁자 쪽으로 걸어가 외투 속에서 오늘 받은 돈 봉투를 꺼냈다. 그리고 침대 귀퉁이의 실밥을 풀고는 숨겨 놓은 돈마저 꺼내들었다.

"이거라도 보내."

'툭' 소리와 함께 탁자 위를 때리는 경쾌한 울림에 승재는 깜짝 놀랐다.

"그거 뭐냐?"

"좀전에 말했잖냐. 요새 다른 일 좀 하고 있다고. 그냥 주는 건 절대 아니니까 인건비 문제 해결되는 대로 갚아야 한다."

승재는 갑자기 벌떡 일어나 철민 옆으로 바짝 다가왔다. 그리고 봉투를 열어 보고는 눈이 휘둥그레졌다.

"자세히 얘기 좀 해 줘라. 도대체 무슨 일을 하는 거냐?"

'이 친구 급하기는 급한 모양이네.'

철민은 덤비는 기세에 흠칫 놀라며 일어나서는 창문을 조금 열고 물을 한 잔 더 따라 마셨다.

"그때 너 가고 일주일인가 지나서였어. 느닷없이 반장동지가 부탁을 하는 거야. 거래하는 화교상인이 있는데 나보고 같이 가서 일 좀 도와주고 우리가 쓸 건자재를 싣고 오래. 그래서 하역일 좀 도와주고 우리 물건 싣고 왔는데 그 화교상인이 날 잘 봤는지 그 다음부터 많이 찾더라고. 그래서 여러 번 같이 일했어. 우연히 알게 된 사람이지만 신용을 신조로 장사하는 사람답게 거래관계 하나는 확실하더라고. 그 상인 덕분에 나도 한몫 단단히 챙겼어. 이것도 지난 두 달 동안 번 돈하고 오늘 로임으로 받은 거야."

"기가 막히는군! 일 년을 안 봤더니 누구는 끼니걱정이나 하면서 살긴이 막막한데 누구는 남이 돈디고 턱턱 주니."

승재는 허공을 향해 야속한 세월을 푸념하며 한숨지었다.

"어쨌든 이 돈은 정말 고맙다. 되는대로 갚을게. 근데 그 일 나도 좀 같이 할 수 없냐?"

철민은 대답 없이 하품을 하며 무거운 몸을 다시 일으켰다.

"오늘 하루 거의 속도전이었다. 꼭두새벽부터 방금까지 정신없이 중국 대륙을 누비고 다녔거든. 근데 지금 몇 시나 됐냐?"

"고저 벌써 자정이 넘었어."

"승재야. 그동안의 얘기는 앞으로 천천히 하자. 난 또 래일 새벽부터 일어나야 돼."

불이 꺼지자 방 안은 다시 쥐 죽은 듯이 고요해졌다. 그런데 아직 한여름도 아닌데 윙윙거리는 모기소리가 철민의 귀를 간지럽혔다.

"철민아. 궁금해서 못 살겠다. 그렇게 돈 버는 일이 도대체 뭐냐? 좀 들려다오."

그렇지만 연이어 들려오는 모기소리 때문에 귀찮아 못 살겠는 쪽은 오히려 철민이었다. 빨리 숙면에 들고 싶었던 그는 베개에 얼굴을 묻고 생각나는 대로 지껄여댔다.

"오늘 이른 새벽에 우리 조선 선주 한 명을 만났어. 철산에서 온 배라 하던데 대방이라고 하는 그 중국 상인하고는 벌써 여러 번 거래해서 그런지 격의 없이 인사를 주고받더라고. 나야 뭐 따라가서 일만 해 주면 되니까 하다못해 통성명도 안 했고 또 그럴 필요도 없었다만, 그 선주도 내 쪽은 거들떠보지도 않더라. 내 할 일은 선주가 싣고 온 꽃게를 내륙의 수산시장으로 날라주는 거였어. 그런데 그 중국 상인이 수완이 굉장히 뛰어나더라고. 그래서 가져간 물건 다 처분했고 얼핏 봤는데 리익도 엄청 남겼더라."

"오! 고작 운반해 준 일이 다였냐? 운전 정도는 나도 할 수 있는데."

"근데 대형트럭이라 좀 달라. 그리고 아무래도 수산물이기도 하고 또 지금 초여름 아니냐. 신선할 때 넘겨야 하기 때문에 작업을 빨리 하려면 트럭에 탑재된 중장비도 다룰 수 있어야 돼."

"철민이 너 재주 많은 것은 진작 알았다만 세상물정은 너무 모르는 것 같다."

"뚱딴지같이 뭔 소리냐?"

철민은 잠결에 짜증을 냈다.

"이제 그만 자자."

"꽃게잡이배의 선주를 꼭두새벽에 만났다고…? 그 시간이면 아직 세관업무가 시작되지도 않았을 때 아니냐. 그리고 그 중국 상인이 그렇게 새벽부터 서두른 이유는 물론 적재물이 수산물인 것도 있겠지만 내 보기에 진짜 이유는 따로 있는 것 같아."

만사가 귀찮은지 색색거리는 숨소리만 들릴 뿐 철민은 말이 없었다.

"듣고 있는 거냐?"

"…"

"몇 달 전에 장백현에 납품하러 갔었는데 가는 도중 강둑에 고무바지를 입은 사람들이 삼삼오오 모여 있는 것을 본 적이 있어. 그 모양새가 령 희한해서 자꾸 그쪽을 쳐다보게 됐는데 동승했던 조선족이 설명을 해 주더라고.

'조선에 대기근이 닥친 후부터 접경지역에서 저런 촌극은 어디서든 볼 수 있어요. 저기 뗏목 비슷한 나무판대기 보입니까? 지금 이맘때 아주 요긴하게 쓰입니다. 장마가 끝난 지도 한참이라 강에 물이 빠질 대로 빠져서 저기에 물건 싣고 가서 건네주고 또 건네받고 그러는 거예요. 주로 이른 새벽이나 늦은 밤에 하지요. 조선 국경경비대 간부들에게 얼마 찔러주면 아무 일 없어요.'

철민아. 내 생각에는 그 조선족이 들려준 얘기하고 네가 해 준 얘기하고 대동소이한 깃 같다."

"말했지 않냐. 반장동지 허락받고 가서 일 좀 해 준 거라고! 자세한 얘기 듣고 싶으면 당장 래일이라도 반장동지 한 번 찾아뵈라. 나는 몸이 천근만근이라 아무 생각도 못하겠다. 정말 더 이상 귀찮게 하지 마라. 그리고 그 돈은 분명히 꿔 준 거다. 반드시 갚아야 한다."

막 꿈나라로 가려는데 이상하게 종일 대방하고 같이 했던 일들이 꼬리에 꼬리를 물면서 생각이 나 철민을 괴롭혔다.

'이거 괜한 말한 거 아닌가?'

철민은 불안한 마음에 방금 내뱉은 말을 곱씹으며 바로 누워 위층의 승재를 올려다보았다.

'설마하니 무슨 일이야 있겠어? 대륙이니 반도니 하는 말들은 다 인간이 만들어낸 단어에 불과해. 대방이 어릴 적에 살길 찾아 강 건너 반도로 건너왔던 것처럼 나도 살길 찾아 대륙으로 왔을 뿐이야. 대륙과 반도를 구분 짓는 은혜로운 압록강과 두만강은 인간이 존재하기 전부터 도도히 흘렀으니 인간이 만든 규율 따위는 한 조각 종이배로 흘려보낼 수 있을 거야. 그리고 지도자동지께서는 원래 인민의 생존을 지켜 주시고 행복을 배려해 주시는 분이잖아. 지도자동지 만세!'

꿈결 속에서 외치는 만세구호와 함께 철민은 더 이상 버티지 못하고 곯아떨어지고 말았다. 다음 날 숙소에서의 아침은 여느 날과 다를 바 없었다. 다만 오래 있을 줄 알았던 승재가 하루 만에 련변으로 돌아갔고 철민은 다시금 홀로 기거해야 했다. 텅 빈 방 안에 혼자 누우면 승재와의 짧은 만남이 못내 아쉬웠지만 그날 밤 승재와 나눴던 대화는 철민의 가슴속에 멍에로 남아 마음이 영 편치 못했다.

'지금까지 살아오면서 해도 된다는 것이 과연 몇이나 됐나?'

철민은 금지를 나름대로 나누어 보았다. '절대 안 돼'와 '안 돼' 그리고 '될 수도 있어'로 나눈 후 스스로 위로했다.

'지도자동지께서 허여해 주신 큰 은혜를 조금만 넓게 생각하자.'

* * *

주변정리도 끝나고 작업복에 묻은 하루의 흙먼지를 털어낼 쯤에는 해도 뉘엿뉘엿 넘어가 보이는 색감이 온통 바래져 시각보다는 직관에 의지하게 된다. 철민은 이맘때를 즐겼다. 어슴푸레 퍼져나가는 저녁놀이 꼭 하루의 고된 일과를 감싸주는 모포처럼 넉넉하게 느껴졌으며 온몸으로 포근함도 만끽할 수 있어 더할 나위 없이 좋았다.

'휴우. 오늘 하루도 무사히 마쳤구나.'

안도의 한숨을 내쉬며 습관처럼 주변의 반원들을 둘러봤다. 모두들 지쳐 보였지만 다들 무사했다.

근로 후에 느끼는 홀가분하고 신선한 느낌은 그 무엇으로도 구속할 수 없는 감정이었다. 숙소로 가는 버스에 탑승하면 철민은 하루 중에 얼마 안 되는 자유를 만끽하기 위해 저절로 차창 밖으로 눈길이 갔다. 창밖으로 이어지는 단둥시내의 풍경들을 매일같이 아침저녁으로 감상하면서도 어쩐지 저녁 때 시내감상이 더 정답게 느껴졌다.

'사람 사는 곳은 어디든 다 비슷비슷한 데가 있는 거야. 저들도 지금쯤 하루를 정리하고 있을 것 아닌가.'

그리고 철민 또한 단조로운 일상 속에서 조용히 하루일과를 마무리 짓고 있었다. 생활총화도 없는 날이라 식사 후에 간단한 충성맹세만 하면 하루일과는 모두 끝난다. 철민은 모처럼 잠 좀 푹 잘 수 있을 거라는 기대에 식당으로 향하는 발걸음이 가벼웠고 다들 홀가분한 마음이었다.

"철민아. 잠깐 나 좀 보자."

느닷없이 반장동지의 목소리가 철민을 붙들어 세웠다.

'무슨 일이지?'

부르는 목소리가 평소와 달리 날이 서 있는 듯해서 철민은 다소 불안했다. 반장은 주변에 아무도 없는 것을 확인하자 착 깔린 무거운 목소리로 말했다.

"철민아. 오늘 낮에 느닷없이 보위부에서 연락이 왔어.

'거기 리철민 근로인민이라고 있소?'

'네. 있습니다.'

'래일 안전원이 갈 거야!'

그 말 한마디만 하고 딱 끊어 버리더라. 전화 받고 황망해서 지금까지 안절부절 못하고 있는데 혹시 뭐라도 짚이는 데 없냐?"

"보위부요?"

갑자기 귀가 먹먹해지며 심장이 몹시 쿵쾅거렸다. 아무런 생각도 나지 않았다. 조사당하고 감시받는 일이야 태어나면서부터 몸에 밴 일이었지만 그래도 언제나 집단과 함께였으며 보위부 같은 데서 무슨 조사를 혼자 받는다는 것은 난생 처음 겪는 일이었기 때문이었다.

"반장동지. 글쎄 전 잘 모르겠습니다. 미약하나마 우리 공화국의 발전에 보탬이 되고자 언제나 열심히 일한 죄밖에 없는데…. 어쨌거나 보위부에서 전화가 왔다는 게 좋은 일 때문은 아니지 않습니까."

철민은 다시금 모골이 송연해져서 애처로운 눈빛으로 다급하게 말했다.

"반장동지. 전 영문을 모르겠습니다."

"진짜 몰라?"

철민을 쏘아보는 반장의 눈빛이 점차 살기를 더해 갔다. 반면에 철민의 눈은 위세에 눌려 초점을 잃고 바닥만 쳐다보고 있었다.

"뭐 정 모른다면야 할 수 없지만, 내 도울 수 있는 일 같으면 도와 줄 텐데. 알았어. 오늘 수고했어. 그만 가서 식사나 해."

반장은 이상야릇한 미소를 지으며 철민의 어깨를 툭 치고 갔다.

식사테이블에 앉기는 했지만 밥인들 제대로 먹힐 리가 없었다. 몇 숟가락 뜨는 둥, 마는 둥 대충 먹고선 교육실로 향했다.

사상구호를 외치는 와중에도 내내 맘이 편치 않던 철민은 결국 집회가 파하고 방으로 가는 대신 반장을 찾아갔다. 평소 반장하고 는 격의 없이 지내는 사이였지만 반장실은 역시 내키지 않는 곳이었 다. 마지못해 문을 두드리며 인기척을 냈다.

"들어와."

반장실이라 봐야 볼품없는 책상과 의자 몇 개 그리고 칠이 벗겨진 벽걸이 선반이 고작이었지만 모든 것이 좁은 공간 속에서 질서 정연 하게 적절한 배치를 이루고 있었다.

잔뜩 주눅이 든 철민은 반장을 똑바로 쳐다보지도 못한 채 한동 안 땅바닥만 응시했다.

"무슨 일인가?"

"좀 여쭈어 보고 싶은 것이 있어서 왔습니다. 혹시 그 중국 상인하 고 같이 일했던 것이 뭐 잘못된 거라도 있습니까? 사실 제가 별도 로 받은 게 좀 있어서요."

철민은 여전히 고개를 푹 숙인 채 기어들어가는 목소리로 실토했 고 이런 철민을 반장은 표독스러운 눈초리로 바라봤다. 그는 무겁 게 몸을 일으켜 철민에게 다가왔다.

"그래 얼마나 받았는데?"

"고저 열심히 해서 주는 것이고 아무 일 없을 거라고 해서 앞뒤 분간 못하고 덥석 챙겨 두었지요. 많지는 않습니다. 또 몇 번 받지도 않았고요."

"이런 답답한 사람을 봤나. 말 똑바로 못해! 당신 땜에 여기 있는 사람 다 죽게 하고 싶어!"

반장은 급기야 철민의 멱살을 잡고 흔들며 다그쳤다.

"지금 그 돈 다 어디 있어?"

"집에 다 송금했습니다."

반장의 노기 띤 얼굴에 싸늘한 미소가 그려지며 철민을 노려봤다.

"이 간나새꺄! 눈 가리고 아웅도 유분수지. 숙소에 보물항아리 묻어 두고 심심하면 퍼준다고 소문이 자자한데 거짓말을 해?"

도둑이 제 발 저리는 격으로 철민은 짐짝처럼 다뤄지면서도 찍소리도 못했다.

"보위부 새끼들이 괜히 나오는 줄 알아? 뭔가 연기가 오르니까 냄새 맡고 오는 거라고. 곰곰이 생각해 봐. 혹시 어디서라도 돈주 행세하고 다닌 적 없어? 하다못해 숙소에서라도."

"숙소요?"

그제야 철민은 퍼뜩 승재가 떠올랐다.

"반장동지. 며칠 전에 파견 나갔던 승재가 돌아왔지 않습니까. 못본 지 꽤 돼서 반갑기도 하고 회포 좀 푸느라고 이 얘기, 저 얘기 나누었는데 말 들어 보니까 사정이 참 딱하게 됐더라고요. 과부사정은 홀아비가 안다고 제가 그 근로인민의 심정을 왜 모르겠습니까? 이 광활한 만주대륙에서 같은 방을 쓰게 된 것도 큰 인연인데 집식구들 고생이나 시키지 말라고 선심 한 번 썼지요. 돈이란 게 어차피 있다가도 없는 것인데 그렇게 하는 것이 어떻게 보면 남의 나라 온 보람도 찾을 수 있을 것 같아서요."

"그럼 그 간나새끼가 신고했구먼. 그렇게 안 봤는데 하여간에 열길 물속은 알아도 한 길 사람 속은 모른다니까."

반장은 기가 막힌다는 듯이 혀를 찼다.

"반장동지. 승재가 보위부에 신고라도 했다는 겁니까?"

"그 동무가 돌아온 바로 다음 날 아닌 밤중에 홍두깨 식으로 서둘러 련변으로 돌아가고 싶다고 하더라고. 마침 련변에 또 공사수주도 받고 해서 일손이 모자를 거 같아 잘됐다 싶어 보냈는데 그 동무 속내는 따로 있었던 거야. 그러니까 우리 작업반을 말아 먹으려고 아주 작정을 한 거지. 자기가 돌아오려면 적어도 반년은 있어야하니까 그 사이 무슨 일이 일어나든 알게 뭐겠어?"

반장은 이맛살을 잔뜩 찌푸리고는 속이 타는지 물을 한 잔 벌컥벌컥 마셨다.

"얼마나 줬어?"

"많이는 아닙니다. 고저 중국 돈 약간 쥐어 줬습니다."

"허허. 거기다 중국 돈이라…. 호박이 넝쿨 채 굴러들어 왔다고 눈이 휘둥그레졌겠네. 혹시 줬다는 무슨 증표는 남겼어?"

"증표요! 저희가 언제 그런 거 했습니까?"

"정말 답답한 인민이로군. 여기는 중국이야. 우리는 그 자체로도 이미 당으로부터 감시당할 이유를 안고 있는 셈이라고. 간나새끼. 자기 돈 받은 사실은 딱 잡아뗐겠지."

반장은 생각할수록 괘씸하다는 듯이 이를 부득부득 갈았다.

"동무. 요사이 접경지역에 서슬이 얼마나 시퍼런 줄 알아?"

반장은 딱하다는 듯이 철민을 물끄러미 쳐다봤다.

"내가 압록강 부근을 다니다 보면 심심치 않게 보위부원들을 본다고. 이마빡에다 '료원'이라고 써 붙이지는 않았지만 나는 금방 알 수있어. 그리고 잘 아는 사람한테 들은 얘긴데 최근에 량강도에선 공개처형까지 있었대. 정신 바짝 차려! 그래 돈 몇 푼 벌었더니 세상이 발밑에 보여?"

철민은 반장의 호통에 주눅 들어 시종일관 얼굴을 못 들고 있었다.

'젠장. 중국 돈 줬다는 얘기는 괜히 꺼냈구나.'

"죽은 자는 말이 없는 법이야. 이런 때 보위부에 한 번 잘못 끌려가서 죽도록 맞아가지고 병신 되거나 저승길이라도 가면 어디 가서 하소연도 못한다고. 그러면 승재 그 간나새끼는 국가에서 변제문제를 깨끗이 해결해 주는 셈이니까 얼마나 좋겠어. 그리고 자신의 충성심도 증명할 수 있는 셈이니 그야말로 일석이조지."

멍하니 듣고만 있던 철민은 다리에 힘이 풀려 그만 의자에 털썩 주저앉고 말았다. 배신에 대한 분노로 치를 떨면서 손으로 머리를 감싸 정신을 차리려 애써 보았지만 난생처음 느껴보는 낯설고 극단적인 감정에 어쩔 줄을 몰랐다.

"사상무장이란 언제, 어디서고 간에 완전무결해야 하는 법이야. 이곳이 중국이라고 해서 긴장을 늦추어서는 안 된다고. 동무, 큰 실수한 거야."

행여 누구라도 들을까 봐 반장의 목소리는 나지막했지만 조용히 울려퍼졌고 비수처럼 철민의 가슴에 꽂혔다.

"아무튼 래일 조사받을 때 무조건 사실무근이라고 잡아 떼. 밀수라는 것이 뭔지도 모를뿐더러 당에서 허락하고 배정해 준 일 이외에 대해서는 알려고 하지도 않았고 일절 아는 바도 없다고. 그리고 중국 상인의 일을 도와주면서 따로 재물을 모은 일 따위는 황당무계한 얘기라고 부정하라고. 알았어!"

반장은 목이 타는지 물을 한 잔 더 따라 벌컥벌컥 마셨다.

"나머지는 내가 알아서 할 테니까. 아무튼 조사 잘 받아야 돼. 이번 일 잘못되면 동무 때문에 우리 작업반이 아예 공중분해 되는 수가 있어."

* * *

　대방과 함께 일했던 지난날들을 더듬어보며 긴장 속에서 거의 뜬 눈으로 밤을 지새웠지만 다음 날은 어김없이 찾아왔다. 오히려 그날 따라 더 화창했으며 구름 한 점 없어 단조로운 일상이 더 한층 평온하게 느껴질 뿐이었다.

　'중국에 처음 왔을 때도, 급료를 처음 받았을 때도, 설레는 마음을 보다듬어 주기라도 하듯 날씨는 참 좋았는데…. 저승길로 가는 날치고는 이상하리만치 청명하군. 날씨 한 번 기가 막히게 좋다!'

　그런데 새참을 먹을 때도, 현장을 정리할 때도, 저녁 식사 때도, 이제나저제나 숨죽이며 기다렸지만 철민을 부르는 일은 없었다.

　'아직 안 왔나? 반장동지도 안 부르고. 어쨌든 다행이다.'

　철민은 저물어 가는 해에게 감사하며 공구들을 정리하고 있었다.

　"철민아. 반장동지가 오늘 뜬금없이 총화를 소집한다고 하더라. 그런데 급하게 너를 찾는다. 대충 정리하고 빨리 반장실로 가 봐라."

　'생활총화! 어… 오늘은 총화하는 날이 아닌데.'

　갑자기 소집된 총화 때문이었을까? 이상하게 그날 작업은 평상시보다 일찍 끝났고 저녁식사도 빨리했다. 그런데 총화가 있는 날은 원래 해가 두 번 뜨는 날이었다. 새벽에 눈 뜨면 지도자동지의 초상을 바라보며 경건한 마음으로 긴장하여 하루를 준비하는 것처럼 총화 전에는 종일보다 더 긴장해서 전투할 준비를 갖춰야 했다. '또래'가 아닌 '집단'을 자각하게 되면서부터 십 수년간을 총화 날처럼 살아왔지만 집회 전에 따로 불려가기는 처음 겪는 일이었다. 그를 찾는다는 말에 철민은 극도로 긴장해서 반장실로 갔다.

　"반장동지. 찾으셨습니까?"

　"어. 왔어. 이리 가까이 와 봐."

분위기는 무거웠고 철민은 숨이 막힐 것만 같았다. 그리고 철민을 바라보며 턱을 지켜든 반상은 서슴없이 나그칠 기세였다.

"로동수첩 좀 보자."

반장은 철민이 건넨 노동수첩을 한 장, 한 장 이 잡듯이 살펴보면서 간간이 철민을 쏘아보았다. 그렇지만 페이지를 넘겨 나가면서 점차 얼굴 표정이 누그러졌다.

"동무 성실한 건 진작부터 알고 있었지만 수첩에도 그대로 쓰여 있으니까 최소한 과업 때문에 책잡힐 일은 없을 것 같아."

"네. 저는 평소 로동수첩이 저의 당성을 증명한다고 생각하고 기록을 게을리하지 않았습니다."

반장은 철민을 보며 싱겁게 씨익 웃었다.

"조금 이따 총화 때 낯선 인민이 동무를 주시하더라도 개의치 마. 그냥 평소 때처럼 하면 되는 거야. 괜히 긴장할 필요 없어."

이윽고 시작된 집회에서 반장동지는 먼저 자신에 대한 촌평으로 총화의 운을 뗐다. 그리고 로동수첩을 치켜들고는 과업달성을 역설하였는데 모든 반원들도 자신의 수첩을 꺼내 들었다. 그러자 갑자기 중간에 앉아 있던 반원 한 명이 벌떡 일어났다.

"저는 아프다는 이유로 작업현장에서 게으름을 피웠습니다. 결과적으로 작업능률을 떨어뜨렸고 동료 근로인민들에게도 부담을 가중시켰습니다. 비판받아 마땅합니다. 당장은 우리 작업반의 목표달성을 위해, 더 나아가서는 우리 공화국의 리익을 위해서라도 앞으로는 제 몸을 잘 건사하겠습니다."

그는 자아비판이 끝나자 한쪽 구석을 가리키며 단호한 목소리로 언성을 높였다.

"김순욱동무를 비판합니다. 어제 오전에 같이 납품하러 갔을 때 김순욱 근로인민은 트럭에서 중국의 불순매체를 탐닉했습니다. 그리고 뻔뻔스럽게도 불순물을 소지하고 있다고 과시했습니다. 저는 그런 행위를 보고 저 동무는 우리 조선인민과는 종자부터 다르다는 의심이 들었습니다."

순간 실내는 경색됐고 반장은 김순욱을 노려보았다.

"김순욱동무. 나오시오."

풀이 죽은 채 불려 나오는 근로인민을 보며 철민은 민감하게 동정심을 느꼈다.

'남의 나라에서 이게 도대체 뭐하는 거야.'

근로인민은 누구든지 해야 하는 자아비판과 호상비판이 엇갈리면서 총화장의 분위기는 점차 열기를 띠었고 종국에는 살기마저 느껴졌다. 물론 철민도 피해 갈 수 없었다. 평소 작업원들 사이에 모범적인 근로인민으로 깊이 인식되고 있는 터라 통과의례인 경우가 많았지만 때로는 그를 정면으로 겨냥한 칼날에 등골이 오싹할 때도 있었다. 그리고 오늘 밤 그는 생사의 기로에 선 기분이었다. 어디선가 자신을 노리고 있을 독사 같은 눈길이 자꾸만 느껴져 총화장의 구석구석을 살피고 있는데 결국 복도 쪽에 있는 창문 주위를 얼쩡거리는 낯선 인민을 발견하였다. 얼핏 보기에도 기지바지를 입고 삼각모자를 깊이 눌러 쓴 폼이 영락없는 안전원의 행색이었다.

'바로 저 인민이구나. 근데 혼자네. 혹시 나머지는 밖에서 기다리고 있나?'

우는 아이도 울음을 멈춘다는 보위부 조사는 그들이 지나간 자리는 쑥대밭이 되는 것으로 악명 높았기 때문에 단 한 명밖에 보이지 않는 것에 대해서 철민은 고개가 갸우뚱할 수밖에 없었다. 그렇지만 고민할 사이도 없이 철민의 바로 코앞에서 누군가가 벌떡 일어섰다.

"김순욱 근로인민은 지금 거짓말을 하고 있습니다. 한 달쯤 전에도 중국매체에서 남한의 련속극을 재미있게 봤다고 떠벌리는 것을 제가 분명히 늘었습니다. 아마노 서 근로인민은 **부르지**와 사상에 던던히 물들어 있는 것 같습니다. 김순욱동무를 반혁명죄로 고발합니다."

오늘 총화의 희생양을 향한 손가락질은 여기저기서 이어졌다.

그런데 창문 밖의 그림자는 형광등 불빛 아래 고정된 채 조금도 움직이질 않았다.

"동무. 계속하시오."

반장은 발표내용을 총화노트에 꼼꼼히 기록했다.

"그리고 정진동무를 비판합니다. 정진동무는 요사이 중국의 자본주의 물건을 즐겨 쓸 뿐 아니라 처음 봤을 때와 차림새가 너무 달라졌습니다. 이제는 머리에 노랑물까지 들여 가지고 현장에서 보면 마치 당나귀처럼 보입니다. 외모에 저렇게 치중을 하는데 우리 공화국의 굳건한 기상 따위는 안중에나 있겠습니까? 내일이라도 당장 머리를 짧게 자르고 옷차림도 근로자답게 수수하게 하여야 할 것입니다."

"정진동무. 잘 들었소? 그대로 하시오."

곧이어 다른 반원이 일어났다.

"리철민동무를 비판합니다. 중국 상인들을 함부로 만날뿐더러 재물까지 축적한다고 들었습니다. 우리 공화국의 분열을 야기하는 그런 반사회적이고 리기적인 행동들에 대해서 우리 인민들은 응당 복수해야 할 것입니다."

담담히 듣던 반장은 철민 쪽을 바라보며 매섭게 다그쳤다.

"리철민동무. 답변하시오."

"저는 단지 제게 할당된 일을 했을 뿐입니다. 약간의 재물을 획득한 것은 기술자격에 따라 당에서 허락한 정당한 것이었고요. 그러나 동료들에게 소외감을 줬다면 근로인민으로서의 본분을 잊은 경솔한 행동이고 이 점에 대해서는 다시는 이런 일이 없도록 깊이 반성하겠습니다."

"리철민동무는 단단히 각성해야겠소."

창밖의 물체는 미동도 없이 고정된 채 가만히 듣고만 있는 듯했다.

불꽃 튀며 주고받던 생활총화의 분위기도 밤이 깊어감에 따라 차츰 수그러들었는데 다들 지치기도 한 때문이었다.

"동무들. 오늘 총화는 여기까지 하겠소. 마지막으로 당과 지도자동지를 위해 만세삼창을 합시다."

총화장의 모든 이들은 지도자동지의 초상화를 바라보며 열렬하게 구호를 외쳐댔다.

"지도자동지 만세! 지도자동지 만세! 지도자동지 만세!"

뜨거운 열기를 내뿜는 만세소리가 총화의 대미를 장식하며 또 하루가 저물어 가고 있었다.

"철민아. 반장동지가 찾는다. 잠깐 반장실로 가 봐라."

반장실에는 반장이 낯선 인민과 함께 있었는데 역시 좀전에 복도 창문 쪽에서 봤던 바로 그 수상한 사람이었다. 기지바지에 곤색 점퍼는 여느 근로인민과 다를 바 없어 보였지만 실내에서도 깊숙이 눌러 쓰고 있는 삼각모와 날카로운 눈매 그리고 아무런 거리낌도 없는 태도는 조금만 주의 깊게 보면 그가 누구를 잡으러 왔다는 인상을 받기에 충분했다.

안전원은 철민을 보자마자 인사할 틈도 안 주고는 대뜸 내뱉었다.

"동무. 로동수첩 좀 봅시다."

어리둥절하고 있는 철민에게 이번에는 반장이 재촉한다.

"어서 보여드리지 않고 뭐 해."

"여기 있습니다."

안전원은 날카로운 눈빛으로 반장의 총화노트와 철민의 로동수첩을 비교해 보며 두 사람에게 번갈아 가며 질문하기 시작했다. 일상적인 질문이었지만 철민의 이마에는 식은땀이 흘렀고 등줄기가 서늘해지는 것을 느꼈다.

"동무. 근로실적이 훌륭하오. 하지만 동무의 반사회적 행위에 대한 혐의 때문에 내 이렇게 왔소. 듣자 하니 개인행동을 많이 했고 또 그렇게 돈이 많다고 하던데. 여기서 계속 일하고 싶으면 지금부터 내가 묻는 말에 똑바로 대답하는 게 좋을 거요."

안전원은 가방을 열고는 준비해 온 서류들을 집어 들었다. 납덩이처럼 무거운 음성으로 차분히 그리고 꼼꼼하게 읽어 나가며 그간 철민의 행적을 조목조목 캐묻고는 받아 적었는데 이상하리만치 고성이나 막말이 없었다. 단지 시종일관 매서운 눈초리였고 간혹 가다 창가에 서 있는 반장 쪽을 쳐다보며 묵시적으로나마 사실 확인을 하는 듯했다. 철민은 로동수첩에 있는 내용 이상의 범위에 대해서는 침묵으로 일관했다. 심문은 당초 철민이 예상했던 것보다 간결했으며 시간도 기껏 두 시간 정도밖에 안 걸렸다. 반장동지와 대질도 당연히 각오했지만 반장은 오히려 무료한 듯 창문을 열고는 담배까지 피워댔다. 이윽고 심문이 다 끝났는지 안전원은 일어서서 철민을 내려다보았다.

"동무. 중국에 와서 벌써 일 년 넘게 일했는데 소감이 어떻소?"

"근로의 기회를 제공해 주신 당과 지도자동지께 무한히 감사하며 중국에서의 활동 또한 혁명과업의 연장이라고 생각하고 하루하루 최선을 다하다 보니까 시간 가는 줄 모르고 있습니다."

"으음. 좋소. 정신무장이 훌륭하구려. 지금까지 사실 확인을 해 보니까 일단 고발된 건수에 대해서는 허위신고인 것 같소. 하지만 반원들 중에도 목격자가 있다고 하니까 더 이상 중국 근무는 힘들 거요. 근신하면서 기다리시오. 조만간 연락이 있을 거요."

철민은 눈앞이 캄캄해지며 다리에 힘이 쭉 빠졌다.

'중국에 오기 위해 평생 모아 둔 돈을 거의 다 썼는데…'

"안전원동지. 전 정말 억울합니다. 사심 많은 근로인민과 같은 방을 쓰다 보니까 얼토당토 않는 모략질을 당해 가지고…"

"됐소! 그만 돌아가시오. 이만하길 당의 하해와 같은 은혜로 알고 감사하시오. 그리고 윤승재는 지금 연행되어 보위부로 압송됐소. 그 동무 배짱 한 번 크더라고. 원목 하나를 통째로 빼돌려서 치부를 했던데."

반장은 빨리 나가라고 눈짓을 했다. 철민이 인사를 하고 문밖으로 나서려는 순간 비수처럼 날카로운 말이 그를 세웠다.

"동무. 잠깐 여기 보시오."

철민은 문간에 얼어붙은 채 돌아서서는 조용히 안전원을 응시했다.

"이번에는 어떻게 구사일생으로 가볍게 넘어갔지만 차후에도 당의 의심을 받게 되는 일이 생기면 그때에는 진짜 용서받을 수 없을 거요. 명심하시오!"

문 밖을 나선 후 얼마 못 가 철민은 아무렇게나 층계 위에 털썩 주저앉았다. 그리고 한동안 자리에서 일어나지 못했다.

* * *

"반장동지. 원래 보위부 사람들 하는 일이 선벌후사 아닙니까? 신의주에서 청년동맹 시절 잦은 결석으로 보위부 조사를 받으러 간 친구들을 본 적 있었는데 진짜 다 죽어서 돌아오던데…"

"동무도 아직 끝난 게 아냐. 당분간 단단히 근신해야 돼. 여기는 중국이야. 정신 차리라고! 아무쪼록 이번 일을 교훈 삼아 다시는 같은 실수를 반복하지 말라우. 알갔어!"

"네. 반장동지. 명심하겠습니다."

"그리고 동무는 이번에 우리 작업반에 단단히 신세졌어. 일을 무마하느라고 반원들한테 얼마나 가출했는지 알아? 또 나는 뭐 죄야? 명색이 반장자리에 앉아 있다고 지난 몇 달 동안 모아둔 돈 몽땅 갖다 바쳤어."

"죄, 죄송합니다."

"그런데 동무. 중국에서 계속 일하고 싶어?"

"예. 할 수만 있다면 정말 만기 채우고 돌아가고 싶습니다."

어김없이 또 하루가 지났고 철민은 긴장이 풀린 채로 반장실에서 허심탄회한 대화를 나누고 있었다. 하루 종일 일하면서 몇 번이고 반장실을 기웃거렸지만 선뜻 용기가 나질 않았는데 뜻밖에 그를 부르는 반장의 육성이 들려왔다. 마치 간밤의 노고를 위로라도 해 주기 위해 따로 부르는 목소리였다.

"내가 어떻게 도강증만큼은 보존해 주겠는데 아무래도 여기서 계속 일하기는 힘들겠어. 동무야 워낙 유능하고 성실하니까 어디가든 환영받을 거고 가면 초심 잃지 말고 열심히 해."

그리고 며칠 후 철민은 '근무지변경'을 명 받았다.

'이만하길 다행인가. 하지만 거기가 어디지? 혹시 어디로 귀양살이라도 가는 거 아냐?'

짐을 꾸리면서도 머릿속에서는 별의별 억측이 다 떠올랐다.

'그동안 모은 거 갖고서 어디 멀리 도망이라도 갈까. 끝도 모를 중국 대륙에 또 모래알보다도 많은 중국 인민들 사이에 내 몸 하나 숨길 곳이 없겠어?'

철민은 끝내 눈물을 흘렸고 단둥에서의 마지막 밤, 그의 베개는 거의 축축해졌다. 그리고 아무리 누르려 해도 마음 한구석에서 피어나는 대방의 환영은 점점 더 짙게 철민을 사로잡았다. 그동안 그와 함께 번 돈과 그가 해 주었던 충고들을 떠올리며 철민은 희미하게나마 앞날에 대해 밑그림을 그려보았다. 어제, 오늘 겪었던 마음 고생 때문인지 미래에 대해 불안한 마음은 낭떠러지 끝에 대롱대롱 매달려 있는 것 같았지만 그럴수록 대방의 충고를 이해할 수 있을 것 같았다.

'각오는 했었지만 중국에 오니 혼란스러운 것들이 너무 많아. 하지만 주변 환경이 변했다면 나 스스로도 변해야 돼. 다 잘될 거야.'

철민은 잠자리를 뒤척이며 스스로를 위로했다. 그렇지만 통 잠이 오질 않았다. 몇 번을 더 뒤척이며 잠을 청해 보았지만 정신만 더 또 렷해질 뿐이었다. 결국 주섬주섬 옷을 대충 차려입고는 바람이나 쐬 러 건물 옥상으로 향했다. 옥상 문을 열자 차갑고 신선한 공기하고 맞닥뜨렸다.

'아! 상쾌하다. 이제 몇 시간만 지나면 먼동이 트고 또 새날이 시 작되겠지.'

비록 단둥에서 일 년 남짓한 기간이었지만 철민은 감개가 무량했다.

'압록강을 건넌 날이 바로 엊그제 같은데 벌써 떠나야 하다니⋯. 지난 일 년은 분명 특별한 시간이었어.'

아쉬운 마음을 달래려 고개를 들어 밤하늘을 보니 무척이나 아름 다운 밤이었다.

'래일이란 주어지는 것이지, 언제는 내가 만들어 갔나? 그래도 밤하 늘을 바라보니 시원하네! 어디 별자리나 그려 보고 점이나 쳐보자.'

별자리 찾는 법이라야 고등중학 시절 잠깐 배운 천문학에서 익힌 것이 고작이었지만 이렇게 가슴이 답답하고 상황이 막연할 때 목자 가 되어 광활한 우주 속에서 길을 만들고, 찾아가는 것은 언제나 신 선했으며, 주어진 운명 앞에서 대범해질 수 있었다. 금방이라도 쏟 아져 내릴 것 같은 밤하늘의 보석들 중에 그는 밝기에 따라 마음에 드는 걸로 한 바구니 골랐다. 그리고 두 손 가득히 퍼서 다시 밤하늘에 좌악 뿌렸다. 그러자 자신의 별자리가 완성되어 휘영청 밝은 딜과 함께 완벽한 잉싱글이 펼쳐졌다. 별빛 사이에 우뚝 선 철민은 두 손 모아 소망했다.

'그 영원한 빛을 내 전도에도 조금만 비춰다오.'

별을 가리키는 손끝에서 철민은 신선한 촉감을 느꼈다.

'별자리가 이렇게 선명하게 그려지니 왠지 좋은 날들이 기다리고 있을 것 같은 예감이 드네!'

시원한 바깥바람을 맞으면서 철민은 미소를 머금고는 밤하늘 속에 푹 빠져들어갔다. 그런데 방으로 돌아와서도 머릿속은 온통 찬란한 별들로 가득해 피곤한 몸을 다독거릴 줄 몰랐다. 이리 뒤척, 저리 뒤척하며 거의 뜬눈으로 지새다 결국 일어나 하릴없이 창가를 기웃거려 보니 숙소건물의 한쪽 구석에서 적막한 어둠을 가로지르는 한 줄기 섬광이 보였다. 얼핏 봐서는 그냥 스쳐 지나가는 자동차 불빛처럼 보였지만 철민은 자신을 위한 차량이라는 것을 직감할 수 있었다. 아직 동이 트려면 한참 있어야 했고 트럭의 전조등만이 밝혀주는 새벽은 너무나 고요했다. 철민은 마지막으로 침대를 정리하고는 작업모를 깊숙이 눌러 쓴 채 조용히 방을 나섰다.

* * *

"만나서 반갑소. 어서 타시오. 오늘 중으로 삼천리 길을 가려면 부지런히 가야 하오."

그는 악수 따위는 청하지도 않고 타라고만 했다.

"처음 뵙겠습니다. 훈춘 가십니까?"

"아! 훈춘으로 가는 친구라고 했었지."

기사는 담뱃불을 붙이며 중얼거렸다.

"난 런변으로 가오. 하지만 런변에서 훈춘까지 버스로 가면 얼마 안 걸리니까 걱정할 필요 없소. 거기 가면 내 또 안내해 주리다."

소지품이라야 헌 옷가지와 중국어책 몇 권이 고작이었던 철민은 한 손에는 여행가방, 나머지 한 손에는 생수병을 들고 있었다. 들고 있던 가방을 트럭의 뒤 칸에 밀어 넣은 그는 기사에게 깍듯이 인사했다.

"잘 부탁드립니다. 오늘 단단히 신세지겠습니다."

철컥 소리와 함께 트럭 문이 닫혔고 드디어 철민은 길고 긴 삼천 리 여정을 시작했다.

"기사님. 제가 훈춘은 처음이라서 그런데요. 혹시 그쪽으로 좀 아십니까?"

"모르오."

기사는 단호하게 잘라 말했다. 그리고 무뚝뚝한 말투가 계속 이어졌다.

"하지만 가는 길은 잘 알고 있으니 걱정하지 마시오. 투먼부터 훈춘까진 조선하고 러시아로 열려 있는 통상구가 많기 때문에 나는 그쪽으로는 많이 다녀봤소. 나 같은 사람이야 통상구 덕분에 먹고 사니까 일 때문이라도 자주 갈 수밖에 없지. 빨리 갑시다."

기사는 백미러로 후방을 주시한 채 퉁명스러운 표정이었는데 마치 운전에 방해가 되니 귀찮게 하지 말라는 투였다. 기사의 답변에 철민도 흥미를 잃고는 잠을 청했다.

'해 뜨고 환해지려면 앞으로 몇 시간은 더 있어야 되는데. 에라! 잠이나 자자.'

주변의 어둠이 서서히 걷혀 가면서 화물차는 최대한 속도를 내고 있었다. 그런데 차가 압록강변에 접어들자 살짝 열려진 차창 사이로 강바람이 사정없이 헤집고 들어왔다. 조수석에서 웅크린 채 곯아떨어진 철민은 무의식적으로 뭔가 덮을 것을 찾으며 저절로 눈이 떠졌다. 그리고 본능적으로 양 어깨를 비비며 외부 깃을 있는 내로 세웠다. 작업복 외투는 철민에게는 단순히 입는 옷이 아니었다. 그 자체가 곧 삶의 일부였다. 일이 고될 때에는 옷을 그냥 입고 자는 때도 허다했으며 생존에 필요한 온기뿐만 아니라 많은 도구들도 담고 있었다.

무뚝뚝한 말투와 달리 기사는 곁눈질을 한 번 하더니 창문을 끝까지 올려주고 히터도 틀어주었다. 철민은 기사의 친절 덕분에 조금 더 잘 수 있었다. 찬란한 햇살이 철민을 감싸 어제의 피곤과 긴장을 말끔히 씻어 줄 때까지 그는 세상 모르게 단잠에 빠져 있었다. 세상이 온통 밝아지자 철민은 저절로 눈이 떠졌는데 아무리 고단해도 평생 형성된 습관은 그에게 게으름을 용납지 않았다. 졸린 눈을 비비며 고개를 드니 사방이 온통 우거진 수풀 속을 달리고 있었다.

'아! 벌써 아침이구나.'

풍경을 만끽하기에 적당한 한기였고 날씨는 더할 나위 없이 청명했다. 창밖을 내다보자 철민의 얼굴에는 절로 미소가 그려졌다. 까닭 없이 해방감이 밀려와서 기분이 좋았고 어깨까지 괜스레 들썩였다. 비록 앞으로 그에게 주어진 날들을 알 수는 없었지만 살아있다는 사실이 행복했으며 주변의 모든 것들이 새삼스럽게 신선하게 느껴졌다. 가득히 쏟아지는 햇살이 성가셔 미간을 좁히며 돌아본 철민은 비로소 기사의 모습을 제대로 확인할 수 있었다. 목은 다소 구부정했고 어깨는 반쯤 늘어진 채 운전에 열중하는 기사는 어둠 속에서 얼핏 봤던 것보다는 삶의 풍파가 얼굴에 역력히 나타나 보였으며 나이도 꽤 들어 보였다.

"어디쯤 왔습니까?"

"아. 일어났소. 압록강변이오. 하류는 벗어났는데 아직 어디쯤인지 자세히는 모르겠소."

기사의 말투는 여전히 무뚝뚝했고 좀처럼 붙임성이라곤 느낄 수가 없었다. 그래도 철민은 고마웠다. 죄인처럼 쫓겨 가는 주제에 그 먼 길을 태워 주니 엎드려 절이라도 하고 싶었다. 그리고 반장동지의 배려에 감사했다.

"강변이라고요? 강변으로 갑니까?"

"그렇소. 내가 장백현에 용무가 있어 잠깐 들렸다 가야 하오. 하지만 오래 걸리지는 않을 테니 걱정하지 마시오."

'그럼 오늘 중으로 갈 수는 있으려나?'

철민은 곁눈질로 다시 한 번 기사를 찬찬히 흘어봤다.

땀에 절은 둥근 작업모와 사계절용 카키색 점퍼는 전형적인 화물노동자의 모습인데 아무리 살펴봐도 차에는 눈에 띄는 상표가 없는 걸로 봐서 어디 소속은 아닌 것 같았다. 대신 차 안은 홀아비의 흔적만 가득해서 철민은 이 사람이 오랫동안 화물운송을 혼자 했다는 것을 알 수 있었다.

"교대해 드릴까요?"

"트럭 몰 줄 아오?"

"그럼요. 저도 이게 업인 걸요. 그나저나 지금 죄수 호송이라도 하시는 겁니까? 안색이 령 피곤하고, 거북해 보이십니다."

"뭐요? 하하! 이거 재밌는 친구로구먼."

기사는 너털웃음을 터뜨렸다.

"왜, 내 표정이 그렇게 보였소? 사실 난 당신 반장한테 부탁받고 온 거요. 그 사람하고는 한 이 년 전쯤에 련변에서 안면을 텄는데 거래 때문에 자주 만나는 편이지. 사람 참 좋지. 근데 당신 참 그 사람한테 잘 보였더구먼. 엊그저께는 전화를 다 하더라고. 당신 좀 잘 부탁한다고. 평소엔 그다지 누굴 배려하는 모습을 보지 못했는데 뜻밖이었어. 어쨌거나 나도 삼천리 길을 혼자 가자니 끔찍하기도 해서 흔쾌히 승낙했지. 먼 길 가는데 말동무나 합시다. 근데 당신 몇 살이나 먹었나?"

"이제 서른 갓 넘었습니다. 말 놓으셔도 됩니다. 근데 강변으로만 가는 겁니까?"

"아니야. 내 용무만 보면 바로 고속도로로 빠질 거야. 왜 오늘 중으로 못 갈까 봐 자꾸 신경 쓰이나? 걱정 붙들어 매. 부지런히 가자고."

마치 도로를 전세라도 낸 듯했다. 텅 빈 도로에 보이는 차량은 한 대도 없었고 두 사람이 탄 트럭은 전속력으로 질주해 철민은 지금 남의 나라 도로 위를 달린다는 사실이 무색하게 느껴질 지경이었다. 그리고 한가로운 자연 속에서 공간이동은 시간을 망각하게 해주었다. 차 안으로 밀려오는 햇살이 점차 따가워져서야 철민은 해 뜨고도 시간이 상당히 경과했음을 알 수 있었다. 무의식적으로 차고 있는 시계를 봤다.

"강변로라 그런지 단조롭군요. 시간 가는 줄 모르겠습니다. 그냥 이 길 따라 쭉 가면 좋겠네요."

"이제 다 잔 모양이군. 근데 당신 어제 잠을 못 잤나? 누가 업어가도 모르겠던데."

"잠이 오겠습니까? 생면부지 먼 곳으로 옮겨가는데…. 그보다 잠깐이라도 눈 좀 붙이셔야죠. 얼굴에 피곤이 역력해 보입니다."

한숨 자서 그런지 운전대를 잡은 철민은 몸과 마음이 모두 가벼웠다. 그렇지만 강의 상류로 갈수록 운전이 어려워졌다. 구불구불 쉴 새 없이 돌아가는 압록강변은 마치 미로게임을 하듯 종잡을 수 없어 계속해서 긴장하게 했으며 고지대를 끼고 돌 때는 절벽 밑으로 그대로 추락이라도 할까 봐 간이 콩알만 해지기도 하였다. 그리고 원통형으로 챗바퀴 돌 듯 지나쳐 가는 녹음의 겹겹은 주변 풍경에 대한 원근감을 상실시켰다. 거기다 갈수록 좁은 지류가 복잡하게 나타나 이정표를 찾기조차 힘이 들었다. 철민은 할 수 없이 차를 세웠다.

"기사님. 주무십니까?"

대답이 없자 철민은 좀 더 큰소리로 불렀다.

"기사님! 리정표가 보이질 않습니다."

그렇지만 역시 묵묵부답이었다. 철민은 마른 침을 삼키며 물을 한 잔 들이켰다.

'젠장. 완전히 곯아떨어졌구먼. 차 주인이 이렇게 책임감이 없어서야. 정신교육이 단단히 필요한 동무야.'

하지만 불과 한 시간 전에 자리를 바꿔 앉은 철민으로서는 깨우기가 미안했다.

'에이 그냥 가자. 어차피 외길인데 가다 보면 또 리정표가 나오겠지.'

그는 다시 길을 재촉했다. 그런데 가도 가도 고대하는 리정표는 안 나오고 대신 가시거리 안에 무슨 철조망이 보이는 것이었다. 철조망은 강변을 따라 같은 간격으로 정교하게 촘촘히 박혀있었다. 갈수록 불안이 엄습해 왔다.

'이거 혹시 월경이라도 한 거 아냐?'

강변 따라 끝없이 늘어선 철조망은 갈수록 철민의 불안감을 증폭시켰다. 조선인민의 대다수가 그런 것처럼 철민 또한 철조망에 대한 막연한 공포감과 피해의식이 잠재해 있었다. 더구나 철민은 '통제'와 '단속'을 상징하는 악마가 때론 '이승'과 '저승'을 편 가르는 생사의 기로가 될 수도 있는 경우를 직접 목격한 적도 있었다. 철조망을 따라가면서 점차 가슴이 뛰었고 혈압이 높아지면서 현기증까지 났다. 결국 철민은 다시 차를 세웠다. 그리고 크게 한숨을 쉬고 물을 찾았다. 그렇지만 물병은 이미 텅 비어있었다. 하는 수 없이 차에서 내려

물가를 찾아 풀숲을 헤치며 한참을 들어가니 싱그러운 물내음과 함께 쫄쫄쫄 상쾌한 소리가 들려왔다. 그대로 덜썩 주지않아 냇가에 엎드린 채 가볍게 세수도 하고 목도 축이니 비로소 긴장이 풀리며 좀 살 것 같았다. 철민은 물통을 가득 채운 후 눈을 감고 바위에 기대앉았다.

'휴우. 여기서 더도 말고 한 반 시간만 잤으면 좋겠다.'

바람 한 점 없고 해는 이미 중천에 떠서 내리쬐는 땡볕은 철민의 얼굴의 습기를 금방 앗아갔지만 주변은 너무나 고요하고 평화로웠다. 최대한 편안하게 널브러진 철민은 한가로이 팔짱을 낀 채 막간을 만끽하고 있었다. 갈대숲으로부터 그를 깨우는 목소리만 없었다면 깜박 잠이라도 들었을지 모를 일이었다.

"동무. 좀 도와주시오."

나지막이 들려오는 목소리가 철민을 귀찮게 했지만 그는 비몽사몽간에 애써 외면했다. 그렇지만 같은 소리가 또 들려왔다.

"동무. 혹시 먹을 거나 담배 좀 있소?"

꿈속에서 애처로이 퍼져 나가는 귀신소리처럼 섬뜩해 퍼뜩 눈을 뜬 철민은 어안이 벙벙해졌다. 바로 엎드리면 코 닿을 거리에 자동소총을 맨 국경경비대 병사가 그림자를 드리운 채 떡하니 버티고 서 있는 게 아닌가!

철민은 눈만 동그랗게 뜬 채 할 말을 잃었다. 철조망에는 으레 총이 숨어 있는 경우가 많다는 것은 진작부터 알고 있었지만 모든 것이 너무나 갑작스러워 아무 생각도 안 들었다. 한참을 눈만 껌벅거리던 철민은 간신히 정신을 수습하였다.

'정녕 오늘이 내 제삿날인가. 잠깐. 근데 나한테 뭔가를 요구하는 것 같네.'

도강하다 걸리면 즉결처분당할 수도 있다는 것을 알고 있는 그로서는 총부리가 하늘을 향하고 있는 모습에 안도하며 순간 기지를 발휘하였다. 크게 중국말로 몇 마디 지껄여 주었다. 그러면서도 철민의 시선은 병사가 멘 총에 쏠려 있었다. 분명 장전된 총이었고 언제든 발사될 준비가 돼 있는 총이었다!

그러자 뜻밖에 병사의 안색이 변하면서 당황한 기색이 역력해 보였다. 그는 철민의 행색을 머리끝에서부터 찬찬히 흘어보았다. 그리고 이번에는 손짓, 발짓을 섞어가며 목소리를 높였다.

"동무, 조선족이요?, 담배 있소?"

모골이 송연한 채 등에서는 식은땀이 흘러내렸지만 애써 태연한 척하며 철민은 평상심을 잃지 않으려 애썼다. 그렇지만 뭘 해야 할지, 또 무슨 말을 해야 할지 몰랐다. 그저 난감하여 멀뚱멀뚱 인민군 병사만 바라보며 긴장을 늦추지 않았는데 느닷없이 어디선가 담배가 날아왔다. 그리고 연이어 무슨 봉투까지 날아왔다.

"봉투 안에 음식하고 중국 돈 있어. 지금 바빠. 빨리 가야 돼."

그러자 병사는 재빨리 받아들고는 연기처럼 조용히 사라져 버렸다. 그리고 둔치 쪽에서 철민을 부르는 다급한 목소리가 들려왔다.

"이봐. 젊은 친구. 빨리 오지 않고 뭐해? 그만 가자고."

기사가 던져 준 것이었다. 안도의 한숨을 내쉬며 간신히 몸을 가누려 애써봤지만 철민은 다리가 후들거려 한동안은 제대로 서 있기조차 힘들었다. 간신히 차에 오르니 기사가 담배를 한 대 권한다. 그러면서 곁눈질로 철민을 흘끔 봤다.

"정신 차려, 이 사람아. 국경경비대는 돈 있는 사람을 알아본다고. 자신들을 도와줄 수 있는 사람은 절대 건드리지 않아. 그냥 담배 몇 갑하고 그네들 좋아하는 물건 좀 건네주면 아무 일 없어. 어쩌다 내가 벌이가 좋을 때면 중국 돈도 줘. 오늘은 당신 때문에 인심 좀 쓴 거야. 하하!"

철민은 놀란 가슴을 쓸어내리면서도 기사의 말에는 쓴웃음을 지었다.

"그렇습니까. 정말 감사합니다. 덕분에 십년감수했습니다. 그런데 여기가 대체 어디입니까?"

"…"

"중국입니까, 조선입니까?

"나도 몰라. 좀 더 가 봐야 알겠어."

"좀전에 너무 곤히 주무셔서 차마 깨우질 못했습니다."

"그랬나. 사실 나도 어제, 그제 계속 새벽까지 차를 몰았더니 피곤이 이만저만이 아니야. 그래서 정신없이 곯아떨어졌던 모양이야. 이거 미안하게 됐네. 손님을 이렇게 대접하면 안 되는데. 젊었을 땐 몇 날, 며칠을 밤새도 끄떡없었는데 나이 때문인지 이젠 피로가 쉽사리 가시질 않아. 어쨌든 덕분에 한숨 푹 잘 잤어."

기사는 철민의 어깨를 가볍게 툭 쳤다.

그렇지만 철민은 칭찬을 듣고서도 왠지 서글퍼지면서 자신의 군복무 시절이 떠올랐다.

'춥고 배고픈데 아무리 로동군이라도 별 수 있나. 거지근성이 나오기 마련이지.'

"거 많이 놀란 것 같아. 이제부터는 내가 운전대를 잡지. 접경지역이 워낙에 길다 보니까 이렇게 경계가 모호한 지역도 더러 있어. 그렇지만 조심해야 돼. 등안까지는 괜찮은데 까딱 잘못해서 월경이라도 하는 때에는 총 맞아서 저승길로 가는 수도 있다고."

기사는 차를 뒤로 빼며 왔던 길을 되돌아봤다.

"아마 강변로에서 이탈한 것 같은데. 걱정 마. 내가 길을 알고 있으니까."

어느 정도 시간이 지나 마음이 진정되자 철민은 새삼스레 중국

쪽에 있는 자신의 처지에 감사했다.

'좀전에 만약 철조망 건너편에서 그 병사를 만났다면 어떻게 됐을까? 진짜로 비명횡사했을 거야.'

"중국 측에서 압록강에 철조망을 설치한다는 얘기는 몇 번 들었습니다만 직접 보니까 어마어마합니다. 지금까지 철조망 따라 한 시간도 넘게 운전했는데 끝도 없이 이어지는군요. 그렇다고 설마하니 훈춘까지 설치된 것은 아니겠죠?"

"압록강 끝에서 두만강 끝까지 삼천오백리 길인데 거길 어떻게 다 하나? 그래도 계속 만들고 있더라고. 근데 나는 도대체 그런 흉물이 왜 있어야 하는지 리해를 못하겠어. 내 보기에 탈북자 문제는 철조망 친다고 될 일이 아닌 것 같아. 그때뿐이거든. 무늬만 바꿔서 어떤 식으로든 통로를 만든다고. 접경지역에서만 평생을 살았다만 철조망 따위는 영 꼴사납고 거북하기만 해. 중국이 도대체 왜 이렇게 변했는지 알다가다 모를 일이야. 사람들은 중국이 시장경제를 해서 그렇게 됐다는데 내 생각에도 일응 타당한 면이 있는 것 같기는 해. 왜냐면 이런 풍요로운 시절이 없었거든. 하지만 살다 보면 좋은 시절도 있고 힘든 시절도 있기 마련이야. 수십 년 동안 우리 접경지역 사람들은 서로 도우면서 가족처럼 살아 왔다고. 그 놈의 시장경제가 내 것과 네 것을 철조망으로 갈라놓은 거야. 그 바람에 강 건너 조선 사람들만 불쌍하게 됐지. 그쪽 사람들은 세상이 변한 것을 알지 못하거든. 어쨌거나 지금은 돈과 물자가 이쪽에 있으니까 앞으로도 죽기 살기로 넘어오려고 할 거야. 근데 당신은 어떻게 중국을 다 오게 됐나?"

"저라고 뭐 별다른 이유가 있겠습니까? 어떻게든 돈 좀 벌러 왔지요. 그렇지만 저는 당국의 허락을 받고 떳떳이 왔습니다."

철민은 기사의 말투가 꼭 대방의 말투와 많이 흡사하다고 느꼈다.

그래서일까…. 꼭 대방을 처음 봤을 때처럼 아무런 이유 없이 거부 감이 밀려왔다. 행여 사신의 고결한 사상에 오물이라도 튈까 봐 진 전긍긍하며 갈 길만을 재촉하고 싶었다.

접경지역에서 평생을 살아서 그런지 기사는 자신의 손금 보듯 주 변지리를 훤히 꿰고 있었다. 잠시 후 트럭은 다시 강변도로로 접어 들었고 철민은 시원한 속도에 근심을 날려버렸다.

"장백현에 볼 일이 있다고 하셨죠. 얼마나 남았습니까?"

"이제 다 왔어."

장백현에 도달했을 때는 벌써 점심때였다. 그리고 기사는 통상구 를 지나기 위해 세관에서 멈췄다.

"여기 다리를 건너면 조선 세관에서 멀지 않은 곳에 시장이 있어. 내 거기에 볼일이 있어."

"혹시 장마당 말씀하시는 겁니까?"

"그렇지. 일종의 장마당이지. 조선 당국에서 장사하라고 금액하고 수량을 규정해서 장소와 일자를 허가해 주거든. 오늘 거기서 만날 사람이 있어."

기사는 물을 한 잔 들이켰다.

"물건 건네주고 약재 좀 싣고 올 거야. 오래 걸리진 않을 테니까 당신은 여기서 점심이나 먹고 있어."

하지만 철민은 이 낯선 곳에 혼자 있을 생각을 하니 끔찍했다.

"저보고 여기 혼자 있으라고요. 무슨 말씀입니까? 당연히 저도 같 이 가서 도와야죠."

"말이라도 그렇게 해 주니 고맙구먼. 한데 당신은 권리가 없어서 안 돼. 아무나 갈 수 있는 게 아니거든. 그리고 행여 세관 통과하다 문제라도 생기면 골치 아파져. 시간도 엄청 잡아먹고. 그러면 당신 오늘 중으로 거기까지 못 가. 그냥 혼자 가서 빨리 처리하고 올 테니까 조금만 기다려."

기사는 철민을 내려놓은 채 차를 몰고 갔다.

'이거 졸지에 낙동강 오리알 신세가 돼 버렸네.'

어디를 거닐기에는 더할 나위 없이 좋은 날씨였다. 하늘은 청명했고 백두산 아래 첫 도시여서 그런지 마치 동네 전체가 동굴 속처럼 아늑하게 느껴졌다. 혼자 남겨진 철민은 무료함을 달래려 볼거리를 찾아 이리저리 눈길을 돌렸는데 제일 먼저 통상구 건물이 한눈에 들어왔다. 건물의 위엄은 대륙의 관문을 상징하듯 웅장했으며 그 위용은 오고가는 모든 것들을 바라보며 지키고 서 있는 듯했다. 주변에 보이는 일반 건물들은 중국의 여느 소도시 건물들과 다를 바 없었는데 통상구만은 유달리 돋보여 최접경 도시의 랜드마크로서 손색이 없어 보였다. 그렇지만 강 건너를 바라보자 철민은 다시금 마음이 쓸쓸해졌다. 한동안 강 건너를 하염없이 바라보던 그는 강변길을 따라 천천히 걷기 시작하였다. 장백현뿐만 아니라 맞은편의 혜산시도 철민에게는 사실 처음 보는 구경이었다. 강변을 따라 좀 더 올라갔지만 아직 우기가 아니라서 그런지 강물은 말라 있었고 강폭은 어린아이들조차 지나다닐 수 있을 정도로 협소했다. 철민은 문득 신의주를 떠올렸다. 유람선이 다니는 압록강 하구에 비하면 여기는 개울 정도에 불과했지만 소박하고 진솔한 모습은 오히려 이곳이 우리 공화국의 진면목이라는 생각이 들었다. 그리고 이런 풍경을 뭔가에 담고 싶었다. 눈앞의 펼쳐진 풍경을 화폭에 담아 숙소 어딘가에 전시하고 싶었다.

'그렇지. 여기는 중국이지. 그리고 돈만 있으면 어디서든 물건을 살 수 있지.'

철민은 미소를 지으며 손뼉을 탁 쳤다. 그리고 물어물어 상점을 찾아 종이와 연필과 물감을 샀다. 그리고는 한걸음에 강둑에서 제일 높은 곳으로 올라갔다. 강변의 풍경이 한눈에 들어오자 마음속에서는 벌써 구도가 잡혀 환희로 가슴이 벅차 올랐다. 지금 이 순간 누구에게도 방해받지 않고 몰두할 수 있어서 기뻤으며 자신만의 세계에서 뭔가를 해 볼 수 있어서 설렜다. 열심히 살아가는 인민들이 연출하는 진솔한 일상 속에서 피어나는 정감 어린 풍경은 그 자체로서 훌륭한 소재였다. 그리고 철민에게는 그 정감이 색감으로 다가왔다. 구도를 잡고 열심히 밑그림을 그린 철민은 채색을 하면서 색감에 빠져 정신없이 그림을 완성해 갔다.

'이걸로는 부족해. 물감 서너 가지 색이 더 있으면 좋겠는데.'

철민은 갔던 상점을 다시 찾았다. 그리고 물감과 붓을 사들고는 역시 한걸음에 같은 장소로 왔다. 색칠을 해 나가는 손은 신들린 듯 빈 지면을 메꿔 나가 아름다운 색의 조화가 탄생되어 이내 눈앞의 풍경으로 펼쳐졌다. 계속하고 싶었고 두 번째 그림에서는 밑그림도 없이 채색만으로 풍경화를 완성지었다. 얼굴 가득히 미소를 머금은 철민은 그릴 수 있어서 행복했고 물감 살 돈이 있어서 행복했다. 그리고 무엇보다 하고 싶은 것을 할 수 있어서 행복했다. 그런데 자꾸만 들려오는 시끄러운 경적소리가 자신의 작품을 감상하며 행복해하는 철민을 방해하였다. 짜증을 내던 철민은 퍼뜩 생각이 나서 급히 시계를 보고는 깜짝 놀랐다.

'어이구! 시간이 벌써 이렇게 됐네.'

놀래서 소리 난 쪽을 돌아보니 바로 자신을 훈춘까지 데려다 줄 기사가 빵빵거리며 성화하고 있었다. 황급히 대충 챙겨 부리나케 뛰어 트럭에 탑승했다.

"이 답답한 사람아! 정신이 있는 거야, 없는 거야. 그냥 버려두고 혼자 가려던 참이었어. 다행히 가다가 봐서 망정이지."

철민은 멋쩍어서 창문을 열고는 숨만 헐떡였다.

"당신. 정신상태가 그래 가지고 어디 혁명과업을 수행하겠어? 아무래도 반장한테 일러야겠어."

"죄송합니다. 기사님. 강둑에서 두 도시의 풍경 좀 감상하고 있었는데 오늘 하도 일찍 일어나서 그런지 또 깜박 졸았습니다. 벤치에 앉아서 잠깐 눈 좀 붙인다는 게 그만 시간 가는 줄 몰랐네요. 정말 미안하게 됐습니다. 얻어 타는 주제에 폐까지 끼쳤으니 전 아무래도 뒤에 화물칸으로 가야겠네요."

철민은 진짜로 가방을 들고는 차 밖으로 나가려 했다.

"됐어. 이 친구야. 벨트나 매. 지금부터 속도 낼 테니까."

기사는 가속페달을 힘껏 밟았다.

강변을 따라가는 도로는 접경지역의 쌍자도시들을 결절로 하여 끝없이 이어지는 듯했다.

"지금까지 세관에서 꼬박 한 시간을 기다렸어. 당신 훈춘 가는 버스 놓치면 내 탓 하지 마. 근데 손에 든 건 뭐야? 그거 무슨 그림 같은데. 좀전에 얼핏 봤을 때도 뭘 열심히 하던데."

그러고 보니 철민은 자신의 손에 그림을 쥐고 있었다. 철민은 그만 홍당무가 돼서 실소했다.

"하하! 그냥 보기가 좋아 하나 샀습니다. 훈춘에 가면 숙소에 걸어 놓으려고요."

강변로는 주변 풍경을 파노라마처럼 펼쳐주었다. 단조로운 녹음에서 벗어나자 울긋불긋 연분홍으로 수놓은 꽃들이 멀리 보이는 백두산의 만년설을 배경으로 어우러져 시간개념을 무색하게 해줬는데 마치 봄, 여름, 가을, 겨울 사계절의 섭리가 시공을 초월하여 같은 공간에서 동시에 조화를 이루고 있는 듯했다.

'정말 굽이굽이 절경이구나. 중국 대륙을 지키는 대문을 열고 나면 사계절의 정원이 형형색색으로 어우러져 현재에서 함께 존재하

니 과연 백두산이 령산은 령산이로다!'

철민은 감탄을 연발하면서도 강 건너 맞은편의 민둥산에 대해서는 또 한숨이 절로 나왔다. 산이 왜 저렇게 헐벗었는지 이유를 잘 알고 있기 때문이었다. 방금 전에 경비대 병사를 봐서였을까? 양쪽 강변의 풍경은 단순히 대비된다는 느낌 이상으로 그에게 절절히 다가왔다. 뗏군이 뗏목을 몰고 가는 풍경도, 강가에서 한가로이 멱을 감고, 빨래를 하고, 수영을 하고, 그물을 던지는 모습들도 모두 다 너무나 친숙한 일상들이었지만 거의 일 년 넘게 중국에서 생활하다 강 건너 맞은편에서 보니 어쩐지 측은해 보이기까지 하였다.

'땅 짚고 헤엄쳐도 불과 몇십 걸음이면 갈 수 있는 거리인데 강 하나를 사이에 두고 사상의 힘은 왜 이리 무기력할까? 정녕 백두산을 박차고 나와 강을 건널 수 없는 걸까?'

보기가 민망해진 철민은 고개를 돌려버렸다. 그렇지만 멀리 사라지는 백두산이 아쉬웠고 방금 그린 접경지역의 두 도시가 벌써 그리워졌다. 그래도 강변의 풍경만은 가슴속에 고이 간직한 채 혼자서 석별의 정을 달랬다.

"기사님. 전 사실 두만강변을 이렇게 차를 타고 달려보기는 처음인데요. 압록강, 두만강이 모두 백두산에서 나왔으니 두만강도 압록강하고 별로 다를 것 같지는 않습니다."

"지구상에 이런 곳도 드물 거야. 지도에서 한눈에 보면 백두산을 주산으로 좌청룡, 우백호란 말이 절로 상기되거든."

처음 듣는 말이었지만 철민은 '멋진 표현!'이라고 박장대소하며 백두산을 다시 한 번 바라봤다.

'내 어디로 가든 백두산이 주는 기상을 가슴 깊이 간직하리라. 그래서 압록강과 두만강을 양 날개로 삼아 대륙으로 웅비하리라!'

단둥에서 얻은 자신감은 철민에게 뭔가 강한 동기를 부여하였고 벅차오르는 가슴으로 펼쳐진 만주벌판을 바라보았다.

"백두산은 우리 접경지역 사람들에게 압록강과 두만강의 부모님을 주셨어. 태어나서 지금까지 양 강은 삶의 모든 것이었거든. 어렸을 적에는 놀이터였고 커가면서는 그냥 그대로가 생태학습장이었다고…. 강에서 수영하고, 여러 가지 동식물들을 공부하고, 주변 사람들을 알게 되고, 비록 보따리 무역상이지만 지금 이렇게 소중한 생계를 이어가고 있으니 그야말로 부모님이지. 하하! 나는 자식 놈들도 이제 다 장성했고 이 세상 하직할 때는 두만강 품 안에서 고이 잠들고 싶어."

"기사님. 지금 무역일을 하고 계십니까?"

"그럼! 접경지역에서 두 나라를 오가며 사람들에게 물자를 조달해 주고 있으니까 엄연히 무역일이지. 나는 평생 여기서 살아와서 연결책은 많아. 당국에서 시원하게 허가만 내주면 신바람이 난다고. 운때가 맞아 떨어질 때에는 한두 달 일하고 일 년치 벌이를 할 때도 있어. 그럴 때는 정말 살맛 나지."

먼 길을 가는 여행에서 말동무가 되어 이야기꽃을 피울 때는 결국 세상살이가 중심에 놓이기 마련이었다. 격의 없이 진솔하게 나누는 이야기는 두 사람의 마음의 벽을 허물어 시간 가는 줄 모르게 해 주었다.

"근데 요즈음은 사시는 게 좀 어떻습니까?"

"어이구. 말도 못해. 요사이 단속이 하도 심해서 사실상 압록강 쪽 거래처는 거의 포기했어. 그보다는 두만강 하구방면으로 훈춘하고 나선지구 일대에 물동량이 많아서 수시로 물색하고 있다고. 그런데 그쪽도 먼저 자리 잡은 사람들이 많아서 힘들기는 매한가지야."

"그럼 요사이 그쪽으로 많이 다니시겠습니다."

"열심히 현장답사만 하면 뭘 하나. 성과가 없는데. 그나마 지금은 도로포장이라도 잘되어 있어 가지고 가는 길이 덜 힘든 편이야. 철조망은 꼴 보기 싫지만 또 이렇게 잘 정비된 도로를 딜길 때는 시장경제가 좋단 말이야! 하여간에 사람 마음이란 게 간사해."

"그런데 그쪽으로 우리 근로인민들은 많이 있습니까?"

"요사이 중국대륙 곳곳이 그렇지만 두만강 하구도 하루가 다르게 변하고 있어. 흡사 과거 문혁시절을 떠올리게 한다고. 단지 차이점이라면 그때는 중국 대륙이 온통 '붉은 기' 일색이었지만 지금은 '만국기' 아래에서 강 건너 조선하고 러시아 사람들을 공단 어디에서든 볼 수 있다는 거야. 심지어는 바다 건너 일본하고 남측 사람들도 심심치 않게 볼 수 있어. 걱정 안 해도 돼."

"그렇습니까. 다행이네요. 저도 그들 중의 한 명이 될 텐데 거기가서 렬심히 하면 오히려 전화위복이 될 수도 있겠네요. 그런데 현지에서는 우리 근로인민들을 어떻게 보고 있습니까?"

"두말하면 잔소리지. 어디 조선 로동자들만한 근로자가 있겠나? 그들하고 일해 본 사람들은 이구동성으로 '최고'라고 칭찬해."

"그렇습니까!"

"그리고 내친 김에 충고 하나 하겠는데 기왕지사 돈 벌러 왔으면 많이 벌어. 당신처럼 돈 좀 벌어 보겠다고 온 조선 사람들이 접경지역에는 이미 많이 있어. 하지만 그들 사이에서도 천차만별이라서 성공한 조선인들 중에는 아예 특정지역의 무역 상권을 석권한 사람들도 있는 반면에 입에 풀칠도 못하고 떠돌다가 명절에도 고향에 돌아가지 못하는 사람들도 부지기수야."

"그럼 저는 그나마 좀 낫군요. 집에 송금도 하고 있으니…"

철민의 비꼬는 듯한 말투에 기사는 곁눈질로 철민을 흘낏 보며 한동안 말이 없었다. 그는 조선 로동자들의 생리를 잘 알고 있었으며 물러서야 할 때 또한 잘 알고 있었다.

한여름이라 해가 길어 트럭을 달구던 땡볕은 고속도로로 진입하고도 열기가 좀처럼 식지 않았다. 거기다 강변로를 달릴 때와는 달리 고속도로는 차들로 꽤나 붐볐고 달릴수록 차들이 더 많아졌다. 저녁때가 훨씬 지나서야 어두워진 도로에서 철민은 눈앞에 펼쳐진 장관에 눈이 휘둥그레졌다. 가로등 불빛뿐만 아니라 차에서 나오는 온갖 인조등 불빛은 도로를 대낮같이 밝히며 요사이 중국의 번영을 유감없이 보여주고 있어 철민의 눈에는 시간을 정복한 사람들의 '향연'처럼 보였다.

'대륙의 도로답게 너무나 광활해서 끝도 모르겠는데 주야가 바뀐 것도 모르겠으니…. 도대체 이 막대한 에너지는 다 어디서 나오는 거야?'

조수석에서 감상하는 낯선 풍경이 철민에게는 뭔가 많이 거북했다. 하지만 철민의 기분 따위는 아랑곳하지 않고 그가 타고 있는 트럭 역시 한 줄기 불빛을 그리며 도로 위의 화려한 자동차 군무에 합류해 전속력으로 질주했다.

"기사님. 죄송한데 거기 운전석 옆에 있는 물병 좀 건네주시겠습니까. 점심을 안 먹었더니 배에서 신호를 보내네요."

"점심을 안 먹어? 그럼 낮에 강둑에서 밥도 안 먹고 뭘 했나?"

물병을 받아 철민이 시원하게 들이키는 소리를 듣자 기사도 목이 마르다고 생각한 모양이었다.

"다 마셨나?"

"예. 기사님도 좀 드시겠습니까? 근데 컵이 없어서."

"괜찮아. 그냥 줘."

기사도 철민을 따라 시원하게 한 모금 들이켰다.

"시원하군! 꼼꼼한 사람 태운 덕에 여러모로 호강하는구먼. 고마워. 사실 이런 고속도로에서 급한 일이라도 생기면 낭패야. 왜냐면 무슨 일이 생겨도 중간에 빼도 박도 못하고 결국은 끝나는 데까지 갈 수밖에 없거든. 마치 조선처럼 말이야."

철민은 이맛살을 찌푸렸다.

"갑자기 우리 조선이 왜 나옵니까?"

"운전대 잡고 있는 내가 시장경제라면 당신은 조선이야. 결국 당신은 내 가는 대로 갈 수밖에 없어. 중국에서 벌써 일 년 넘게 살았다니까 말인데 현실을 직시하는 게 좋을 거야. 조선에서 가졌던 습성이나 생각은 버리는 게 좋아."

기사는 입맛을 다시며 차창 문을 조금 열었다.

"거래라는 것을 하기 위해서는 상대방으로부터 신뢰를 얻어야 돼. 그리고 신뢰를 얻기 위해서는 상대방을 리해해야 되고. 그러자면 상대방의 오장육부를 훤히 들여다볼 수 있어야 하는데 어제 반장 말투도 그렇고 당신 같은 경우는 처음 보는 일이 너무 많아.

기사는 곁눈질로 철민의 표정을 살폈다.

"꼬집어서 얘기할 수는 없지만 모양새가 꼭 유야무야로 옮겨 가는 것 같단 말야. 원래 조선 인민들의 일처리 방식은 칼로 벤 듯이 정확한데 이거는 뚜렷한 목적지를 얘기해 주지도 않고 그냥 본인이 알거라고만 하면서 두서없이 잘해 주라는 말만 되풀이하더라고."

철민 역시 영문을 몰라 듣고만 있었지만 기사의 말은 철민의 가슴에 의혹의 납덩이를 던져놓았다.

"저도 알다가도 모르겠습니다. 그런데 기사님은 오랫동안 겪어보셨다니까 우리 반장동지를 잘 아시겠습니다."

"반장. 좋은 사람이지. 하지만 나는 조선의 젊은이들이 더 좋아. 내 친척들도 대부분 함북에 살고 있고 사실 나도 절반은 조선 사람이라서 그런지 강 건너 사람들이 남이라는 생각은 전혀 들지 않아. 특히 조선의 젊은이들을 볼 때면 내 젊은 시절이 생각나서 특별히 애착이 간다고. 그런데 내 얘기를 오해하지는 말게. 그리고 다시 한 번 말하지만 훈춘에 가서도 중국에 온 목적의식을 분명히 가지라고."

고단했던 하루는 서서히 저물어 가고 있지만 끝없이 이어지는 고속도로는 철민을 새로운 곳으로 안내하면서 지평선과 마주 보는 대륙의 장관을 관광시켜 주었다. 늘어선 차량들의 긴 그림자는 마치 인민군의 열병식처럼 장엄하게까지 보였는데 철민은 무의식적으로 횡과 열을 맞추기 위해 앞과 뒤 그리고 옆을 돌아보았다.

'우와. 도로 한 번 굉장하군!'

감탄을 연발하면서도 한편으론 불안이 엄습했다.

'이거 너무 늦는 거 아냐? 아무래도 련변에 도착했을 때에는 버스가 끊길 것 같은데….'

"기사님. 대륙의 야경이 굉장해서 눈요기로 좋기는 한데 어째 너무 늦는 거 같습니다."

"그러게 왜 낮에 쓸데없이 한눈을 팔아서 사서 고생을 하나 그래. 혁명과업을 수행할 때는 잠시도 긴장을 늦추어서는 안 되는 거여."

기사의 말에 장단이라도 맞추듯 갑자기 고급 세단이 차선을 침범하여 기사는 찢어지는 듯한 크략션 소리를 내며 황급히 방향을 틀었다.

"근래 들어 중국에 차가 갑자기 많아져 가지고 항상 다니던 길도 이젠 가늠할 수가 없어. 이봐. 젊은 친구. 미안하지만 당신은 아무래도 투먼에서 기차로 가는 게 좋겠어. 거기서는 훈춘 가는 기차가 늦게까지 있거든."

트럭은 어두운 밤길을 달려 투먼에 있는 기차역에 도착했고 기사는 대합실까지 배웅해 주었다.

"오늘 정말 감사했습니다. 오다가 폐까지 끼쳐 드렸는데 이렇게까지 챙겨주시니 베풀어 주신 호의는 앞으로도 오래오래 간직하겠습니다."

"호의는 무슨. 그냥 부탁받은 일을 했을 뿐인데. 그보다 거기에 도착하면 반장한테 꼭 도착했다고 기별하게. 어. 시간 다 됐네. 이거 놓치면 당신 정말 큰일 나! 저기 3번 플랫폼으로 가면 돼. 그럼 나는 이만 가 볼 테니 조심해서 가게나."

기사는 철민의 어깨를 가볍게 두드려 주고서는 떠났다. 철민은 개찰구를 통과하고서도 멀어져 가는 기사의 뒷모습을 한참 동안 바라보며 마음속으로 다시 한 번 감사했다. 그런데 막상 탑승해서 앉으니 몸은 천근만근 무거운데 정작 마음이 급해 좌불안석이었다. 빨리 좀 출발했으면 좋겠다 싶어 창문을 열고 주변을 살펴보니 어두운 밤에도 얽히고설킨 철로들은 선명히 그 자국들이 드러나 있었다.

'철도 또한 고속도로 못지않구나. 중국 인민들은 뭐 이렇게 가야 할 곳이 많을까? 그나저나 이 시간에 가면 깨어 있는 사람이 있으려나?'

철민의 마음은 어지럽기만 했는데 다행히 기차가 곧 출발하면서 차가운 밤공기가 밀려 들어왔다. 한참을 달려 기차가 본격적으로 궤도에 접어들기까지 철민은 시원한 바람 속에서 상념에 잠겼다. 기분은 좋았지만 '혼자'라는 불안감이 내내 그를 긴장하게 하여 새우잠을 자다, 깨다를 반복한 끝에 다시 창밖을 살피니 기차가 정차한 듯 사방이 고요했고 희뿌연 밤안개가 자욱하게 퍼져있었다. 그렇지만 사통팔달로 시원스레 뻗어 있는 선로는 어둠 속에서도 여전히 선명하게 보였다. 철로를 보며 철민은 자신이 가야 할 도시의 전조를 강하게 느꼈다. 그런데 낮에 본 통상구와 비슷한 건물과 눈이 딱 마주쳤다. 선로 위를 떡 하니 버티고 서 있는 모습이 영락없이 낮에 본 통상구 건물이었다.

'저 건물이 여기에도 있네.'

철민은 신기해하면서도 괜스레 반가웠다.

'그 위용이 밤에 보니까 더 대단해 보이는군. 저 통상구를 지나는 철로는 또 어디로 이어질까? 나도 저 철로 따라 끝없이 어디론가 가고 싶다.'

다행히도 철민은 그날 밤 훈춘에 무사히 도착했지만 공단 출입문에 있는 경비실에서 새우잠을 자야 했다. 좁은 공간이었고 매캐한 냄새로 가득했다. 하지만 철민에게는 언제나 익숙한 분위기였고 그런대로 온기가 있어 아늑해서 좋았다.

제5화
새로운 현장

미간 사이로 흘러내리는 땀방울이 성가셔 철민은 잠시 일손을 놓고 머리카락을 훔쳤다. 숨 좀 돌리며 자재 위에 걸터앉아 주변을 둘러보니 바쁘게 회전하는 웅장한 기중기 아래에서는 "뚝딱! 뚝딱!", "기이잉!" 온갖 기계음으로 가득하였고 난무하는 인부들의 작업소리와 고함소리는 분주한 현장을 더 생동감 있게 느끼게 해 주었다. 새삼스레 철민은 자신이 새로운 곳에 와 있다는 사실을 실감할 수 있었다.

'휴우. 꼭 거인들의 각축장 같구나.'

철민은 천천히 차가운 물을 한 잔 마시며 아래를 내려다보았다. 곳곳에 눈에 띄는 파란 눈에 노랑머리의 인부들과 난생처음 듣는 낯선 언어들에서 철민은 이곳이 왜 다국적 도시인지 알 수 있었다.

'세상에 이런 도시가 다 있다니!'

일하다가도 이따금씩 파란 눈에 피부색이 다른 사람들이 러시아어로 크게 지껄일 때는 깜짝 놀라곤 했는데 자신에게 다가와 뭔가 손짓, 발짓을 할 때면 당황하다 못해 등에서는 식은땀까지 흘렀다.

아직은 모든 것이 낯설고 생소했다. 하지만 철민은 진정 일터를 사랑했고 일할 수 있는 현장이 곧 마음의 안식처였다. 지금도 그의 눈망울은 새롭고 더 넓은 세상에 대한 동경과 호기심을 가득 담은 채 끝도 모를 대륙의 희뿌연 저쪽을 바라보고 있었다.

'대륙은 역시 대륙이야! 그날 밤 투먼에서 봤던 선로들이 왜 그렇게 여러 갈래로 나누어졌는지 알겠어. 중국 13억 인민이 도약하려니 얼마나 많은 사다리가 필요하겠어?'

철민은 다시금 연장을 손에 쥐고 철근을 엮어나갔다. 기둥을 이루는 철근들은 그의 능숙한 솜씨에 의해 곧 단단하게 형체를 갖추어 갔으며 정해진 자리는 빈틈없이 메꾸어졌다. 배당면의 작업이 다 끝나자 철민은 남은 철근이며 여러 건자재들을 주섬주섬 챙겨 공사 현장 한쪽 구석에 잘 쌓아놓았다.

"민욱아. 여기 일은 다 끝냈는데 자재가 많이 남았어. 어떻게 남은 것들은 건너편 현장으로 보내랴?"

"그래. 좋은 생각이다. 그리고 조만간에 우리도 감리를 받아야 되니까 오후에 한 번 더 점검해 봐라."

"그런데 이 건물은 뭐에 쓴다고 한대냐?"

"공장 건물이야. 방직공장이 들어올 거라 하더라고."

철민은 무심결에 주변을 둘러봤다.

"이 넓은 면이 다 작업실이면 일하는 근로인민 수도 엄청나겠다!"

"우리 조선의 근로인민들도 상당수 일할 거라 하더라. 여기 경제합작구에는 우리 같은 건설로동자들만 있는 게 아냐. 이미 여러 분야에서 우리 근로인민들이 활동하고 있어. 우리 작업반은 차라리 소규모에 불과해."

온 지 불과 이틀밖에 안 됐을뿐더러 여기서도 출입과 이동에 제한을 받고 있는 철민으로서는 같은 방을 쓰는 민욱이 유일한 정보원이었다. 기껏 48시간이 지났지만 두 사람은 서로에게 좋은 인상을 가지고 있었고 이심전심으로 잘 통했다. 민욱은 일과 미래에 대한 열정이 남달랐다. 그리고 무엇보다 알부자였다. 중국은행에 자기계

좌가 있었으며 주기적으로 잔고에 적혀있는 숫자를 확인하면서 삶의 보람을 찾았다. 옮겨 와서 철민은 여러 가지로 단둥에 있을 때와는 많이 다르다는 사실을 여러 번 실감할 수 있었지만 우연히 민욱의 통장을 봤을 때는 그 액수에 눈이 휘둥그레졌다.

'이거, 나는 새 발의 피에 불과하네.'

그렇지만 농담으로라도 묻지 않았고 전혀 내색도 하지 않았다. 민욱은 물론 같은 방을 쓰는 동료였지만 또한 감시원이었기 때문이었다. 그리고 또 하나 철민의 눈길을 끈 것은 민욱의 손전화였다. 옮겨온 작업반에는 손전화를 쓸 수 있는 인민이 딱 두 명 있었다. 반장과 민욱이었는데 민욱은 워낙에 공사에 쓸 자재조달을 담당하며 동분서주했기 때문에 어떻게 보면 당연한 일이었다. 손전화의 쓰임새에 대해서는 철민도 써 봤기 때문에 잘 알고 있었고 또한 더 잘 쓰면 돈 버는 유효한 수단이 될 수도 있다는 사실도 알고 있었다. 가끔 민욱이 트럭 안에서 반장과 열심히 손전화로 통화하는 모습을 볼 때면 철민은 대방이 준 손전화를 버리지 않기를 잘했다는 생각을 하곤 하였다.

"민욱아. 그나저나 기계는 언제 온대냐? 반장동지가 2공장 기초공사를 맡겨서 가 봤는데 어떻게 새 식구에게 그렇게 야박할 수가 있는지. 군에 있을 때부터 여기저기 많이 다녀 봤다만 땅속에 그런 바위덩이가 처박혀있는 현장은 또 처음 봤다. 돌덩이 부수는 기계가 있다는데 제 날짜에 오기는 오는 거냐?"

"실은 나도 걱정이 이만저만이 아니야. 늦어도 여기서 미장공사 시작하기 전에는 2공장 기초공사를 마무리해야 돼. 그래야 체면이 서서 발주처에 대금결제 요구하기도 쉽고 한데 지금 아주 어렵게 됐어. 그 원쑤 같은 암반을 어떻게든 제거해야겠는데 지금으로선 대책이 없거든."

민욱은 얼굴을 찡그린 채 푸념 섞인 말투를 내뱉었다.

"내 생각에는 일단 수주를 받으면 실적이 쌓이니까 로력경쟁에서 승리하기 위해 반장동지가 앞뒤 분간 않고 덮어놓고 따온 게 아닌가 생각이 들어."

햇볕에 그을린 관자놀이에 불거져 나온 힘줄은 말할 때마다 실룩거렸는데 힘주어 말할 때는 징그러워 보이기까지 하였다.

"그렇다고 이제 와서 포기할 수도 없는 노릇이고 진퇴양난이야."

민욱은 담배를 한 대 입에 물고는 불을 붙였는데 그가 내뿜는 연기 속에는 깊은 시름이 배어 있는 듯했다.

"우선 기계를 산다는 것은 배보다 배꼽이 더 크니까 말이 안 되는 얘기고 그렇다고 기계 없이 암반을 제거하기는 사실상 불가능해. 결국 묘안은 잠깐 어디서 좀 빌릴 수 있으면 좋겠는데…. 근데 철민아. 혹시 암반절개장비 다뤄 본 적 있나?"

"암반절개장비?"

철민은 당황하여 얼굴빛이 어두워졌다.

"처음 듣는 말이긴 한데…. 중장비란 게 기본적으로 다 비슷비슷한 구석이 있어서 그다지 어렵지는 않을 거야."

"하하! 말만 들어도 듬직하구나."

민욱은 철민의 말에 활짝 웃었는데 그의 관자놀이의 힘줄이 다시 요동쳤다.

"여기 경제합작구는 지금 공사하는 곳 천지라서 중장비 없는 것이 없어. 그리고 나는 지금 그 기계 쓰는 곳을 알고 있고. 자세한 얘기는 나중에 해 주마. 수고했다. 오늘은 그만 정리하고 숙소로 가서 쉬자."

경제합작구에서도 하루가 저물어 가고 있었다. 석양은 저물어 가는 하루해가 아쉬운 듯 길게 늘어지며 그 긴 꼬리로 철민의 무거운 어깨를 다독거려 주었다. 버스에 오르자 좌석은 이미 반원들로 대부분 채워져 있었다. 숙소로 가는 동안은 잠시나마 일과 후의 지유와 해방감을 맛볼 수 있는 시간이었고 철민은 하루 중에 이때가 제일 즐거웠다. 숙소로 간들 현장에서의 일과 못지않게 숨 막히는 긴장의 연속이지만 지금 이 순간만큼은 차창 밖의 풍경을 한가로이 감상할 수 있었고 마음속으로는 여러 가지 모습들을 상상해 볼 수 있었다. 정해진 틀 안에서 뭔가를 기대하는 일은 당연히 소망조차도 획일화될 수밖에 없었지만 정해진 경로를 벗어나 만끽하는 일탈은 언제나 신선했다. 그럴 때면 철민은 일탈의 이면에 숨어 있는 뭔가 강한 욕구를 느꼈다. 어쩌면 그것은 본능의 또 다른 모습일 수도 있었다.

'꿈꾸고 싶고 벗어나고 싶다. 창밖의 이국적이고 활기찬 모습들을 좇아 어디론가 정처 없이 떠나고 싶다.'

마음속 저 깊은 심연에서 꿈틀거리는 소망을 느낄 수 있어 철민은 귀가길이 행복했다.

* * *

철민의 하루일과는 훈춘의 경제합작구에 와서도 별반 달라지지 않았다. 이른 아침이면 상황실은 벌써 반원들로 북적였는데 그 전에 보통 그날의 당번이 제일 먼저 와서는 물을 끓였다. 그래서 반원들이 다 모일 때쯤이면 커다란 주전자에는 마른 찻잎을 넣고 끓인 차가 항상 가득 채워져 있었는데 여러 가지 찻잎에서 어우러져 나오는 진한 향내음은 실내의 분위기를 훈훈하게 해 주어 객지생활에서 가질 수 있는 몇 안 되는 호사 중의 하나였다. 차를 한잔 들고 나면 반장이 공사현황에 대해 간략한 설명을 하면서 모두를 독려했다. 또 하루가 시작되는 것이었다. 새로운 하루가 시작되면 철저하게 정형화된 가치관도 바이오리듬에 맞추어 새롭게 불이 켜졌고 충성심도 다시금 재무장되어 분주하고 힘든 하루 일과를 자연스럽게 지탱해 주었다. 고단한 삶을 운명으로 받아들이게 해 주는 사상무장은 현장에서 온갖 역경을 이겨내게 해 주는 원동력이자 의무였다. 다들 진지했고 교시내용을 숙지할 때에는 사뭇 엄숙하기까지 했다. 물론 철민도 그들 중의 한 명이었다. 그리고 숙소에서, 현장에서 반원들을 통솔하는 반장의 말투는 언제나 차분했으며 무게가 실려 있었다. 하지만 오늘 아침 반장은 철민에게 혼자 남으라 하며 전혀 새로운 모습을 보여 주었다.

철민도 반원들을 따라 나가는데 난데없이 날카로운 목소리가 철민의 발목을 잡았다.

"동무는 잠깐 남으시오."

"저 말씀입니까?"

"그렇소. 리철민동무는 잠깐 나하고 얘기 좀 해야겠소."

태어나면서부터 집단생활에 길들여진 철민에게는 '혼자 된다'는 사실이 본능적으로 불쾌했다. 갑자기 불안이 엄습해 왔으며 가슴이 뛰기 시작했다.

"그냥 거기 편히 앉아."

멀뚱멀뚱 바라만 보다가 자세를 달리해 보니 생뚱맞게 민욱도 남아 있는 것이었다. 한쪽 구석에서 의자에 앉아 있던 민욱은 철민 옆으로 다가왔다.

그러자 반장은 철민에게 본격적으로 묻기 시작했다.

"동무. 여기 온 지 얼마나 됐지?"

철민은 더 불안해져서 가슴이 몹시 뛰었다.

'이 간부가 왜 이래? 옮겨 온 첫날부터 동도 트기 전에 득달같이

달려가 인사했더니.'

"서야 잊그저께 왔지 않습니까?"

"그래. 온 지 삼 일이나 됐으면 이제 속속들이 훤하겠군. 동무. 우리 과업일자가 이제 며칠이나 남았는지 알아?"

철민은 순간 난감했다. 그도 그럴 것이 간부도 아닌 그가 알 리가 없기 때문이었다.

'젠장. 여기가 류배지가 맞긴 맞구나. 이게 말이 되는 질문인가?'

"죄송합니다. 제가 생각이 짧아서 미처 거기까지는 확인하지 못했습니다."

"뭐야! 지금 그걸 말이라 해. 그런 걸 꼭 알려 줘야 돼. 뚜렷한 목적의식도 없이 어떻게 우리의 과업을 달성하겠어? 더구나 동무는 징계를 받고 쫓겨 온 거잖아. 리철민동무. 정신 차려!"

반장은 철민을 노려보며 마구 다그쳤다.

"동무는 남들보다 몇 배는 더 열심히 해야 돼. 기회를 준 당의 은혜에 감사하고 보답을 해야 한단 말야. 만약 여기서도 부르지아 근성 따위가 드러날 때는 용서받기 힘들 거야. 명심하라우!"

철민은 고개를 푹 숙이고 아무 말도 못하고 있었다. 반장은 표정을 누그러뜨린 후 말을 이어나갔다.

"동무. 지금부터 우리 작업반의 사업얘기를 할 테니까 잘 들어. 실은 난 동무한테 기대가 참 커."

반장은 의자를 가져와 철민 바로 앞에 앉았다.

"우리는 올해 안으로 공장 건설을 끝내 주겠다고 중국인들에게 약속을 했어."

'그러니 이제 불과 반년도 안 남았지.'

"동무 내 한 가지 묻겠는데…. 우리가 중국에 나갈 때 지도자동지께서 당부하신 말씀이 뭐였지?"

이번에는 쉽게 답할 수 있었다.

"예. 신용을 생명처럼 지켜야 한다고 말씀하셨습니다."

"잘 알고 있구먼. 신용을 절대로 지켜야 한다는 것은 지도자동지의 교시 내용 중에서도 핵심이야. 근데 동무. 내 어제 점호시간에 민욱이한테서 잠깐 들었는데 절개장비를 다룰 수 있다고?"

'으음. 되게 빠르네. 진짜 사방이 감시원 천지구나!'

철민은 애써 차분히 답했다.

"직접 다뤄 본 적은 없습니다만, 중장비들을 많이 다루어 봐서 자신은 있습니다."

"오! 그래. 잘됐군. 내 어제 그 얘기를 듣고 얼마나 반가웠는지 몰라. 우린 지금 시간이 없어. 그들에게 약속한 날짜까지 공사를 완료하기 위해서는 그 기계를 꼭 써야 한단 말야."

반장이 이번에는 민욱에게 시선을 돌렸다.

"민욱아. 엊그저께 2공장에 자재 쌓아 둘 때 철민이도 같이 있었지?"

"네. 철민이도 공장부지에 있는 암반덩이를 봤습니다."

"으음. 거 봤다니 잘됐구먼."

반장이 다시 철민을 바라봤다.

"동무. 실은 우리 작업반은 한 달 넘게 그 렴병할 바윗덩이 때문에 죽도록 고생하고 있어. 그동안 그 흉물을 제거하기 위해서 별의별 방법을 다 써 봤지만 백약이 무효였단 말야. 그리고 지금은 거의 손을 놓고 있는 실정이야. 상황이 아주 심각해. 오죽하면 발주처에 부지변경까지 건의해 봤겠어. 그런데 그들이 그것은 절대 안 된다고. 못하겠으면 차라리 공사에서 손 떼라는 거야."

반장은 철민을 뚫어져라 쳐다봤다.

"동무. 우리는 동무가 이 문제를 해결해 줄 수 있다고 믿어 의심치 않어. 나도 벌써 여기 합작구에 온 지 삼 년째이지만 이곳의 풍토라는 것이 한 번 거래가 끊기면 보통 다시는 안 찾거든. 그래서 지금 우리 입장이 어렵다는 거야. 일아듣겠이?"

철민은 이런 경우 무슨 대답을 해야 하는지 잘 알고 있었다.

"예. 최선을 다해 기필코 과업을 완수하겠습니다."

"하하! 그래야지. 그리고 민욱이가 또 많이 도와줄 거야. 민욱이는 나하고 훈춘에 같이 와서 벌써 삼 년째 있다 보니까 현장 여기저기에 안면이 있는 중국 로동자들이 많아. 무엇보다 장비 빌릴 곳을 알고 있다고."

반장은 민욱을 보며 활짝 웃었다.

"내 시간을 줄 테니 당장 오늘부터 너희 둘은 가서 열심히 배워와. 한 치의 오차도 없이 철저히 배워 가지고 외화벌이 운동의 선봉에 서서 우리 작업반이 승리의 붉은 기를 하늘 높이 휘날릴 수 있도록 교두보를 마련하라고. 알겠어!"

"예!"

* * *

훈춘에 처음 왔을 때부터 철민은 민욱에게 이것저것 많이 물어오던 터였는데 이제 둘은 작업반의 운명을 결정하는 '붉은 기' 쟁취를 위한 두 주역이 되어 버렸다.

"민욱아. 여기는 도대체 오다가다 보게 되는 광경들이 도무지 정신이 사나워서 내가 지금 중국에 있는지 헷갈릴 때가 많다. 눈은 파랗고 머리는 노란색에 꼽쓸인 인민들은 다 어디서 온 거냐?"

"여기가 바로 경제합작구 아니냐. 중국이 오로지 잘살아 보겠다고 만든 특쑤지대야. 중국에서는 허가를 내주고 외국 업체들을 많이 끌어다 놓았어. 결국은 돈을 끌어모으기 위한 거였지만 그러다 보니까 주변 국가의 사람들이 많이 보이는 거야. 로씨아, 일본 그리고 듣기로는 멀리 유럽하고 미국에서도 와 있대. 그런데 너 그거 아냐?"

"뭐?"

"남측 인민들도 와 있다."

'남측'이라는 말을 듣자 철민의 얼굴은 갑자기 딱딱하게 굳어졌다.

"왜 남측이란 말을 들으니까 갑자기 오금이 저리냐?"

민욱은 재밌다는 듯이 눈을 희번덕거리며 철민을 관찰했다.

"너무 겁먹지 마. 어쨌든 우리도 지금은 합작구에서 공장을 지어주고 있으니까 엄연히 국제도시의 일원이야. 하하!"

민욱의 호탕한 웃음소리에 철민도 대충 감이 와서 자신이 지금 있는 곳에 한 걸음 더 다가갈 수 있었다.

'그렇구나. 난 지금 경제합작구라는 곳에 와 있구나.'

"여기서 걸어서 한 삼십 분 정도 되는 거리에 중국 물류공단이 있는데 지금 여러 군데서 증축공사를 하고 있어. 그런데 이 근방의 지반이 건축하기에는 그다지 좋지 않나 봐. 거기서도 암반이 발견돼서 우리처럼 몇 달을 고생했대. 그렇다고 공단 한복판에서 폭약을 터뜨릴 수도 없는 노릇이고. 그런데 중국은 지금 개방을 하고 있잖아. 오다가다 현장 이곳저곳을 둘러보면 별의별 신기한 기계들이 다 들어와 있어."

민욱은 말을 잠시 멈추고 자세를 고쳐 앉고는 담배를 한 대 피웠다.

"그 집에서는 어디서 구했는지 진동도 없고, 소음도 없는 절개장비를 구했더라고."

"민욱이 너는 어떻게 그렇게 다 아냐?"

"나는 사실 작년이 만기였어. 삼 년 전에 반장동지하고 같이 왔지만 계속 일하고 싶다고 해서 마음대로 할 수 있는 것도 아니잖아. 그런데 내가 그동안 불철주야로 일하면서 우리 작업반에 돈을 참 많이 벌어 줬어. 남들보다 한 시간 더 일하면서 조금 더 앞서갔고 실 좋은 사재들을 항상 싼 값에 조달해 왔거든. 그래서 리익이 많이 남으니까 우리 작업반이 국가에 계획금도 제일 많이 냈고 훈장까지 받았지. 그 공로를 인정받아서 계속 여기서 일할 수 있게 됐는데 그러다 보니까 공단이 어느새 내 앞마당이 됐더라고. 하하!"

민욱은 얼굴 가득히 거만한 웃음을 띠었으나 중국 공단 쪽으로 눈길이 가자 곧 한숨을 길게 내쉬었다.

"나는 기계에 대해서는 잘 모르지만 그때 우연히 작업현장을 보고서는 입이 떡 벌어졌어. '저렇게 쉬운 걸 가지고… 그동안 도대체 뭔 고생을 한 거야?' 푸념이 절로 나오더라고. 그 잘난 기계 덕분에 그 집은 지금 기초공사가 엄청 진척됐어."

"그러냐. 거 참 재밌는 기계구나. 나도 꼭 한 번 봤으면 좋겠다."

"철민아. 근데 나는 중장비를 다루어 본 적이 없어. 그래서 공은 전적으로 너한테 달렸어. 내가 해 줄 수 있는 일이라 봐야 기껏 통역이나 하면서 옆에서 거들어 주는 일 정도야. 그런데 너도 반장동지하고 말씀 나눠봐서 알겠지만 단둥에서는 또 유능한 기능공이라고 얼마나 칭찬일색으로 소개를 해놨는지 반장동지가 엄청 기대를 하고 있어."

민욱은 잠시 철민에게 절박한 눈길을 보냈다.

"우리는 정말 시간이 촉박해. 근데 그거는 어디까지나 우리 사정이고…. 그 집에서 기초공사 끝나는 대로 빌려 쓰겠다는 약속은 단단히 받아 놨지만 다 빛 좋은 개살구야. 그들은 절대 그냥 가르쳐 주지 않아. 래일부터 악착같이 따라다니면서 머슴살이 해야 된다고."

당장 다음 날부터 철민과 민욱은 길 건너편에 있는 중국 공장을 거의 매일 드나들었다. 배우러 간다고 해서 일이 줄어든 것은 아니었지만 갈 때마다 철민은 기분이 좋았고 가슴이 벅차올랐다.

"철민아. 목숨을 걸고 과업을 완수해야 돼! 우리 작업반도 원님 덕에 나발 한 번 크게 불어 보자."

항상 명심하고 있는 반장의 격려와 당에 충성심을 증명해 보일 수 있는 절호의 기회라 믿는 강박관념이 철민의 투지를 불태워 요사이 그는 힘들어도 힘든 줄 몰랐다. 그리고 조선 근로자들이 훌륭하기로 정평이 나 있기는 여기서도 마찬가지여서 중국 근로자들은 철민을 스스럼없이 대해 주었다. 그는 죽기 살기로 열심히 배웠고 또 빨리 배웠다. 그렇지만 민욱의 경고대로 기술을 배우기 위해서는 혹독한 대가를 치러야 했다. 절개작업이 있는 날이면 언제나 먼저 와서 준비를 해 놓아야 했으며 작업 중에는 온갖 허드렛일은 도맡아 하면서도 언감생심 운전대는 잡아 보지도 못했고 멀찌감치에서 어깨너머 배우는 것만으로도 감지덕지해야 했다. 심지어는 그렇게 부려 먹고도 점심 한 끼 얻어먹는 데 일주일이나 걸렸다. 지금까지 가졌던 상식을 뛰어넘는 기계의 성능에 매료되지 않았다면 견디기 힘든 굴욕이었고 '세상에 이런 기계도 있구나!' 하는 탄성은 격리되어 있는 자신의 세상을 돌아보게 하였다. 지성이면 감천이라고 거의 한 달 넘게 고생한 끝에 드디어 파쇄기의 핸들을 잡고 암반에 구멍을 낼 때에는 마음속으로 감격의 눈물을 흘리고 있었다. 그날 밤 숙소에서 철민과 민욱은 해냈다는 성취감에 환호했으며 서로의 손을 잡고 춤을 췄다.

두 사람은 연배도 비슷하거니와 인상착의 또한 전형적인 조선 근로자의 모습이어서 얼핏 보면 마치 형제처럼 보였다. 그리고 같은 방을 쓰게 된 첫날부터 철민의 근면한 생활태도는 민욱의 호감을 사기에 충분했다. 더구나 처해있는 절박한 사안은 둘의 흉금을 터놓게 만들었다.

"철민아. 저 집에서 오늘 점심 공장식당에서 같이 먹자는데."

"거 잘됐구나. 그런데 기계는 약속대로 제때 빌려 주기는 한 대냐?"

"그거는 걱정 안 해도 된다. 여기는 중국이야. 나는 반장동지 허락 받고 그들과 '계약'이란 것을 맺었어. 벌써 소정의 계약금도 줬고. 만약 약속 안 지키면 신고하면 돼. 걱정 말고 가서 밥이나 먹자."

식당은 어느새 모여든 공단직원들로 꽉 차 있었다. 갑자기 붐벼서 그런지 발 디딜 틈조차 없어 보였지만 다들 질서를 갖추었으며 식사에 여념이 없었다.

"그래도 우리 팔자 많이 좋아졌다. 허구한 날 공장 한구석에서 도시락이나 까먹다가 이렇게 건물에서 식사를 다 하니 이게 어디냐?"

"그래. 감사히 먹자."

"근데 여기 근로인민들은 줄 서면서도 손전화를 하네."

규모가 크다는 점과 북적거리는 사람들로 식당 분위기가 혼잡하면서도 활기차다는 점 등이 조선의 것과 다를 뿐 중국의 공단식당이라고 해서 특별한 차이는 없었다. 단지 줄 서고 있는 근로자들의 손에서 심심치 않게 발견되는 손전화가 철민에게는 몹시도 눈에 거슬렸다. 더구나 그 와중에도 손전화로 뭔가를 열심히 떠들어 대는 군상들을 볼 때는 꼴불견이라 생각되어 저절로 이맛살이 찌푸려졌다.

'이렇게 소중한 식사를 앞에 놓고 어떻게 저렇게 경거망동할 수가 있는가? 저런 간나새끼들은 몽땅 잡아다 정신 재무장을 시켜야 되는데!'

"민욱아. 저 근로인민들 손에 들려있는 거 손전화 맞지?"

철민은 귓속말로 민욱에게 속삭였다.

"그래. 맞다. 손전화다."

"인민들이 모인 집단에는 당연히 규율과 절도가 있어야 하는데 이거는 뭐 장마당도 아니고…. 여기에는 감독관도 없냐? 정말 한심하군."

"모르는 소리 마. 여기 근로인민들한테는 손전화가 필수품이야. 하지만 우리하고 무슨 상관 있냐? 신경 꺼라."

"근데 저걸 가지고 뭘 저렇게 렬심히 하는 거냐? 내 보기에는 점심 먹으러 온 게 아니라 꼭 손전화 하러 온 것처럼 보인다."

"낸들 알겠냐. 손전화란 게 꼭 통신만 하라고 있는 게 아니라서 이것저것 여러 가지를 할 수 있어. 얼른 점심이나 먹고 가서 하던 일이나 마저 끝내자. 그리고 반장동지가 오늘 또 야간작업 한다고 여기 일 끝나는 대로 바로 오라고 하더라."

식사를 하면서도 철민은 주변 모습에 정신이 팔려 연신 두리번거렸다. 이렇게 큰 식당에서 또 이렇게 많은 중국 노동자들과 함께 식사를 하는 것도 처음이려니와 무엇보다 집단으로 모여 있는 중국인들의 다양한 모습이 철민에게는 마냥 신기하기만 하였다. 새로운 세상을 바라보는 그의 눈망울은 쉴 새 없이 움직였으며 식당의 구석구석을 살피고 있었다. 그렇게 한참을 관찰해도 단연 눈길 가는 물건은 역시 손전화였다.

'좀전에 줄서면서도 그렇게 렬심히 하더니만 식사 끝나기가 무섭게 또 부리나케 하네. 저게 그렇게 재밌나? 잠깐 그런데… 표정들이 어째 예사롭지가 않은 것 같다.'

철민의 예리한 눈이 그들 사이를 파고들었을 때 뭔가 불길한 예감이 들었다. 얼핏 보면 식사 후에 일상적인 통화를 하는 즐거운 잡담 정도로 보였으나 자세히 보니 표정들이 너무나 진지했으며 가끔 눈에 핏대까지 세워 가며 이야기를 했다. 대화 내용을 알아들을 수는 없었지만 표정만으로도 단순한 분위기가 아니라는 것을 직감할 수 있었다. 어쨌거나 철민은 새로운 모습을 관찰하는 것만으로도 신선했다. 그는 언제나 세상의 새로운 모습들을 접할 때면 마치 자신을 향해 어서 오라고 손짓하는 것처럼 느끼곤 했다.

그들의 행동거지 하나하나는 탐탁지 않았지만 자신의 감정은 접어둔 채 한 달 가까이 동고동락하면서 철민은 자연스레 그들과 교감하게 되었다.

'로동에는 분명 공통정서가 있는 거야. 말도 살 통하시 잃는 그들과 함께 일을 하면서도 이렇게 손발이 잘 맞으니 몸으로 하는 의사소통이 때로는 더 효율적인 매체일지도 몰라.'

"민욱아. 거기 불 좀 줘봐. 아무래도 저 밑에 쪽을 밝혀야겠어. 기계가 얼마나 내려갔는지 확인이 안 돼."

"다 내려갔으니까 걱정하지 마. 내가 확인했어."

점심식사 후에도 두 사람은 곧바로 장비가 있는 곳으로 가야 했다. 그들을 대신해서 기계를 정비해 주고 조금이라도 하자가 있으면 역시 그들을 대신해서 목숨 걸고 수리해야 했다.

"철민아. 중국 공단에 내가 잘 아는 농민공 한 명이 있는데 여기 작업은 이제 일주일 정도만 더하면 거의 끝난다더라. 일 끝나면 바로 기계 대여해 가지고 우리 현장으로 가자."

"오! 거 참 듣던 중 반가운 소리구나. 고생 끝에 낙이 온다고 드디어 결실을 맺게 되는구나. 하하하!"

좋아라 웃고 있는 두 사람의 웃음소리는 텅 빈 현장의 적막을 깨며 한동안 울려 퍼졌다.

"철민아. 그만 가자. 남은 인부는 우리밖에 없다."

"그래. 빨리 가자. 귀가시간 늦으면 또 총화 때 몰매 맞을 테니."

"그 걱정은 안 해도 돼. 벌써 알 만한 반원은 다 알고 있어. 이 일만 잘 해결되면 공사비도 줄일뿐더러 신용도 지키고 대금회수도 빨리 할 수 있는데 누가 뭐라 하겠냐?"

"그래도 총화는 총화 아니냐! 서두르자."

"너무 서두르지 마. 반장동지는 올해 안으로 반드시 당국에 계획금을 내야 돼. 돈 못 벌면 우리 작업반은 해산되고 모두 귀국해야 된다고. 반원들도 모두 아는 사실이고 중요한 건 결말이 좋아야 돼.

이 일 잘못되면 너나 나나 진짜 총화장에서 증발해 버릴 거다. 우리는 작업반 전체를 위해서라도 목숨 걸고 임무를 완수해야 돼! 까짓 총화가 대수냐?"

민욱의 말은 철민에게 묘한 여운을 남겼다. 그리고 뭐라 꼬집어서 얘기할 수는 없었지만 자신에게 성큼 다가온 변화를 느낄 수 있었다.

두 근로인민은 다음 날도 중국 공단의 증축현장으로 출근했다. 사방은 아직도 짙은 어둠이어서 해가 뜰 기미조차 보이질 않았는데 아직 가로등조차 제대로 없는 공단 어귀는 좀처럼 사물을 식별하기가 힘들었다. 단지 정문 입구를 지키는 경비실의 불빛만이 망망대해에서 바라보는 등대불빛처럼 이정표 구실을 해 줄 뿐이었다. 모든 것이 아직 진행 중인 공단을 가로질러 가는 철민과 민욱은 마치 어둠 속을 헤쳐 나가는 첨병처럼 보였다.

공사장의 상황실로 쓰고 있는 가건물의 한쪽 모퉁이에 놓여 있는 냉장고의 얼음상자에 물을 채우는 일은 그들 하루 일과의 시작이었다. 그들은 한 치의 오차도 없는 근면한 생활태도로 자신들의 입지를 확보해 갔으며 중간중간 시원한 얼음물까지 제공함으로써 중국 인부들의 인심을 얻었다. 그렇게 일 좀 배워 보겠다고 고생하다 드디어 기회가 찾아왔을 때 철민은 놓치지 않고 십분 활용했다. 식사 시간까지 쪼개 가면서 장비에 대해서는 하다못해 보조부품까지 샅샅이 살펴봤으며 어떻게 이런 기능이 가능한가에 대해 깊이 연구하였다. 솔직히 욕심 같아서는 양해를 구하고 기계를 통째로 분해해서 다시 조립해 보고 싶었다. 그래서 기계가 멈추는 불상사가 발생했을 때는 누구보다도 적극적으로 뛰어들었다. 그의 손끝에서 고쳐지고 정비된 기계가 다시 경쾌한 소리를 냈을 때 그에게는 '엄마손 근로자'라는 별명이 붙여졌다. 그리고 빠르게 퍼진 입소문은 그에게 더 많은 기계를 다루어 볼 수 있는 기회를 부여해 주었다.

* * *

"철민아. 이제 9월도 다가서 그런지 새벽에는 제법 한기가 느껴진다. 아무래도 올여름은 이제 다 간 모양이다."

"그래. 그런 것 같다. 그래도 아직 낮에는 땡볕이니까 얼음물 준비해 놓자."

두 사람은 가건물을 정리해 놓고 얼음상자에 물을 채운 후 마주 앉아 따뜻한 차 한 잔을 마셨다. 자욱하게 퍼져나가는 향내음과 함께 목구멍을 넘어가는 따뜻한 기운은 둘의 몸과 마음을 녹여 주었으며 하루의 생기를 불어넣어 주었다.

"이야! 좋다. 나도 중국에 와서 차 마시는 습관이 들었는데 이렇게 차 한잔하면서 하루를 시작하는 것도 나름 괜찮더라. 근데 아! 그게 있었지."

민욱은 빙그레 웃으며 일어서더니 까치발을 하고서는 팔을 뻗어 벽에 붙어있는 선반의 맨 위 칸을 더듬었다.

"히히. 그래 여기 있구나. 어제 기사 한 명이 줬는데 내 너하고 같이 먹으려고 선반 위에다 감춰 놨다. 철민아 너도 하나 먹어 봐. 먹을 만할 거다."

민욱은 철민에게 중국 전병을 권했다.

"거 참 맛있네! 근데 넌 어디 가든 어떻게 그렇게 생기는 게 많냐?"

"어제 3라인에서 설비 옮기는 것을 잠깐 트럭으로 도와줬더니 고맙다고 한 상자 주더라."

"…"

"여긴 중국이고 시장경제를 하고 있는 곳이야. 당연히 대가를 요구할 수 있어야 한다고. 그리고 그것이 정당한 삶이고."

철민은 자신의 처지를 알고 있기에 사방에서 자신을 감시하는 눈초리를 언제나 의식하고 있었다. 그런데 이따금씩 민욱의 언행은 너무나 스스럼없었고 경우에 따라서는 무모하기까지 해 그를 당황하게 하였다. 갑자기 마음이 무거워지고 앉아 있는 것이 불편해진 철민은 찻잔을 들고는 슬그머니 창가 쪽으로 갔다.

"민욱아. 오늘 날씨는 어떻더냐?"

"략간 흐리다고는 하는데 상관있냐? 오히려 선선할 것 같아서 나는 반갑더라."

차를 마실 때면 철민은 습관적으로 창가 쪽을 찾았다. 하지만 딱히 뭔가를 보려는 의도는 없었다. 그저 눈길가는 대로 바라보며 하루가 시작되는 것을 감상할 뿐이었다. 그런데 오늘은 평소와 달리 도깨비불빛 같은 섬광들이 그의 시선을 붙들었다. 처음에는 무심결에 흘려보내려 했지만 다시 본 순간 그는 눈이 휘둥그레졌다.

'저거 손전화에서 나오는 불빛 아닌가? 어! 그 불빛 맞는데. 근데 저 사람들은 꼭두새벽부터 저기서 뭐하는 거야?'

"민욱아. 이리 와서 저기 좀 봐라."

민욱은 마지못해 자리에서 일어나 창가로 바싹 다가왔다.

"저 사람들 꼭 도깨비장난 하는 것 같지 않냐."

"공장 사람들인가? 근데 이 시간에 저기서 뭐 하는 거야? 여기 공장 기숙사는 취침할 때와 기상할 때 점호가 철저한 걸로 알고 있는데 용케도 빠져나왔구나."

얼핏 보기에 두 사람인 것 같았다. 신선한 새벽공기 속에서 어울리지 않게 마스크로 얼굴을 가려 선량한 노동자의 모습과는 다소 거리가 멀어 보였는데 입고 있는 티셔츠만이 그들이 이 공장 근로자라는 사실을 말해 주고 있었다.

"여기 근로인민들은 손전화에 아주 환장들을 했구나."

"철민아. 손전화라는 게 네가 아는 것처럼 그렇게 단순한 기계가 아니야. 별의별 신기한 기능들이 다 있다고. 내 보기에는 그냥 통신만 하는 것 같지가 않다."

철민과 민욱이 창문 너머를 바라보며 찻잔을 비우고 있는 사이에도 창밖의 두 사람은 손전화를 하느라 정신이 없어 보였다. 또 뭔가를 서로에게 계속 확인하고 있는 듯했다. 창문 너머로 얼핏 보기에도 그 모습은 무척이나 심각해 보였다.

"저거 봐!"

"아. 저렇게 기숙사에서 빠져나왔구나."

용무를 마쳤는지 두 회색물체는 외벽에 조금 나와 있는 난간을 타고 다시 건물 안으로 들어갔다.

"이 시간에 뭐가 저렇게 절박한 걸까?"

둘은 무심하게 바라보며 찻잔을 마저 비웠다. 그러는 사이 밖에서는 인기척이 들려왔다. 그리고 가건물의 문이 열리며 신선한 공기와 함께 인부 한 명이 들어왔다. 민욱과는 안면이 있는지 민욱을 향해 중국어로 뭐라 한참 떠들더니 구석에 놓여 있는 부품상자를 들고는 다시 나가 버렸다.

"뭐라는 거냐?"

"자재를 날라야 한다고 일손이 부족하니까 식사하고 빨리 오랜다."

작업장에서부터 공장식당까지는 꽤 걸어야 했다. 그렇지만 둘의 발걸음은 가벼웠다. 뭐든지 할 수 있을 것 같은 젊음은 고된 하루의 시작도 반겼으며 지금의 고생이 내일의 결실로 이어져 조만간에 반원들의 얼굴에 함박웃음을 꽃피우게 할 수 있다는 기대는 서서히 걷혀가는 어둠 속에서 퍼져나가는 아침햇살처럼 철민과 민욱의 마음을 설레게까지 하였다.

"조금 이른 것 같기도 한데 식사나 할 수 있으려나?"

"걱정할 필요 없어. 저번에 봤더니 여기 인부들은 더 이른 시간에도 식당을 리용하더라고. 근데 철민아, 저기 좀 봐라."

"저 사람들 저기서 뭐하는 거야?"

철민은 희한한 광경에 잠시 걸음을 멈추었다.

맞은편 기숙사 건물에서도 종업원 서너 명이 나와 있었는데 그들 역시 마스크를 쓰거나 모자를 푹 눌러쓰고 있었다. 그리고 모두 같은 옷을 입고 있었는데 좀전에 어둠 속에서 봤던 바로 그 티셔츠였다. 모두 같은 상의를 입고 마스크나 모자로 얼굴을 가리고 있어서 흡사 군대의 정예요원들을 연상시켰다. 그들은 서로 마주 보며 진지하게 대화하고 있었는데 다들 손에는 역시 손전화가 들려있었다. 좀전에 봤던 것처럼 손전화 불빛이 확연하게 보이지는 않았지만 꺼지지 않는 불빛은 뭔가 예사롭지 않은 상황임을 말해 주고 있었다. 그런데 철민과 민욱이 쳐다보는 것을 알아챘는지 황급히 건물 뒤로 사라져 버렸다.

"저 사람들. 통신하고 있는 게 아닌데."

"뭔가 수상한 짓을 하고 있는 것은 분명한 것 같은데…. 뭐, 우리하고 상관있냐? 날래 가서 아침이나 먹자."

다행히 식당 문은 열려 있었고 식권 두 장을 내밀자 여직원이 밥과 국을 주었다. 철민과 민욱은 식당 한구석의 어두운 불빛 아래서 조용히 식사를 하였다.

"지금 먹는 게 좋아. 잠시 후면 공장의 근로인민들이 쏟아져 들어온다고."

둘은 서둘러 식사를 마쳤다.

"철민이 너는 담배를 안 피니까 차나 한잔해라."

민욱은 철민에게 자판기에서 차를 한 잔 뽑아 줬다. 식당어귀에서 둘은 잠시나마 식사 후의 휴식을 즐기고 있었다.

'어! 저기 또 있네.'

차를 마시던 철민은 고개를 갸우뚱했다.

공장 노동자 서너 명이 손전화를 는 채 식당 주변에 모여 있다가 갑자기 사라지는 것이었다.

"민욱아. 아무래도 뭔가 심상치 않은 거 같다."

주변은 여전히 어둑어둑했고 쥐 죽은 듯이 고요했는데 보이는 사람이라곤 철민과 민욱밖에 없어서 그런지 식당 입구에만 켜져 있는 불빛은 둘의 존재를 더욱 낯설게 해 주었다.

"여기는 남의 나라야. 그리고 우리는 어디까지나 리방인이고. 가서 우리 일이나 하자."

먼동이 떠오르며 주변이 점차 밝아지고 있는 사이 공장 근로자들도 하나둘씩 모여들고 있었고 철민은 작업에 앞서 절개장비를 하나하나 정비하고 있었다. 그리고 민욱은 자재를 싣고 오기 위해 트럭을 몰고 갔다. 점차로 사방에서 들려오는 기계음과 로동자들 북적거리는 소리는 바야흐로 공단이 기지개를 켜는 듯했다.

그런데 갑작스레 돌아온 민욱의 트럭은 평온한 일상을 구겨 놓았다.

"부우웅! 끼이익!'

황급히 트럭에서 내린 민욱은 곧장 현장소장에게 다가가 손짓, 발짓을 섞어 가며 다급히 뭔가를 열심히 설명하였다. 그리고 이를 응원이라도 하듯 공단 어딘가에서 누군가 죽어라 내는 고함소리와 여럿이 함께 내는 노도와 같은 함성소리가 주기적으로 들려왔다. 그러다 잠시 동안 침묵이 흘렀다. 민욱의 혼비백산한 모습에 당황해서 잠시 일손을 놓은 철민은 뒤이어 들려오는 소리에 더욱 놀라 숨소리조차 제대로 내지 못하고 멍하니 서 있었다. 비단 철민뿐만이 아니었다. 난데없는 변화는 주변에 있는 근로자들을 잠시 동안 마비시켜 버렸다. 아니 현장에 있는 모두를 집어삼켜 버렸다. 그런데 그것이 다가 아니었다. 고요함 뒤에 찾아오는 폭풍처럼 연이어 더 큰 함성소리가 우후죽순으로 사방에서 들려왔다. 그렇게 연속된 긴장 속에서 누군가의 출연은 사람들을 최고조로 집중시켰다.

근로자 한 명이 갑자기 상의와 작업모를 벗어버리고는 흰색 티셔츠로 갈아입었다. 순식간에 일어난 일이었지만 사전에 치밀하게 준비한 듯했다. 그리고 가방에서 유인물 뭉치를 꺼내 들고는 사람들에게 일일이 나눠 줬다. 급기야는 중장비 위에 올라가 사람들에게 큰 소리로 외쳐댔다. 모두들 동요하지 않을 수 없었고 철민 또한 어리둥절해서 눈망울만 이리저리 굴린 채 주변의 동태를 살폈다. 말뜻을 정확하게 알아들을 수는 없었지만 연사가 토해내는 사자후는 공장 내의 모든 사람들에게 울려퍼지는 듯했다. 얼마 후에 연사와 같은 상의를 입은 일련의 근로자들이 대오를 갖추어서 밀려왔다. 그들 대부분은 노래를 부르고 있었으며 선두에 선 사람들은 구호를 외치고 있었다. 연사는 그들과 합류하였고 그들은 곧 다른 방향으로 사라졌다. 그런데 진짜 심각한 상황은 그들이 사라진 다음에 벌어졌다. 그들이 휩쓸고 지나간 현장은 더 이상 일터가 아니었다. 근로자들은 삼삼오오 모여 흩어진 유인물을 보며 쑥덕댔으며 개중에는 고성도 오갔다. 한참이 지나서야 철민은 정비일을 다시 시작했지만 주변 분위기는 이미 너무 어수선해졌다. 일하고 있는 사람이라곤 거의 철민 혼자뿐이었다.

"철민아. 오늘 작업은 아무래도 힘들겠다. 자재를 실으러 갔는데 시위하는 근로자들 때문에 들어가는 진입로가 막혀서 도저히 불가능하더라고."

"이게 웬 난리냐! 여기 현장 책임자는 뭐라 그러냐?"

"자기도 알아보겠다는 말만 하더라고. 근데 꼭 누구한테 한 대 맞은 사람처럼 얼이 빠져 가지고는 상황파악에 전혀 도움이 안 돼."

"이제 마무리 공사도 거의 끝나 가는데…"

철민은 망연자실해서 거의 울먹였다.

"혹시 이거 무슨 큰일이라도 난 거 아니냐! 어쨌든 여기 일이 끝나야 우리 일도 시작할 수 있는데…."

하얗게 질린 얼굴로 철민은 애꿎은 하늘만 속절없이 바라봤다.

"철민아. 하여간에 오늘 이곳은 도저히 우리가 있을 자리가 못 되는 것 같다. 이런 부르지와 현장에 있다가 잘못 엮이면 나중에라도 날벼락 맞는 수가 있다고. 안 되겠다. 오늘은 이만 돌아가자."

철민도 본능적으로 '감시의 눈'을 의식했다. 누구를 감시하는 것과 누구로부터 감시당하는 것은 평생 형성된 습성이었기에 그는 본능적으로 불안을 느꼈다. 공단을 벗어나는 도중에도 여기저기에서 노랫소리와 함성소리가 끊이질 않고 들려왔다. 그리고 완전히 벗어나려는 순간 철민과 민욱은 그만 입이 쩍 벌어지고 말았다. 족히 백명은 넘어 보이는 근로자들이 같은 티셔츠를 입고 흰 장갑을 낀 채양쪽으로 마주 보며 도열하여 계속해서 무슨 구호를 외치고 있었다. 입구를 원천봉쇄하고 자신들의 주장을 만방에 알리고자 하는 듯했다.

"철민아. 내가 저쪽에 쪽문을 알고 있어. 거기로 가자."

"으음. 아무래도 그래야겠다. 근데 진짜 이게 웬 난리냐!"

"낸들 아냐. 하여간에 지금은 일단 피하고 보는 게 상책이다. 날래 가자."

원대 복귀한 민욱은 반장동지에게 공단상황을 상세히 보고했고 자신들의 청결함을 강조하기 위해 천박한 자본의 속성을 신랄하게 비판했다.

"제대로 봤어. 민욱이는 역시 생각이 똑바로 박혀 있구나. 중국이 지금 시장경제를 하고 있다고는 하지만 자본이란 항상 그렇게 오물을 튀기는 법이야. 차후 상황은 내가 알아볼 테니까 오늘 너희 둘은

3동으로 가. 오후에 그곳에 중국 감리단이 온대. 조금이라도 하자가 있으면 안 되니까 빈틈없이 살피라고."

작업반장은 서랍에서 평면 설계도를 꺼냈다.

"잠깐 이리 와 봐. 여기 횡단면과 종단면의 치수 보이지. 바로 발주처에서 요구한 크기야."

일 년 넘게 현장 일을 하는 동안 줄곧 보아 온 터라 숫자만 보고도 철민은 그 실제크기를 가늠할 수 있었다.

"그리고 횡과 종으로 빨간색으로 써져 있는 숫자들은 채워져야 할 철근의 개수야. 중국 감리사들이 오기 전에 반드시 점검하라고. 한 치의 오차도 있어서는 안 돼. 누구이 말하지만 '신용을 생명처럼 지키라는' 수령님의 교시를 명심해야 돼. 너희들만 믿는다."

"예. 알겠습니다."

두 사람은 쉴 틈도 없이 바로 작업모를 쓰고는 현장으로 갔다. 3동은 어느 때와 다름없었으며 사방에서 들려오는 기계음으로 가득했다.

"일찍 나오길 잘했어. 거기서 오래 있었으면 총화 때 또 무슨 봉변을 당할지 어떻게 알겠냐?"

"그럼 백 번 잘했지. 그나저나 서둘러야겠다. 오후에 온다면 점심 때까지는 완수해야 하는데 이거 오늘 점심은 다 먹은 거 같다."

"새벽부터 이상한 일만 벌어지고 아무래도 오늘은 일진이 사나운 것 같아. 조심해야겠어."

공구를 챙긴 두 사람은 즉시 점검에 들어갔고 정신없이 일했다. 일에 대한 열정을 불사를 때에 철민은 조선 근로자의 진수를 보는 듯했다. 직장대에 가입하면서부터 각종 노력경쟁에서 승리하기 위해 일한다기보다는 차라리 전투를 치른다는 각오가 체질화되어 있었기 때문에 늦은 여름 대륙의 막바지 땡볕 아래에서 투혼이 스며든 땀방울이 그의 눈앞을 가려도 철민은 굽힐 줄을 몰랐으며 눈만 내놓은 채 감아 올린 수건과 어우러진 작업모는 어떠한 악조건에도 굴하지 않는 불굴의 의지를 상징하는 듯했다. 점검에 열을 올리면서도 철민은 자꾸만 3시 방향으로 눈길이 갔다. 2공장 증축현장에서 해야 할 기초공사가 걱정되었기 때문이었다.

'저 공사 못하면 나머지는 속빈 강정이야. 어떻게든 완수해야 돼.'

철민의 의지를 시험이라도 하듯 갑작스레 어디선가 날아온 모래바람이 그의 얼굴을 할퀴고 지나갔다. 그리고 다음 작업을 위해 자리를 옮기려 하자 더욱 거센 바람이 그의 등짝을 떠밀었다. 그런데 떠미는 바람결에 덧붙여 생소한 목소리가 그의 귓전을 때렸다.

"아저씨. 여기 사무실이 어디에요?"

덥고 척박한 현장에 그리고 간혹 불어 닥치는 모래바람에 전혀 어울리지 않는 음색이었고 정말 오랜만에 들어 보는 젊은 여자 목소리였다. 무심결에 뒤를 돌아보니 생면부지 젊은 여인이 바람을 등진 채 철민을 향해 미소 짓고 있었다.

"여기 현장사무실 말이에요. 현장사무실 모르세요?"

"현장사무실이요?"

'아. 상황실 말하는구나.'

"저쪽 건물 뒤편에 있는 가건물입니다. 근데 어떻게 오셨습니까?"

그녀의 뒤에는 중간쯤 되는 신장에 햇빛에 잔뜩 그을려 구릿빛 얼굴을 한 중년남자가 그녀와 같은 작업복을 입고 있었다.

"우리는 감리일 때문에 왔어요. 여기 책임자를 만나야 되요. 오늘하고 내일 여기서 감리일이 있거든요. 죄송하지만 그렇게 안 바쁘시면 안내 좀 부탁드릴 수 있을까요?"

얼떨결에 따라오라고 말은 했지만 철민은 꼭 무엇에 홀린 듯했다. 마치 사막 한가운데서 오아시스라도 발견한 듯 신선했으며 가슴 가득히 설렘을 느낄 수 있었다. 참으로 오랜만에 느껴보는 감정이었다.

"따라오시오."

앞서가면서도 철민은 자꾸 그녀 쪽으로 흘끔흘끔 눈길이 갔다. 그런데 상황실의 문을 여니 아무도 없었다.

"잠깐 어디 나가신 것 같은데요. 여기 앉아서 기다리시죠."

여자는 중국말로 남성과 몇 마디 주고받았다.

"실례지만 오래 기다려야 하나요? 다른 곳에 또 일이 있어서요. 실은 간단히 인사만 드리고 바로 일 시작하려던 참이었거든요."

'아! 아침에 반장동지가 감리… 뭐 어쩌고 하면서 온다고 했던 중국 인민들이 바로 이들이구나.'

"그렇습니까. 그럼 잠깐만 기다리십시오."

철민은 상황실에 딱 한 대밖에 없는 전화기를 들었다. 철민의 작업반 현장사무실의 낯선 풍경이라면 여급이 없다는 점과 합작구 내의 다른 사무실에는 다 있는 모바일이 없다는 점이었다. 수화기를 든 철민의 모습은 흡사 야전부대의 전투병을 연상시켰다.

"근처에 있답니다. 곧 오신다고 하니까 차라도 한잔하십시오."

여급과 모바일이 없다는 점만 빼면 철민의 상황실도 여느 공단사무실과 크게 다르지 않았다. 중앙에는 오래된 탁자와 소파가 놓여있었고 창문 쪽으로는 책상 두 개와 의자가 다섯 개나 있었다. 그리고 앞쪽으로 커다란 이동식 칠판이 있었는데 햇빛이 잘 드는 쪽의 벽에 걸려있는 지도자동지의 초상과 묘한 각도를 이루고 있어 상황실 어디에서 봐도 초상을 가리지 않았다. 모든 것이 낡았지만 정말 깔끔하게 정리·정돈되어 있었고 소비를 위한 군더더기라고는 거의 찾아볼 수가 없었다. 만약 누군가 처음 찾아온 사람이라면 사무실이라기보다는 무슨 '학습의 장'처럼 보일 수도 있었다. 철민은 구석에 있는 싱크대의 주전자에서 차를 두 잔 따라 쟁반 위에 받쳐 든 채 두 사람 앞에 각각 놓았다. 분위기는 이내 화기애애해졌고 철민의 겸허하고 진지한 자세는 잔잔한 감동으로 퍼져 나갔다. 삼리단은 감사를 표시하며 웃음꽃을 피웠는데 가벼운 대화를 나누면서도 여성 감리사의 눈빛이 철민을 향해 반짝이고 있었다.

"아저씨도 같이 한잔 드세요."

이번에는 그녀가 벌떡 일어나더니 차를 한 잔 따라왔다. 그리고는 웃으며 철민 앞에 놓았다.

"그렇게 서 있지만 말고 앉아서 같이 드세요."

철민도 마지못해 앉기는 했지만 영 불편했다.

"여기 직원분이세요?"

"예."

"그럼 혹시 오늘 감리 있다는 얘기는 못 들으셨어요?"

"알고 있었습니다. 실은 좀전에 현장을 정비하고 있었습니다."

그러자 그녀는 웃으며 옆의 감리사와 잠깐 대화를 나누었다. 그리고 가방에서 서류철을 꺼내들었다. 어색한 분위기는 많이 사라졌지만 철민은 긴장하며 촉각을 곤두세웠다. 급하게 문이 열리며 바깥바람이 밀려들어오지 않았다면 상황실은 진지한 분위기로 바뀔 참이었다.

'이놈의 바람 때문에 일을 할 수가 있어야지.'

"반장동지. 어서 오시라요. 이분들이 여태 기다리고 있었습니다."

반장은 감리사들에게 일일이 악수를 청했다. 철민은 재빨리 자리를 비켜 주며 반장에게도 차를 대접했다.

"반장동지. 차라도 한잔하시면서 말씀 나누시죠. 저는 가서 하던 일이나 마저 하겠습니다."

문을 열고 나오는 순간 철민은 다시 현실로 돌아온 듯했다.

'감리사가 녀자라니! 중국에 오니 별꼴을 다 보는군.'

　　　　　　　* * *

　짧은 만남이었지만 신선한 경험이었고 철민은 갑자기 궁금한 것이
많아졌다.

　"민욱아. 서둘러야겠다. 감리사들이 왔어. 바로 일 시작할 거래."

　"젠장! 빨리도 왔네. 철민아. 일단 동편 쪽은 내가 샅샅이 조사했
는데 그래도 네가 다시 한 번 점검해 봐라. 나는 작년에도 감리받아
봤는데 그 일 하는 사람들 보통 깐깐한 게 아냐. 여간해서는 통과
안 시켜 줘. 거기다 그네들이 딴지라도 걸면 일이 또 어려워진다고.
결국 책잡히지 않게 철저히 대비하는 수밖에 없어."

　그렇지만 철민은 감리받는 일이 처음이었다. 그 일이 뭔지 대충
감은 왔지만 자세히 몰랐기에 막연히 두려웠고 무엇보다 이번에는
감시하는 존재가 너무 낯설었다. 정해진 궤도에서 벗어나면 무조건
벌이 따른다고 평생 각인된 도식은 철민을 몹시 불편하게 했다. 그
렇지만 별 수 있으랴! 여기는 중국인데. 철민은 민욱과 함께 다시
한 번 감리대상을 돌아보며 마지막 점검을 끝냈다. 그리고 감리단은
채 한 시간도 못 돼 반장동지를 대동한 채 돌아왔다. 그들의 손에는
도면과 여러 가지 측량공구들이 들려 있었고 철근 하나, 이음새 하
나 놓칠세라 도끼눈을 뜬 채 철저히 점검해 나갔다. 민욱과 철민은
감리단을 안내하면서 질문에 자세히 답변해 주었고 도면의 설계와
지상의 구조물을 일일이 비교하면서 설명도 자세히 해 주었다. 일은
순조롭게 진행됐지만 철민에게 '여성 감리사'란 존재는 영 당혹스럽
기만 했다. 거기다 상냥하게 안내를 부탁할 때와는 달리 일단 감리
에 착수하자 그녀는 거의 '뺑덕어멈' 수준으로 돌변해 버렸다. 그녀
의 눈길 닿는 곳은 '미주알고주알' 질문과 주문이 이어졌으며 설계도
면과 대조하여 한 치의 오차도 그냥 넘어가지 않았다. 그런데 이상

한 점은 나머지 감리사였다. 철민이 보기에 나머지 감리사는 그냥 따라온 수행원 정도로밖에 보이지 않았다. 그들이 수고받는 대화를 다는 이해할 수 없었지만 중간중간 알아듣기에도 따지고, 재 보고, 고개를 설레설레 흔드는 쪽은 여자 감리사였다.

'거 참 이상하네. 감리단에도 간부는 따로 있나? 그나저나 이 녀성 근로인민은 체력이 정말 대단하네. 오히려 내가 지치는군.'

"벌써 두 시간 가까이 지났는데 잠깐 좀 쉬시죠. 식사도 하시고."

민욱은 감리단을 다시 상황실로 안내했다. 그리고 밖으로 나와서는 생뚱맞게 철민을 돌아봤다.

"내가 그랬지. 합작구에는 별의 별 사람들이 다 있다고. 너 저런 녀성 본 적 있냐?"

"…"

"세상은 참 넓은 거야! 그런데 녀자 감리사가 우리말을 잘한다. 조선족인가?"

그 사이 주문한 식사가 도착했다. 상황실에 식사자리를 마련한 그들은 둘러앉아 식사에 열중했는데 여자 감리사는 뜻밖에 가방에서 도시락을 꺼내 들었다. 다들 호기심으로 눈들이 반짝였지만 그녀는 개의치 않았다.

"빨리 들고 마저 끝내죠."

식사가 끝나자 다들 휴식을 취하러 밖으로 나갔는데 주변에 아무도 없는 것을 확인하자 민욱은 철민을 보며 너털웃음을 터뜨렸다.

"오늘 감리는 꼭 소꿉장난을 하는 것 같지 않냐. 난 또 도시락 싸들고 다니는 감리사는 처음 본다."

"하하! 그러게 말이다. 녀자 감리사가 굉장히 꼼꼼하고 하나에서부터 열까지 빈틈이 없더라."

"그런데 철민아. 너 혹시 남측 사람 본 적 있냐?"

"남측 사람! 뚱딴지같이 그게 무슨 소리냐? 내가 언제 남측 사람을 봤겠냐? 근데 갑자기 남측 사람은 왜 찾냐?"

"저 녀자 감리사 남측 사람이야."

"뭐, 뭐라고!"

철민은 지금까지 남측 사람을 본 적이 없었다. 물론 관심도 없었지만 관심을 가져서도 안 됐기에 그가 알고 있는 남측 사람이란 그저 도저히 상종 못할 부류라는 정도였다.

민욱의 말에 갑자기 철민은 숨이 가빠지며 본능적으로 주변을 살폈다. 현장은 일상의 모습 그대로였는데 다들 막 식사를 끝내서인지 구석에 모여 앉아 히히덕거리며 담배를 피거나 나무 판넬 위에 누워 잠을 자는 근로자도 보였고 멀리서는 간간이 기계음이 들려올 뿐이었다. 단지 평상시와 다른 점이라면 지금 여기에 굉장히 낯선 사람이 와 있다는 사실뿐이었다.

"어떻게 그렇게 단언할 수 있냐?"

"나는 그동안 그들을 많이 봐 왔어. 그래서 금방 알 수 있어. 아마이 도시에는 우리 조선의 근로인민 수만큼 남측 사람들도 와 있을 거야. 우선 우리말을 하는 억양이 조선족하고는 확연히 달라. 그리고 옷매무새도 훨씬 세련됐고. 조선족 사람들은 저렇게 입고 다니지 않거든."

'정말 모르겠네. 중국 기업에서 감리일을 남측 사람을 시켜 하다니!'

철민은 반신반의하면서도 혀를 찼다.

"근데 반장동지도 아는 사실이냐?"

"알아도 모른 척하겠지. 대놓고 안다고 했다간 큰일 나게."

"근데 너무 신경 쓸 필요 없어. 우리야 일 잘해 주고 대금만 받으면 되니까. 중국 기업에서 누굴 쓰던 우리하고 무슨 상관이냐? 우리가 걱정해야 할 일은 감리 통과야. 통과가 돼야 대금을 받을 수 있거든."

"그런 거냐."

철민은 또 한 번 자신에게 성큼 나아온 변화를 느낄 수 있었다. 그러나 더 이상 그런 느낌이 낯설거나 어색하지 않았다. 뭐라 꼬집어서 말할 수 없을 뿐이지, 분명히 느낄 수 있었고 어렴풋이나마 이해할 수도 있었다.

"아무튼 무사히 넘어가야 할 텐데 걱정이다."

방금 민욱의 말을 듣고서도 철민은 계속 그녀가 눈에 아른거렸다. 남측 사람이라고 하니까 더 궁금한 것도 있었지만 뭔가 설레는 감정을 억누를 수가 없었다.

"그만 가자. 꼬투리 잡히지 않으려면 먼저 가서 준비해야 된다."

그들이 떠나고 잠시 후 현장에는 감리단이 다시 왔으며 철민과 민욱은 다시 감리받는 일에 시달려야 했다. 식사를 해서 그런지 더 집요하게 추궁했으며 조금이라도 하자가 발견되면 난리법석을 떨어 부수고 설계도면대로 다시 지으라고 할 기세였다.

"악질 반동년 같으니라고! 진짜 남측 인민이 틀림없어."

지쳐버린 민욱은 귓속말로 철민에게 푸념했다. 그렇지만 철민은 그날 감리가 무엇인지 확실히 배울 수 있었다.

"도면상에는 철근이 8개가 들어가야 되는 것으로 나와 있는데요."

"자세히 좀 보시죠. 아래위 다발로 되어 있습니다."

"그렇군요. 근데 재어 보니까 치수가 틀려요. 그리고 보세요."

그녀는 들고 있던 쇠자를 가지고 거푸집을 쿡쿡 찔러 보았다.

"얼마나 날림으로 했으면 이렇게 자가 다 들어갑니까! 바닥면의 치수가 안 맞으니까 기둥의 거푸집도 이렇게 틈새가 듬성듬성 벌어진 거 아닙니까."

"꼭 그런 것만은 아닙니다. 그리고 아직 공사 중이라서 그렇게 단정적으로 말씀하시면 곤란합니다. 그래도 일단 기록은 해두겠습니다."

"똑바로 하세요. 이렇게 하자가 많으면 회사에 보고를 안 할 수가 없어요."

그녀는 준비해 온 검사항목들을 하나하나 꼼꼼하게 검토했다. 그렇게 감리일은 몇 시간이고 지속됐고 이윽고 불을 켜지 않고는 작업이 불가능해졌다. 모두들 지쳤으며 철민 또한 입에서 단내가 날 지경이었다.

'휴우. 저 녀성동무 대단하네!'

결국 같이 온 감리사가 그녀를 불렀다. 몇 마디 대화가 오간 후 그녀가 철민에게 인사했다.

"오늘은 이만하죠. 내일은 아침 일찍 오겠어요. 지금처럼만 준비해 주시면 아무 문제 없겠네요. 내일 봬요."

"그럼 그렇게 하죠."

공구들을 챙기느라 철민의 손은 기계적으로 움직였지만 그의 시선은 사라져 가는 그녀의 뒷모습을 하염없이 바라보고 있었다.

'근로 속에는 분명 공통정서가 있는 거야.'

지금 이 순간만큼은 여태까지 남측 사람들에 대해 막연히 그리고 이유 없이 가졌던 경멸하는 감정 따위를 거의 느낄 수 없었다. 오히려 근로 후의 성취감을 그녀와 공유할 수 있었으며 유야무야로 자신의 편의를 봐준 부분에 대해서는 감사하는 마음까지 생기게 되었다. 철민은 퍼뜩 주변을 둘러봤다. 이미 무겁게 가라앉은 땅거미는 모든 것을 감싸 안고 하루의 장막을 내리고 있었다.

* * *

"철민아. 여기는 어제도 그랬는데 여태 축축하다."

민욱은 전광등을 들고 목재로 거푸집을 짠 기둥의 위아래를 비춰

보았다.

"여기는 도대체 왜 이런 거냐?"

"위층 수도배관을 시원치 않게 한 것 같아. 아니면 물작업을 하고서 뒷정리를 안 했다든지."

"이거 야단났구나! 감리단이 보면 그냥 넘어갈 리가 없는데. 어제보니까 도면에 없는 것도 지적을 하더라."

"별 수 있겠냐? 발주처가 왕인데. 빨리 문제나 찾아보자. 난 위층으로 가서 조사해 볼 테니까 넌 여기서 어디까지 습기가 찼나 확인해 봐라."

위층으로 올라간 철민은 구석구석을 이 잡듯이 살폈는데 그 사이밖은 서서히 밝아지고 있었다.

먼동이 떠오르는 때는 항상 철민보다 한 발 늦었다. 세상을 조금씩 비추어 주는 서광이 이윽고 완전히 자신의 모습을 드러낼 때면철민은 이미 작업에 몰두하여 시간관념을 잊고 있었다.

"철민아. 이리 와서 이것 좀 먹고 해라."

민욱은 챙겨 온 뜨거운 물과 감자 그리고 주먹밥을 꺼냈다.

"감리단은 몇 시에 온 대냐?"

"낸들 알겠냐. 곧 오겠지."

철민은 한숨을 길게 내쉬며 허리를 쭉 펴고 일어섰다.

"아래층은 다 살펴봤냐?"

"아래층은 기둥의 습기만 빼면 다 괜찮다."

"다행이다. 근데 잠깐 저기 배수관이 있네!"

철민은 급히 호스 있는 곳으로 뛰어갔다.

"아! 누가 어제 물작업 하고 수도를 대충 잠갔구나."

고무호스에서는 물이 계속해서 찔끔찔끔 흘러나오고 있었다. 철민은 배관을 꽉 잠그고는 고무호스를 깔끔하게 정리해서 한쪽 구석에 놓았다.

"습기란 게 다 빠지려면 시간이 필요한데 이거 어떡하냐?"

"그네들도 시공해 본 적이 있을 테니까 그 정도는 리해해 줄 거야."

"그랬으면 오죽이나 좋겠냐. 그나저나 오늘 감리가 빨리 좀 끝났으면 좋겠다. 저쪽 현장에 바윗덩이를 하루라도 빨리 제거해야지. 이래 가지고 어디 공기를 채우겠냐?"

"푸념한다고 무슨 수가 생기겠냐? 그저 열심히 해야지. 일단 음식이나 마저 먹어라."

아침도 거른 채 매진한 덕에 두 사람은 감리받는 일에 자신이 있었고 막상 그들이 도착했을 때에 철민은 오히려 반갑기까지 했다. 감리일은 어제와 마찬가지로 빈틈없이 진행됐으며 시종일관 날카로운 질문과 조사가 이어졌다. 그리고 오늘도 역시 그녀가 모든 일을 주도하였다. 철민은 이렇게 맹렬한 여성을 본 적이 없었다. 어제 얼떨결에 인사는 했지만 눈코 뜰 새 없이 하루가 지난 사이에 그녀는 마치 공작새가 날개를 편 것처럼 시시각각으로 다채로운 모습을 보여주며 철민의 의식 저편에서 오랫동안 잠자고 있던 낱말들을 일깨워 주었다. 그래서인지 어딘가 모르게 신선했고 천편일률적으로 그의 생활을 지배하는 수직구도에서 짜릿한 일탈을 느낄 수 있었다.

'야무지고 아름다우면서도 일에 근성이 있는 녀성동무야.'

그녀를 바라보는 철민의 눈은 점차 호기심으로 반짝였다.

'저렇게 앳돼 보이는 사람이 빈틈없이 살피는 눈매는 마치 창공에서 먹잇감을 노리는 매와 같구나.'

그리고 문득 고등중학 시절 떠났던 천리길 행군이 떠올랐다. 그 당시에는 순수한 자부심으로 충만해 있었고 급우 간의 격려와 배려에 현실의 시름이고 허기고 간에 다 잊을 수 있었다.

'왜 이제껏 허기를 못 느꼈는지 알겠네. 행군 때처럼 뭔가에 열중

해서 느낄 사이가 없었던 거야. 그런데 혹시 저 녀성동무한테 렬중했던 것은 아닐까?'

철민은 피식 웃으며 쓸데없는 생각을 떨쳐버리려는 듯이 고개를 홱 떨구었는데 시계를 보고서는 깜짝 놀랐다.

'저런. 벌써 1시가 넘었네.'

"저… 배 안고프십니까?"

"고프죠. 식사할 수 있게 해 주시게요?"

"상황실로 가시죠."

"고마워요. 그런데 여기에 서명 좀 해 주세요."

철민도 감리일이 끝나면 누군가 내용증명을 해야 한다는 것쯤은 알고 있었다. 그렇지만 아직 감리지에 자기 이름을 올린 적은 없었기에 바짝 긴장한 채 그녀에게서 펜을 빌렸다. 몸에 밴 꼼꼼함은 자연스레 아래 내용을 찬찬히 읽어 내려가게 했지만 다 읽고서도 선뜻하기가 쉽지 않았다.

"뭘 그렇게 어려워하냐? 다 읽었으면 그냥 밑에다 자기 이름 적으면 되는거야."

감리경험이 있는 민욱은 답답한 듯 펜을 빼앗아 먼저 자기 이름을 적었다.

"내 이름은 여기 적으면 되냐?"

"그래."

민욱은 약간 짜증을 냈다. 철민은 가볍게 한숨을 내쉬며 자신의 이름도 선명하게 적었다. 감리사는 철민의 모양새가 우스웠는지 재밌는 표정을 지으며 자신의 이름도 함께 적었다.

"이걸로 다 끝난 건 아니에요. 아직도 봐야 할 부분이 많아요. 어쨌든 수고하셨어요."

상황실에 도착하자 안내만 하고 가려는 그를 느닷없이 그녀가 불러 세웠다.

"두 분도 같이 식사하시죠. 제가 좀 여쭈어 볼 게 있어서요."

현장에서의 점심치고는 진수성찬이었다. 대부분 값비싼 음식들로 철민으로서는 처음 보는 음식도 있었다. 얼핏 보기에도 식탁 위에는 대접을 위해 반장이 애를 쓴 흔적들이 역력하였다. 그리고 비록 업무에 한정됐지만 식사 내내 철민은 그녀에게서 많은 질문을 받았다. 그러면 청산유수처럼 합의점에 도달하기도 하였으나 반대로 풍랑을 만나 표류하는 배처럼 빙글빙글 돌며 진척을 보지 못하는 경우도 있었다. 어떤 경우이든 식사하는 모든 사람들은 서로 머리를 맞대며 몰입했고 철민은 정서적으로 한층 더 그녀와 교감하게 되었다. 그리고 언제, 어디서나 감시의 눈길을 의식해야 하는 철민의 입장을 그녀도 아는지 여러모로 배려를 많이 해 주었다. 질문은 결코 공적인 업무의 범위를 넘지 않았고 이따금씩 가장자리에서 철민의 노고에 대해 감사를 표시했으며 개인적인 감정을 표출하는 일은 극도로 자중했다. 오히려 반장이 다분히 감정적이어서 때로는 언성을 높이며 역정을 내기도 하였다.

그녀의 요구가 너무 버거울 때면 공은 철민과 민욱에게로 돌아가 두 사람은 공사계획안을 내보이며 조목조목 반박하였다. 감리결과를 놓고서도 감리반과 작업반은 서로의 주장을 내세우며 갑론을박하다가 결국 그녀는 삼 일 후에 감리를 한 번 더하기로 하였다.

"휴우. 그래도 이만하길 다행이다. 어찌나 쪼아대던지 난 통과 안 시키는 줄 알았다."

"안심하기는 아직 일러. 삼 일 후에 다시 온대지 않냐."

"그래도 일단 공사대금은 받을 수 있게 됐으니까 반장동지가 숨통은 트이겠다. 그리고 오늘 점심은 아주 잘 먹었다. 하하!"

민욱은 앉은 채로 느긋하게 허리를 쭈욱 펴고는 담배 한 대를 입에 물었다. 그리고 두어 모금 빨면서 식후의 여유를 즐겼지만 이내 뭐에 놀라기라도 한 듯 벌떡 일어났다.

"철민아. 우리가 지금 이렇게 한가할 수가 없다. 빨리 현장에 가 보자."

옆에서 차를 마시던 철민도 무거운 몸을 일으켰다.

"그래. 네 말이 맞다. 오늘이라도 중국 공단에서 파쇄작업이 끝날 지 모르는데 바로 갖다 쓰려면 옆에서 지키고 서 있어야 되지. 너는 반원들하고 그 녀성 감리사가 지적했던 하자들이나 점검해라. 물 들어왔을 때 노 저어야 하는 법이야."

"왜 혼자 갈려고?"

"시간이 없지 않냐. 이틀 동안 하자보수 다 하려면 지금부터 부지 런히 해도 모자를 텐데. 또 대충 해 놓으면 감리단에서 순순히 통과 시켜 주겠냐? 빨리 시작하자."

"근데 공단 소식이나 듣고 가는 거냐? 안전하냐는 말이다."

"안전하나마나 기계가 거기에 있는데 어떡하냐. 날짜는 촉박하구."

말은 단호하게 했지만 옮기는 발걸음이 무겁기는 철민도 마찬가지 였다.

제6화
공단방화사건과 미옥의 도움

　하루 만에 다시 찾은 중국 공단은 입구에서부터 어수선했다. 일하는 분위기라고는 전혀 찾아볼 수가 없었으며 평소 익숙했던 여러 가지 장비들은 뒤죽박죽으로 엉뚱한 자리에 놓여 있어 공단 전체가 꼭 나사 몇 개가 빠진 채 내팽개쳐진 톱니바퀴를 연상시켰다. 내부로 들어가자 눈에 익었던 거대한 기계들과 설비들이 작동을 멈춰 쓸모없는 고철덩어리 정도로만 느껴져 당황했고 뭔가 불안한 마음에 연신 주변을 두리번거렸지만 마치 멀리 시베리아에서 불어오는 찬 바람을 맞으며 거친 광야를 바라볼 때처럼 돌아오는 것이라곤 황량한 느낌뿐이었다. 거기다 공단 저편에서 가끔 들려오는 함성소리와 여럿이 주기적으로 동시에 외쳐 대는 구호는 살벌한 기운마저 느껴져 당장이라도 누군가가 호각을 불며 잡으러 올 것 같은 불안감마저 불러일으켰다.

　그렇지만 철민은 개의치 않았다. 설령 여기서 전쟁이 터져 총알이 빗발친다 해도 목숨을 걸고서라도 기계를 가져가야 했다. 그나마 천만다행으로 증축현장의 시설은 온전하였다. 그렇지만 바로 그제까지만 해도 활기차게 진행되던 공사의 열기는 연기처럼 온데간데없이 사라졌고 현장 한가운데에서 그 위용을 자랑하던 타워시설은 청승맞고 쓸쓸하게만 보였다. 늦게라도 오기는 했지만 이때쯤이면 사실 오후작업이 한참 열기를 띠고 있을 시간이었다. 그렇지만 현장은 너무나 을씨년스러웠고 사람도 몇 명 보이지 않았다.

'이게 도대체 어떻게 된 거야?'

철민은 조심스럽게 한 발, 한 발 살며시 거닐었는데 자재더미 위에 올라 바라본 타워시설은 그래도 역시 공사현장의 중심이었다.

'저 녀석은 언제 봐도 마음에 든단 말야. 나도 빨리 저런 거 한 번 운전해 봐야 하는데⋯. 저 꼭대기에서 현장을 호령하면 살맛 날 거야!'

철민은 위를 올려다보며 빙긋 미소 지었다.

'그런데 사람들이 다 어디로 간 거야?'

철민은 허리춤에 손을 올리고 나머지 한 손으로는 얼굴을 반쯤 감싼 채 무거운 한숨을 내쉬었다.

'아직 현장 일이 끝날 때도 아니고⋯. 어제부터 중국 공단 정말 이상하네.'

철민은 의아한 눈길로 하릴없이 주변만 두리번거렸다. 그러다 다시 한 번 위를 올려다보고는 눈이 동그래졌다.

'어! 저 사람 저기서 뭐 하는 거야?'

타워시설의 철제 골조물 끝에서 한 근로자가 머리에 띠를 두른 채 뭔가를 큰 소리로 외치고 있었다. 정확히 알아들을 수는 없었지만 굉장히 간절하고 처절한 외침이었다. 그런데 그러고는 바로 밑으로 떨어져 버렸다. 모든 일을 정면으로 목격한 철민은 한동안 입만 벌린 채 아무 소리도 내지 못했다. 아무 생각도 안 들었다. 아무 소리도 안 들렸다. 자기 맥박소리에 놀라 정신을 차리기까지 짧은 순간에 아주 긴 여운이 이어졌다. 너무나 순식간이었기에 뭘 어떻게 해야 할지 몰랐다. 곧이어 비명소리와 함께 웅성거리는 소리가 들려왔고 철민도 황급히 사고가 난 쪽으로 가 보았다. 그렇지만 추락한 종업원은 현세의 모든 시름을 잊은 듯 너무나 평온한 얼굴이었고 두 손은 가슴에 모으고 있었다. 그런데 그가 입고 있는 티셔츠는 철민에게 뭔가를 떠올리게 해 주었다. 어제 새벽에 그 낯선 사람들이 입고 있던 바로 그 옷이었다!

그는 곧 흰 천으로 전신이 가려진 채 들것에 실려졌다. 그리고 요란한 소리와 함께 구급차가 와서는 시체를 싣고 갔는데 옆에서 지켜보던 철민은 갑자기 현기증이 났다.

'이거 오늘도 도저히 일할 분위기는 아닌 것 같은데···. 그런데 이게 진짜 다 무슨 일이야?'

아직도 모든 것이 도무지 실감이 나질 않았다.

'어디서 물이나 한잔 마셨으면 좋겠다.'

철민은 주변을 두리번거리며 몇 걸음 걷다 자재더미 옆에 털썩 주저앉았다.

'도대체 내가 왜 이런 곳에 있는 거지? 상황을 한 번 정리해 보자. 나는 어차피 여기서 기계만 빌려 가면 되는 거야. 그래서 여기 있는 거고.'

그렇지만 꽉 막힌 답답한 심정은 구중심처에서 바늘을 찾는 격이었다. 왠지 어깨가 축 늘어지면서 다리에 힘이 빠졌다.

'이틀 사이에 공단이 거의 폐허가 된 데다 사람까지 죽어 나가니 이거 령락없는 유령공장이구나!'

머릿속은 뒤죽박죽이 된 채 세상이 온통 노랗게 보였다. 그렇지만 심호흡을 한 번 크게 하고는 기운을 냈다.

'일단 반장동지께 보고하자.'

증축현장의 사무실에서 사정을 해 상황실에 전화를 했지만 모두들 현장에 있어서인지 신호음만 계속 울리고 있었다. 애타게 부르는 신호음은 공허하게 울려 퍼지는데 철민의 속은 새까맣게 타들어 가고 있었다.

'젠장. 누군가는 상황실을 지키고 있어야 할 거 아냐. 총화 때 어디 그냥 넘어가나 봐라.'

허탈해진 철민은 주변 상황을 다시 한 번 찬찬히 살폈다.

'모든 것이 어제 중단된 상태 그대로군. 원래 일정대로라면 이번 주말까지는 파쇄작업이 끝나야 하는데. 큰일이야! 반원들 전부 내가 그 기계만 가져 오길 학수고대하고 있는데.'

철민은 결국 서둘러 공단의 소장실로 가 보았다. 하지만 소장은 없었다. 사무실에서 기다리며 오고 가는 사람들을 붙잡고 손짓, 발짓 해가며 수소문해 보았지만 친절하게 답해 주는 직원은 한 명도 없었다. 다들 눈에는 핏대가 서 있었고 철민의 엉성한 중국어에 노골적으로 짜증을 내거나 심지어는 얼굴을 붉히며 비키라고 밀치는 직원도 있었다. 철민은 마치 딴 세상에 온 듯했다.

'도대체 공단 분위기가 하룻밤 사이에 왜 이렇게 변했을까?'

그는 번잡한 소장실에서 정수기 물을 한 잔 가득히 따라 마셨다. 그나마 좀 속이 가라앉는 듯했다. 그리고 창밖을 보니 더 기막힌 장면이 눈에 들어왔다. 멀리 공단의 끝자락에서 검은 연기가 올라오는 것 아닌가! 분명 그것은 화재로 인한 연기였다. 불길한 기운이 철민을 엄습했다.

'어디서 불이라도 났나? 이거 갈수록 태산이네!'

철민은 지푸라기라도 잡으려는 심정으로 직원에게 사정을 해 다시 한 번 상황실에 전화를 했다. 천만다행으로 이번에는 전화가 연결되었다. 민욱이었다.

"민욱아. 거기 일은 어떠냐. 다 끝났냐?"

"거의 다 점검했고 래일까지는 충분히 끝낼 수 있을 것 같아. 내가 반원들하고 아주 말끔하게 보수했으니까 아무 걱정 마라. 보면 너도 놀랠 거다. 근데 그쪽 일은 다 끝났냐? 끝났으면 빨리 와라. 내 숨겨 둔 청주 한 병이 있는데 오늘 밤에 기분 좋게 한잔하자. 하하!"

"뭐! 술이나 한잔하자고? 술 같은 소리하고 앉아 있네. 이 쫑간나 새꺄! 여기선 지금 사람이 죽었어. 그것도 바로 내 눈앞에서 아주 보란 듯이 떨어져 죽었다고. 잘 될 거라고…. 네가 이곳을 추천했지. 이 간나새꺄!"

철민은 씩씩거리며 말을 이어나갔다.

"지금 자세한 얘기할 시간은 없고 당장 여기 현장소장을 만나는 일이 수순인 것 같은데 간신히 물어물어 왔더니 소장실도 매일반이 야. 엉망이라고! 민욱아, 어떻게 소장을 만날 방법이 없겠냐?"

민욱도 철민의 말에 화들짝 놀라며 한동안 말이 없었다. 그러자 철민이 버럭 소리를 질렀다.

"너도 알지! 세상없어도 우린 올해 안으로 기초공사를 마무리 져야 돼! 그래서 그 잘나빠진 장비가 반드시 필요한 거고!"

"철민아. 진정하고 잠깐만 기다려라. 내가 소장하고 연락할 수 있는 방법을 알아. 금방 다시 전화할게. 거기 꼼짝 말고 있어."

그 사이 창밖으로 보이는 검은 연기는 더 짙은 색으로 번져 나가고 있었으며 그 부근에 자욱한 연기는 멀리서 봐도 금방 표가 났다. 그리고 사방에서 요란한 사이렌 소리까지 들려왔는데 하도 시끄러워서 하마터면 사무실 전화벨이 울리는 소리를 놓칠 뻔했다.

"철민아. 방금 소장하고 통화했어. 지금 물류보관창고에 있대. 나도 여기 일 정리하고 곧 갈 테니까 먼저 가서 만나 봐."

철민은 물어물어 한걸음에 달려갔지만 창고가 너무 컸다. 물류창고에는 각종 물건들이 산처럼 쌓여 있었고 창밖으로 보이는 야적장에는 컨테이너박스들이 즐비하였다. 그런데 여기에도 역시 아무도 없었다. 벌써 두어 바퀴나 돌아봤지만 개미새끼 한 마리 보이지 않았다. 그렇게 거대하고 적막한 구조물 속을 혼자 헤매다 보니 마치 폭풍의 한가운데 있는 듯한 느낌이었다. 사방을 둘러싸고 있는 뭔가 굉장하고 거센 에너지의 벽에 가로막혀 무기력하고 좌절할 수밖에 없는 자신을 발견하였고 결국 철민은 제풀에 지쳐 건물 한쪽 모퉁이에 주저앉았다.

'이거 어디가 어딘지 도대체 알 수가 있나? 그런데 이렇게 넓은 곳에 지키는 사람도 하나 없으니 어디 물어 볼 데도 없고 정말 난감하네.'

그렇지만 건물 밖에서는 여전히 여기저기서 구호소리와 함성소리가 이따금씩 들려왔다. 그래서인지 물류창고는 더 삭막해 보였다. 심지어 철민은 군대에서 시가지 모의전투 할 때가 다 생각났다. '승리의 깃발'을 차지하기 위해 두 무리로 나누어 실전처럼 전력을 다해 싸우는 훈련을 했는데…. 그런데 방금 그의 눈앞에 그때의 추억이 현실로 나타나는 장면이 연출됐다. 대여섯 명쯤 되어 보이는 일단의 무리가 건물 뒤편으로 재빠르게 사라지는 것이었다.

'저 사람들 어디를 저렇게 급히 가는 거야?'

철민은 벌떡 일어나 그들이 사라진 방향을 넋 놓고 바라보았다.

'잠깐 저 사람들한테 물어보면 되겠구나. 현장소장이야 다들 알 테니까 어디 있는지 금방 가르쳐 줄 수 있을 거야.'

철민은 중국어로 잠깐 기다리라고 큰 소리로 외치며 부리나케 방금 사라진 사람들을 쫓아갔다. 그런데 어찌된 일인지 철민이 뛰어가자 그들은 더 빨리 뛰는 것이었다. 지푸라기라도 잡으려는 심정으로 철민도 더 빨리 뛰었다. 모퉁이를 돌아가는 그들을 쫓아 철민도 모퉁이를 도는 순간 눈에서 불꽃이 번쩍 튀었다. 그리고 극심한 고통과 함께 철민은 무의식적으로 허리를 굽혔는데 이어서 무수히 많은 주먹질과 발길질이 철민을 난타하였다. 영문도 몰랐고 말할 기회조차 없었다. '악' 소리도 못 낸 채 그냥 계속 맞기만 하였다.

'퍽퍽, 퍽퍽퍽…'

그리고 곧 두 손에는 수갑이 채워져 공안 차에 태워졌다. 차에는 포승줄에 묶인 근로자들이 여럿 있었는데 모두들 고개를 땅에 처박고 무릎을 꿇린 채 두 손은 등 뒤로 나란히 깍지 끼고 있었다. 철민 역시 포승줄에 묶여 그들 옆에 나란히 무릎 꿇린 채 연행되었는데 도무지 살아있다는 생각이 들지 않았다. 가뜩이나 신체 여기저기가 결리고 쑤시는데 무릎마저 꿇린 채 굴비처럼 엮여 몇십 분을 있다 보니 몸이 만신창이가 돼 버린 듯했다. 제발 무슨 일인지 알고나 싶었다. 그렇지만 잠시나마 고개라도 들라치면 가차 없이 발길질이 날아왔다. 공안국에 도착하자 잡혀 온 근로자들로 북새통을 이뤄 실내는 발 디딜 틈조차 없었다. 고성이 사방에서 계속 이어졌으며 철민은 잡혀 온 다른 근로자들과 함께 곧 수색을 당하였다. 갖고 있던 소지품들은 모두 뺏겼는데 공교롭게도 허리춤에 차고 있던 공구요대가 중국 공안의 눈에 거슬렸는지 공안은 요대 안의 내용물을 몽땅 바닥에 내팽개치며 호통을 쳤다. 눈에 핏대를 세워가며 중국말로 다그치는 공안 앞에서 철민은 속수무책일 수밖에 없었다. 손짓, 발짓을 섞어가며 수상한 물건이 아니라고 강변했지만 오히려 공안의 화만 더 돋울 뿐이었다. 고래고래 소리 지르며 이번에는 신분증을 요구했다. 철민은 아연실색하여 도강증을 건넸는데 이를 받아 본 공안의 얼굴색이 변하였다. 그는 조선의 근로인민들을 아는 듯했다. 더불어 철민은 자신이 속해 있는 공장의 출입증도 보여 줬다. 분명히 효과가 있었다. 공안은 많이 누그러진 채 덤덤한 눈으로 철민을 바라봤다. 이 틈에 철민이 손짓으로 전화를 한 번만 쓰면 안 되겠냐며 애원하자 뜻밖에 공안이 전화기를 건넸다. 살았다는 환호와 함께 철민은 재빨리 민욱에게 전화했다.

"민욱아. 나 좀 살려다오! 여기 공안국인데 아무래도 지금 당장 반장동지하고 같이 와 줘야겠다."

"뭐? 공안국! 네가 거기는 왜 있어?"

"나도 몰라. 네 말 듣고 물류창고에서 현상소장 찾다가 봉변당했어. 정말이지 뭐가 뭔지 하나도 모르겠어. 그리고 여기는 지금 나처럼 잡혀 온 근로인민들로 가득해. 빨리 오기나 해!"

반장동지를 대동하고 온 민욱도 기가 차기는 마찬가지였다. 그렇지만 짧은 중국어 실력으로 횡설수설하면서 공안의 오해를 풀어 주기란 쉽지 않았다. 답답한 마음에 민욱은 반장을 쳐다봤다.

"반장동지. 혹시 령사관에 연락하면 도움을 받을 수 있지 않을까요?"

그러자 반장의 얼굴색이 흙빛으로 변했다.

"그건 안 돼. 그랬다간 우리 작업반 뒤집어져."

"그럼 철민이 어떡합니까?"

반장도 난감한 듯 인상을 쓰며 고개를 떨구었다.

"근데 중국 공안이 아까부터 왜 자꾸 '방화'라는 말을 하는 거야?"

"저들 말로는 철민이가 농민공들하고 짜고서 공단에 불을 질렀다고 하는데 이게 말이 됩니까?"

"참나. 들판에 소가 웃겠네. 차라리 오늘같이 맑은 날에 날벼락이라도 쳐서 공장에 불이 났다 그러지."

이번에는 반장까지 가세하여 뭔가 잘못됐을 거라고 강력하게 항의하였다. 그러자 공안은 잠시 자리를 비우고는 영상매체를 가지고 돌아왔는데 영상 속의 철민은 물류창고를 배회하며 구석구석을 샅샅이 살피는 모습이 역력하였다. 더구나 어깨에는 무슨 수상한 가방까지 메고 있어 얼핏 보기에도 일상적인 종업원의 모습은 아니었다. 그리고 설상가상으로 철민의 모습은 20분 간격으로 3번이나 영상에 보였는데 시위대를 죽어라 쫓아가는 모습은 누가 보더라도 철민 또한 시위대의 일원으로 보였다. 영상을 본 민욱은 전후 상황을 대충 이해할 수 있었으나 온몸을 다 써가며 아무리 강변해도 중국 공안은 막무가내였다.

공안국의 조사실은 호통소리가 난무했고 포박을 당한 많은 공장 근로자들이 무릎을 꿇린 채 벽에 이마를 대고 복도에 일렬로 도열하였다. 이런 난장판은 자정이 다 되도록 정리될 기미가 보이질 않았고 결국 외부인들은 모두 나가라고 하는 방송이 거듭 나왔다. 민욱과 반장도 나가야만 했다. 민욱은 마지막으로 철민과의 면회를 요청했다.

"철민아. 그 사이 백방으로 알아봤는데 일단 내가 아는 데까지 상황을 정리해 줄게. 좀전에 중국 공단에서 불이 났어. 그것도 한 군데가 아니라 여러 군데서 말이야. 그런데 중국 공안 말로는 누군가가 고의로 불을 냈다는 거야. 그래서 생산라인 하나는 완전히 타버렸대. 마침 일찍 출동한 공안 덕분에 나머지 방화시도는 다 무산됐다고 하는데…"

민욱은 오만상을 찌푸리며 갑자기 휴지에다 코를 풀었다.

"다행이 여기서 아는 농민공을 만났어. 그런데 오늘 일이 그냥 누군가 홧김에 불내고, 공안이 잡으러 오고, 그런 게 아니라는 거야. 그동안 암암리에 전조가 있었고 치밀하게 계획된 사건이래. 그런데 중국 공안에서는 어떻게 알았는지 먼저 알고서 일망타진하기 위해 만반의 준비를 갖추어 놓았다는 거야."

"듣고 보니까 지금 내가 왜 여기 갇혀 있는지 리유를 더 모르겠다. 그게 나하고 무슨 상관이냐?"

"그러니까 들어봐. 방화를 진압하면서 추가병력이 버스 몇 대로 나누어 와서는 현장을 아주 이 잡듯이 뒤졌다는데 그래서 현장에 있던 근로인민들은 물론이고 조금이라도 의심되는 근로인민들은 다 잡아들였다 하더라고. 그런데 재수가 없으려면 뒤로 넘어져도 코가 깨진다고 철민이 너도 그 와중에 잡혀들어 온 거야. 진짜 이게 웬 날벼락이냐."

울먹이는 민욱 앞에서 철민은 고개를 떨군 채 수갑이 채워긴 두 손으로 얼굴을 감쌌다. 현실이 너무나 버거웠기 때문이었다. 길게 한숨을 내쉬며 자기가 있는 곳을 둘러봤다. 눈앞에는 철창이 가로 막혀 있고 손에는 수갑이 채워져 있었다. 아직도 모든 것이 실감이 나질 않았다. 철민은 다시 한 번 고개를 떨군 채 혼자서 되뇌었다.

'내가 왜 지금 여기 갇혀 있는 거야?'

황당하고 억울하다는 말로는 지금의 심정을 만분지 일도 표현 못 하겠지만 더 황당한 노릇은 어디 가서 하소연해야 할지를 모르겠다 는 것이었다. 철민은 천장을 올려다보며 이를 악물었다.

"철민아. 너무 걱정하지 말고 기운 내라. 살다 보면 우여곡절을 겪 기 마련 아니겠냐. 그리고 지금 여기에는 반장동지도 와 있고 우리 뒤에는 조국이 있어. 금방 풀려날 거야. 그리고 배고프지. 이거는 주먹밥하고 감자야. 억지로라도 먹어 둬. 속이 허하면 만사가 귀찮 은 법이다. 그럼 지는 거야. 남의 나라에서 당할 수는 없지 않냐. 래 일은 기필코 좋은 소식 들고 오마."

* * *

유치장 한구석에 쪼그리고 앉은 철민은 아직도 온몸이 긴장한 채 였다. 영문도 모른 채 잡혀 와서 불과 몇 시간이 지났지만 일 년은 지난 느낌이었고 너무나 무기력했다. 그리고 시간이 지남에 따라 점 차 두려워졌다.

'법이 엄하기로는 중국도 우리 조선 못지않을 텐데…'

철민은 고개를 설레설레 흔들었다.

'근데 내가 왜 벌 받을 걱정을 하고 있나? 정말 미치겠군!'

이빨을 꽉 깨문 채 천장을 올려다보는 철민의 두 볼에는 어느새 눈물자국이 선명하게 그려져 있었다. 종일 힘들었고 낮에 맞은 부위는 여전히 쑤셨지만 이상하게 잠이 오질 않았다. 몇 시간이고 같은 자세로 오늘 있었던 일만 골똘히 생각하였다. 꼬르륵거리는 소리가 들릴 정도로 배도 몹시 고팠지만 뭘 먹고 싶지도 않았다. 새벽녘이 돼서야 제풀에 지쳐 겨우 두세 시간 새우잠을 잘 수 있었다. 누가 흔들어 깨우지만 않았다면 꿈속에서나마 이런 해괴망측한 현실에서 좀 더 오래 벗어날 수 있었을 텐데….

꿈속에서 그는 언제나처럼 현장으로 나갈 준비를 하고 있었다. 새벽별이 보일 때쯤이면 습관적으로 눈이 떠져 깨끗이 침상을 정리하고 간단히 방을 치웠다. 조반이라 봐야 풀 무침 몇 가지와 묽은 국이 고작이었지만 세면 후에 뜨는 첫술은 언제나 그에게 삶의 행복을 만끽하게 해 주었다. 작업을 시작하면 이내 새참이 그리웠고 오늘의 새참메뉴가 궁금했다. 그런 대로 소박하고 즐거운 일상을 누군가가 깨웠다. 알 수 없는 중국어를 퍼부어 대며 철민을 몹시 흔들어 댔다. 깜짝 놀라서 눈을 떴지만 아직도 비몽사몽간에 사물식별이 잘 되지 않았다. 그러다가 고함소리에 비로소 자신이 유치장에 있다는 현실을 깨달았다.

철민도 별수 없이 다른 중국 노동자들과 함께 생활했지만 잠시 후에 중국 공안은 그를 취조실로 따로 불렀다. 간이 콩알만 해져서 앉아 있는 철민 앞에는 무슨 서류뭉치가 놓였다. 잘 알아들을 수는 없었지만, 자백을 요구하는 것이 틀림없었다. 철민은 위기를 직감하면서 정신이 번쩍 들었다. 불현듯 '그 기상, 그 기백으로!'라는 구호가 가슴속에서 메아리쳤다. 극한 상황을 맞이하여 인내하고 그것을 이겨내는 정신이야말로 철민이 코 묻은 손수건에 이름표를 달았을 때부터 세뇌된 훈련이었다.

'이까짓 것쯤 아무것도 아냐. 기운 내자! 그리고 이겨내자!'

공안은 책상 면을 두드리며 연신 윽박질렀지만 철민은 고개를 숙인 채 미동도 하지 않았다. 한참 동안 열을 올리던 공안도 상대가 쉽지 않다는 것을 알았는지 철민을 다시 유치장으로 돌려보냈다. 구석에 다시 쪼그리고 앉은 철민은 심한 허기를 느꼈고 어제 민욱이 싸준 음식이 생각났다. 먹고 싶다는 욕구보다는 살아야겠다는 의지가 앞서 딱딱하게 굳어진 주먹밥을 입속에 넣고 오물오물하니 아직 살아있다는 느낌은 드는데 영 맛을 몰랐다. 반쯤 먹고는 다시 모로 누웠다. 한 십 분이나 누웠을까?

철민 보고 또 나오라고 한다. 그리고 철민을 이상한 곳으로 안내하였다. 난생 처음 보는 밀폐된 방에 홀로 남겨진 것도 기가 막힌데 면상은 보이지도 않으면서 별 요상한 자세를 요구했다. 그리고는 다시 유치장으로 보내졌다. 그런데 얼마 지나지 않아서 또 취조실로 불려 갔다. 이번에는 조선말을 하는 사람이 가운데 있었고 중국 노동자가 세 명이나 철민과 마주 보고 있었다. 조선말을 하는 사람은 같은 질문을 몇 번이고 반복해서 물었으며 그때마다 중국 노동자와 대질이 이루어졌다. 그렇게 초저녁이 될 때까지 무려 세 번이나 취조실을 들락날락했다. 점심은 건너뛰었고 저녁 식사를 위해 다시 유치장에 돌아왔을 때는 완전히 녹초가 되어 버렸다. 운명에 대한 적개심으로만 가득한 채 머릿속은 텅 비어있었고 만사가 귀찮았다. 유치장에서는 저녁식사를 제공했지만 한두 숟가락 뜨고 말았다. 있지도 않은 사실에 대해 수십 번씩 질문을 받다 보니 현실감각이 모호해져 배는 고팠지만 밥이 안 넘어갔다. 다시 유치장으로 돌아와서는 쪼그리고 앉은 채 얼굴을 가랑이 사이에 파묻었다.

'차라리 그들의 질문에 대해 적당히 구색을 맞추는 편이 나으려나. 근데 이러다 진짜로 잡아먹히는 거 아냐?'

엉켜 있는 실타래를 어디서부터 풀어 나가야 할지 몰라 더 답답했고 억울했다. 단지 그 난리통에도 시간만큼은 어김없이 흘러 쇠창살 사이로 가득 스며든 새아침의 햇살이 눈물과 콧물로 범벅이 된 철민의 얼굴에도 환히 비추었다. 깨어 보니 벌써 다들 일어나 있었다. 이상한 일이었다. 항상 제일 먼저 일어나 하루를 준비하는 일은 철민의 몫이었고 평생 몸에 익은 그의 집단습성이었다. 철민은 멋쩍었고 무슨 잘못이라도 한 것처럼 괜히 죄송했다. 주섬주섬 모포자락을 접어 챙겨 놓고는 주변의 동태를 살폈는데 다들 서로에게 무심해서 눈길 한 번 주지 않았다.

유치장 안으로는 조식이 제공됐고 철민은 어제보다는 많이 먹었다. 많이 먹기는 했지만, 한편으로는 불쾌한 적응이라는 생각도 들었다.

'기운 내서 반드시 이겨내리라!'

속으로 되뇌면서 눈물을 머금고 밥알을 곱씹었다. 그리고 주변을 둘러보았다. 다들 모로 누운 채 새우처럼 누워 있거나 벽에 기댄 채 멍하니 앉아 천장만 바라보고 있었다. 철민은 주변을 청소하기 시작했다. 그에게 정리·정돈은 하루를 시작하는 습관이기도 했지만 그렇게 하면 무엇보다 마음이 안정이 되었다. 그리고 차분히 앉아 오늘 받을 조사를 생각하며 다시 한 번 각오를 다졌다. 역시 한 시간도 안 돼 그를 부르는 간수의 손짓이 있었다. 오늘은 그의 요대 주머니에서 나온 토치를 트집 잡는 일로 시작했다. 물건을 바로 코앞에다 들이대고서는 주먹으로 책상을 꽝꽝 치며 방화도구라는 사실을 인정하라고 계속 윽박질렀다. 그렇지만 언제나 기본적인 공구들을 항상 몸에 지니고 다니는 철민으로서는 황당할 따름이었다. 통역을 통해 공사 현장에서는 흔해 빠진 거라고 강변했지만 되풀이되는 추궁은 오히려 그를 헛갈리게 만들었다. 오전 내내 어제와 같은 식이었다. 말꼬리만 살짝 바꾼 채 꼭 말장난이라도 하는 것처럼 같은 질문이 연이어 계속됐으며 철민은 몇 번이고 이에 대한 답변서를 써내야만 했다. 그리고 여기저기 불려 다니며 어제처럼 난생처음 보는 사람들과 대질을 해야만 했다. 아침부터 유치장의 문턱이 닳도록 불려 다니다 보니 한낮이 한참 지나서야 겨우 벽에 기댄 채 뭔가를 먹을 수 있었는데 워낙에 한꺼번에 많은 노동자들이 잡혀 와서 그런지 유치장은 마음 놓고 식사할 수 있는 공간조차 별로 없었다. 거기다 중국 공안은 가끔씩 들어와 서슬이 시퍼런 채 마치 사냥감을 노리는 매처럼 고래고래 소리 지르며 철민과 중국 노동자들을 다그쳤으며 일렬로 줄 세우기도 하였다.

'하루 세 끼 밥 처먹고 그렇게 할 짓이 없냐. 이놈들아! 암만 그래봐라. 내 눈썹이나 한 번 깜빡하나.'

철민은 다시 한 번 이를 악물고 스스로에게 다짐했다. 그런데 이를 시험이라도 하듯 얼마 쉬지도 못했는데 또 불려갔다. 고통스럽고 지루한 조사는 저녁식사 전까지 계속됐으며 조사 중에는 거의 쉴 틈이 없었다. 기진맥진해서 먹는 둥, 마는 둥 저녁식사를 들었다.

"750번 면회다."

귀가 번쩍 뜨이며 이번에는 유치장 밖을 나가는 것이 반가웠다. 누가 찾아왔는지 알기 때문이었다. 철민은 이맘때를 잘 알고 있었다. 하루 노동이 끝나 짧게나마 해방감을 만끽하지만, 또한 애정을 품을 수 있는 누군가가 간절해지는 시간이었다. 사람이 그리워서 고향에 두고 온 집식구들 생각에 사무치는 뭔가가 울컥 올라와 눈시울이 뜨거워지기도 하는 때였다.

역시 민욱이었다!

"철민아. 하룻밤 사이에 진짜 반쪽이 됐구나. 그리고 눈은 또 왜 그렇게 빨갛냐? 간밤에 한숨도 못 잤냐?"

"너 같으면 잠이 오겠냐?"

철민은 거의 울먹이고 있었다. 물끄러미 바라보던 민욱도 같이 울먹였다.

"어떻게든 벌어 보겠다고 와선 이게 웬 날벼락이냐! 어떻게 이런 일이 벌어질 수가 있냐. 어떻게…."

울먹이다 민욱은 뭐에 놀란 듯 눈을 크게 떴다.

"혹시 중국 공안이 구타하고 협박하냐?"

"그런 건 없어. 하지만 지금 엄청 힘들고 피곤해. 근데 오늘 반장동지는 왜 안 왔냐?"

"서운해하지 마. 반장동지도 나름대로 최선을 다하고 있어. 래일 또 감리가 있지 않냐? 그래서 오늘 또 종일 반장동지하고 반원들하고 지적받은 부분에 대해 하자보수를 하고 최종점검을 했어. 말하자면 네 일을 반장동지가 다한 셈이야. 그리고 어떻게든 너를 여기서 내보내려고 백방으로 알아보고 있어. 근데 반장동지도 중국 법에 대해서는 아는 게 없어가지고 얘기를 해 봐도 답답하기만 하고…. 오다가 농민공한테 들은 얘기가 이런 일은 초동대응이 굉장히 중요하다고. 어디서 빨리 전문 인력의 도움을 구하라 하더라고. 정여의치 않으면 나 혼자서라도 발 벗고 나서서 알아볼 테니까 너무 걱정하지 마."

"고맙다."

철민은 다시금 울먹였다. 단지 이틀이 지났을 뿐이지만 철민은 많이 약해져 있었다.

"민욱아. 근데 래일 감리받는 일은 자신 있냐?"

"래일이 돼 봐야 알지. 그게 어디 내 맘대로 되는 일이냐? 그리고 너도 겪어 봐서 알지 않냐. 그 녀자 감리사 어디 보통이었냐. 그나저나 너도 없는데 나 혼자 어떻게 감리를 받냐? 눈앞이 캄캄하다. 만약 거절이라도 당하면 또 그 고생을 어떻게 감당해야 할지 모르겠고… 어휴! 하여간에 걱정이 태산 같다."

"잘될 거야. 발주처에서도 공사가 빨리 끝나길 바라는 것 같은 눈치던데. 쓸데없이 시비야 걸겠냐?"

"제발 그래야 할 텐데 말야. 어쨌든 철민이 네 빈자리가 너무 커. 네가 빨리 돌아와야 모든 게 제자리를 찾을 수 있을 거 같다."

민욱은 철민을 보고 씽긋 웃었다.

"그래. 고맙다. 기운 낼게. 이렇게 와 줘서 정말 고맙다."

민욱은 오늘도 철민에게 간단한 음식을 건넸다. 철민은 눈물을 글썽이며 작별을 하고는 다시 유치장에 갇혔다.

모로 누워 웅크린 채 몇 시쯤 됐을까 생각해 봤다. 반가운 사람과 만나고 보니 비로소 하루가 어디쯤 왔나 궁금해졌으며 시간개념이 되살아나는 것 같았다. 그리고 유치장으로 돌아올 때는 사방이 어두컴컴했는데 안에 갇히니 밤이라는 생각이 별로 들지 않았다. 불은 꺼져 있었지만 눈은 말똥말똥 뜬 채였고 몸은 천근만근 무거웠지만 정신만은 여전히 말짱했다. 그렇지만 다시 두려워지기 시작했다. 한밤중에라도 갑자기 불려갈까 봐 무서웠고 무엇보다 내일이 다가오는 게 싫었다. 철민은 불안한 마음에 더 웅크렸다. 그리고 오늘 밤도 그의 옷소매는 눈물로 얼룩졌다. 평생 단지 이틀 동안에 공포, 인내, 용기, 좌절, 희망 등등… 이렇게 만감이 교차했던 적이 없었다. 그는 아주 긴 하루의 무게에 눌려 스르르 눈을 감았다.

그리고 꼭두새벽에 눈이 떠지자 철민은 어느 정도 일상의 회복을 느낄 수 있었다. 일어나자마자 부지런한 손길은 자신의 것은 물론 주변을 정리했고 겸손한 눈길은 습관적으로 벽의 높은 곳을 바라봤다. 하지만 회색 벽에는 아무것도 없었다. 눈을 비비고 다시 봐도 인자하게 웃고 계셔야 할 지도자동지의 초상이 없었다. 칙칙한 벽은 단지 공허하기만 하였다.

'아. 여기는 중국 류치장이지.'

긴 한숨이 절로 나왔다.

'그래도 기운 내자. 지도자동지께서 구해 주실 거야.'

유치장에서 또 하루가 시작됐다. 어제처럼 조식은 제공됐지만 오늘도 식사가 끝나기가 무섭게 때로는 단독으로 때로는 삼삼오오로 다들 불려나가기 바빴다. 물론 철민도 그들 중의 한 명이었다.

"865번 나와."

"928번 나와."

유치장은 아침부터 번호를 부르는 소리가 끊이지 않았고 죄수와 간수들의 움직임으로 매우 혼잡했다. 그런데 철민은 오늘 호출이 늦었다. 다른 중국 노동자들은 다들 불려 나가는데 철민만 홀로 남아 있었다. 아침이 한참 지나고서도 소식이 없어 천장만 쳐다보고 있는데 드디어 그에게도 호출이 떨어졌다.

"750번 나와."

'젠장! 그럼 그렇지. 드디어 올 것이 왔구나.'

그렇지만 어찌된 일인지 오늘은 취조실이나 밀실이 아닌 그냥 공안국 사무실로 철민을 데려갔다.

"의자에 앉아서 기다리시오."

안내해 준 공안의 말투도 지금까지와 달리 그냥 평범했다.

그리고 잠시 후 공안이 누군가를 대동하고 들어왔는데 철민은 자기 눈을 의심했다. 한동안 어안이 벙벙했고 도저히 상황파악이 안돼 머릿속은 지금까지보다 더 뒤죽박죽이 돼 버렸다.

눈만 껌벅이고 있는데 낭랑한 목소리가 들려왔다.

"안녕하세요. 다시 뵙네요."

"…"

"저 모르시겠어요?"

"아, 네. 안녕하세요."

부지불식간에 대답은 했지만 이어서 무슨 말을 해야 할지를 몰랐다. 그저 얼떨떨할 뿐이었다. 그런데 그녀가 다짜고짜 철민의 이름을 불렀다.

"리철민 씨. 여기 종이에다 리철민 씨 서명 한 번 해 주세요."

그녀는 철민에게 종이와 펜을 건넸다. 철민은 그녀와 공안을 번갈아 보았다.

"갑자기 무슨 서명을 하라는 겁니까?"

"그냥 리철민 씨 서명을 하면 돼요. 엊그저께 감리 끝나고 저하고 같이 감리지에 했던 그 서명 말이에요. 그런데 오늘은 좀 더 크게 그리고 찐하게 써주셔야 돼요."

잠시 망설였지만 자포자기한 채로 철민은 자기 이름을 크게 쓰고는 종이를 건넸다. 그러자 그녀는 서명이 써진 종이를 들고 서류철을 편 채 공안과 무슨 얘기를 나눴다. 그런데 이따금씩 중국 공안을 쳐다보는 그녀의 눈매가 매서웠다. 멀리서 보는 철민의 눈에도 섬뜩하게 느껴질 정도였다. 두 사람은 한동안 중국어로 옥신각신했는데 갑자기 공안이 양손을 허리춤에 댄 채 긴 한숨을 내쉬었다. 그리고는 천장을 올려다보며 한동안 멍해지는 것이었다. 마치 말문이 막혀 할 말을 잊은 것처럼 보였다. 그런데 그 모습을 본 철민은 퍼뜩 유치장에서 무기력해 가지고 천장만 올려다 볼 때의 자신의 모습이 떠올라 속으로 피식 웃었다. 공안은 잠시 어딘가로 가더니 민욱과 반장에게 보여줬던 영상매체를 들고 다시 왔다. 그리고 감리사에게도 보란 듯이 틀어줬다. 그렇지만 그녀는 미동조차 없었다. 오히려 답답하다는 듯이 가져온 서류철을 한 장, 한 장 차분히 넘기며 공안에게 조목조목 무언가를 설명해 주었다. 고성도 없었고 과격한 행동은 일체 없었지만 공안의 얼굴은 점차 굳어지며 흙빛으로 변해 갔다. 그리고 반시간가량 여기저기에 계속 전화를 해댔다. 그러면서 갈수록 공안의 목소리가 커졌다. 한참을 그러다 그는 철민에게 다가와 날카로운 눈으로 철민을 흘끔흘끔 쳐다보며 신분증과 서류철을 일일이 대조해 보고는 바깥에 있는 직원을 불렀다. 그리고는 신경질적인 어투로 뭐라 지시하는 것처럼 보였는데 철민은 다시 유치장에 갇혔다. 어제와 그제 불려 다니는 일에는 이골이 났지만 이번에는 너무 싱거웠다. 유치장에 돌아온 철민은 꼭 귀신에 홀린 듯한 기분이었다.

'어떻게 이런 데서 그 녀성동무를 보게 됐을까? 그리고 그녀가 여기에 왜 온 걸까?'

의문이 꼬리에 꼬리를 물고 늘어졌지만 고민할수록 더 미궁 속으로 빠져드는 느낌이었다. 답답한 마음에 주변을 둘러보니 다들 조사받으러 불려 갔는지 방에는 자신을 포함하여 불과 두 명밖에 없었다. 시간을 알 수는 없었지만 한참 동안 우두커니 천장만 바라보고 있었다. 모로 누워 이리 뒹굴, 저리 뒹굴 하며 마음고생만 키우고 있는데 또 그를 부르는 소리가 들렸다. 아주 명쾌하고 절도 있는 소리였다.

"750번. 석방이다! 가서 퇴소절차를 밟아라."

간수의 말에 철민은 평생 느껴보지 못했던 감정을 또 경험했다. 이 세상 모든 나쁜 감정은 어제와 그제 전부 느꼈다고 생각했는데 지금은 그간의 마음고생을 보상이라도 해 주듯 형언할 수 없는 희열이 온몸을 감쌌다. 그런데 이상하게도 환호성이 나오는 것이 아니라 한숨이 나왔다. 마치 하루일과를 모두 마치고 정리된 현장에 서 있는 것처럼 이제야 정상으로 돌아온 듯하여 안도의 한숨이 나왔다.

'근데 왜 석방되는 거지?'

철빈은 뭘 잘못해서 잡혀 들어왔는지 몰랐고 또 뭘 잘해서 풀려 나가는지 몰랐다. 그래도 마냥 기쁘기만 했다. 그런데 그동안의 피곤이 한꺼번에 밀려와서인지 제대로 몸을 가눌 수가 없었다. 약간 갈지자로 비틀거리면서도 그저 일 초라도 빨리 나가고 싶다는 생각에 간신히 물품 보관실로 가서는 소지품을 챙겨 나가는데 뜻밖에 공안이 돈까지 줬다.

'이거는 또 뭐야? 매 맞고 들어 와서 돈 받고 나가니 매값인가. 세상 참 료지경이군.'

* * *

단지 사흘이 지났을 뿐이었지만 류치장 밖을 나서니 철빈은 감개가 무량했다. 마치 몇 년 살다 나온 것처럼 기지개를 크게 한 번 펴고는 코를 실룩거리니 이제야 세상의 품에 안긴 듯 세상 공기가 너무 신선하고 포근하게 느껴졌다. 그렇지만 몇 걸음 더 나아가니 갑자기 허탈해지고 상실감이 밀려왔다.

'이제 어디로 가야 하지? 원래 이 시간대면 나는 럴심히 일하고 있어야 하는데.'

미간을 찌푸리며 하늘이나 올려다보려 했지만 이미 중천에 뜬 태양은 이마저도 허락하지 않았다.

'야속한 하늘아! 사람을 그렇게 고생시켜 놓고선 한 번 흘겨보는 것도 안 되냐.'

철빈은 괜스레 앞에 있는 돌을 힘껏 찼다.

"돌이 무슨 죄가 있다고 그래요?"

뜻밖의 목소리에 놀란 철빈은 고개를 획 돌렸다.

"안녕하세요. 저번에 삼 일 후에 다시 뵙자고 했는데 결국 오늘 이렇게 뵙네요. 반가워요."

서류가방을 들고 방긋 웃으며 그녀는 철민에게 가까이 다가왔다.

"왜 장소가 현장이 아니라서 좀 당황스럽나요?"

'이 녀성동무 또 만나네. 도대체 뭐하는 인민이야?'

철민은 귀신에라도 홀린 듯 상대방의 실체에 대해서 좀처럼 실감이 나질 않았다. 단지 의례적으로 답했다.

"안녕하세요. 자주 보는군요. 저도 반갑습니다. 근데 여기는 어쩐 일이십니까?"

"저야 리철민 씨 데리러 왔죠."

철민은 흠칫 놀랐다.

'어! 내 이름을 또 부르네.'

"절 데리러 왔다고요? 근데 제 이름은 어떻게 아셨습니까?"

"저번에 같이 감리일 할 때부터 알고 있었어요. 왜 제가 리철민 씨라고 부르니까 어색해요?"

"그런 건 아니지만 좀 뜻밖이라 그렇습니다."

"그럼 됐어요. 앞으로는 철민 씨라고 부를게요. 철민 씨. 2차 감리일이 오늘인 거 아시죠."

"아!"

철민은 마치 몇 년이라도 지난 것처럼 시간개념이 아련히 돌아왔다.

"그렇죠! 오늘이죠. 그럼 감리일 때문에 여기까지 왔습니까?"

"당연하죠! 당장 현장으로 가야 돼요. 하루라도 빨리 마무리져야 되거든요."

그녀는 철민을 빤히 응시하였다.

"지금 당장 가자고요? 하, 그럼요. 발주처에서 가자는데 가야죠."

"호호. 그냥 농담 한 번 했어요."

그녀는 가까이 와서 철민의 안색을 살폈다.

"어휴! 며칠 사이 정말 많이 망가지셨네요."

물씬 풍겨오는 상큼한 체취와 향기는 더할 나위 없이 신선했고 설 렜지만 철민은 퍼뜩 한 가지 사실이 떠올라 한 걸음 뒤로 물러섰다.

"너무 놀라지 말아요. 사실 이것을 전해 주려고 여태 기다리고 있었어요."

그녀는 가방에서 서류철을 꺼내 들었다.

"그거는 또 뭐요?"

철민은 따가운 햇살 속에서 상대방에 집중하려 미간을 좁히며 정신을 가다듬었다. 그리고 상대방을 똑바로 쳐다봤다.

"동무가 나를 저기서 꺼내 줬습니까?"

그녀는 살며시 웃을 뿐 말이 없었다.

"어디 앉아서 얘기 좀 하죠. 할 얘기가 많은데…."

두 사람은 유치장에서 멀지 않은 벤치에 앉았다.

"저는 단지 돕고 싶어서 철민 씨의 결백을 증명할 수 있는 자료들을 가지고 여기 왔어요."

"나는 무슨 말인지 하나도 못 알아듣겠습니다. 그게 다 뭡니까?"

급기야 철민은 벌컥 화를 냈다. 그러자 이에 질세라 감리사도 핏대를 세웠다.

"그렇다면 쉽게 설명해 드리죠. 그래요. 철민 씨는 제 덕분에 저기서 나오게 됐어요. 제가 철민 씨를 지옥의 문턱에서 돌려세웠다고요. 그리고 이 무기들 덕분에 중국 공안과 싸워서 이길 수 있었고요. 아시겠어요!"

그녀는 철민에게 서류철을 건넸다.

"한 번 읽어보세요."

그녀의 진지하고 단호한 태도에 철민은 서류철을 뒤척거리며 집중하려 애썼지만 생각만큼 쉽지가 않았다.

"그런데 지금 몹시 피곤해서요."

철민은 심호흡을 크게 한 번 하고는 몸을 가누려고 했지만 자꾸 현기증이 나서 도무지 뭔가에 집중할 수가 없었다. 얼굴을 두 손에 묻고는 정신을 차리려 안간힘을 썼다.

"철민 씨. 괜찮아요?"

"…."

"괜찮아요?"

"…."

그녀의 목소리가 자꾸만 멀어져 갔다.

"…."

이마에서 느껴지는 뭔가 축축하고 시원한 기운에 철민이 간신히 눈을 떠보니 누군가가 젖은 손수건으로 자신의 얼굴을 축여주고 있었다.

"괜찮아요?"

정신은 돌아온 듯한데 보이는 사람이 영 낯설었다.

"누구?"

거북이 등처럼 바짝 마른 입술을 간신히 움직여 보는데 그녀는 빙그레 웃으며 물병을 철민의 입에 갖다 대었다. 신선한 기운이 몸 안에 돌자 정신이 돌아와 철민은 간신히 그녀를 알아봤다. 그리고 자신이 지금 그녀 옆에 누워 있다는 사실을 알게 되었다. 그녀의 부축을 받아 간신히 자세를 고쳐 앉았는데 한동안은 생각나는 것이 아무것도 없었다.

"잠깐 졸도하셨어요. 유치장에서 고생을 엄청 했나 봐요."

그녀는 젖은 손수건으로 철민의 이마를 닦아주었다.

"현장에서는 그렇게 안 봤는데 의외로 약골이시네요. 그렇게 허약

해서 어디 혁명과업을 완수할 수 있겠어요?"

하늘은 구름 한 점 없이 맑고 높아 전형적인 기을 날씨였는데 지나다니는 사람들도 거의 없어 주변은 한가하기만 했다. 그런데 철민은 보이는 모든 것들이 낯설게만 느껴졌다. 유치장에 있었을 때처럼 자신이 지금 왜 여기에 있는지 이유를 몰랐고 고개를 숙이고는 버거운 삶을 속으로 삭였다.

"감리일 때문에 오늘 새벽부터 현장에 갔었거든요. 근데 저번에 같이 현장에 있었던 그 친구분께서 자초지종을 말씀해 주셨어요. 중국 공단에 방화사건이 터졌다는 사실은 진작 알고 있었지만, 철민 씨가 날벼락 맞은 일은 오늘 아침에야 알았지요."

그녀는 걱정을 가득 담은 눈빛으로 철민에게 가까이 다가왔다. 철민은 더 이상 개의치 않았다. 어쩐지 그녀의 말에서 지난 사흘간 죽도록 고생한 이유를 알 수 있을 것 같았기 때문이었다. 그동안 궁금했던 일들이 꼬리에 꼬리를 물고 머릿속을 스쳐 지나갔다. 철민은 의아한 눈으로 뚫어져라 그녀를 응시했다.

"근데 동무. 나도 동무가 아침에 만났다는 그 친구한테 들은 얘기요. 동무 혹시 남측 사람이오?"

그렇지만 그녀는 놀라는 기색도 없이 덤덤히 답했다.

"그게 뭐 그렇게 중요한가요? 갑자기 정색을 하니까 사람이 놀랐잖아요."

"그게 중요하냐고! 이거 큰일 났군!"

철민은 또 현기증이 나서 몸을 가누기가 힘들어졌다.

"괜찮아요? 물 좀 마셔요."

"동무. 좀 전에 보라고 한 무슨 서류 있지 않았소. 그게 뭐요?"

"공안국에 비치되어 있는 철민 씨 수사조서하고 그것을 무용지물로 만든 지난 일주일간의 철민 씨의 행적과 신상에 대한 증거자료에요."

"뭐요! 당장 이리 내요."

"당연하죠. 철민 씨 물건인데. 근데 그간의 일들이 궁금하지 않아요?"

"허튼 수작하지 말고 빨리 내놓으란 말이오!"

"알았어요. 그래. 여기 있어요. 물에 빠진 사람 건져 놨더니 보따리 내놓으라는 격도 유분수지. 참 내 기가 막혀 말도 안 나오네."

그녀가 건넨 문서철에는 철민이 잡혀 오면서부터 지난 사흘간의 신상에 대한 거의 모든 것이 기록되어 있었다. 그중에서도 '공단방화사건'이 철민의 눈에 확 들어왔는데 자신에 관한 수사조서가 육하원칙에 입각해서 상세히 기록되어 있었다. 그런데 중국어로 기록되어 있어서 해독이 되지 않는 부분이 너무 많아 도무지 내용을 정확히 알 수가 없었다. 그리고 분량도 한 번에 다 보기에는 너무 많았다. 철민은 또 한숨이 절로 나왔다. 내용도 모른 채 이것을 그냥 들고 가자니 반장동지한테 해 줄 설명이 궁하였고 더구나 나중에 보위부 조사라도 나오면 그땐 경을 칠 노릇이 뻔하기 때문이었다. 그리고 무엇보다 자신이 어떻게 석방됐는지 경위가 궁금해서 견딜 수가 없었다.

'평생 나락에서 헤맬 줄 알았는데 어떻게 그렇게 간단히 나올 수 있었을까? 그리고 구원의 손길을 내밀어준 이 녀성동무는 도대체 누구야? 정말!'

결국 철민은 앞에 있는 그녀를 조용히 쳐다봤다. 그녀도 알았다는 듯이 조용히 눈을 깜박였다.

"우선 기운부터 차려야겠어요. 어디 가서 식사나 하죠. 그런데 지금 제대로 걸을 수는 있겠어요?"

철민은 망설였다.

'따라간다면 그 순간 대역죄인이 되겠지?'

"같이 가겠어요?"

'으음…'

철민은 난감했다. 답답한 미음에 상대방을 다시 보려 고개를 드니 따가운 햇볕에 그녀 대신 뒤로 흉측한 유치장 건물이 보였다. 새삼스럽게 몸서리가 쳤다.

'내가 왜 그동안 저 시궁창 같은 곳에서 그렇게 죽을 고생을 했을까?'

더 이상 주저할 이유가 없었다.

"그래, 가죠."

* * *

대낮이라 그런지 공원은 한가하고 조용했다. 벤치에 앉아서 우는 아기의 기저귀를 갈아 주는 주부가 보였고 나무 그늘 밑에서 좌판을 벌여 놓고 장기를 두는 사람들도 보였다. 그리고 공원 주변을 둘러 가며 군데군데 노점들이 자리를 잡고 있었는데 한쪽 구석에서는 중국 전통차를 팔고 있는 노점도 있었다.

"배고프시죠?"

긴장도 어느 정도 풀리고 무엇보다 다시 세상 속으로 돌아오니 철민은 몸이 천근만근 무거웠으며 하도 허기가 져서 복부가 등짝에 닿을 지경이었다. 그렇지만 내색도 못하고 구경하는 척 딴청을 피웠다.

"금강산도 식후경이라고 하잖아요. 우선 요기부터 해요."

허름한 식당이었지만 햇빛이 잘 드는 곳에서 네모난 탁자를 사이에 두고 두 사람은 마주 앉았다.

"저 근데 아직 감리사님 이름도 모르고…"

"정미옥이라고 해요."

'참 예쁜 이름이구나!'

눈만 내민 채 북쪽에서 불어오는 모래바람을 안고 현장에 내리쬐는 땡볕 아래에서 봤던 그녀와 지금 이렇게 양지바른 곳에서 보는 그녀는 사뭇 달랐다. 여름도 이젠 막바지에 접어들었지만 아직도 폭염의 기운이 가시지 않았음에도 불구하고 목까지 바짝 잠근 단추는 절도 있는 생활과 단아한 매력의 여느 조선 여인과 달라 보이지 않았다. 하지만 서글서글한 눈매와 입고 있는 옷의 재질은 지금까지 철민이 봐 왔던 여성들보다는 조금 더 세련되어 보였다.

철민은 먼저 문서철부터 찾았다. 그리고 퉁명스럽게 물었다.

"근데 내 신상에 관련된 기록을 왜 감리사님이 갖고 있는 거요?"

"말씀드렸잖아요. 철민 씨 돕고 싶어서 보호자가 되어 드렸다고요. 근데 이제 통성명도 했으니 그냥 미옥 씨라고 불러줘요. 자꾸 감리사, 감리사 하니까 영 불편하네요."

"정히 그렇다면 뭐 그렇게 하겠소. 근데 좀 알아들을 수 있게 설명해 주시오. 어떻게 미옥 씨가 내 보호자가 될 수 있었던 거요?"

"북측에서는 죄지은 사람은 어떻게 해요?"

"당연히 국가에서 잡아가지요."

"근데 만약 잡혀 간 사람이 억울하면 어떡하죠?"

"국가에서 잡아가는데 어떻게 억울할 수가 있소?"

당연하다는 듯이 대답하는 철민의 표정이 하도 확신에 차 있어서 미옥은 잠시나마 말문이 막혔다. 그러자 철민도 그만 멋쩍어져서 슬쩍 말머리를 바꿨다.

"난 정말 이런 일은 난생 처음이오. 잡혀간 것도 그렇고, 철창 안에 갇혀 있었던 것도 그렇고…. 모든 일이 다 악몽을 꾼 것처럼 느껴진단 말입니다. 다행히 미옥 씨가 그간의 일들을 설명해 줄 수 있다고 하기에 내 이렇게 목숨 걸고 따라왔소. 저번에 감리일할 때처럼 빈틈없이 설명해 주길 바라오."

"굉장히 모범적인 분이시군요. 하기는 북측 아저씨들 대부분이 그렇지만…. 그럼 철민 씨는 지금까지 법이란 것에 관심 가질 일도 없 있겠네요?"

"어차피 결정하시는 분은 지도자동지시고 그분의 넓은 품 안에만 있으면 모든 것이 만사형통인데 굳이 그런 것에 신경 쓸 필요가 있 겠소?"

미옥은 기가 막히고 난감해져 맥이 탁 풀려버렸다. 그녀는 기어 들어가는 소리로 물었다.

"그래도 지도자동지도 사람이신데 실수하실 때가 있지 않을까요? 인간은 누구든지 완벽할 순 없잖아요."

철민은 가소롭다는 듯이 딴전을 피우며 답했다.

"그런 불경막심한 질문은 곤란하오. 충성심에 99%란 있을 수 없 소. 설령 티끌만한 실수가 있더라도 그것은 우리 인민들이 제대로 보 필을 못해서 그런 거고 결국 충성심의 부족이오. 미옥 씨한테는 이 상하게 들릴지 모르겠지만 대의를 위해선 어쩔 수 없는 거란 말이오. 내가 운이 없어 희생당한다 하더라도 국가와 민족은 남으니까요."

"오! 그렇군요. 대단하시네요. 그럼 지도자동지가 곧 국가요, 민족 입니까? 좋아요. 그런 얘기하자고 여기 온 것은 아니니까 이쯤 하죠."

미옥은 두 손을 모으고는 진지한 표정을 지었다.

"철민 씨. 혹시 로마에서는 로마식대로 하라는 속담 아세요?"

"이 녀성동무, 북측의 근로인민을 무식쟁이로 아나. 그래, 여기는 중국 아니오. 그래서 도대체 무슨 말을 하려는 거요?"

철민은 약간 신경질이 난 듯 말투가 날카로워졌다.

"잘 아는군요. 햇수로 치면 전 중국에 온 지 올해로 삼 년째에요. 철민 씨는 중국에 얼마나 있었어요?"

"난 거진 이 년째 접어들어 가오. 됐소? 그럼 빨리 그 문서내용이 나 설명해 주시오."

철민은 문득 류치장에서 받은 돈 봉투가 생각났다. 아직 세 보지는 않았지만 공안국에서 줬으니까 중국 돈일 테고 또 꽤나 묵직했던 느낌도 있었다.

"밥값은 내가 내겠소."

"고마워요. 북측 아저씨가 사준 밥을 다 먹어보고 저도 오늘 굉장히 특별한 날이네요."

미옥은 조용히 일어나 주방 쪽으로 가서는 차 두 잔을 가져왔다.

"저도 중국에 있으면서 나름대로 산전수전 다 겪었지만 차 문화만큼은 참 인상적이었어요. 종류도 무지하게 많은 데다 개중에는 지금까지 깊은 향이 잊히지 않는 맛도 여러 번 있었거든요. 보통은 식사 후에 식당에서 대접해 주는데 지금 식탁 위에 있으면 대화가 좀 더 잘될 것 같아서요."

미옥은 철민 앞에 찻잔을 정성스레 놓았다. 그리고 자신이 먼저 한 모금 마셨다.

"오우! 역시 좋네요. 아늑하게 전해지는 맛이 이제야 실내에 있다는 기분이 나요. 지금 이 향내도 오래오래 기억될 것 같아요. 철민 씨. 너무 긴장할 필요 없어요. 차 한잔하면서 느긋하게 말씀 나누어요."

미옥은 자세를 고쳐 앉았다.

"이제부터 제가 철민 씨 궁금증을 풀어드릴 텐데 먼저 몇 가지 질문에 답해 보세요. 우선 유치장에서 나오니까 좋기는 한데 해방감을 만끽하는 것은 잠시고 지금은 저 때문에 돌아가서 석방 이유를 설명할 걱정이 태산 같죠?"

"문서내용을 설명해 달랬더니 왜 자꾸 이상한 소리만 하는 거요."

철민은 자신도 모르게 언성을 높였다.

"지금 설명하고 있잖아요."

"…"

"어떻게, 계속할까요?"

"그래. 계속하시오."

"근데 한 번만 더 제 말씀 끊으면 그냥 가 버릴 테니까 그럼 철민 씨는 찻값만 계산하고 가면 돼요. 알았어요?"

철민으로서는 방금 정곡을 찔린 터라 벙어리가 될 수밖에 없었다.

"문서에는 저와 철민 씨를 포함해서 많은 사람들이 등장하는데 그들 사이의 권리와 의무관계를 따져보면 그 내용을 간단히 이해할 수 있어요. 물론 이 어처구니없는 사건의 전모도 파악할 수 있고요. 그런데 철민 씨. 혹시 북측에서도 단오날에 널뛰기놀이를 하나요?"

철민은 불쾌하고 짜증났지만 애써 참으며 그녀의 말을 이어나갔다.

"가운데에 멍석 말아놓고 두 사람이 널빤지 위에서 서로 뛰는 놀이 말이오? 단오날은 모르겠소만 나도 어렸을 적에 몇 번 해 보았소."

"해 보셨다니 다행이네요. 근데 만약 널뛰기할 때 받히는 멍석말이가 가운데 있지 않고 한쪽에 치우쳐 있다면 공정한 놀이가 되겠어요?"

"…"

"당연히 공정할 수가 없겠죠. 오늘 아침에 철민 씨 얘기를 들었을 때 굉장히 불길한 예감이 들었어요. 왜냐하면 중국에 있으면서 북측 아저씨들이 부당한 처우를 받는 경우를 종종 목격했거든요. 그래서 공단으로 돌아와 자세히 알아봤어요. 역시 철민 씨도 위험에 빠져 있더라고요. 그런데 여기는 중국이고 나름의 근대적 법체계가 있어요. 누군가를 벌하기 위해서는 이쪽저쪽 얘기를 다 들어보죠. 하지만 권리와 의무를 조율하는 멍석말이가 잘못 놓여 있거나 아예 없다면 한쪽은 낭패를 볼 수밖에 없겠죠. 유감스럽게도 중국 공안과 철민 씨 사이에서는 그 받침점이 터무니없이 한쪽으로 쏠려있었어요. 그래서 사흘 동안 철민 씨는 꼼짝달싹도 못했던 거예요. 아마도 권위주의 때문일 거예요. 자칫 위대한 공화국과 지도자동지에 누가 될 수 있다면 누가 선뜻 나서겠어요? 잘못하면 작업반이 아예 공중분해될 수도 있는데. 아마 철민 씨 작업반에서는 다들 눈치만 보고 있었을 거예요. 우리도 과거 그랬거든요. 그래서 제가 기꺼이 그 멍석말이를 가운데에 갖다 놓은 거예요."

철민은 불쾌했지만 뭔가 그럴듯하게 들렸다.

"뚱딴지같은 소리 말고 알아듣기 쉽게 설명해요."

"철민 씨. 사람이 사람을 벌할 때는 당연히 신중해야 돼요. 당사자가 누구든 억울한 일이 없게끔 최대한 정당한 절차를 밟아 가고 상식과 순리라는 잣대를 적용할 수 있어야 하죠. 결코 함부로 해선 안 되고 마음대로 해서는 더더욱 안 돼요. 그런데 이렇게 되기까지, 인류가 신과 동등해지기까지 얼마나 막대한 희생을 치렀는데… 그 소중한 유산을 놔두고 한낱 인간으로 남는다면 그야말로 등신이겠죠. 그리고 지금 세상은 그런 등신은 아무도 돌봐 주지 않아요. 중국 공안은 철민 씨를 등신으로 만들어서 교도소에 처넣으려고 혈안이 돼서 착착 구색을 갖추어 가는데 안타깝게도 북측 당국은 한 게 아무것도 없더라고요. 사흘 동안 철민 씨 통역이나 변호인 등도 모두 중국 공안에서 섭외한 사람들이었어요. 그리고 이대로 며칠 더 지났으면 십중팔구 철민 씨는 아마 다른 농민공들하고 같이 교도소로 옮겨졌을 거예요. 그리고 거기서 아주 오랫동안 살았을 거예요."

'지금이라도 자리를 박차고 일어나서 감히 우리 당을 헐뜯는 저 더러운 입에 침이라도 뱉어줘야 돼!'

그런데 미옥이 철민의 마음을 읽기라도 한 듯이 단호한 목소리가 이어졌다.

"개요는 다 얘기했으니까 직접 한 번 읽어봐요. 제가 중간중간 도와줄 수 있어요."

반도와 대륙을 경계 짓는 압록강 끝에서 두만강 끝까지의 여정과 견문은 철민에게 아량의 폭을 넓혀 주었고 뭔가 알 수 없는 기운이 그의 심연에서 꿈틀대는 본성에 목마르게 했다. 그는 떨리는 손으로 문서철을 잡고 다시 한 번 꼼꼼히 읽어 봤다. 그렇지만 어렵기는 실내에서 봐도 마찬가지였다. 쩔쩔매는 철민의 모습에 미옥은 일어서서 의자를 철민의 바로 옆에 가져왔다. 그리고 문서를 한 장, 한 장 넘기며 자세하게 설명해 주었다.

　"이렇게 주도면밀할 정도면 철민 씨는 또 조사받느라고 얼마나 고생했겠어요?"

　철민은 갑자기 뭔가 뭉클해지면서 코끝이 찡해졌다. 그리고 두 눈의 초점이 흐려졌다. 비로소 지난 사흘간 불려 다니며 고생한 이유를 어렴풋이나마 알겠는데 유치장에 있었을 때처럼 눈물이 나올 것만 같았다. 머릿속에서 아무렇게나 돌아다녔던 각각의 사건들이 하나의 연결고리로 이어져 어느 정도는 이해할 수 있어서 기뻤고 답답한 심정도 약간은 해소될 수 있어서 역시 기뻤다. 그리고 복받치는 감정들은 희미하게나마 '감사'라는 느낌으로 어우러져 철민에게 다가왔다. 남측 사람에게 가져서는 안 되는 감정이기에 회피하고 싶었지만 자꾸만 눈시울이 뜨거워지는 것은 어쩔 수가 없었다.

　"아침에 철민 씨 친구분께 얘기를 듣고는 짚이는 데가 있어서 바로 훈춘시청으로 갔어요. 가서는 감리지 부본에 직인 찍고 득달같이 공안국으로 달려갔지요. 사실 오면서도 내내 긴가민가했는데 막상 그 이유를 확인해 보니까 차라리 허탈하더라고요. 몇 가지 사실만 증명하면 간단히 끝날 일을 가지고 왜 생사람을 잡아다가 저렇게 고생을 시켰나 한심한 생각도 들었고요. 물론 화도 났죠. 그리고 명목상으로도 철민 씨 보호인 자격을 자청했지만 금방 끝낼 수 있다고 자신했어요. 왜냐면 가지고 있는 증거물이 너무나 명백하고 당연했거든요. 한 번 봐요."

문서철에는 따로 붙임으로 붙여진 감리지의 부본이 있었는데 하단에는 감리한 날짜표시 옆에 훈춘시장의 직인이 선명하게 찍혀있었다. 그리고 밑간에는 자신과 민욱 그리고 미옥의 서명이 나란히 기록되어 있었다.

"철민 씨, 저번에 1차 감리 끝나고 했던 서명 기억나요? 그때는 그냥 무심결에 했지요."

종이를 가까이 들여다 본 철민은 어렴풋이 기억이 났다.

"감리일을 했으면 으레 증표를 남겨야 하는 것이고 그래야 나중에라도 책임소재를 분명히 가릴 수 있으니까…. 근데 이게 뭐 중요합니까?"

"중요하냐고요? 호호! 굉장히 중요하지요! 그 서명 덕분에 철민 씨가 무사히 나온 거에요. 조서가 말해 주듯이 중국 공안은 철민 씨가 방화사건이 난 공장의 농민공들과 사전모의를 해서 같이 불을 질렀다고 의심했어요. 저도 증거영상을 봤는데 철민 씨가 같은 장소를 계속 배회하고 다니더라고요. 근데 하필 그 장소가 농민공들이 방화를 시도하다 공안들에 의해 체포된 물류창고였어요. 재수가 없으려면 뒤로 넘어져도 코가 깨진다고, 영락없이 그날 철민 씨를 두고 한 말 아니겠어요. 더구나 그들은 이미 다른 창고에도 방화해서 공안의 추적을 받고 있던 농민공들이었거든요. 설상가상으로 철민 씨 가방 속에서는 무슨 인화물질까지 발견됐다고 하더라고요. 그러니 의심할 만도 하죠."

철민도 부지불식간에 고개를 끄덕였다.

"근래 들어 중국에서도 노동자들이 권리를 부르짖는 함성소리가 우후죽순처럼 들려 와서 중국 당국이 잔뜩 벼르고 있던 참이었대요. 중국 공안이야 한 명이라도 더 처넣으면 그만큼 공을 세우는 거니까 악착같이 덤비는 것은 당연하겠죠. 시기적으로 가장 안 좋은 때에 된통 걸린 거에요. 그렇지만 중국 법에서도 중기기 재편의 웡이에요. 현장에서 열심히 일하고 있는 사람이 다른 공단 사람들과 작당해서 물류창고에 불을 낼 수는 없는 노릇 아니겠어요? 그 사람 귀신이 했다면 모를까…. 호호."

미옥은 기분 좋게 차를 마저 들이켰다.

"그날 철민 씨와 내가 함께했던 서명이 범죄혐의에 대해서 현장부재를 입증해 줬어요. 더구나 그 문서는 훈춘시청에서 발행한 공문서거든요. 철민 씨가 무죄임을 증명해 주는 완벽한 증거죠! 아침에 철민 씨가 해 준 서명하고 감리지 부본의 그것과 대조해서 정확히 일치하니까 저들도 꼼짝 못하더라고요. 어쨌든 이만하길 천만다행이에요."

철민은 뭔가에 홀린 사람처럼 미옥의 말을 다 듣고는 얼빠진 사람처럼 한동안 침묵했다. 그리고 무겁게 입을 열었다.

"미옥 씨. 난 지난 사흘간 식음도 거의 전폐하다시피 했고 살아도 산 느낌이 아니었습니다. 밤낮으로 시달리면서도 그 리유를 모르니까 마치 원인 모를 병에 걸려 시름시름 앓다 저세상으로 가는 줄 알았지요. 근데 뭐라고요? 고작 종이 한 장으로 모든 게 다 해결됐다고요!"

그때 식당점원이 다가왔다.

"손님, 식사 나왔습니다."

"철민 씨. 일단 식사부터 하죠."

식탁 위에 정답게 놓인 두 그릇의 국에서는 뜨거운 김이 모락모락 오르며 구수한 냄새가 퍼져 나갔다. 음식이 나오자 미옥은 반색을 했지만 철민은 표정에 변화가 없었다. 식당에 들어올 때만 해도 먹는 생각으로 들떠 있었지만 이제 철민은 식사에 대한 흥미를 잃어버렸다. 심지어는 음식이 넘어갈 것 같지도 않았다. 미옥의 설명은 지난 사흘간 쌓인 체증을 확 풀어주는 듯 시원했지만 여전히 그녀의 말을 별로 믿고 싶지 않았고 믿어서도 안 됐다. 뭔가 석연치 않은 구석을 찾아 그녀의 발언을 가만히 더듬어 보았는데 이상하게 자꾸만 따로 붙임문서에 눈길이 쏠렸다. 이번에는 그녀의 도움 없이 문서내용을 다시 한 번 천천히 읽어나갔다.

'지난 사흘 동안 도대체 뭔 고생한 거야? 이거 너무 억울해서…'

철민은 어린아이처럼 철퍼덕 주저앉아 엉엉 소리 내어 울고 싶었다.

"뭐 더 궁금한 거 없어요?"

미옥도 철민의 얼굴을 보고는 안쓰러워 콩알만한 목소리로 살짝 물었다.

"아침에 류치장에서 나올 때 중국 돈을 좀 받았는데 돈은 왜 준 겁니까?"

"고생시켜서 죄송하다고 줬겠죠, 뭐. 호호호!"

그러자 철민도 덩달아 웃었다. 미옥의 말을 듣자 웃음밖에 안 나왔기 때문이었다.

"그런데 미옥 씨. 남측 사람이 내 보호자가 됐다는 사실이 도저히 믿어지지가 않는데 그거는 그렇게 하고 싶으면 마음대로 할 수 있는 겁니까? 만약 그렇다면 남측 사람도 할 수 있는 일을 우리 반장동지가 못할 이유가 없지 않습니까? 그러면 나도 지난 사흘 동안 그 고생 안 해도 됐을 텐데."

'도무지 알다가도 모르겠네.'

철민은 푸념하며 물 한 컵을 쭉 들이켰다.

"아마 그분은 몰라서 그리고 두려워서 못하셨을 거예요. 북측 아저씨들 중에는 벽창호가 많아요. 물론 대쪽 같은 절개란 것이 전체를 하나 되게 해 주는 데 반드시 필요한 정신이지만 너무 지나치면 모자라니만 못한 법이에요. 때로는 그런 경직된 사고방식으로는 상황에 효과직으로 대처하지 못하거든요."

미옥은 한 숟가락을 뜨며 가늘게 눈을 뜨고는 철민을 빤히 바라보았다.

"근데 철민 씨. 혹시 이미 오물을 뒤집어쓴 불순분자니 초개처럼 버리라는 거였으면 어떡하죠?"

"그런 헛소리는 집어치우시오!"

철민은 자기도 모르게 버럭 소리를 질렀다.

"너무 예민해질 필요 없어요. 첩첩산중이라 마음은 답답하겠지만 내가 유익한 조언을 줄 테니 화내지 말고 차분히 들어봐요."

미옥은 방긋 미소 지으며 두 손을 모아 식탁 위에 깍지 꼈다.

"남측 사람의 도움을 받았으니 용서받지 못할 역적질을 한 셈인데 행여 보위부 같은 기관에서 냄새라도 맡으면 이거는 중국감옥이 아니라 팔자가 사나우면 정치범 수용소에라도 끌려갈 판국이니 어떻게 걱정이 안 되겠어요?"

'이 녀성동무가 내 마음속에 들어갔다 나오기라도 했나.'

철민은 한동안 얼빠진 사람처럼 침묵한 채 그저 멀뚱멀뚱 미옥을 쳐다보았다. 그러자 미옥도 그만 무안해졌는지 시선을 철민에게서 돌렸다. 그리고 식당 입구의 상단에 있는 현판을 바라보며 말을 이어나갔다.

"저 글귀는 남측의 중국 식당에서도 흔히 볼 수 있는데 중국인들도 꽤나 좋아하나 봐요. 벌써 여러 번 보거든요."

현판에는 굵은 서체로 '가화만사성(家和萬事成)'이라고 크게 써져 있었다. 미옥의 말에 철민도 식당 입구 쪽을 흘깃 돌아보았다.

"남측에는 중국 식당이 많이 있습니까?"

"그럼요. 많이 있죠."

"그렇습니까. 그런데 저 글귀는 나도 좋아합니다."

"잘됐네요. 방금 '기업가 정신'을 설명드리려는 참이었는데…."

미옥은 뜨거운 김을 호호 불며 국물 한 숟가락을 떴다.

"철민 씨. 사실 우리는 한 가족이에요."

철민도 마지못해 한 숟가락을 떴다. 그동안의 고생을 위로라도 하듯 따뜻한 국물이 넘어갔지만 이상하게 맛을 몰랐다. 현실에 집중하기 위해 젓가락을 끼적거리며 찬도 몇 가지 집어 먹었지만 도무지 기운이 없었다.

"이 집 참 맛있네요!"

미옥은 다진 양념을 넣으며 간을 맞추었다.

"철민 씨. 젊은 사람답게 어깨도 좀 펴고 박력 있게 먹어봐요. 같은 식구가 그렇게 처량맞게 앉아 있으니까 보는 사람이 다 죽겠잖아요."

철민은 참다못해 의아한 눈빛으로 미옥을 쏘아봤다.

"미옥 씨. 자꾸 이상한 말을 하는데 내가 왜 미옥 씨하고 같은 식구입니까?"

"한솥밥을 먹으니까 같은 식구죠."

미옥은 철민의 국에도 여러 가지 양념과 야채를 넣어주면서 간을 보았다.

"자, 이제 입에 좀 맞을 거예요."

"내 입맛은 또 어떻게 아는 거요?"

철민은 기가 막힌다는 듯이 멍해진 얼굴로 미옥을 응시했다.

"접경지역에서 3년 동안 있으면서 북측 아저씨들을 많이 봐 왔어요. 같은 식당에서 식사해 본 적도 여러 번 있었고요. 회사 직원이 북측 사람이라고 하기에 처음에는 그저 호기심이 발동해서 곁눈질로 봤는데 눈여겨봤더니 역시 힘쓰는 사람들의 입맛이라는 게 다 비슷비슷한 면이 있더라고요. 철민 씨도 약간 짜게 먹는 편이죠? 저

번 감리 때 같이 식사하면서도 금방 알아봤어요."

철민은 밥을 몽땅 떠서 국에다 말아버렸다. 그리고 김치를 집이넣고는 우걱우걱 먹었다.

"내가 원래 빨리 먹는 게 습관이 돼 버려서요."

"천천히 들어요. 저도 중국에 처음 와서는 음식이 입에 맞지 않아 고생을 많이 했어요."

미옥은 방긋 웃으며 물을 한 잔 따라 마셨다.

"철민 씨. 요리 잘하죠?"

"왜 잘하게 보입니까?"

"엊그저께 현장에서 보니까 아주 자상하던데 원래 남 챙겨주기를 좋아하는 사람들이 요리를 잘하잖아요."

'별로 자상하지 못한데…'

"저도 경력이 쌓이면서 보니까 결국 직원들이 행복해야 기업이 번창하더라고요. 그것이 또한 기업이 사회에 보답하는 첫걸음이고요."

그렇지만 철민은 미옥의 말을 거의 알아듣지 못했다. 그래도 고마운 마음에 그저 묵묵히 듣고만 있었다.

"저 현판에 쓰여 있는 글귀는 꼭 가정뿐만이 아니라 기업 그리고 국가에게도 분명 설득력이 있어요. 집안이 평온하고 화목해야 모든 일이 잘 풀리는 것처럼 기업의 번영 역시 그 구성원들의 행복과 함께할 때 진정 빛나는 법이거든요. 그러기 위해서 기업은 평소 직원들에 대해서 관심과 애정을 갖고 그들과 희로애락을 같이 해야겠지요. 그리고 국가란 구성원들이 균형과 조화를 통해 행복하게 살 수 있도록 환경을 조성해 주어야 되고요. 뭐 대충 이런 맥락들이 기업 가정신의 근간과 일맥상통하는 부분이에요."

철민은 그녀의 말은 안 들리고 그녀만이 보였지만 계속 듣고만 있었다. 생각에 잠겨 있는 철민에게 미옥은 잠시 뜸을 들인 후 대뜸 덧붙였다.

"철민 씨. 만약 지금 짓고 있는 공장 건물이 중국 공장이 아니라 실제로는 남측 공장이라면 어떻겠어요? 그래도 공사가 가능하겠어요?"

철민은 황당한 질문에 그냥 한 귀로 흘려버리려 했지만 이상하게 뭔가에 끌렸다.

"글쎄 공사수주는 반장동지가 하는 거라서 난 잘 모르겠습니다."

"그럼 만약 철민 씨가 반장이라면 어떻게 하시겠어요?"

"당연히 안 되죠. 그랬다간 수용소로 잡혀가죠. 본인뿐만 아니라 가족까지 전부 다 잡혀가서 집안이 풍비박산 나죠."

"그럼 이제 큰일 났네요. 불철주야로 남측 공장을 짓고 있으니 나중에 그 불벼락을 어떻게 맞을 거에요?"

미옥은 철민의 눈앞에 주먹을 내보이며 무서운 표정을 지었다.

"진심이오? 우리가 지금 남측 공장을 짓고 있소?"

철민은 호흡이 빨라졌다.

"내 일은, 철민 씨 작업반이 그러니까 제 입장에서는 일종의 시공사죠. 시공사가 공사를 잘했나를 검사하는 거에요. 알고 있죠?"

"시공사가 뭐요?"

"공사를 도급으로 일해 주고 대금결제를 받는 업체인데 지금 철민 씨 작업반에서 우리 회사로부터 공사를 위탁받아 가지고 건물 짓는 일을 하고 있어요."

이제 철민의 눈빛은 되는 대로 지껄여도 좋다고 말하는 것처럼 미옥을 기쁘게 바라만 보고 있었다.

"지금은 내 얘기를 들어도 어리둥절하겠지만 엄연히 사실이에요. 내가 그 복잡한 배경을 자세히 설명해 줄 테니까 잘 들어봐요. 가만히 들어보면 또 재밌다고요."

미옥은 가볍게 물을 한 모금 마셨다.

"철민 씨. 혹시 요사이 공사 좀 빨리해달라고 채근을 받고 있지 않나요?"

철민은 한동안 침묵하다 무겁게 입을 열었다.

"그렇소. 좀 그런 편이오."

"증축공장을 늦어도 새해 벽두부터는 가동해야 돼서 그래요. 내년도 1분기까지 본국으로 보내야 할 납품물량이 이미 확정이 된 상태거든요. 그리고 우리는 노동인력까지 확보했어요. 북측 노동자분들을 상당수 고용할 거예요."

"뭐요! 우리 조선의 로동자들을 쓴다고요?"

"네. 그것도 틀림없는 사실이에요. 그런데 만약 북측 노동자분들이 남측 공장에서 일한다고 한다면 언감생심 가능할까요?"

"허허…"

철민은 허탈하게 쓴웃음을 지었다.

"글쎄 사전에 당국의 허락이라도 있다면 모를까?"

"그렇죠. 잘 아시네요. 그 잘나 빠진 '허가'만 있으면 얼마나 좋겠어요. 그럼 명의신탁이니 차명투자니 하는 이렇게 복잡하고 너저분한 절차 따위는 필요 없을 텐데 말이죠. 저도 가끔 가다 회의감이 들 때가 있어요. 근로의 본질에 충실할 뿐인데 도대체 그 허가라는 것이 왜 필요하며 또 그것을 대체하기 위해서 왜 그렇게 막대한 비용이 들며 심지어 때로는 위험조차도 감수해야 하는가? 그냥 나선지구에 남측 공장 세워서 지역경제를 활성화하고 서로가 잘살기를 바란다면 정녕 한 조각 꿈일까요?"

"미옥 씨. 자꾸 혼자서만 말하지 말고 좀 알아들을 수 있게 설명해 주시오."

철민이 관심을 보이자 미옥은 내심 반가웠다.

"여기는 경제합작구이고 북측 근로자들을 고용하는 일은 이미 흔한 광경이에요. 심지어 여기서 좀 더 북쪽으로 올라가 러시아 극동 지구에서도 북측 근로자들은 어디서나 볼 수 있어요. 그런데 유독 남·북측 사이에서만은 어떤 형태로든 '교류'라는 것이 아직도 낯설고 멀기만 해요. 이유는 모르겠지만 어쨌든 현실은 그래요. 그래서 중국인 명의로 간판을 걸어 놓고 사업을 하는 거예요. 그렇지만 실제 돈과 기술은 다 우리 기업에서 제공하고 있어요. 말하자면 우리가 실제 발주처에요. 그리고 나는 실사를 담당하고 있고요."

미옥은 잠시 말을 끊고 철민의 표정을 살폈는데 어느 정도 알아들었는지 철민도 표정이 많이 심각해졌다.

"발주처가 감리단을 고용해야 하는 것은 반드시 해야 하는 의무 사항이에요. 왜냐하면 건축이란 게 법대로 또 수요자 요구대로 잘했나 검사하는 제3자가 필요하거든요. 저는 우리 기업이 원하는 공장형태를 잘 알고 있어요. 법령에 저촉되지 않는 범위 내에서 최대한 효율적인 공장을 지어야겠죠. 기업이란 최소한의 비용으로 최대한의 이윤을 창출해야 되거든요. 그것이 또한 기업의 생리고요."

"일전에 감리 때 보니까 미옥 씨는 감리단 중에서도 대번 표가 나던데 다 그럴 만한 리유가 있었군요."

"그렇게 봐줬다니 고맙네요. 그런데 이제 우리가 왜 한솥밥을 먹는 같은 식구인지 이해가 되나요?

"거 참 재미있는 설명이군요. 그렇지만 아직도 리해가 안 되는 부분도 많은데…. 그럼 내가 지금 미옥 씨 기업의 공장을 지어주고 있으니까 같은 식구라 이 얘기입니까?"

"기업가정신에는 여러 가지 교훈들이 많이 있지만 가장 공통적이고 핵심이 되는 사고방식은 '상생'이에요. 시행사 직원이 어렵다면 마치 위기에 빠진 우리 식구처럼 도움의 손길을 줄 수도 있지 않겠어요."

철민은 '도움의 손길'이라는 말에 피가 거꾸로 솟구치는 듯했다.

'어쩌다 내가 남측 인민의 도움을 다 받게 됐단 말인가.'

그렇지만 회를 낼 수 없었다. 당연히 화를 내야 했지만 감정을 뒷받침할 만한 근거를 몰랐다.

"철민 씨. 저도 북측 아저씨들에게 사상이 얼마나 중요한지 잘 알고 있어요. 많이들 그러데요. '사상의 힘은 무궁무진하다'고. 그렇지만 지금 이 순간만은 그 구닥다리 사상에 너무 연연하지 말아요."

미옥은 철민의 빈 컵에 물을 따라 주었다.

"지금 속 타는 거 알고 있으니까 물 좀 마셔가며 천천히 들어요."

철민은 목석처럼 굳어진 채 아무 말도 않고 있었다. 듣고 보니 머릿속이 만주대륙의 넓은 평원을 바라볼 때처럼 시원해지고 깨끗이 정리됐는데 앉아 있기가 너무나 불편했다. 그는 미옥이 따라 준 물을 마시며 주변을 둘러봤다. 새삼스레 현판에 쓰어 있는 글귀가 눈에 들어 왔다.

"미옥 씨는 평소 우리 조선인민에 대해 연구를 많이 한 것 같습니다."

"네. 저는 동포애가 아주 강한 여자거든요. 호호!"

미옥도 밝은 표정으로 대꾸하며 간단히 목을 축였다.

"회사에서 윗분들 말씀을 들어봐도 그렇고 제 좁은 소견으로도 여기 두만강 삼각주는 기회의 땅 같아요. 왜냐하면 투자를 불러올 만한 처녀지로서의 매력을 거의 다 갖추고 있거든요. 기업으로서도 기꺼이 위험을 감수할 만한 가치가 있죠. 그런데 위험과 기회가 공존하는 땅에서 살아남기 위해서는 결국 정보가 필수에요. 혹자는 정보를 선별하라고 하지만 나는 정보야말로 다다익선이라고 생각해요. 남보다 먼저 알아야 하고 많이 알아야 앞서갈 수가 있어요. 또 그러다 보면 채산성도 맞출 수가 있고요. 그래서 열심히 하다 보니까 자연스럽게 북측 아저씨들한테 눈길이 가게 되더라고요. 저도 처음부터 작정하고 덤볐던 건 아니에요. 그나저나 빨리 들죠. 음식 다

식겠어요."

식탁 위에서 모락모락 김이 오르는 국그릇을 앞에 놓고 꽁꽁 얼었던 철민의 마음도 많이 누그러졌다.

"철민 씨. 인상 좀 펴요. 유치장에서 식사는 어떻게 했어요?"

"꼬박꼬박 규칙적으로 나왔어요. 거의 먹지는 못했지만."

"그럼 이제라도 맛있게 들어요. 전 식사하면서 수다 떠는 걸 누구보다도 즐긴답니다."

"알겠소. 미옥 씨도 맛있게 들어요."

"근데 철민 씨. 남측 사람하고 식사하는 거 처음이지요?"

철민은 한동안 말이 없었다. 그리고 대뜸 물었다.

"김치반찬도 있네. 미옥 씨 혹시 김치반찬 좋아합니까?"

"호호. 물론 좋아하죠."

"그럼 김치 담글 줄 알아요?"

"솔직히 몰라요. 해 본 적도 없고요. 그렇지만 먹기는 좋아해요."

철민의 얼굴이 다시 굳어졌다.

"일하지 않는 자는 먹을 자격도 없는 거요."

"오호! 몰라 봬서 죄송해요. 그럼 난 김치 먹으면 안 되겠네요."

"이제껏 듣고 보니 내 미옥 씨에게 은혜를 입은 것 같으니 오늘은 특별히 봐주겠소. 양껏 드시오."

"봐줘서 감사해요. 잘 먹을게요."

미옥은 방긋 웃으며 김치에 젓가락을 가져갔다. 그리고는 한 입 가득히 넣었다.

"정말 맛있네요!"

철민도 미옥을 따라서 큰 덩어리로 집어 먹었다.

"맛이 시원하면서도 너무 맵지 않고 매콤한 게 꼭 우리 평안도 김치 같네."

"철민 씨는 어떻게 그렇게 맛에 대해서 잘 알아요. 김치 담가 봤어요?"

"매년 담그죠. 중국에 와서도 우리 직원들이 먹을 김치는 내가 별도로 담가왔어요."

"굉장히 자상하군요. 근데 직원들이 좋아하나요?"

"그럼요. 얼마나들 잘 먹는데요."

"호호! 언제 시간 되면 저한테도 평안도 김치 담그는 법 좀 가르쳐 주세요."

"어려울 거 없죠. 보아 하니까 미옥 씨는 한 번만 가르쳐 줘도 금방 배울 것 같은데."

미옥도 따라 웃었다. 두 사람은 한동안 같이 웃었다. 그리고 분위기도 웃음 따라 화기애애해졌다.

"지난 사흘 동안 류치장에서 벙어리 냉가슴 앓듯 지냈는데 미옥 씨 말을 들으니까 속이 다 시원해지는 것 같습니다. 근데 좀전에 얘기한 절차니 뭐니 하는 것들을 좀 더 자세히 설명해 주시오."

"서로의 필요를 충족시켜 주는 거예요. 북측 근로자나 남측 기업이나 결국은 다 돈 벌러 왔는데 무서워서 만날 수가 없으니 참 답답한 노릇이죠. 그렇지만 골키퍼 있다고 골 안 들어가나요? 필요하면 결국 공급은 따라가게 마련이에요. 그래서 접경지역에는 두 집단 사이에 여러 가지 가교가 놓여 있어요. 무자비한 폭력에 맞서는 '문명의 얼룩'이죠. 얼핏 실감이 안 나죠?"

"실감은 그만두고서라도 거 참 괴상하군요. 그래 그렇게 하면 돈은 벌 수 있는 거요?"

미옥은 짧게 한숨을 내셨다.

"역시 달가워하지 않는군요. 이런 너저분한 방식이 마음에 안 들죠. 저도 여기 와서 북측 아저씨들하고 종종 부대끼다 보니까 그들의 기호성향에 대해 어느 정도 감을 잡고 있어요. 하지만 돈벌이가 되는 걸 어쩌겠어요?"

미옥은 철민의 빈 컵에 다시 물을 채워 주며 자신도 시원하게 한 컵 들이켰다.

"저도 누구 잘못 때문에 이렇게 괴상한 거래가 필요한지는 모르겠어요. 하지만 이따금씩 만주벌판에 부는 정치역풍이 기업을 통째로 날려 보내는 수가 있어요. 실제로 직접 겪어 본 적도 있고요. 물론 남의 나라에서 사업한다는 게 항상 변수는 감안해야 하지만 이거는 짱돌에 걸려 넘어지는 정도가 아니라 아예 들어 먹고 떠나야 하니까요. 그래서 궁여지책 끝에 나온 것 같아요. 그렇지만 정도경영하고는 조금 거리가 멀어요."

미옥은 한쪽 눈을 찡긋하며 씨익 웃었다.

"듣고 보니 재밌군요. 근데 그렇게 중국 기업으로 위장하면 안정되게 기업 활동을 할 수는 있는 거요?"

"당장 철민 씨만 봐도 알 수 있잖아요. 지금 명목상으로 중국 공장이기 때문에 수주도 가능한 거고, 공사도 가능한 거고 또 내년엔 북측 근로자 고용도 가능한 거잖아요. 그리고 설령 남북관계가 단절된다 해도 생산, 납품, 판매 다 끄떡없죠. 한마디로 누이 좋고 매부 좋은 거예요."

철민은 문득 신의주 생각이 났다. 고향의 허름한 공장 건물과 낡아빠진 기계들에 비하면 여기는 확실히 훌륭했다. 뿐만 아니라 공단의 간접시설이 잘돼 있어서 현장에서 작업하기도 신의주에 비하면 훨씬 수월했다.

"만약 공장이 신의주에 있다면 훨씬 더 좋겠군요."

"신의주요! 느닷없이 신의주는 왜 찾아요?"

"신의주는 접경지역의 서쪽 끝이고 여기는 동쪽 끝인데. 그래도 그곳 역시 사업하기에 딱 좋은 곳이에요. 재작년인가…. 정확히 기억은 안 나는데 나도 우리 회사 사장님 따라 단둥에 간 적이 있었어요. 단둥에서 신의주를 바라보니까 쌍자도시라는 말이 절로 실감이 나던데…."

미옥은 철민의 표정을 살폈다.

"단둥에도 남측 기업이 많이 진출해 있어요. 그리고 거래처도 많고요. 근데 갑자기 신의주는 왜 찾죠?"

"나는 사실 중국 오기 전에 신의주 공단에서 일했소. 말하자면 신의주에서 왔단 말이오."

"예? 신의주에서 여기까지 왔다고요? 아니 단둥에도 파견 나온 북측 근로자들이 많은 걸로 알고 있는데 왜 하필 여기까지 왔어요?"

"당연히 돈 벌러 왔죠. 근데 도중에 좀 우여곡절을 겪었소. 자세히 얘기하자면 또 길어지니까. 그보다 미옥 씨 회사에서는 왜 하필 우리 조선 로동자들을 쓰는 거요?"

"북측 근로자들 일 잘하는 것은 이 근방에서 알 만한 사람은 다 알아요. 그래서 중국과 러시아에서는 이미 북측 근로자들을 많이 고용하고 있고요. 그들과 함께 일해 본 사람들은 거의 이구동성으로 칭찬해요. 그리고 인건비가 또 얼마나 싸요. 다만 한 가지 안타까운 사실이라면 정작 우리 남측 기업은 그럴 수가 없다는 거예요. 참 이해할 수 없는 현실이죠. 기술과 자본뿐만 아니라 때로는 원료와 설비도 남측에서 들여올 때가 많은데 계획대로만 된다면 중국에 자릿세를 지불하고도 채산성은 충분히 확보할 수 있거든요. 그러니까 실제로 철민 씨와 저는 접경지역에 있는 남북합작기업에서 일하고 있는 셈이에요. 호호!"

철민은 뭐가 뭔지 헷갈렸고 긴가민가했지만 그녀와 함께 실소했다.

"듣고 보니 재밌네요. 계속 좀 들려주시오."

"다행이네요. 재밌다니. 그래서 최종적으로 여기서 90% 정도 완성된 제품을 남측으로 보내요. 경우에 따라서는 아예 완성품을 상표까지 붙여서 보내기도 해요. 그런데 결국 이 모든 흐름에는 가격이라는 매개체가 자리 잡고 있어요. 그리고 우리는 이 가격을 맞추기 위해서 상부상조하는 거고요."

철민은 상기된 얼굴로 미옥의 설명에 몰입했다. 항상 그의 심연에서 흩어졌고 또 애써 잊으려 했던 의문들이 수면 위로 떠올라 하나의 연결고리로 이어져 눈앞에서 선명하게 펼쳐 보이는 듯했다. 이제 도저히 식사 따위에는 열중할 수가 없었다.

"기가 막히는군! 지금까지 남측 공장을 열심히 증축하고 있었다니."

"왜 철민 씨. 남측 공장에서 북측 근로자들이 일한다니까 자존심 상하나요? 그럼 중국 공장에서 일하는 건 괜찮고요? 어불성설이에요. 열심히 살다 보니까 상생이 필요한 건데 그게 결코 나쁜 모습이 아니죠. 나진에서는 바로 동해로 나갈 수가 있어요. 만약 가능하다면 나진 같은 곳에 남북이 협력하여 공단을 조성하면 엄청난 경제 효과가 있을 텐데 참 안타깝죠."

대화에 빠져 들면서 미옥도 몇 숟가락 못 뜨기는 마찬가지였다. 그녀는 다시 김치 한 조각을 집어 먹으며 푸념했다.

"마땅히 가야 할 대문은 굳게 걸어 잠근 채 자꾸만 쪽문만 만들고 있으니…. 그래도 낭만은 항상 일탈 속에 숨어 있는 것 같아요. 저도 아침에 유치장에서 철민 씨를 봤을 때 무척이나 짜릿했어요. '내가 저 사람을 데리고 이 호구에서 무사히 나올 수 있을까?' 겁도 났고요. 어쨌든 우리 둘 다 이렇게 즐겁게 식사하고 있으니 잘된 거죠. 호호!"

"그렇군요. 하하!"

웃고는 있었지만 철민은 기운이 하나도 없었고 세상이 공허하게만 느껴졌다. 더욱이 뭘 해야 할지를 몰랐다. 다만 미옥을 바라보며 뭐라 형언할 수 없는 감정에만 사로잡혔다.

"철민 씨. 지금껏 잡다한 이야기를 들었지만 실제로는 돌아갈 일이 걱정되죠?"

"꽤나 자상하군요."

약간 구부정하게 앉은 채로 고개를 숙이고 있는 철민은 몇 숟가락을 더 뜨다가 물었다.

"미옥 씨. 예정대로 오늘 감리일을 했으면 그걸로 다 끝나는 거였습니까?"

"무슨 말씀이에요. 준공 전까지는 몇 번 더 해야 돼요."

"미옥 씨한테 감리 한 번 받기가 되게 힘들던데. 일전에 감리받을 때도 해질녘쯤에는 입에서 단내가 다 나더라고요. 항상 그렇게 철저합니까?"

"죄송해요. 그렇지만 할 수 없어요. 요새 같아서는 완공도 되기 전에 풀가동해야 되는 때도 있는데 한 치의 오차도 있어선 안 되죠. 당연히 하나에서부터 열까지 빈틈없이 살펴야 돼요."

미옥은 다시 철민의 표정을 살폈다.

"철민 씨. 남측 여자들을 만만히 보면 큰코다쳐요. 그들은 양날의 검처럼 온화함과 냉혹함을 동시에 지니고 있어요. 당장 저만 해도 현장에선 이렇게 상냥하지 않거든요."

"그렇다고 설마하니 공사 다시 하라고 하지는 않겠죠. 그런데 남측 남자들은 어떻게 삽니까?"

"마저 들어요."

미옥은 앙증맞은 표정을 지으며 식사를 재촉했다.

"혹시 중국 로동자들 못 살겠다고 들고 일어나게 만든 인민도 미옥 씨 아닙니까?"

"그런 말씀 말아요. 나도 무척이나 속이 상한다고요. 공단에서 늘 봐오면서 그들의 근면, 성실에 대해서는 항상 높은 점수를 줬었는데 오늘 아침 유치장에서 봤을 때는 저 선량한 사람들이 어쩌다 이런 데를 다 오게 됐나 하고 혀를 찼어요. 중국 농민공들, 참 열심히 사는 사람들인데 역시 시장경제의 그늘은 중국이라고 해서 예외일 수는 없나 봐요."

'시장경제… 시장경제….'

철민은 퍼뜩 대방이 떠올랐고 자신을 훈춘까지 태워 준 트럭기사도 생각났다.

"중국 와서 그 시장경제란 말은 참 많이 듣는군요. 미옥 씨는 시장경제에 대해 잘 압니까?"

"저도 많이는 몰라요. 그저 남들 다 아는 상식 정도에다 감리일에 필요한 경제지식 정도죠. 그렇지만 특별한 지식 없이 상식선에서도 공단방화사건은 금방 이해할 수 있어요. 왜냐하면 그네들이 지금 겪는 아픔과 갈등은 우리 남측 사람들도 과거에 다 고생했던 일들이거든요. 사람 사는 데는 다 비슷비슷한 구석이 있는 법이에요. 이번에 방화사건도 내가 보기에는 홧김에 발생한 우발적인 사건 같지가 않아요. 사실 농민공들의 임금과 처우개선 문제는 어제, 오늘 얘기가 아니었거든요. 오죽하면 공장에다 불 지르고 자살하겠어요."

"아! 그날 별안간에 중국의 근로인민 한 명이 떨어졌어요. 나는 아주 정면에서 봤는데…."

철민은 야릇한 웃음을 지었다.

"미옥 씨. 난 그런 광경은 중국 와서 처음 봤습니다. 외마디 소리를 부르짖으며 투신한 근로자 모습이 너무나 처절하던데."

철민의 말투에는 어쩐지 시장경제에 대한 비아냥거림이 섞여 있었다.

"중국이 시장경제를 하면서 사람들이 과거에는 꿈도 못 꾸었던 경제활동의 자유를 제한적이나마 만끽하게 되었어요. 근데 우리 지구별이 그렇잖아요. 햇빛이 비추는 곳에는 언제나 그늘이 드리워지는 것처럼 세상만사가 다 좋을 수만 있겠어요? 빈곤이라는 그늘은 많은 인민들을 소외시켰어요. 지금 우리 방직공장의 대다수 노동자들이 농민공들이에요. 그런데 안타깝게도 그들 중의 상당수가 빈곤 때문에 신음하고 있어요. 회사 임원들이 그러는데 흡사 우리 남측의 60~70년대와 비슷한 모습들을 많이 발견할 수 있대요. 그래서 나는 조만간에 이런 일이 터질 줄 알고 있었어요."

"지금 그 말은 굉장히 무책임하게 들리는군요. 그럴 줄 알았다면 당연히 무슨 대책을 마련했어야 하는 것 아니오?"

"근데 철민 씨. 북측 아저씨들은 화내는 게 취미에요? 이 세상에는 이쪽저쪽 이분법만 존재하는 게 아니에요. 내 생각과 다르다고 해서 덮어놓고 화부터 내면 상대방이 대화할 기분이 안 나요."

"기분 나빴다면 미안하오. 내 사과하리다. 하지만 답변은 들어야겠소."

"진정하고 들어봐요. 여기는 중국이에요. 철민 씨나 나는 어디까지나 이방인이라고요. 그래 남의 나라에서 콩이야, 팥이야 할 수 있어요? 우리는 중국이라는 큰 울타리 안에서 활동할 수밖에 없는 거예요. 그리고 기업활동이란 결국 이윤의 추구이지, 우리가 무슨 자선 사업하러 여기 온 것은 아니잖아요. 대책은 우리 기업에서 할 게 아니라 중국 당국에서 세워야겠죠. 그리고 제가 보기에는 중국 농민공들이 느끼는 빈곤이라는 아픔은 상대적인 거 같아요. 북측처럼 절대적 빈곤이 아니라고요. 따라서 철민 씨 안목으로만 그들을 파악해선 안 돼요. 요사이 중국에서는 매일같이 부자들이 대거 탄생하고 도시는 하루가 다르게 번창하는데 자기만 정체되어 있어 봐요. 발전은커녕 오히려 자신은 퇴보한다고 느끼죠. 그리고 자칫 이런 소외감은 극단적 좌절로 이어지기 쉬워요."

"그러니까 시장경제가 꼭 좋은 것만은 아니군요?"

일과 후에도 빡빡한 일정은 철민에게 거의 여유시간을 허락하지 않았기 때문에 철민은 일 년 넘게 중국에 살면서도 중국의 많은 모습을 볼 수 없었다. 그래서인지 지금 미옥의 설명은 흥미로웠고 그는 불그스레 상기된 얼굴로 미옥의 이야기에 흠뻑 빠져있었다.

"시장경제란 것이 누구에게는 기회이기도 하고 또 누구에게는 시련이기도 해요."

미옥은 가벼운 미소를 띠며 뜨거운 국물을 몇 숟가락 떴다.

아직 이른 점심때라 그런지 식당에는 손님이 거의 없었는데 텅 빈 공간에 두 사람 사이에 놓여 있는 식사는 마치 거대한 중국대륙의 한쪽 모퉁이에 오순도순 모여 온기를 지펴놓은 모닥불 같았다.

"철민 씨. 근데 빨리 돌아가야 되죠?"

철민은 한숨을 길게 내쉬었다.

"돌아간들 뭐하겠소? 도대체 무슨 낯짝으로 우리 반장동지를 만나야 할지 모르겠단 말이오."

"북측 아저씨들 힘들 때가 바로 이런 경우예요. 상식의 기준이 너무 멀어서 종종 대화가 감정에 묻혀 버리곤 해요. 볼 낯짝이 없는 쪽은 오히려 반장동지 아닌가요?"

"함부로 말하지 마시오. 반장동지는 우리 작업반 근로인민들의 신뢰를 얻고 있소."

"돌아가기가 막막하면 돌아가지 마요."

철민은 흠칫 놀랐다.

"미옥 씨. 혹시 간첩 아니오?"

"간첩이요! 호호. 또 그놈의 이분법 타령이군요. 근데 간첩이란 게 뭐에요?"

철민이 말이 없자 미옥은 더 큰 소리로 웃었다.

"왜 내가 간첩이면 좋겠어요?"

미옥의 웃음소리에 철민은 그만 무안해져서 귀밑까지 홍당무가 되고 말았다.

"철민 씨. 남자답게 배짱을 가져 봐요. 뭐가 그렇게 두려워서 벌벌 떨어요."

미옥은 젓가락을 들어 김치 한 조각을 먹었다.

"나는 이번 주 중으로 보강자료 제출하러 공안국에 한 번 더 가야 돼요. 그럼 이제 이 어처구니없는 촌극은 말끔하게 끝나는 거예요. 그저 악몽 한 번 꿨다고 생각해요. 근데 나쁜 일은 될 수 있으면 빨리 잊는 게 여러모로 좋더라고요. 그리고 작업반에 돌아가면 반장한테는 발주처 직원이 공단 농민공들 때문에 왔는데 철민 씨도 현장부재가 성립돼서 누명을 벗었다고 말씀하세요. 공안국에 갈 때 충분히 석명해서 뒤탈이 없게 해놓겠지만 나중에라도 반장한테 관련 문서가 갈 수도 있을 거예요. 어쨌거나 지난 며칠 동안 벌어진 일들에 대해서 철민 씨도 충분히 이해했을 테니까 작업반에 돌아가면 현명하게 대처하리라 믿어요."

'뒤탈이 없을 거라고…'

철민은 아련히 단둥에서 작업반장을 떠올렸다. 단둥을 떠나기 전에도 반장으로부터 같은 격려를 받았었다.

'아직 나는 무사하고 현장에서 렬심히 일하고 있는데…'

"미옥 씨. 그만 일어납시다."

진심으로 감사를 표시하고 싶었고 '고맙다'는 말이 목구멍까지 나왔지만 도저히 할 수 없었고 앉아 있기가 너무 고역이어서 빨리 자리를 뜨고만 싶었다.

"그래요. 이만 일어나죠. 오늘 점심 너무 잘 먹었어요. 다음에 기회가 되면 제가 꼭 한 번 대접하고 싶네요."

* * *

안에서는 갑갑하다 못해 속이 메스꺼워 구토까지 날 판국이었는데 건물 밖으로 나오니 그래도 좀 살 것 같았다.

바깥은 조금 전과 변한 것이 거의 없었다. 공원은 여전히 한가했는데 단지 늦더위에 지쳐 와상이나 돗자리에 앉아 쉬고 있는 사람들이 더 많이 눈에 띄었다. 그렇지만 철민의 눈에 비친 세상은 많이 변해 있었다. 더 이상 고정된 세상도 아니었고 정적인 세상도 아니었다. 무엇이 그들을 움직이는지 감이 왔으며 왜 누구는 길거리에서 노점상을 하고 또 누구는 번듯한 가게에 있는지에 대해서도 어렴풋이 감이 왔다. 상념에 잠겨 있는 철민에게 미옥이 가까이 다가왔다.

"공원 참 예쁘죠. 우리 좀 걸을까요?"

"그러죠."

이심전심이랄까. 철민도 정처 없이 그저 걷고 싶었던 참이었다. 아니 할 수만 있다면 여기서 공사현장까지 그냥 쭉 걸어가고 싶었다.

공원은 삼국의 접경 지역답게 중국의 전통과 러시아의 유럽풍이 함께 어우러져서 중국 전통 건물의 처마 끝 너머로는 한참 신축 중인 하얀색 건물들이 보였는데 멀리서 보니까 유럽의 알프스 산간에나 있을 법한 산뜻한 건물을 연상시켰다.

"공원이 참 평화롭고 한적하네요."

철민은 멀리 보이는 건물들을 응시하며 미소 지었다.

"전 가끔 오는데 저 누각 위에서 세상을 보면 가슴이 탁 트여서 좋더라고요. 철민 씨도 여기가 삼국의 국경이 맞닿은 접경지대인 것은 알죠?"

"대략적으로는 압니다. 하지만 많이 다녀보시는 못해서 자세히는 몰라요."

"이곳의 지정학적 위치를 보면 왜 여기에 경제합작구가 들어섰는지 금방 알 수 있어요. 저는 사실 여기 근무하면서 러시아하고 북측 둘 다 다녀와 봤거든요."

미옥은 한쪽 눈을 찡긋했다.

"우리 조선을 다녀왔다고요!"

"예. 진짜로 다녀왔어요. 그리고 별로 어렵지도 않았어요. 언제 우리 한 번 같이 가요."

미옥은 진지한 눈망울을 어린아이처럼 이리저리 굴리며 철민의 표정을 살폈다.

"저기 벤치에서 잠깐 쉬죠."

"미옥 씨. 남측 여자들은 다 그렇게 미옥 씨처럼 도발적입니까?"

미옥은 할 말을 잃고 어린아이처럼 까르르 웃었다.

"웃어서 미안해요. 저만 좀 유별난 편이에요."

"근데 우리 조선에는 왜 갔습니까?"

"나진에 저희 중국 회사 거래처가 있거든요. 중국 공단에서 원사를 제공하면 나진에 있는 북측 공장에서는 원단을 만들거나 아니면 아예 완제품을 만들어서 다시 중국 공단으로 들여와요. 그럼 우리는 마무리 공정을 하고 상표를 붙여서 남측으로 보내요. 근래에는 거래가 더 많아졌어요. 왜냐하면 요새처럼 중국 노동자들이 걸핏하면 들고 일어날 때는 아무래도 제품생산에 차질이 생길 수밖에 없거든요. 근데 북측에서 만들어서 들여오면 비용도 훨씬 저렴하고 물건도 확실하니까 좋죠. 그런데 돈 좋아하는 것은 북측 사람들도 마찬가지더라고요. 그래서 몇 가지 조건만 맞으면 물건은 얼마든지 사통팔달로 유통될 수 있어요."

철민은 아무런 표정 변화도 없이 그저 묵묵히 듣고만 있었다. 다만 이따금씩 미간을 살짝 찌푸리며 먼 곳을 응시할 뿐이었다. 그러다가 갑자기 미옥을 빤히 쳐다봤다.

"미옥 씨는 말씀을 참 그럴듯하게 하는군요. 듣고 보니까 재미있기는 한데 그럼 나는 뭡니까? 그리고 여기 와 있는 우리 조선 로동자들은 다 뭡니까? 남측 기업의 사주를 받은 당국의 하수인들입니까?"

"오우! 또 그놈의 이분법이군요. 꼭 그렇게만 생각할 게 아니라니까요."

미옥은 그만 맥이 탁 풀려 몸을 쭉 뻗고 허공을 응시했다.

"철민 씨. 배신감 느끼나요? 지금은 더 얘기해 봐야 철민 씨 화만 돋울 테니까 이쯤 하죠. 하지만 나는 언제나 현실을 있는 그대로 받아들여 왔고 정직이라는 미덕을 신봉해 왔어요. 언제 기회가 되면 증명해 줄게요."

하지만 철민은 미옥의 설명이 쉽사리 와 닿지 않았고 별로 믿고 싶지도 않았다.

'당에서 결정하면 인민은 응당 할 일이 생기는 법이고 외화벌이를 결정했다면 인민은 목숨을 걸고 완수하면 되는 것이지 달리 생각할 필요가 있겠는가? 설령 그녀의 말이 사실이라 해도 그것은 당에서 알아서 할 일이지 나하고는 무관한 일이야.'

숨을 한 번 크게 내쉬고는 잡생각을 홀홀 털어버리자 다시 현실걱정이 뭉게뭉게 피워 올랐다. 잠시 접어두었던 장비 쓰는 일이 눈앞에 아른거려 갑자기 몸이 달아오르며 마음이 급해졌다.

'이 다급한 시기에 쓸데없이 시간을 낭비해 가지고 정작 중요한 일을 잊고 있었구나! 가뜩이나 공기가 촉박한데 이런 불상사까지 겹쳤으니 붉은 기 쟁취는 정녕 물 건너간 건가?'

철민은 한숨을 깊게 내쉬며 미옥을 바라봤다.

"미옥 씨. 방금 조선에 갔던 일을 승명해 보이고 싶다고 했습니까?"

"예. 가능하다면 철민 씨하고 같이 가고 싶어요."

"나랑 같이 가고 싶다고요?"

철민은 어안이 벙벙해져서 할 말을 잊었다.

"나도 단둥에 있을 때 조선과 중국을 여러 번 드나들었던 적이 있었어요. 그런데 그런 일은 아무나 하는 게 아니지 않습니까? 나도 그때 우리 작업반에서 꽤나 비중 있는 근로인민이 잘못되는 바람에 대신 가게 됐는데… 그럼 내친김에 부탁 하나 해도 될까요?"

"부탁이요?"

미옥은 화들짝 놀랐다. 그렇지만 이내 얼굴에는 신기하다는 듯이 미소가 그려졌다.

"말씀해 보세요."

"내가 지난달부터 중국 공단의 물류공장을 거의 매일 가다시피 한 이유는 사실 기계를 좀 빌리고자 했던 거였습니다. 자초지종을 다 얘기하려면 또 한참 걸리니까 각설하면… 약속한 기간 안에 공사를 완료하려면 꼭 그 기계를 써야만 한단 말입니다."

철민은 애처로운 눈빛으로 미옥을 쳐다봤다.

"그날도 그 기계 때문에 갔다가 봉변을 당한 거에요. 근데 지금 공단이 이렇게 결단 났으니 이 난리통에 어디 기계 쓸 생각이나 할 수 있겠습니까? 그렇지만 우리 작업반에게는 반드시 필요합니다. 미옥 씨. 어떻게 그 기계 좀 쓸 수 없을까요?"

미옥은 두 손을 모으며 호기심 어린 눈으로 철민을 빤히 응시했다.

"무슨 기계인데요?"

"기초공사를 하다가 뜻밖에 암반이 발견됐어요. 어떻게든 제거해야 공사를 계속 진행할 수 있는데 그 독종 장애물이 별의별 수단을 써도 꿈적도 하지 않는단 말입니다. 그간의 들인 노력이 계란으로 바위치기였지요. 그런데 어디서 구했는지 중국 공단에는 암반을 절개할 수 있는 기계가 있더라고요. 그런 거는 좀 나눠 써야 하지 않겠습니까?"

"난감하군요. 그 기계가 내 것도 아니고…. 그런데 언제까지 써야 하는데요?"

"늦어도 다음 달까지는 써야 합니다. 그 기계 없으면 도저히 공기 못 채워요. 그럼 나뿐만 아니라 우리 작업반 전체가 위태로워져요.."

철민은 딱한 표정을 지으며 절박한 눈빛으로 말했다.

"어차피 돈 벌러 온 거 아니겠습니까. 그럼 뭐든지 좀 벌어먹게 내버려 두면 좋은데 그게 어디 내 마음대로 돼야 말이죠? 당국에서 허락하지 않는 것은 다 죄악이란 말입니다. 팔자가 사나울 때면 잡혀가는 수도 있고요. 나도 동료 한 명이 밀고를 해서 여기 오기 전에 안전원에게 조사를 받았어요. 천만다행으로 그때 반장동지가 애써주는 바람에 지금까지 일하고 있지만 하마터면 도강중이고 뭐고 다 뺏기고 다시 소환될 뻔했단 말입니다. 그래서 나에게는 충성심을 증명해 보이는 일이 무엇보다 다급해요. 그리고 우리 작업반이 외화벌이의 선봉에 서서 승리의 붉은 기를 높이 휘날리면 이역만리 멀리 쫓겨 온 것이 오히려 전화위복이 될 수도 있어요."

마지막 부분에서 철민의 이마에는 핏대까지 섰다.

"그럼 실상은 단둥에서 여기로 쫓겨 온 거군요."

철민은 멋쩍은 웃음을 지며 고개를 떨구었다. 자그마한 체구이지만 철민은 언제 봐도 근로의 당당함이 몸에 배어 있었고 전체주의 습성이 빚어낸 근면과 성실함은 그의 행동거지 하나하나에서 묻어나왔다. 그의 이런 이국적 분위기는 미옥에게 묘한 매력으로 다가왔고 철민이 털어놓는 고충을 그녀는 충분히 이해하고 있었다.

"일이 참 어렵게 됐군요. 하지만 저도 난감한 게 공장실무는 거의 중국 임원들이 담당하고 있어서…."

"자본과 기술은 남측에서 제공한다고 하지 않았습니까?"

"공장에서 쓰는 기계를 남측에서 들여오기는 하는데 다는 아니에요. 물론 철민 씨 찾는 기계가 권한이 저희한테 있다면야 문제는 없는데… 어쨌거나 지금 당장은 시원한 대답을 못 드리겠네요. 그런데 장비만 있으면 되는 거예요. 작동할 줄은 알아요?"

"그럼요. 그동안 얼마나 고생하면서 배웠는데요. 간이고 쓸개고 다 빼주고 간신히 전수받은 기술인데 이제 와서 포기할 생각을 하니 억울해서 오장육부가 다 뒤집힐 지경이란 말입니다. 만약 할 수만 있으면 지금이라도 당장 싣고 가서 공사 시작하고 싶은 심정이에요."

"어이구! 그동안 고생 많이 하셨겠네요. 현장 일만도 힘들었을 텐데. 그나저나 공단이 일단 정리가 돼야 점검도 해 보고 그럴 텐데. 아직도 굉장히 어수선해요. 공안요원들은 매일같이 와서 건물마다 압수, 수색하고 걸핏하면 농민공들 잡아가고 더구나 그들이 접근금지지역으로 정해 놓은 곳은 아예 얼씬도 못 하거든요. 근데 철민 씨가 찾는 기계가 어디 있는 거예요?"

"중국 공단 내 물류공장에서 지금 중축공사를 하고 있어요. 거기서도 암반이 발견됐는데 그네들은 그 잘나 빠진 기계 덕분에 기초공사가 거의 마무리 단계에 접어들었지요. 원래는 그곳에서 공사가 끝나는 대로 우리가 가져다 쓰기로 했는데 어처구니없게도 이런 불상사가 발생하는 바람에 그동안 공들인 일들이 다 물거품이 되게 생겼단 말입니다."

자세를 고쳐 앉은 철민은 허공을 바라보며 이를 악물고 말했다.

"미옥 씨. 우리 조선의 근로인민들은 한 번 내뱉은 말을 절대 다시 주워 담지 않습니다. 공단이 혼란스럽건 아예 증발했건 간에 우리는 당초 정해진 공기를 반드시 채워서 그들 앞에 약속한 건물을 선사할 거예요."

미옥은 미간을 좁히며 안타까운 표정을 지었다.

"현장에서는 오만가지 일들이 다 있어요. 저도 나름대로 산전수전 다 겪었고요. 철민 씨도 분명히 피해자인데 어디 가서 하소연 할 데는 없고 정해진 날짜는 촉박하고 얼마나 힘들겠어요? 근데 혹시 그들과의 약속내용을 무슨 문서로써 기록해 두지는 않았나요?"

"내 동료는 벌써 접경지역에서 몇 해째 일하고 있어요. 그래서 안면 있는 중국 로동자들도 꽤 되고요. 그럼 된 거지, 언제는 우리가 무슨 문서 가지고 상부상조했습니까?"

"그럼 처음부터 합의내용이 잠깐 쓰고 갖다 주는 거였군요."

"고저 한 이삼 주만 쓰면 됩니다. 많이도 필요 없어요."

"그런 거에요? 그런데 철민 씨 혹시 모바일 써요?"

"모바일이요?"

미옥이 무심코 내뱉은 말 한마디는 철민에게 합창곡의 후렴구처럼 중첩되어 들려왔다. 더 이상 낯설지도 않았고 혐오스럽지도 않았다. 단지 자신의 안과 밖을 구분시켜 주는 말로만 들려왔다. 그리고 중국에 온 이후로 알게 된 여러 사람들이 떠올랐다.

'모바일이란 낱말은 밖에 있는 사람들을 이구동성으로 엮어주는 공통분모임에 틀림없구나!'

"미옥 씨. 혹시 손전화 얘기하는 겁니까?"

"손전화요? 호호. 그래요. 손전화요. 북측 아저씨들이 모바일을 손전화라고 부르던데."

"손전화가 필요합니까?"

"있으면 좋죠. 일이 잘돼서 좋은 소식 전하려고 해도 모바일만 있으면 금방 하잖아요."

"그렇군요. 근데 난 손전화를 안 쓰는데…."

철민은 난감해져서 얼굴이 흙빛으로 변했다.

"어떻게 다른 방법이 없을까요?"

철민은 두 손을 비비며 열심히 머리를 굴렸다. 그때 퍼뜩 한 줄기 섬광처럼 단둥에 있을 때 대방이 준 기계가 떠올랐다.

'아! 그게 있었지. 역시 죽으라는 법은 없구나.'

"미옥 씨. 손전화면 아무거나 다 되는 겁니까? 예전에 거래처 사람한테서 받은 기계가 생각나서요. 장식이 멋있어서 여태 갖고 있기는 한데 안 쓴 지 벌써 한참 됐습니다. 그거라도 괜찮을까요?"

"그럼요! 다시 개통하면 되죠. 천만다행이네요. 아마 일 년 전쯤이었을 거에요. 모바일을 분실한 적이 있었어요. 근데 개똥도 약에 쓰려면 없다고 남측에서야 지천으로 널린 게 공짜폰인데 여기서는 그나마도 없으니까 여간 불편하지 않더라고요. 그래서 결국 남측에서 택배로 기계를 받아 개통하기 전까지 일주일가량 고생한 적이 있었어요. 그래도 그거 가지고 여태 요긴하게 쓰고 있어요. 그 기계 주세요. 내가 다시 개통해서 다음 감리 때 드릴게요. 아직은 중국이 중저가가 대세라서 비용도 얼마 안 들어요."

단둥에서 일할 때부터 모바일이 얼마나 요긴하게 쓰이는지는 철민도 잘 알고 있었다. 그렇지만 자칫 반원들 사이에서 모난 물건으로 치부될 수 있었고 더구나 지금 작업반에서는 엄연히 사용이 금지된 품목이었다. 금지된 것을 두려워하지 않으면 큰 벌이 따른다는 공포는 철민의 골수에 새겨져 있었다. 미옥의 활짝 핀 표정과는 달리 철민은 고개를 돌린 채 고민에 빠졌다. 선뜻 답변하기가 쉽지 않았기 때문이었다. 철민의 깊은 한숨소리와 함께 잠시 어색한 침묵이 흘렀고 미옥의 표정도 덩달아 어두워졌다.

"철민 씨. 혹시 모바일을 못 쓰게 하나요?"

두 손을 무릎 위에 얹은 채 먼 곳을 응시하는 철민은 말이 없었다.

"역시 그렇군요. 하지만 북측 아저씨들 모바일 하는 모습은 여기저기서 많이 봤는데…"

"그거는 잘 모르겠습니다. 어쨌든 우리 작업반에서는 금지하고 있어요."

"일이 또 어려워지는군요. 그런데 모바일 없이는 어떻게 소식을 전할 수가 없잖아요? 철민 씨한테 이것저것 물어볼 내용도 많은데. 그리고 무엇보다 날짜가 촉박한 만큼 기동성이 필요해요."

철민은 여전히 말이 없었다.

"중국에서 구금까지 당하면서 갖은 고생 다했는데 여기서 포기할 수는 없잖아요."

침묵하는 철민을 미옥은 측은하게 쳐다봤다.

"철민 씨. 다시 말하지만 이 세상에는 양자택일만 있는 게 아니에요. 하지 말라는 것을 했다고 해서 곧 배신행위가 되는 것은 아니라고요. 어쨌든 붉은 기를 쟁취해서 보란 듯이 작업반의 위상을 선양해야 하지 않겠어요? 때로는 나무만 보지 말고 숲을 봐야 할 때가 있어요. 당규에서는 여기 와 있는 근로자들에게 외화벌이 운동의 선봉에 서서 붉은 기를 쟁취하라고 하는데 한낱 작업반장이 규칙으로 못하게 한다면, 당규가 높아요? 반장이 정한 내부규정이 높아요?"

철민은 말문이 막히고 숨이 가빠져 식당에서처럼 앉아 있는 것이 곤욕스러워 견딜 수가 없었다. 날개가 있다면 어디 멀리 날아가 버리고 싶은데 그녀가 철민 곁으로 바싹 다가왔다.

"내가 여기 훈춘에 온 것도 발전을 위한 변화에요. 철민 씨가 여기 온 것도 발전을 위한 변화에요. 변화가 성큼 찾아왔을 때 외면하고 현실에만 안주해 버리면 결국 퇴보하고 말아요. 지금은 시대가

요구…."

"미옥 씨. 그만 일어나죠."

철민은 벌떡 일어서며 미옥을 재촉했다. 한참 물오른 입심이 강제로 저지당한 미옥은 김빠진 탄산음료처럼 축 늘어진 채 주변을 둘러봤다.

"오후가 되니까 공원에 노점상들이 슬슬 하루 장사를 준비하기 시작하네요. 제가 보기에 중국이 시장경제를 하고 난 다음부터 눈에 띄게 달라진 것은 열심히 살려는 사람들이 많이 늘어난 것 같다는 거예요. 그래요. 그만 가죠."

공단에서 유치장으로 잡혀 온 후 지금 여기 공원까지 참으로 먼 여정을 떠나온 듯했지만 현장의 상황실까지는 너무나 가까웠다. 가는 도중 두 사람은 내내 말이 없었다.

"벌써 거의 다 온 거 같네요."

그러자 철민도 침묵을 깼다.

"미옥 씨. 여기서 숙소까지는 지금 우리가 온 거리 정도밖에 되지 않아요. 잠깐 들르죠. 손전화가 거기 있어서요."

미옥은 화색이 만연해지며 빙그레 미소 지었다.

"그래요. 당장 가죠!"

한걸음에 숙소까지 갔고 모바일을 건네는 순간도 잠깐이었다. 그렇지만 그 잠깐 사이에 철민은 자신의 인생을 맡긴 느낌이었다.

"잘 부탁합니다."

"잘됐으면 정말 좋겠네요. 그동안 고생했으니까 오늘은 푹 쉬고 감리 때 봐요."

철민은 미옥이 일러 준 대로 유치장에서 나오게 된 경위를 설명했고 작업반원들은 그동안의 고생을 위로해 주었다. 그리고 유치장에서 겪었던 일들을 들려주자 작업반의 근로인민 모두는 머리에 찬물이라도 끼얹은 듯 눈이 동그래져서 철민의 말에 귀 기울였다. 더욱이 동료 인민의 황당한 수감생활에 대해서는 민감하게 공분했다. 다만 반장동지는 잠시 듣다 곧 자리를 떠버렸다.

* * *

날짜가 변경됐을 뿐 2차 감리일은 어김없이 찾아왔다. 그날도 철민이 눈 뜬 시각은 먼동이 떠오를 때보다 빨랐다. 그리고 악몽 같았던 지난주의 날벼락은 오히려 그를 더 단련시킨 듯 그의 생활은 조금도 흐트러짐이 없었고 더 철저해졌다. 철민은 민욱을 깨워 주섬주섬 공구들을 챙긴 뒤 현장으로 갔다. 매일 보았던 현장이지만 오늘은 아주 특별했다. 구석구석을 꼼꼼히 살피는 철민은 마치 연인에게 줄 선물을 다시 한 번 포장하는 기분이었다. 1차 감리가 끝난 지 불과 며칠 지나지 않았고 지금 다시 준비를 하고 있지만 그 사이 철민은 정말 많은 것을 깨달았으며 그녀에게 분명히 감사하고 있었다. 그리고 그녀의 노고에 어떻게든 성의를 표시하고 싶었다. 그래서 더욱 현장에 공을 들였다. 감리를 준비하면서 그는 조선 근로자의 진수를 유감없이 보여주었다. 새벽부터 밤하늘에 별이 보일 때까지 1차 감리지를 꼼꼼히 체크해서 하자보수를 완벽하게 했으며 없는 것도 찾아내서 지적받은 현장 이상의 더 좋은 구조물로 만들었다. 바야흐로 그의 손끝이 지나는 곳은 잔치를 위한 연회장으로 변해갔다. 드디어 감리단이 도착했을 때 철민은 행복했다. 일전처럼 중국 감리사들을 대동하고 나타난 그녀 또한 철민을 보고 찬연히 미소 지었다. 그렇지만 두 사람은 내색을 하지 못했다. 단지 눈빛으로 서로에게 안부를 전할 수 있을 뿐이었다. 그러나 일단 감리가 시작되자 미옥은 한 치의 양보도 없었다. 유치장에서 그리고 식당과 공원에서 봤던 친절했던 모습 따위는 온데간데없었고 오히려 지난번 감리 때보다 더 표독스러웠다. 그래도 철민은 감리받는 일이 즐거웠다.

'이런 일도 좋아하는 사람과 함께 하니 더할 나위 없이 유쾌하구나.'

철민이 워낙에 공을 들인 까닭일까? 감리사의 집요한 추궁에도 대체로 감리작업은 빨리 진행됐으며 발주처와 시공사 간에 불협화음도 거의 없었다.

그날 점심은 막간을 이용하여 모두가 함께 먹었는데 마파람에 게 눈 감추듯 순식간에 끝나 마치 촉박한 공기를 맞추려 시공사와 감리단 모두가 사투를 벌이는 듯했다. 그렇지만 모두가 눈코 뜰 새 없이 바쁜 와중에도 철민의 속내는 한편으로 복잡했다. 현실로 복귀해서인지 그의 마음 한구석에는 대역죄가 들통날까 봐 조마조마했고 차라리 당장이라도 이실직고 해버리고 싶은 충동마저 느꼈다. 그렇지만 현장의 분위기는 그럴 틈조차 주지 않았다. 반장동지의 질책과 미옥의 매서운 눈초리에 부대끼면서 자연스레 일 속에 파묻히다 보니 오후 시간은 금방 지나갔다. 감리가 막바지에 접어들자 해도 많이 기울어 어둑어둑해지기 시작했고 주변 사람들도 하나둘씩 사라지기 시작해 마침내 현장에는 책임자 몇 사람만이 남게 되었다.

"여기 서명하세요."

미옥은 오늘도 서명을 요구했다. 펜대를 잡자 자신을 구해 준 '서명'이 마냥 좋고 반가워 철민의 얼굴에는 절로 미소가 그려졌다.

"철민 씨. 때론 펜이 검보다 강해요. 정의의 검을 치켜든 손에 쓰인 '합의'라고 하는 정신은 문명이 잉태한 걸작 중의 걸작이에요!"

철민은 함박웃음을 하며 미옥과 눈빛을 교환했는데 그녀의 낯빛 또한 달덩이처럼 환했다.

"민욱아. 내가 감리단 배웅해 주고 올 테니까 공구들 좀 챙겨라."

눈빛만으로 석별의 정을 나누기에는 너무 짧고 아쉬운 순간이었지만 미옥은 긴 여운을 남기는 물건을 쥐어 주고 떠났다.

"이거 받아요. 그리고 장비대여는 잘될 것 같아요. 자세한 내용은 문자로 보낼게요. 기계사용은 예전에 쓰던 대로 하면 돼요. 잘하세요."

감리 일을 마무리하는 일상적인 모습 속에서 애정을 가득 담은 그녀의 커다란 눈망울은 간간이 철민을 머금고 있었다. 물건을 건네자 미옥은 뒤도 한 번 안 돌아보고 사라져 버렸다. 그녀가 떠난 빈자리에 철민은 한동안 우두커니 서 있었다. 그리고 다시 현장에 돌아와 감리지를 꼼꼼히 검토해 보았는데 그의 눈에는 이미 타설작업까지 완료된 실내공간이 그려졌다.

철민은 미옥과 함께 미장을 하고, 단열을 하고, 실내장식을 했다. 철민이 취향을 묻자 미옥은 색을 골라 답했고 철민은 이유를 물었다.

'그녀와 함께라면 실내공사도 잘할 수 있을 것 같은데…'

그리고 철민은 미옥의 초상화를 그려 보고 싶었다. 어울리지도 않는 칙칙한 작업복 대신 엊그저께 봤던 밝은 블라우스를 입고 엷은 미소를 띠고 있는 그녀를 한 폭의 도화지 위에 꽃피우고 싶었다. 가벼운 한숨을 내쉬며 그녀가 주고 간 감리지 봉투 속에 깊숙이 손을 넣어 보니 역시 익숙한 느낌의 금속물체가 잡혔다. 황급히 안주머니 깊숙이 집어넣고는 서둘러 현장을 떠났다. 숙소로 돌아오는 길에 철민은 마치 주머니 난로라도 패용하고 있는 것처럼 내내 왼쪽 가슴팍이 따뜻했다. 그리고 그녀의 모습이 아른거렸다.

제7화
문자메시지 대화

　훈춘에서도 생활총화가 없는 날이면 숙소에서는 가끔 한가한 저녁시간이 이어졌다. 철민은 일찌감치 하루를 정리하고는 잠이나 잔다고 자기 방으로 갔다. 그리고 작업복 외투의 안주머니에 손을 넣었을 때 그의 심장은 마구 뛰었다. 꺼내 들고 보니 안 쓴지 벌써 일년 가까이 됐지만 흰색 바탕에 황금빛 마크는 처음 봤을 때처럼 여전히 생뚱맞고 고급스러워 보였다. 살며시 손전화를 열자 철민은 눈이 휘둥그레졌다. 희뿌연 운무 속에서 미옥이 자신을 향해 살포시 미소 짓고 있지 않은가! 그리고 테두리는 온통 분홍빛의 고운 색으로 장식되어 있어 마치 보석 상자를 연 듯했다.

　잠시 동안 철민은 감동에 젖었다. 좀전에 현장에서 느꼈던 그녀의 체취가 지금도 전해지는 듯했고 머릿속은 텅 빈 것 같으면서도 시원해졌다. 그런데 손전화에는 벌써 무슨 신호가 깜빡이고 있었다. 참 오랜만에 보는 신호였다. 새삼스레 하루에도 몇 번씩 보며 대방과 함께 압록강 하구의 접경지역을 누볐을 때가 생각나 피가 용솟음쳤다. 단지 이제는 사람이 달랐고, 내용이 달라졌을 뿐이었다.

　　불과 이틀이 지났을 뿐이었지만 아침에 봤을 때 너무 반가웠어요. 다행
　이 그 사이 안색도 많이 좋아졌더라고요. 처음 현장에서 봤을 때 모습과

진배없던데 역시 철민 씨는 초췌한 모습보다는 건강한 모습이 어울리는 것 같아요. 그리고 감리 준비는 또 어쩌면 그렇게 완벽하게 해 주었어요. 내색은 못했지만 감사하는 내내 속으로는 탄성이 절로 나왔어요. 뭔가에 열중하면 불행은 쉽게 잊히는 법이에요. 다시 건강해져서 열심히 하는 철민 씨 본래의 모습을 보게 되서 오늘 하루는 넘 기뻤어요. 그런데 고대하던 절개장비 사용에 대해서는 단지 '가능'하다는 말 이외에는 아직 이렇다 할 시원한 답변을 못해 주겠네요. 미안해요. 그리고 철민 씨만 괜찮다면 앞으로는 여기 상황을 정리해서 매일 문자 보낼까 해요. 오늘은 종일 고생했으니까 남은 하루 푹 쉬고 좋은 꿈꾸어요.

'인생사 새옹지마군. 과연 불행이 가져온 행운일까?'
철민은 손전화를 만지작거리며 가만히 현실을 반추해 보았다. 그리고 미옥의 말을 떠올리며 스스로에게 왜 이 물건을 다시 쓰게 됐는지 물어보았다.
'승리의 붉은 기를 휘날리기 위해서. 그리고…'
철민은 무심결에 손전화를 다시 열었다. 역시 미옥이 미소 짓고 있었다. 철민도 따라 미소 지으며 답글을 썼다.

미옥 씨. 손전화편지 잘 읽었어요. 미옥 씨는 내 인생에 '처음'이라는 발자취를 참 많이 남기는군요. 처음 만난 남측 인민, 처음 본 녀자 감리사 그리고 누군가에게 처음 받아 보는 손전화편지… 또 처음 써보는 손전화편지의 수신인. 그야말로 처녀지를 탐험하는 느낌이에요. 그런데 또 있어요. 소년단 시절부터 직업동맹에 가입해서 활동할 때까지 승리의 깃발을 많이 휘날려 봤지만 나는 승리란 단어의 단순한 의미밖에는 몰랐어요. 그런데 이번에 미옥 씨 덕분에 승리감을 만끽하면서 그 진정한 의미도 리해하게 됐어요. 류치장을 나설 때만 해도 그냥 얼떨떨했고 뭔가 뭔지 몰랐었는데 지금은 분명히 그것이 '승리'라는 것을 알고 있습니다. 불의를 바로잡고 다시 일터에 있으니 내 가슴속에서는 지금 자랑스러운 승리의 깃빌이 필럭이고 있어요. 그리고 오늘 현장에서 작업복을 입고는 온갖 궂은일을 함께하는 당신 모습을 보면서 우리 조선의 여느 근로대에 있는 녀성 근로인민을 보는 듯했어요. 만약 나보고 우수기능공을 추천하라고 한다면 주저 없이 미옥 씨를 꼽고 싶네요. 다만 우리 반원들은 아직도 당신을 조선족 인민으로 생각하고 있어요. 그렇지만 이 판국에 남측 인민이니, 조선족이니하는 사실이 뭐 그리 중요하겠어요? 그런 편협하고 이기적인 사고방식이야말로 '부르지아적 발상'이겠지요. 덕분에 평정을 되찾고 다시 일상으로돌아왔는데 오늘 반가운 얼굴까지 보게 되니 타향살이도 오늘만 같으면얼마든지 해 볼 만하겠어요. 미옥 씨도 잘 자요.

메시지를 전송하고도 바탕화면을 장식하는 그녀의 상큼한 미소때문에 철민은 좀처럼 손전화를 닫기가 싫었다. 눈을 감자 고운 햇살이 우거진 녹음 위에 찬연히 내려앉은 고향산간의 텃밭이 떠올랐다. 그곳은 목숨을 기댈 수 있는 쉼터나 마찬가지였는데 세상천지가기아선상에서 사경을 헤맬 때에도 오이며 고추를 따고 감자를 캘 때에는 강 건너 불구경이었으며 아무도 모르는 곳이었기에 온갖 명령과 간섭으로부터 벗어나 자신만의 세계를 가질 수 있는 곳이기도하였다.

'언젠가 가능하다면 미옥 씨를 비밀의 텃밭에 초대하고 싶다.'

아련하게 종이 몇 장과 몽당연필만으로 그리고 쓰고 하며 마냥 행복했던 추억이 떠올랐다. 손바닥만 한 밭에 수확물이라 봐야 기껏등에 짊어질 수 있는 배낭 한 개를 채우는 정도였기에 일은 눈 깜짝할 사이에 끝났지만 남의 눈을 피하기 위해 해질녘까지 무료하게 풀잎을 입에 물고 그냥 뒹구는 시간이 많았다. 그래서 어느 날인가는 글을 쓰고 싶었고 그림을 그려 보고 싶었다. 수풀에 둘러싸인 얼마간의 비밀 공간은 생존을 위한 최후의 보루 같은 곳이었지만 또한 사생과 글을 쓰기에도 더할 나위 없이 좋은 장소였다. 주변이 어둑어둑해질 때까지 정신없이 그리다 보면 햇살 속에서 다소곳이 고개 숙인 오이와 고추 등은 그가 그려 놓은 지면 위에서 재탄생되어 있었다. 그리고 철민은 일상의 일들을 글로도 표현했다. 무엇을 하든지 간에 지상낙원에서는 먹을거리를 옆에 놓고 풍요 속에서 여유를 즐길 수 있었다.

'그곳도 안 가본 지 벌써 여러 해 됐으니 지금쯤 수풀 속에 파묻혔겠구나.'

철민은 드러누워 천장을 바라보며 가볍게 한숨을 쉬었다.

'그녀와 함께 텃밭을 일구고 수확물로 바구니를 가득 채울 수 있다면…. 오이랑 감자랑 여러 채소들로 가득 채우고 알록달록 꽃들로 가장자리를 장식해서 근사한 바구니를 만든 다음 양지 바른 곳에 놔야지. 그녀가 바구니 옆에 앉으면 나는 적당한 거리에서 멋진 구도를 잡는 거야. 좋은 물감이 있다면 훌륭하게 색의 조화를 이룬 작품을 만들 수 있을 거야. 그리고 마지막으로 그녀에게 선물을 하는 거야.'

철민은 상상의 나래를 활짝 편 채 짧은 시간이나마 마음껏 행복을 만끽하였다.

그날 밤 철민은 손전화를 베개 밑에 깔고 잠자리에 들었으나 쉽사리 잠이 오질 않았다. 이리 뒤척, 저리 뒤척하며 잠을 청했지만 온통 그녀 생각과 류치장에서 고생했던 생각들만이 굴뚝연기처럼 피어오를 뿐이었다. 거의 뜬눈으로 지새다 잠깐 잠이 들었는데 어김없이 새날이 밝아왔다. 그리고 눈 뜨자마자 철민은 살며시 손전화를 열었다. 아래 칸에서 자고 있는 민욱이도 안중에 없었다. 그녀는 어제와 마찬가지로 미소 짓고 있었다.

철민은 그녀의 미소를 품에 안고 현장에서 하루를 보냈으며 험난한 현장 속에서 몰래 그녀의 사진을 보다듬었다. 숙소로 돌아오는 버스 속에서도 애틋한 마음에 손전화를 꺼내 보고 싶은 생각이 열두 번도 더 들었지만 꾹 참았다. 일과에 지쳐 다들 반쯤 널브러져 있는 이 장소에도 감시의 눈이 사방에 있다는 것을 너무나 잘 알고 있었기 때문이었다.

아무리 달려도 벗어날 수 없는 듯한 직선도로를 달리며 어렴풋이 끝에서 다시 횡으로 끝없이 펼쳐지는 선을 보며 철민은 자신이 한낱 점에 불과하다고 느꼈다.

'내 갈 곳은 언제나 정해져 있는 거야.'

거대한 힘 앞에서 언제나 느끼는 무기력과 패배의식이라 그저 답답한 마음에 창밖을 내다보니 이제는 익숙해진 소소한 일상들이 눈에 들어왔다. 즐비하게 늘어선 간판들에 강렬하게 쓰인 조선말과 중국어 그리고 러시아어는 누가 봐도 이곳이 국경도시라는 인상을 갖게 해 주었는데 일하는 사람들도 열심이었고 물건 사는 사람들 또한 즐겁게 웃으며 열심히 돌아다니고 있어서 보이는 사람들 모두가 행복해 보였다. 그리고 숙소를 향해 시 외곽으로 접어들자 철민이 언제나 마음속에 화폭으로 담아 두었던 풍경이 눈에 들어 왔다. 가을도 무르익은 저녁 무렵이라 어둑어둑하여 수려한 자연경관도 그 굵직한 외형만이 간간이 드러나 보였지만 철민에게는 이미 눈에 익은 풍경이었고 달리면서 가슴이 확 트여 보는 것만으로 즐거웠다. 그리고 오늘같이 생각이 많은 날이면 차창 밖으로 스스로를 내던졌다. 스쳐 지나가는 나무며 산이며 들판처럼 하루하루를 짓누르는 무거운 짐들을 조용히 날려 보내며 자기 자신에게 귀 기울이면 마음 속 깊은 곳으로부터 울림이 들려왔다. 그리고 미옥의 미소가 떠올랐다.

'매일 보낸다고 했는데 오늘도 손전화편지가 왔을까?'

어둑어둑한 가운데에서 맑은 하늘 저편에 미옥의 얼굴이 어른거렸다. 철민은 하늘에 두둥실 떠 있는 구름들을 모아 퍼즐게임을 하듯 형체를 만들어 보았다. 손전화 바탕화면에서처럼 미소 짓고 있는 그녀가 그려졌다! 그녀의 미소는 야밤에 남의 눈을 피해 가며 몰래 손전화를 열 때에도 철민을 반겨주었다. 화답이라도 하듯 철민 또한 환하게 미소 지으며 자세히 보니 미옥은 역시 문자메시지를 보내줬다.

안녕, 철민 씨.

오늘 현장일은 어떻게 잘 진행됐나요?

난 오늘 유치장에 가서 보강자료 마저 제출하고 일을 말끔히 마무리 졌어요. 아직도 그곳에는 중국 노동자들이 많이 수감되어 있었는데 내가 제출한 자료 덕분에 농민공 두어 명이 어부지리로 석방됐어요. 잘된 일이죠! 좋은 일들이 계속 이렇게 꼬리를 물었으면 좋겠는데 현실은 그렇게 녹록치가 않아요. 들리는 얘기로는 중국 당국에서 이 사건을 그렇게 간단히 처리할 것 같지가 않다고 하더라고요. 앞으로 일이 어떻게 진행될지는 모르겠지만 하여간에 아직도 공단 관리가 엉망이에요. 그래서 말인데요. 원래 기계대여 같은 일은 여러 군데 절차를 걸쳐야 하거든요. 그런데 지금은 도저히 정상적인 절차 진행이 불가능해요. 이런 상황이 다행인지 불행인지 모르겠지만 우리에게는 분명히 기회에요. 왜냐하면 그 기계가 남측 본사에서 들여온 거라서 소유권이 우리 회사에 있다는 거예요. 잘하면 금방 쓸 수 있을 거 같아요. 좋은 소식 기대하면서 꿈나라로 가요.

♡with much love♡

철민은 감전이라도 된 듯이 온몸이 찌릿찌릿했다. 생애 몇 번 느껴 보지 못한 묘한 흥분이었다. 마치 단둥에서 비둘기를 날려 보내는 소녀상을 봤을 때처럼 소소하고 잔잔한 감동이 가슴 가득히 밀려왔다.

하루 종일 기다렸는데 역시 글월을 보내줬군요. 잘 읽었어요. 미옥 씨. 지난번보다 상황이 나아진 것 같아서 다행이네요. 힘이 납니다.

그런데 이번이 두 번째 편지인데 할 수만 있다면 미옥 씨 육필을 꼭 한 번 보고 싶네요. 육필이란 글쓴이의 많은 모습을 보여주는데 책상에서 서로 마주 앉아 같이 글을 써보죠. 이래 뵈도 난 글 쓰고, 그림 그리는 것을 굉장히 좋아하거든요. 미옥 씨에 대한 생각이 너무 많아 일일이 다 적을 수는 없지만 오늘만큼은 '감사'라는 말을 꼭 하고 싶네요.

그런데 당신은 도대체 어디서 왔습니까? 낭랑한 목소리로 나를 처음 불렀을 때도 이 세상 사람인지 의심했었는데 혹시 하늘나라에서 내려온 선녀입니까?

잘 자요. 하늘나라 선녀 씨.

그날 밤 잠들기 전까지 철민은 내내 미옥이 보낸 글의 'with much love'의 뜻이 궁금하였다.

* * *

다음 날도 눈 뜨자마자 철민은 손전화부터 열었는데 하루를 축복이라도 해 주는 듯 그녀는 변함없이 미소 짓고 있었다. 철민은 괜스레 힘이 솟았다. 원래 새벽을 사랑하기도 했지만 어제, 오늘 새벽녘을 서서히 밝혀주는 햇살이 정말 다정하게 느껴졌다. 현장으로 가는 발걸음은 가벼웠고 손에 잡히는 일이 즐겁기만 하였다. 그렇지만 손전화는 금지된 물건이었기 때문에 굉장히 위험했고 항상 주변 시선을 조심했다. 그리고 혼자 있을 수 있는 공간과 시간이 더 많이 필요해졌다. 트럭에서, 중장비의 운전석에서, 화장실에서 그리고 현장의 은밀한 곳에서, 혼자라서 더할 나위 없이 편안했지만 위험을 감내하며 손전화를 열어볼 때마다 감동에 젖곤 하였다. 모든 일이 철민에게는 난생 처음 겪는 신선한 경험이었고 현장은 이제 그에게 '자유'와 '책임'이 양립하는 특별한 공간이 되어버렸다.

'만약 기계가 온다면⋯. 정말 기계만 오면 공기를 맞출 수 있을까?'

'해낼 수 있을까?'를 고민하면서 철민은 여러 가지로 생각이 깊어졌다.

'장애물만 제거하면 진짜로 실력발휘를 해서 일사천리로 상량식까지 바로 밀어붙일 수 있을까?'

고민이 깊어질수록 다양한 생각들이 그의 뇌리를 스치고 지나가는데 비록 머릿속에서의 향연이었지만 체제와 제도를 넘나드는 자유로운 상상을 즐길 수 있어 즐겁고 짜릿했다. 그리고 중국어를 공부하면서 배운 중국 지도자의 '흑묘백묘론(黑猫白猫論)'을 새삼스레 상기해 보았다.

'저기 고지가 보이는데, 승리의 붉은 기를 꽂을 수 있는데⋯. 왜 안 되는 걸까?'

철민은 가볍게 한숨을 쉬며 물을 한 잔 마셨다.

그날 오후에는 공단에서 건자재를 가져오기 위해 민욱과 함께 트럭을 운전했다.

"철민아. 요사이 보면 정신을 차릴 수가 없다. 출소 바로 전날 면회 갔을 때만 해도 당장 이 세상 하직이라도 할 것처럼 죽을상이더니만 실은 그게 다 엄살이었구나. 얼굴빛은 갈수록 좋아지고 현장에서는 훨훨 날아다니니 나도 일부러라도 거기 한 번 가봐야겠다.

중국 류치장에 대해 자세히 얘기 좀 해 줘라. 그곳이 그렇게 좋은 곳이냐? 그리고 중국 공안한테 맞았다는 얘기도 실은 다 거짓말이지?"

"무슨 소리야! 출소한 날 밤에 내 몸에 난 피멍자국들을 못 보았어. 중국 류치장에서 첫날 밤은 끙끙 앓느라고 거의 한숨도 못 잤어. 남의 아픈 상처를 그렇게 함부로 들쑤시는 게 아냐."

"그냥 해 본 소리다. 너무 마음에 두지 마라."

철민은 손으로 왼쪽 옆구리를 만지며 인상을 찌푸렸다.

"그때 렴병할 공안놈이 어찌나 세게 후려쳤던지 지금도 로동이 과할 때면 여기 옆구리에 통증이 와."

철민은 허리를 받쳐주는 요대를 바로잡기 위해 허리를 쭉 폈는데 다시금 통증이 밀려왔다. 그렇지만 아픔도 잠시 가슴팍에서 울리는 신호에 촉각이 곤두섰다. '우웅, 우웅' 연속된 신호음은 급하게 철민을 찾는 듯했고 철민은 누군지 알고 있었다.

'두꺼운 작업복 안주머니에 얇은 수건을 껴둔 덕에 옆에 있는 민욱은 알지 못했을 거야.'

철민은 급하게 차를 세웠다.

"민욱아. 점심을 너무 많이 먹었나 봐. 잠깐만 기다려. 볼 일 좀 보고 올게."

공단 화장실로 간 철민은 급하게 손전화를 열었다. 역시 미옥에게서 손전화편지가 와 있었다.

　　철민 씨. 일이 잘됐어요! 알아보니까 철민 씨 찾는 기계가 남측에 있는
　　본사에서 들여온 게 확실하고요. 당장 신분증과 도강증 가지고 공단 관리
　　실로 가 봐요. ♬♪
　　아마 중국 공단의 관리실에서 약간의 대여금을 요구할 거예요. 오히려

내가 더 마음이 들떠 번개문자 보내요.
♡with much love♡

손전화편지를 읽는 순간 철민은 쾌재를 불렀다. 비록 편지 하단의 의미는 여전히 몰랐지만 아무려면 어떠랴.

미옥 씨. 지금 운전 중이에요. 오늘 밤중에라도 손전화편지 보낼 테니까 꼭 읽어 봐요. 정말 고맙네요!

철민은 상기된 얼굴로 서둘러 차에 오르며 흘낏 민욱을 쳐다봤다.

"민욱아. 지금 용변 보다가 생각났는데 2공장 기초공사는 어떻게 됐냐? 기계는 대여했냐?"

"대여가 다 뭐냐. 중국 공단이 저렇게 되고 보니까 사실상 손 놓고 있어. 철민이 너 잡혀 간 사이에도 날짜가 급해서 반장동지가 백방으로 알아봤는데 아무리 찾아봐도 어디 그런 장비 쓰는 업체가 없다는 거야. 그래서 할 수 없이 2공장 기초공사는 공사대금 회수되는 대로 전문 업체에다 하도급을 준 댄다."

"뭐라고! 참나. 그럼 우리 한 달 넘게 남의 집에서 품팔이 한 건 다 뭐냐? 그리고 반장동지 맨날 '공사기한' 노래를 하더니만 이젠 진짜 볼 장 다 본 거냐?"

"애초에 반장동지가 공사수주를 무리하게 받은 게 화근이었어. 나도 단순하게만 생각해서…. 아무래도 공사가 많으면 수입도 많을 줄 알고 처음에는 반장동지의 능력에 찬사를 보냈는데 지나고 보니까 건설공사라는 게 투지만으로 되는 게 아니더라고. 거기다 설상가상으로 여기는 중국이야. 우리네하고는 다르다고. 공기 못 채우면 '위약금'이란 것을 물어야 돼. 물론 떼먹고 국가에 기댈 수는 있지만 그럼 우리 작업반 전체가 압송된다고. 그 다음은 너도 잘 알 거다. 한 밑천 단단히 잡아서 돌아가려던 내 꿈은 다 물거품이 된단 말이다."

민욱이 땅이 꺼져라 한숨을 쉬는데 측은하게 지켜보던 철민은 갑자기 매서운 말투를 내뱉었다.

"민욱아. 암반제거 때문에 중국 업체를 쓰겠다고? 이게 될 법이나 한 소리냐! 요사이 중국에 인건비가 얼마나 비싼데 그런 황당한 말을 하냐. 그리고 중국 공단이 저 지경인데 1공장 공사대금인들 제때 들어오리란 보장이 어디 있냐? 만약 대금지급이 제대로 안 되면 정말 우리 작업반은 공중분해 될 수밖에 없는 거냐?"

민욱은 멍하니 철민만 바라본 채 말이 없었다.

"우리 과업을 남한데 맡기겠다는 생각가지고는 신용과 돈, 두 마리 토끼 다 잃는다."

"그럼 너는 무슨 뾰족한 수라도 있냐?"

"무슨 수라기보다는…. 그동안 감리받는 일 때문에 내 코가 석자라서 미처 얘기를 못 했던 건데. 내 잡혀간 날 말이야. 사실 그날도 기계 때문에 갔다가 봉변을 당한 거 아니냐. 그런데 그날 현장기사를 만나기는 했어. 그때 그 농민공이 그러더라고. 일이 잘된 거 같으니까 시설관리실로 가보라고. 내 그래서 들뜬 마음에 앞뒤 분간 못하고 천방지축으로 나돌다가 날벼락 맞은 거 아니냐. 그러니 민욱아. 지금이라도 나하고 같이 거기 한 번 가 보자. 혹시 아냐. 진짜 무슨 횡재라도 할지."

철민과 민욱은 서둘러 떠났다. 평소 차를 잠깐 세우고 히히덕거리며 짜장면을 사먹던 오락거리도 오늘은 증발해 버렸다.

"민욱아. 쇠뿔도 단김에 빼랬다고 만약 일이 잘되면 당장 오늘부터라도 절개작업 시작하자."

"그랬으면 오죽이나 좋겠냐."

중국 공단 내부로 들어갈수록 철민은 소요사태가 아직 끝나지 않았음을 실감할 수 있었다. 여기저기 벽에는 시뻘건 색으로 아무렇게나 쓰인 글씨가 선정적이고 공포스러운 분위기를 자아내어 가뜩이나 을씨년스러운 공단을 더 황량하게 보이게 하였다.

"그렇게 활기차게 돌아가던 공단이 어떻게 이렇게 될 수가 있냐?

"그나저나 시설 관리실은 온전한 거냐?"

공단분위기에 짓눌려 최소한 관리실의 문을 두드리기까지 철민은 미옥의 말을 반신반의할 수밖에 없었다. 그렇지만 다시 문을 닫고 나오기까지는 불과 10분도 걸리지 않았다.

"가져다 쓰시오."

정신없이 문서를 작성하다 방해를 받아서 그런지 약간 찌푸린 채로 열쇠를 건네는 직원을 뒤로하고 나오는 두 근로인민은 더할 나위 없이 들떠 있었다.

"이야! 그동안 고생한 보람이 있구나. 철민아. 다 네 덕분이다. 하하!"

그렇지만 마냥 좋아하는 민욱과 달리 철민은 한편으로 씁쓸했다.

'이렇게 간단하고 쉬운 걸 가지고 그동안 도대체 뭔 고생을 한 거야?'

미옥이 말한 대로 대여료는 얼마 되지 않았지만 반장동지가 해 준 돈만으로는 부족했다. 그래서 그들은 언제나 내려다보시는 지도자동지의 의지를 실행에 옮기고자 그리고 작업반 전체의 이익을 위해 기꺼이 자신들이 피땀 흘려 번 돈을 보탰다.

"철민아. 이제 공기 못 채우면 우리 돈도 날아가는 거냐?"

"걱정 마. 내 확실히 배웠으니까 기필코 완수할 거야. 너는 그냥 옆에서 조금만 거들어 주면 돼."

두 사람은 곧장 기계가 있는 곳으로 갔다. 가는 중에도 둘은 당장이라도 공사를 시작할 것처럼 신나게 떠들어 댔다. 그렇게 한참을 떠들어도 흥분이 가실 줄을 몰랐다. 그렇지만 기계가 있는 현장에

도착하니 두 사람의 표정은 딱딱하게 굳어져 버렸다.

하루 중의 노동의 강도는 보통 두 번 정점을 씌는다. 그리고 이때쯤이면 쌍곡선의 두 번째 정점을 향해 현장의 열기가 한참 뜨거워야 할 때였다. 그렇지만 사방을 둘러봐도 너무나 적막하고 황량해서 찬바람이 스치고 지나가면 그 소리음이 들릴 정도였다.

'이거 어디서 귀신이라도 나올 판국이군. 정녕 이것이 지금 중국 농민공들의 정서인가?'

철민은 기계가 어디에 있는지 잘 알고 있었다. 현장 분위기에 잠시 멈칫했지만 개의치 않고 이내 기계가 있는 곳으로 뛰어갔다.

"민욱아. 딱히 뭐 달라진 건 없다. 기계도 그대로 있고."

"어휴! 그래도 이만하길 천만다행이다."

덩그러니 놓여있는 절개장비와 유압천공기를 보니 철민은 우선 안심이 되었다. 그는 곧 현장을 세심히 살폈다. 날카로운 눈길로 구석구석을 흩고 가는 가운데 떡 하니 맞은편에 서 있는 타워시설이 눈에 들어 왔다.

'네가 진정 현장소장이로구나!'

이 난리 통에 모두가 갈팡질팡하여 뿔뿔이 흩어진 가운데서도 혼자서만 굳건히 현장을 지키는 시설을 보며 철민은 빙그레 미소 지었다. 그렇지만 불현듯 그날의 끔찍하고 황당했던 사건이 떠올라 정처 없이 타워 쪽으로 다가갔다. 현장은 아무것도 변한 것이 없는데 그때와 달라진 상황이라면 아무도 보이지 않는다는 것이었다.

"철민아. 거기서 그렇게 넋 놓고 있으면 어떡하냐. 빨리 장비 점검해 봐야지."

"어. 그래 간다."

헐레벌떡 돌아온 철민을 민욱은 물끄러미 쳐다봤다.

"거기서 왜 그렇게 청승맞게 서 있었냐?"

"모르겠다. 저절로 발길이 가지더라. 아마도 그날의 망상 때문인 거 같아. 사람이 살충제 뿌리면 떨어지는 파리, 모기처럼 어떻게 그렇게 허무하게 쓰러질 수가 있는지…."

"뭐 놀라운 일이라고 그렇게 호들갑이냐? 너 오기 전에도 그런 사건들은 이미 여러 번 있었어. 이게 다 중국이 돈맛을 봐서 그래. 돈에 환장하다 보니까 그렇게 그늘이 생긴 거라고. 반장동지는 어디서든 종파분자, 극렬분자들이 문제라고 손가락질하지만 내 보기에는 꼭 그런 것만은 아닌 것 같아. 나야 자재 조달하러 여기저기 다니면서 그들하고 많이 부대껴 봤다만 사람들이 그렇게 착하고 성실할 수가 없어. 다 그 렴병할 돈이 웬쑤지! 돈 때문에 죽어야 한다는 게 도대체 이놈의 세상은 어디서든 돈이 문제야."

"우리도 돈 벌러 온 거 아니냐. 어서 장비나 점검하자."

"그래. 우리에게는 할 일이 있다!"

철민은 바로 운전석에 열쇠를 꽂고는 시동을 걸었다. 그리고 이것저것 만지며 수선을 떠는데 민욱은 바깥에서 근심 어린 눈으로 쳐다본다.

'다행이다. 전부 괜찮다.'

"민욱아. 꿔다 논 보리자루처럼 그렇게 멍하니 서 있지만 말고 이리 와서 좀 거들어라."

둘은 하나하나 꼼꼼히 연결부위를 살폈고 연료통을 채운 후 냉각수와 오일을 새로 주입하였다.

철민과 민욱이 중국 공단을 떠날 때쯤에는 이미 주변은 어둑어둑해져 있었다. 장비들을 싣고 가는 철민과 민욱의 뒷모습은 긴 꼬리를 남긴 채 멀어져 갔고 개선장군인 양 의기양양한 두 사람의 어깨는 반드시 해내겠다는 신념으로 한껏 들떠 있었다.

그들은 반장동지에게 간단히 보고한 후 작업원 두 명과 함께 곧

장 2공장 건설현장으로 갔다. 조명을 켠다면 작업이 가능할 것도 같았다.

불을 밝히자 이윽고 지난 몇 달 동안 작업반을 괴롭혔던 암반이 나타났다. 적갈색 토양 속에서 드러난 회백색의 암반은 곰보처럼 여기저기 파쇄되어 있었지만 살짝 긁힌 것에 불과하다는 듯 끄떡없이 버티고 있는 모습이 마치 그간의 반원들의 노력을 비웃고 있는 듯했다.

"철민아. 사람이 더 있어야 할 것 같지 않냐?"

"일단 해 보자. 중국 공단의 물류공장이나 여기나 뭐가 다르겠냐?"

여기저기 널려있는 암반 부스러기는 마치 치열한 격전지의 탄피조각 같았으며 그동안 철민과 반원들의 노력을 반증이라도 하는 것처럼 보였다. 때로는 휴일까지 반납하면서 고군분투하였고 죽기 살기로 매달렸지만 단지 파쇄드릴만 가지고는 사실상 백병전을 치른 것이나 다름없었다. 파쇄작업을 위해 첫발을 내딛으면 절망감이 먼저 엄습해 와 반쯤은 자포자기한 상태로 시작하기 일쑤였다. 그렇지만 지금은 달랐다. 중무장을 하고 있었고 자신감이 넘쳐 있었다. 그리고 무엇보다 뭘 해야 할지를 알고 있었다. 곧 능숙한 솜씨로 천공기를 작동시킨 다음 바로 작업에 들어갔다. 시원스레 부서지는 암반 가루가 사방으로 튀겨 나가자 모두들 환호성을 질렀고 현장 분위기는 뜨겁게 달아올랐다. 그리고 어느 정도 천공 깊이가 형성되자 반원들과 함께 절개장비를 삽입하였다. 중국 공단에서 작업할 때처럼 거의 소음도 진동도 없으면서 그 강철 같던 암반이 쩍쩍 갈라져 나가자 환호성은 더 커졌고 서로를 마주 보며 크게 웃으며 감격에 겨워했다. 희망의 불씨는 황량한 초겨울 공단의 한쪽 구석에 있는 볼품없는 공장부지를 갑자기 후끈 달아오르게 했다. 그리고 다들 문명의 이기 앞에 눈이 휘둥그레졌다.

'고생할 때는 천 길 낭떠러지쯤 될 줄 알았더니 생각보다 암반 깊

이가 그렇게 두껍지 않구나. 한 이 주 정도만 작업하면 되겠다. 이렇게 쉬운 것을…'

"민욱아. 설계도면 갖고 있냐?"

"없어. 상황실에 있잖아. 오늘은 이쯤 해야 돼. 우리 멋대로 했다가는 나중에 낭패 본다. 욕심 부리고 싶으면 지금이라도 반장동지하고 설계사동무하고 다 부르던지."

"그래. 네 말이 맞다. 오늘은 이쯤 하고 정리해야겠다."

철민은 장비들을 소중히 챙겨 다시 트럭에 실었다.

"민욱아. 완공된 2공장 모습이 눈에 선하지 않냐. 래일 새벽부터 우리가 첫 삽을 뜨는 거다."

"물론이다. 하하!"

그날따라 상황실에서의 회의시간은 무척 길었는데 열기가 밤늦도록 식을 줄을 몰랐다. 반장이 먼저 공사계획과 제반사정을 간략히 간추려 주었고 뒤이어 철민은 장비의 쓰임새와 공사가능범위를 설명했다. 마침내 해냈다는 소식이 이미 파다해 모두들 들뜬 분위기 속에서 경청했는데 당연히 철민은 그 열기의 주역이 되어있었다.

"그동안 민욱동무와 중국 공단을 드나들면서 불철주야로 노력한 끝에 싼값으로 천공기와 절개장비를 대여할 수 있었습니다. 일단은 우리의 과업완수를 위한 교두보를 마련한 셈입니다만, 다른 어느 때보다도 비장한 각오가 필요한 때이기도 합니다. 승리의 붉은 기가 이제 보이기 시작했습니다. 동무들. 당장 래일부터 2공장 기초공사를 본격적으로 시작합시다. 우리 조선의 근로인민은 죽으면 죽었지 결코 도중에 주저앉지 않습니다. 반드시 승리의 붉은 기를 높이 휘날리도록 합시다!"

철민의 연설에 우레와 같은 박수소리가 이어졌다. 그리고 이어서 민욱이 반원들 앞에 섰다.

"동무들. 전 방금 전에 그 장비를 직접 보고 시험 삼아 맛보기까지 했는데 입이 떡 벌어졌습니다. 우선 피쇄반경이 믿을 수 없을 정도로 좁아서 그 강철 같은 암반이 마치 칼로 도려낸 듯 절개됐습니다. 그리고 소음도, 진동도 거의 없어서 안전했고 쓰기에도 참 편리했습니다. 욕심 같아서는 오늘 밤샘작업을 해서라도 그 원쑤 같던 바위덩이를 시원하게 분쇄해 버리고 싶었는데 내키는 대로 했다간 나중에라도 일을 망칠 것 같아서 아쉬운 마음을 접고 왔습니다. 리철민 근로인민의 말은 결코 과장이 아닙니다. 동무들! 고지가 바로 눈앞에 있습니다. 다 같이 기운 냅시다!"

여기저기서 웃음소리와 함께 박수소리가 연이어 터져 나왔다. 마지막으로 반장동지가 다시 나와 상황을 정리했다.

"동무들. 철민과 민욱 두 동무의 영웅적 행위는 우리 작업반의 귀감이 되기에 충분하다고 생각합니다. 우리 모두 분발하여 주어진 과업을 반드시 완수하도록 합시다."

"옳소!"

"반드시 붉은 기를 쟁취하여 높이 휘날리도록 합시다!"

철민의 성과는 오랜 가뭄 끝에 단비처럼 모두의 마음을 적셔주었으며 상황실의 분위기는 참으로 오랜만에 고무적이 되었다. 그리고 홍조 띤 근로인민들의 면면에는 고조된 기대감이 그대로 드러나 실내는 온통 환한 물결이 이는 듯했다.

구석에 앉아 있는 철민은 감개가 무량하였다. 불과 몇 달 전 반원들 앞에 처음 섰을 때만 해도 쫓겨왔다는 자격지심에 주눅 들어 고개조차 제대로 못 들고 연거푸 인사만 했었는데 이제 그는 영웅이 된 것이었다. 모두들 철민의 노고를 칭찬했으며 등을 두드려 주며 감사를 표시하는 반원도 있었다. 기한이 촉박하다는 사실은 누구든지 알고 있었지만 지금까지 세부적인 내용에 대해서는 아무도 관심을 갖지 않았고 또 그럴 필요도 없었다. 하지만 이제 모두의 마음이 급해졌고 서로 머리를 맞대니 시간 가는 줄 몰랐다. 회의는 거의 자정이 다 되서야 끝났고 여느 때와 달리 숙소로 가는 버스 속에서도 쉴 새 없이 갑론을박이 이어졌다.

침대에 대자로 눕고서야 철민은 비로소 안식을 느낄 수 있었다. 그러자 저절로 안주머니에 있는 손전화로 손이 갔다. 민욱은 아직 안 왔고 방 안에는 혼자밖에 없었다. 철민은 습관적으로 입구 쪽의 동태를 살폈다. 다행히도 인기척은 느껴지지 않았고 바깥은 고요했다. 조심스럽게 손전화의 전원을 켰다. 빨갛게 불이 들어오면서 고대했던 손전화편지 수신신호가 깜박였다. 그러자 철민의 얼굴에도 불그스레 화색이 돌았다.

철민 씨. 오늘 장비 쓰는 일은 잘됐나요? 지성이면 감천이라고, 철민 씨의 소망이 하늘에 닿아 민족상생을 이룩했네요. 감리 보고를 하다 보면 높은 분들을 뵙는 경우가 더러 있어요. 평소에는 만나기도 거북하고 어렵지만 안면이 있다는 게 이렇게 아쉬울 때는 또 요긴하더라고요. 어제 감리 중간보고 후에 친분이 있는 분을 따로 찾아뵙고 말씀을 잘 드렸더니 뜻밖에 흔쾌히 갖다 쓰라고 하시더라고요. 전 그냥 철민 씨한테 들은 얘기 그대로 했어요. 제가 원래 돌아가는 걸 잘 못하거든요. 여기는 국제도시에요. 누구는 사업한답시고 와 있고, 누구는 일 좀 배워 보겠다고 와 있고, 또 누구는 돈 좀 벌어보겠다고 와 있지만 그들 사이에는 주어진 삶을 열심히 살아보겠다는 공통된 열정이 있어요. 그리고 열정은 쉽게 공감대를 형성하죠. 까짓 돌 깨는 기계 한 대가 대수겠어요?

철민 씨에게 문자 보내는 순간 얼마나 행복했는지 몰라요. 황량하고 얼어붙은 현장을 세찬 바람이 에이고 지나가도 기댈 수 있는 누군가는 마음속의 불쏘시개가 되어 온몸을 활활 불태우는 것 같아요. 땀 흘리며 하나

하나 난관을 극복해 가는 철민 씨 모습이 눈에 선하네요. 부디 좋은 결실 맺기 바라고요. 당신의 기쁨은 배가되어 내게 돌아와 오늘 밤 난 정말 행복하답니다. 잘 자요.

♡with much love♡

얼굴 가득 미소를 품은 철민은 눈물마저 핑 돌았다.

미옥 씨. 편지글을 방금 봤어요. 정말 고맙습니다. 뭐라 감사의 마음을 전해야 할지 모르겠네요.

중국에 와서 처음 나들이를 갔을 때 공원을 거닐다 우연히 비둘기를 날리는 여인상을 본 적이 있어요. 뭔가를 간구하는 듯한 그 가녀린 손끝이 굉장히 인상 깊었는데 미옥 씨 이야기를 듣고 보니까 그때 내가 왜 그렇게 그 조각상에 호감을 느꼈는지 이해할 수 있을 것 같네요. 제도와 이념을 초월하는 열정에 공감했었고 볼수록 심취해서 '창조'란 어떻게 생겼는가에 대해서 짧게나마 고민했었는데… 이제 와서 생각해 보니 즐거운 경험이었어요. 승락을 해 준 그 간부동지도 유쾌하셨다고 믿습니다.

덕분에 하루 종일 그동안 참고 견딘 보람을 만끽했어요. 드디어 지하암반에 구멍을 낼 때에는 꿈만 같았죠. 난공불락의 철옹성 같던 돌덩이가 힘없이 무너져 구멍이 뻥 뚫리는데 앓던 이가 빠진 것처럼 시원하더라고요. 우리 반원들 모두 환호성을 지르며 기뻐했어요. 반장동지는 내 손을 추켜올리며 '영웅'이라고 칭찬해 줬고 모두로부터 박수를 받았죠. 중국에 와서 가장 신나는 하루였어요. 아니 생전 이렇게 좋은 날이 또 있었나 싶더라고요. 하하! 그렇지만 한편으로는 허전하기도 했어요. 마음속에서는 박수치는 반원들 사이에서 당신 모습이 그려졌는데 현실에서는 보이지가 않으니 씁쓸한 마음이 내내 가시지가 않더라고요. 이렇게 쉬운 것을, 이렇게 모두가 행복한 것을 왜 그동안 먼 데서 봉창만 두드리고 있었을까요? 나 홀로 있는 이 방에서 당신이 있는 곳까지 얼마나 걸릴까요?

난 이제 당신이 아주 지척에서 느껴집니다. 그리고 당신의 격려소리는 이 세상 어떤 소리보다 더 크게 들려오고요. 2공장 기초공사가 마무리되면 꼭 실사 오세요. 당신을 위해 내가 천상의 구조물을 지어 놓겠습니다. 내게 베풀어준 2주 동안을 200년을 갈 건물로 보답하죠.

다시 한 번 감사하며 미옥 씨도 잘 자요.

문자를 보낸 철민은 비로소 하루가 정리된 느낌이었다. 그리고 모로 누웠다. 일과 사랑에 대한 행복에 젖어 꿈나라로 들어가려 하는데 불현듯 미옥이 보낸 손전화편지의 끝인사가 생각났다.

'오늘도 또 작별인사에 이 문구가 있네. 도대체 그 글귀의 뜻이 뭘까?'

* * *

다음 날 동트는 시각은 철민보다 또 늦었다. 그는 먼저 작업등을 가져와 공장 터를 비추었다. 모두 네 곳에다 설치했는데 그동안 방치됐던 흔적들이 여기저기서 역력히 나타났다. 모두들 넌더리를 내며 거의 포기했던 현장이라 그런지 잡다한 건자재만 수북이 쌓여 있었고 설상가상으로 눈살 찌푸리게 하는 건축물 쓰레기들이 곳곳에서 보였다. 철민은 한숨이 절로 나왔다.

'현장은 거짓말을 안 해. 우리는 그동안 2공장 사업을 사실상 포기했던 거야. 이거 다 치우려면 중장비가 필요하겠는데.'

철민은 포클레인까지 몰고 와 작업에 들어갔지만 치우는 일이 간단치가 않았다. 눈대중으로 가늠해 보았던 버려진 건자재며 쓰레기들은 생각보다 훨씬 많아 치워도, 치워도 진척이 되지 않자 철민은 그만 지쳐버렸다.

아직도 사방은 칠흑같이 어두운데 네 모퉁이에서 비추고 있는 현장은 널리서 보낸 흡사 장방형의 바둑판처럼 보였다. 철민은 잠시 작업을 멈추고 준비해 온 보온병을 꺼내들었다. 그리고 뚜껑을 열자 모락모락 김이 오르며 철민의 코와 입으로 따스한 온기가 스며들었다. 조심스레 입술을 축이자 곧 뜨거운 기운이 온몸으로 퍼져나가며 좀 살 것 같았다. 가볍게 한숨 돌리고 다시 종횡무진 현장을 누비니 철민이 내뿜는 열기와 함께 점차 밝아지는 세상 속에서 현장은 제 모습을 어느 정도 찾아가고 있었다. 폐허나 다름없던 곳이 건물부지로서의 윤곽이 드러났으며 그런대로 측량도 할 수 있고 작업도 할 수 있는 공간으로 바뀌었다. 주변이 어느 정도 정리가 되자 철민은 시동을 끄고 의자에 앉은 채 허리를 쭉 펴고는 보온병에 남아 있는 차를 마저 마셨다. 그리고 두 시간 남짓 공들인 자신의 작품을 감상했다. 그에게 근로란 단순한 생계수단이 아니었다. 근로가 곧 삶이었고 모든 희로애락의 원천이었다. 그리고 철민은 지금 감동에 젖어있었다. 아주 특별한 감동이었다. 근로의 기쁨이야 어릴 적부터 친숙한 감정이었고 교훈이었지만 지금은 생소한 희열을 맛보고 있었다. 누가 시킨 것도 아니었고 장군님의 영광을 위한 것도 아니었는데 눈 뜨자마자 현장이 생각났고 의욕이 마구 샘솟았다.

'현장으로 가는 발걸음이 이렇게 가볍고 들떴던 적이 얼마 만인가? 마치 근로대에 처음 입단했을 때 같군.'

현장을 둘러보는 철민은 더할 나위 없이 뿌듯하였다.

식사 후에는 민욱과 설계사를 포함하여 작업원의 반이 투입되었고 철민은 본격적으로 지하암반 절개작업에 돌입하였다. 어제처럼 먼저 천공기를 작동시켜 암반에 구멍을 냈다. 파쇄드릴이 호박에 말뚝 박듯이 쑥쑥 잘 들어가자 모두들 새삼스레 눈이 휘둥그레지며 환호성을 질렀다. 신이 난 철민은 이어서 절개장비를 천공에 삽입하였다. 그리고 작동시키니 암반이 여지없이 절개되고 분쇄되었다.

"와!"

"하하!"

"정말 기가 막히는군!"

소음도 거의 없고 진동조차 별로 느끼지 못하겠는데 수박 쪼개지듯이 쩍쩍 갈라지는 암반덩어리를 보며 반원들 모두는 감탄을 연발하고 있었다. 그렇지만 기계사용권의 출처를 알고 있는 철민은 조심스러울 수밖에 없었다.

'빨리 쓰고 반납해야 돼. 꼬리가 길어서 전모가 들통나면 붉은 기는커녕 수용소행이야.'

차츰 일에 열중하면서 철민은 여러모로 현장감각이 날카로워졌다. 금지된 일을 하고 있는 것에 대한 심리적 압박도 그랬지만 직업상 본연의 호기심이 꿈틀거려 기계가 새삼스레 궁금해졌다. 새참이 왔지만 먹는 생각보다 기계가 더 궁금해서 먹는 둥, 마는 둥 몇 술 뜨고는 바쁘다면서 황급히 다시 현장으로 돌아왔다. 그리고 절개장비의 내부를 조사하였다. 이번에는 단순히 정비를 위해서가 아니라 공부하기 위해서였다. 일을 배울 때도 몇 번 봤지만 막상 뚜껑을 열고 자세히 보니 장비의 전체적인 설계부터가 기존에 보아 왔던 장비들하고는 확연히 달랐다. 찬찬히 살피던 철민은 작동부에 시선이 고정됐다. 그런데 가만히 살펴보니 그 강철 같은 암반덩어리를 쪼개는 것은 다름 아닌 물이었다.

'기가 막히는군! 물로 그 강철 같은 암반을 구멍 내고 쪼개고 하다니.'

경외감에 가득 찬 눈으로 다시 한 번 전체적으로 장비를 음미하였다.

'남측 사람들 기계 하나는 기가 막히게 잘 만들었어! 날씨만 허락

하면 이번 달 안으로 기초공사 완료하는 일은 문제가 없겠는데.'

철민은 신기한 듯이 다시 한 번 기세장비의 여러 장치들을 만져 보고, 눌러 보고, 두드려 보았다. 그런데 철민이 황홀경에 빠져 있는 사이 동료들이 돌아왔다. 모두들 배가 불러서인지 즐거웠으며 왁자지껄하며 웃음소리가 끊이질 않았다.

"철민아. 공사가 갑자기 봇물이라도 터진 것처럼 화끈하게 진행되는구나. 지난 세월 고생한 보람이 있다. 안 그러냐. 하하!"

"두말하면 잔소리 아니겠냐. 나도 군에 있을 때부터 공사현장 수십, 수백 군데를 누벼 봤다만 이렇게 재밌는 상황은 처음 본다. 신바람이 절로 난다! 전부 민욱이 네 덕분이다. 하하!"

철민의 구릿빛 얼굴은 제법 쌀쌀해진 늦가을 날씨 속에서 환하게 웃고 있었다. 덩달아 민욱의 얼굴도 한껏 미소를 머금은 채 빛나고 있었다.

"또 일하자."

천공기가 정해진 위치에 따라 쉴 새 없이 움직이면 이내 암반이 갈라지고 가루로 분쇄되었다. 기존의 시도했던 방식들보다 오히려 간단했다. 그래서 일사천리로 진행될 수 있었고 오후에는 드디어 현장에 철근과 여러 가지 연결 장치들이 쌓였다. 남루한 식당에는 아침부터 웃음꽃이 활짝 피었는데 반장동지는 모두의 노고를 위로하기 위해 빠듯한 살림에도 청주를 준비해 왔다. 철민에게 제일 먼저 잔이 돌아갔고 많은 격려가 이어졌다.

그날은 늦게까지 현장에 작업등이 켜져 '쿵쿵, 쿵쿵' 천공기의 구멍 뚫는 소리가 계속됐으며 암반이 쪼개지면서 가루로 날아가는 모습 또한 계속되었다. 그리고 야간새참을 차려 올 즈음 철민은 무전기로 반장동지에게 전갈을 보냈다.

"반장동지. 북쪽에 암반이 거의 다 제거됐습니다. 생각보다 빨리 끝나서 래일부터는 남쪽도 공사를 해야겠는데 아무래도 한 번 와 보서야겠습니다. 그리고 철골구조물 세우려면 조만간에 기중기도 써야 할 것 같습니다. 아무튼 빨리 와 보십시오. 자세한 설명은 직접 뵙고 해드리겠습니다."

모처럼 활기를 찾아서 그런지 2공장 현장은 오후 늦게까지 불야성을 이루었다. 곳곳에서 주변을 밝히는 작업등은 작업반 근로자들의 땀과 열정을 투영하여 고조된 열기를 멀리까지 발산하는 듯했으며 적막을 깨고 퍼져나가는 기계음과 근로인민들의 외침은 이곳이 다시 '살아난 현장'이라는 것을 만방에 알리는 듯했다. 도착한 작업반장은 먼저 철민을 만나 보고를 받았다. 그리고 여기저기를 둘러본 후 기둥을 세울 바닥면을 꼼꼼히 살폈다.

"철민아. 고생했다. 내 동무의 영웅적 행위에 대해서는 여러 번 놀랬다만 이 모든 게 단 하루 만에 일궈낸 성과라는 것이 직접 보고서도 믿어지지가 않는구나. 근데 오늘 작업은 그만 접어야 할 것 같다. 여기는 국제공단이야. 우리만 있으면 상관없는데 시끄럽다고 또 공단에서 쫓아낸다고 야단할 테니 오늘은 이만 하자. 새참이나 마저 들고 현장 정리해."

"알겠습니다. 반장동지도 오늘 고생 많이 하셨습니다."

철민과 민욱은 반원 몇 명과 함께 마주 앉아 식사를 계속하였다.

"이거 동치미 국물이 다 있네! 민욱아. 거기 국자 좀 다오."

철민은 동치미 국물을 국자로 퍼서 반원들에게 일일이 나눠줬다. 모두들 동치미 국물로 목을 축이며 감자를 맛있게 나누어 먹었다.

"암반을 제거하고 보니까 그들이 왜 그렇게 여기를 고집했는지 알겠어. 장애물 하나 제거하니까 공장부지로 이만한 곳도 없는 것 같지 않냐."

"난 진작 알고 있었어. 공장부지로서뿐만 아니라 이곳은 물류조건도 뛰어난 곳이야. 아마 계획대로 완공만 되면 중국 공단 측에서도 단단히 수지가 맞을 거야."

민욱은 넉살 좋게 히죽거렸다. 숙소로 돌아가는 버스 속에서도 민욱은 기분이 좋아 계속 떠들어댔다.

"철민아. 우리야 약속대로 일만 해 주면 되지만 난 자꾸 수지타산 쪽에 관심이 쏠리더라."

그렇지만 철민은 창밖만 내다볼 뿐 말이 없었다.

"어쨌건 다행이야. 그래도 일단 교두보는 확보했으니까."

한 번 먹어보라고 민욱은 철민에게 강장음료를 권했다.

"이거는 또 어디서 났냐?"

"내가 원래 만물상 아니냐. 이렇게 힘들 때 마시니까 피로가 그래도 좀 풀리더라. 괜찮을 거야. 그나저나 철민이 너 이번에 정말 큰일 했다. 여기는 중국이고 시장경제를 하는 곳이야. 그런데 시장경제란 본시 경쟁원리가 날이 시퍼런 곳이라고. 도태되는 쪽은 결국 떠날 수밖에 없어. 왜냐면 발 없는 말이 천 리를 가서 소문이 더럽게 나면 아무도 안 찾거든."

"민욱이 너도 반장동지하고 같은 말을 하는구나."

"그러냐? 하지만 나는 사실을 한 번 더 확인해 준 것뿐이야. 여기 와서 3년 넘게 겪어보니까 시장경제는 패배에 대해 너무 가혹하더라고. 그래서 어떤 때는 고향생각이 절로 날 때도 많았어."

철민도 일응 수긍되는 면이 있어 고개가 끄덕여졌다.

"근데 무슨 당의 우선사업도 아니고 기껏 외국 업체가 맡은 손바닥만 한 공사에 어떻게 이렇게 빨리 건자재가 올 수가 있냐?"

"생각해 봐. 이렇게 순식간에 필요한 물자들이 올 수 있다는 것은 또 생산된 물건들도 순식간에 필요한 곳으로 운송될 수 있다는 얘기니까 얼마나 채산성이 좋겠냐?"

"너 제법이다. 그런 생각도 다할 줄 알고."

"하하! 서당개 삼 년에 풍월을 읊는 법이야."

참 아름다운 밤이었다. 명색이 국제도시라고는 하지만 아직은 허허벌판이 더 많고 뚜렷한 체계도 없어 마치 지붕이 뻥 뚫린 집의 출입문을 나서는 듯한 기분이었지만 철민은 그래서 이 도시의 밤하늘이 더 아름다워 보였다. 이맘때면 철민은 늘 누군가가 어디에서 바가지로 별들을 가득 퍼다 하늘에 쫙 뿌려 하루의 노고를 위로해 준다는 느낌이 들었다. 이렇게 날씨가 쾌청한 날에는 낮에 땀 흘려 일할 수 있어 좋았고, 밤에는 별들로부터 위로받을 수 있어 좋았다. 차에서 내리자 끝났다는 해방감을 만끽하며 철민은 고개를 들고 밤하늘을 감상하며 좀 걸었다. 별보기운동이야 중학교 시절부터 이골이 나 있었지만 오늘 밤 잦아드는 밤하늘을 수놓은 별들은 자신에게 말을 건네는 것처럼 느껴졌다. 철민은 무심코 씨이익 웃었다.

'저렇게 영롱한데, 저렇게 많은데 미옥 씨도 틀림없이 별들을 바라보고 있을 거야.'

'어디서든 볼 수 있고, 누구든지 가질 수 있는 것이 우리 '인민의 행복'인데 행복은 체제와 이념을 초월해서도 존재할 수 있는 거야.'

하루의 긴장이 풀려서인지 철민은 약간 추위를 느꼈고 무겁게 두 어깨를 짓누르는 찬 공기는 꼭두새벽부터의 노동에서 오는 피로에 더해져 몸은 천근만근 무거워 빨리 자기 방에 가서 눕고만 싶었다. 그리고 모두들 마찬가지였다. 고된 하루여서 그런지 작업반원들은 모두 어깨가 축 처져 있었으며 반장 또한 지친 기색이 역력하였다.

그날 밤은 반장이 들볶는 일도 없었고 따로 집회가 있지도 않았다. 철민은 간단히 씻고 곧장 자기 방으로 갔다. 누추한 침대였지만 몸을 눕히고 사지를 쭉 펴니 세상 천국이 따로 없었다. 나른하니 비몽사몽간에 기운이 바닥나 심지어 외투를 벗을 힘조차 없었지만 저

절로 안주머니 깊숙한 곳에 손이 갔다. 손전화가 만져지는 순간 잠기운은 온데간데없이 사라지고 갑자기 가슴이 뛰기 시작했다. 열어 보니 역시 편지가 도착했다고 수신신호가 깜빡거리고 있었다. 철민은 미소를 가득 머금은 채 천천히 글을 음미했다.

안녕, 철민 씨.

또 하루가 지났네요. 철민 씨를 마지막 본 날과 멀어질수록 그리움은 더욱 커져 저 멀리 수평선까지 닿을 것만 같아요. ♡♡

전 지금 연해주의 끝자락에 있어요. 이곳은 러시아의 거의 동쪽 끝이자 육지가 끝나고 바다가 시작되는 곳이에요. 높은 분들이 러시아 핫산에 용무가 있다고 나서시길래 억지춘향으로 따라왔어요.♬♪

근데 벌써 여러 번 왔지만 이곳은 올 때마다 묘한 매력에 끌려요. 사내 교육 때마다 귀가 따갑도록 주입받는 두만강 삼각주는 러시아, 중국, 북측이 교차하는 곳이라 미래가치가 무궁무진하다느니 하는 시시껄렁한 장삿속 잡변 말고 순전히 감성적 흥미에서요.

이곳 언덕에서 보면 시야가 닿는 곳이 곧 세상 끝이 아닐까 하는 생각이 다 들어요. 어디를 둘러보아도 인공이 가미된 흔적이란 찾아볼 수가 없거든요. 그야말로 태곳적의 순결한 정취가 그대로 느껴지는데 아마도 천지가 창조되고 지상에 햇살이 처음 비추었을 때도 이런 모습이 아니었을까 하는 생각이 들어요. 그런데 여기 서서 감흥에 젖다 보니 괜스레 송구스러워지네요. 이 언덕은 영겁의 세월 동안 세상만사를 굽어봤을 텐데 언제부터 이곳에 이념과 사상의 구분이 존재했을까요?, 언제부터 이곳에 국경이라는 선이 그어졌을까요?

여기 서서 두 팔을 벌리고 가슴을 열면 우주만물을 다 보다듬을 수 있을 것 같아요. 그리고 '나는 지금 어디에 있고, 앞으로 무엇을 해야 하는가?'에 대한 좋은 생각이 마구 떠올라요. 단지 안타까운 현실은 내 생각을 철민 씨하고 토론하고 공유하고 싶은데 당신이 곁에 없다는 사실이지요.

철민 씨. 오늘 일은 어땠나요? 공사는 많이 진척됐나요? 다음 감리 때에는 생전 처음 보는 공장건물이 우뚝 서 있을 것 같은 생각도 드는데…. 아무쪼록 하는 일이 잘되기를 진심으로 바라요.

그리고 내일 휴일이죠. 좀전에 방송에서 얼핏 봤는데 오늘 밤부터 눈이 온다네요. 여기 와서 지겹도록 봤던 눈이지만 눈 소식이 그렇게 반가울 수가 없더라고요! ♪♪

내일 혹시 일 못하면 우리 같이 드라이브 가요. 철민 씨하고 꼭 한 번 이곳을 같이 달리고 싶어요.

언덕 꼭대기에서 보면 왼쪽으로는 한 줄기 섬광처럼 북측 나진으로 이어지는 철로가 보이고, 오른쪽으로는 훈춘으로 가는 도로가 보여요. 가히 좌청룡 우백호라 할 수 있겠죠. 거기다 놀라운 사실은 이곳이 삼각주라서 중국의 방천에서도 그리고 북측의 원정리 세관에서도 좌청룡 우백호를 그릴 수 있다는 거예요.

우리 함께 '세상의 중심'이 되보자고요!

좋은 꿈 꿔요. 그리고 오늘 찍은 풍경사진 몇 장을 첨부할게요. 나도 먼 길을 갔다 오느라 넘 피곤하네요.

♡with much love♡

철민은 열두 살 소년이 되어 입가에는 흐뭇한 미소가 떠나질 않았다. 한 번 더 읽으려고 손전화를 다시 열었다. 그런데 갑자기 어디선가 찬바람이 들어오며 문이 벌컥 열렸다.

"이거 큰일 났네! 눈발이 날리네. 공사가 이제 막 물꼬가 트였는데 날씨가 도와주질 않는구나. 젠장. 휴일에도 강행군하려고 했더니 다 틀렸구먼. 철민아. 자냐?"

철민은 베개에 얼굴을 묻고 기어들어가는 목소리로 답했다.

"어. 민욱이구나. 민욱아. 침대장판에 불 들어와서 따뜻하다. 얼른 자라. 래일 또 일찍 일어나야 하잖냐."

민욱도 알았다는 듯이 방에 불도 안 켠 채 외투만 벗고는 잠자리에 들었다.

"민욱아. 너 또 옷 입고 자는구나. 그러다 건강 해친다. 건강 잃으면 돈이 다 무슨 소용이겠냐? 그리고 씻기는 했냐?"

"일 없다. 지금 너무 피곤해서 만사가 다 귀찮아. 그보다 래일 일 못하면 어떡하냐?"

"왜? 넌 여기서 오래 살았으니 알 거 아니냐. 그냥 잠간 뿌리다 말 거 같지가 않냐?"

"이곳은 본래 눈이 많은 지역인데 이제 본격적으로 겨울이 시작되려는 거야. 아마 오늘 밤중으로 소복이 쌓일 거다."

철민은 반쯤 일어나서 침대에 기대앉았다.

"여기서는 눈이 자주 오냐?"

"아! 철민이 너는 옮겨오고 아직 눈 구경 못해 봤지. 이제 너도 곧 동장군은 하얀색이라는 말을 실감하게 될 거다."

"그러냐. 그런데 난 우선 급한 볼일부터 해결해야겠다."

철민은 반쯤 감긴 눈을 부비며 밖으로 나갔다. 그리고는 몰래 건물 옥상으로 올라갔다. 바깥은 쥐 죽은 듯이 고요해 숨소리 하나 들리지 않았고 무겁게 내려앉은 찬 공기는 천하를 호령하고 있었다. 철민은 방금 민욱에게서 들은 얘기 때문인지 새삼스레 추위를 느꼈다. 그렇지만 곧 익숙해졌고 콧노래까지 나왔다. 그는 벅차오르는 가슴을 안고 답장을 작성하기 시작하였다.

안녕, 미옥 씨.

칠흑같이 어두운 밤. 온 세상이 잠든 지금 손전화를 여니 눈부신 불빛이 내 마음을 담아 하늘 높이 날아가네요! 미옥 씨. 만약 지금 내 답장을 본다면 안락한 곳을 잠시나마 마다하고 밖으로 나와 밤하늘의 별을 바라보아요. 그리고 손끝으로 그 별들을 이어 손전화를 만들어 보아요. 별들로 수 놓아져 찬연히 빛나면서 우리를 연결해 주는 가교가 밤하늘에 선명하게 그려지나요? 난 벌써 만들었어요. 욕심 같아선 한걸음에라도 달려가 미옥 씨와 어깨를 맞대고 함께 만들고 싶은데 그럴 수 없는 현실이 안타깝기만 하네요. 대신 내가 만든 손전화 별자리를 선물하고 싶네요. 지상에서는 숨어서만 해야 하는 손전화이지만 밤하늘에서는 이렇게 떳떳하고 선명하게 그려지니…. 당신은 그 리유를 알고 있습니까? 어떻게 하면 다가오는 새벽을 막을 수 있을까요?

다시 세상이 밝아지고 또 다른 하루가 시작되면 나는 결코 벗어날 수 없는 쇠사슬에 묶여요. 태어나면서부터 엄마 품보다 더 빨리 법과 제도에 익숙해지면서 습관은 고정됐고 전적으로 당의 결정에만 의존해 살아왔거든요. 이 순간이 너무나 행복해도 새벽은 어김없이 찾아오겠죠. 누군들 자연의 섭리를 거스를 수 있겠어요? 하지만 지금 나는 섭리의 한복판에서 자연이 주는 정취에 흠뻑 젖어있어요. 고개를 드니 은반 위에서 반짝이는 보석처럼 청명한 달빛은 얼어붙은 세상 위에서 은은하게 퍼져나가고 방금 내가 만든 별자리의 영롱한 빛은 어두운 밤하늘에 더욱 뚜렷하게 자신의 흔적을 남기고 있네요. 차가운 공기에 손가락이 얼어붙어 손전화로 글을 쓰기도 힘이 드는데 성가신 칼바람 소리는 끊임없이 들려오네요.

미옥 씨. 당신이 보고 싶습니다!

안 된다고 하지만 나는 더 이상 개의치 않아요. 밤하늘의 별과 달도 살을 에는 매서운 칼바람도 얼어붙은 땅도 온통 당신의 숨결을 느껴보라고 하네요. 거기다 간간이 휘날리는 눈발까지 당신과의 만남을 재촉하면서 점점 굵어지고 있어요. 미옥 씨. 래일 작업은 아무래도 불가능할 것 같아요. 자주는 아니지만 휴일에 한가하기라도 할 때면 나는 작업반 부식을 사러 재래시장에 갑니다. 아침에 재래시장에서 보는 녀인네들이야말로 진솔하고 담백한 일상의 모습 그내보쇼. 그곳에서 미옥 씨를 본디면 헌장에서 봤을 때와는 또 다를 것 같은데 정말 기대가 되네요.

아! 너무 추워서 손가락도 못 움직이겠어요. 이제 본격적으로 겨울이 시작되려나 봐요.

잘 자요. 미옥 씨.

철민은 밤하늘을 찍은 다음 사진을 편지글에 첨부해서 보냈다.

제8화
밀월여행

공사 진행에 부침이 있더라도 현장의 주인공은 역시 노동자들이다. 그들은 힘쓰고 몸 쓰는 사람들이라 배부르면 행복했고 삼삼오오 모여 노래를 부르거나 즐겁게 담소했다. 그들에게 풍성한 식사란 모든 활력의 원천이었고 식사시간 자체가 곧 여가생활이기도 하였다. 함께 모여 식사를 즐길 때에는 모두의 얼굴에 함박웃음이 만발했으며 매서운 날씨에도 숙소를 훈훈하게 해 주었다.

"민욱아. 자냐?"

이번에는 민욱이 귀찮다는 듯이 잠결에 뭐라 웅얼거렸는데 소리가 작아 알아들을 수가 없었다.

"밖에 날리는 눈발이 아무래도 심상치가 않다. 진짜 래일 아침에 눈이 많이 쌓여 있으면 어떡하냐?"

"…"

이번에는 귀에다 대고 언성을 높이며 날카롭게 물었다.

"민욱아. 작업반에 부식이 얼마나 남았냐?"

"어. 언제 왔냐? 뒷간에 갔다 오는데 뭐 그렇게 오래 걸렸냐? 근데 방금 뭐라 그랬냐?"

"우리 작업반에 부식이 얼마나 남았냐고."

"그걸 내가 아냐? 그거는 네 담당 아니냐."

"잘하면 조만간에 기초공사 마무리될 거 같은데 그럼 우리 반원들끼리 조촐하게라도 축하해 주어야 하는 거 아니냐."

"당연하지! 래일 당장 장보러 가자."

민욱도 귀가 번쩍 트이는지 명쾌한 어조로 답했다.

"민욱아. 그리고 기계 임대하느라고 우리 사재를 턴 거 반장동지께 말씀드렸냐?"

"그럴 사이가 어디 있었냐? 그래도 내가 임대영수증은 가지고 있으니까 우리 돈 떼일 일은 없을 거야. 걱정할 필요 없어."

"영수증을 챙겼다고? 역시 너는 빈틈이 없구나! 내 가끔 가다 느끼는데 민욱이 너 앉은 자리에는 풀도 안 날 것 같다."

"그만해라. 나도 중국에서 삼 년 살면서 권리, 의무관계가 확실해져서 그래. 어서 잠이나 자자."

"그래. 그리고 래일 아침에 반장동지한테 허락받고 바로 재래시장으로 가자."

'눈 오는 게 이렇게 반가울 때도 있구나!'

철민은 얼굴 가득 미소를 머금은 채 평온히 꿈나라로 들어갔다.

아침햇살로 밝아진 세상을 덮은 함박눈은 보이는 모든 것을 온통 하얀색으로 바꾸어 놓았다.

"민욱아. 반장동지가 뭐라 하냐? 된다 그러냐?"

"그래. 다녀와도 된다고 하더라. 근데 눈이 이렇게 와서 어디 차 갖고 갈 수 있겠나?"

잔뜩 찡그린 채 창밖을 내다보는 철민의 얼굴에는 수심이 가득했지만 그의 진짜 걱정은 미옥을 만나는 일이었다.

'그저 얼굴이나 보고 싶은데 이 눈길에 운전이나 제대로 할 수 있으려나?'

요사이 무겁게 내려앉은 동장군은 아직 물러설 기미가 보이지 않는데다 눈까지 내려서인지 거리는 한산했고 어쩌다 마주치는 사람들은 눈만 내놓은 채 중무장을 하고는 조심스럽게 발걸음을 옮기고 있었다.

"철민아. 접경지역이 대개 그렇지만 여기 두만강 하류지역의 겨울은 정말 매섭다. 이제 엄동설한이 본격적으로 시작되면 이보다 더한 진풍경도 많이 보게 될 거다."

"그래도 나오니까 상쾌하고 좋기만 한데 뭘 그러냐. 가뜩이나 예정된 날짜는 촉박한데 숙소에만 틀어박혀 있으면 마음인들 편하겠냐."

"그래. 네 말이 옳다. 그나저나 기초공사 마무리하려면 날씨가 좀 도와줘야 할 텐데 요 며칠 동안 이놈의 추위에다 눈까지 내리니 이를 어쩌냐?"

"최선을 다하면 하늘이 도와줄 거다."

한산한 거리에 하염없이 쌓이는 눈은 고즈넉한 분위기를 연출했지만 막상 시장 안으로 들어서니 전혀 다른 풍경이 펼쳐졌다.

바둑판처럼 잘 정돈된 진열대에는 갖가지 음식들로 가득했으며 그 사이를 비집고 다니는 사람들로 시장은 거의 발 디딜 틈이 없었다.

"도대체 이 많은 사람들이 다 어디서 온 거냐?"

"목구멍이 포도청이야. 아무리 궂은 날씨라 해도 먹고는 살아야 하지 않겠냐. 당장 우리만 해도 마찬가지 아니냐. 그리고 민욱아. 기왕에 나온 김에 천천히 구경 좀 하다 가자."

작업반의 먹거리와 여러 살림거리를 사기 위해서도이었지만 물건을 고르는 재미는 아무나 가질 수 없는 호사였다.

"민욱아. 난 이런 데만 오면 고향의 장마당이 생각나더라."

"왜 아니겠냐. 그건 나도 마찬가지야. 여기도 사람 사는 곳이고 우리 고향도 사람 사는 곳인데 이렇게 먹거리가 풍성한 데서 사람 사는 맛을 느낄 수 있는 것은 당연한 거 아니겠냐. 나는 중국 와서 시장이란 곳이 살아가는 데 얼마나 필요한지 아주 절감을 했어. 그래서 그런지 여기만 오면 기분이 좋아지더라고. 모인 사람들이 그렇게 반가웠고 그들과 함께 있으면 마냥 행복했어."

민욱은 가볍게 한숨을 내쉬며 미소를 머금고는 주변을 둘러봤다.

"두만강 건너 라진에 여기와 비슷한 장마당이 있어. 이곳하고는 쌍자시장이나 다름없는 곳인데 납품하러 난 벌써 여러 번 다녀왔거든. 물론 위험하기는 했지. 하지만 기꺼이 내 위대한 소임을 완수하니까 보람도 배가 돼서 돌아오더라고. 그들에게는 큰 기쁨을 줬고 답례로 벌이를 조금 했지. 언제 기회 있으면 내 자세히 얘기해 줄게."

민욱은 무용담이라도 떠벌이듯 기고만장했다.

추위에도 아랑곳하지 않고 열기를 내뿜는 재래시장은 시장에 있는 모든 사람에게 생존을 위한 화합의 장이자 동시에 각축장이었다. 철민은 지금 그들과 함께 있었다. 먹기 위해, 살기 위해 그리고 사랑을 위해…. 철민이 물건을 고르면 흥정은 주로 중국어를 잘하는 민욱이 하였다. 두 사람은 당분간 쓸 부식과 조촐하게나마 회식에 쓸 음식들을 고르느라 시장 곳곳을 누볐는데 물건들을 구경하고 즐겁게 담소하며 느긋하게 매장들을 옮겨 다녔다. 물론 철민의 눈빛은 오고가는 사람들 속에서 미옥을 찾느라 날카롭게 빛나고 있었다. 비록 눈앞에 보이지는 않았지만 곧 미옥을 볼 수 있으리라는 기대로 충만했기 때문에 철민은 마치 구름 위를 걷는 듯했다. 닭집 근처를 지나자 온갖 냄새로 가득한 시장 안에서도 유독 닭 튀기는 냄새가 코를 자극했다.

"민욱아. 어제, 그제 우리 반원들 고생이 이만저만이 아니었지 않냐. 닭이나 한 열 마리 사가지고 가서 몸보신 좀 해 주면 어떻겠냐?"

"오! 거 듣던 중 반가운 소리구나. 언젠가 보신요리에 자신이 있다고 했지. 그래. 오늘 실력발휘 좀 해 봐라. 벌써부터 침이 돈다. 하하!"

"하하! 그래. 오늘 저녁에 해 주마."

철민은 환하게 웃으며 민욱의 어깨를 가볍게 툭 쳤다.

"이제 필요한 물건은 다 산 거 같으니까 그만 가자."

"오늘 저녁만찬이 정말 기대된다."

차에 물건을 실으면서도 철민은 당장이라도 미옥이 나타날 것만 같았다. 그리고 갈수록 육감은 강렬해져 견딜 수가 없었다. 결국 민욱을 돌아봤다.

"민욱아. 부탁 하나 하자."

"부탁?"

민욱은 그렇지 않아도 안절부절 못하며 자꾸 주변을 살피는 철민을 의아한 눈으로 쳐다봤다.

"철민이 네가 부탁 같은 거 할 때도 있냐? 그래, 무슨 부탁인데?"

"아무래도 현장이 눈에 밟혀서 안 되겠어. 생각해 보니까 어제 기계를 쓰고 포장도 안 하고 왔어. 그거 그냥 내버려두면 부동액이 얼어서 엔진이 작동 안 할 수도 있다고."

"어? 어제 나올 때 기계에 덮개 씌워져 있던 것 같았는데."

"아냐. 가서 확인해 봐야 돼."

북측의 파견노동자들이 대개 그렇지만 철민의 작업반에서도 개인행동은 철저히 금지되어 있었다. 외출을 할 때에는 반드시 두 명 이상이 짝을 이루어 나가야만 했고 반장에게 사전에 장소와 시간을 미리 알려야 했다. 철민의 부탁에 민욱은 씨익 웃었다.

"그래. 가는 길에 내려주마."

"태워 달라고 부탁하는 게 아니야. 이런 날씨에는 역까지 걸어서 기차 타고 가는 게 차라리 더 빨라. 내가 만약 늦으면 반장동지께 요사이 철민이가 무리를 해서 시장에서 약을 지어 왔는데 지금 몸 져누웠다고 말 좀 잘해서 적당히 둘러대 줘라."

철민은 엷은 미소를 띤 채 애처로운 눈빛으로 민욱을 응시했다.

"그래, 알았나."

횡 하니 부는 차가운 바람은 철민의 마음을 민욱에게 옮겨 놓는 듯했다. 민욱은 더 이상 묻지 않고 철민을 남겨놓은 채 눈길 속으로 사라져버렸다.

민욱이 떠나자 철민은 한동안 멍하니 서 있다 다시 시장 안으로 들어갔다. 한참을 돌아다녀서 그런지 다리는 뻑적지근했고 시장기도 느껴졌다. 가만히 생각해 보니 숙소에 부식이 없어 아침식사도 못하고 나왔다. 허기진 배를 움켜잡고 시장 안을 둘러보니 국수집이 눈에 들어왔다. 자리를 잡고 주문을 하니 그제야 긴장이 좀 풀렸다. 다시 보아도 시장 안의 여러 진솔한 모습들은 역시 훈훈하게 느껴졌다. 철민은 마치 고향에라도 돌아온 듯하여 눈을 반쯤 감고는 마음속으로 시장 안의 여러 인간군상을 스케치하기 시작했다. 시장 안은 사람들로 끊임없이 북적대는 곳치고는 비교적 정리가 잘되어 있었고 깔끔하였다. 물건을 사고파느라 분주한 사람들과 그들이 서로 부대끼며 엮어가는 정감 어린 장면들은 그에게도 충분히 익숙한 분위기였고 관찰할수록 고향생각이 굴뚝처럼 났다.

'역시 사람 사는 곳은 다 비슷비슷한 데가 있는 거야. 다르다면 단지 통치가 다를 뿐이지. 그런데 감시하는 사람이 안 보이네. 이렇게 생존과 밀접한 곳일수록 사람들이 피부로 느낄 수 있어야 하는데. 거 참 이해할 수가 없군.'

철민이 상념에 잠겨있는 사이 식당 아주머니는 음식이 다 됐다고 가져가라 한다. 주린 배를 채우며 정신없이 먹고 있는데 갑자기 옆에서 여인의 향수냄새가 풍겨왔다.

"철민 씨. 한 입만 줘요."

향기로운 분 냄새와 함께 들려오는 반가운 목소리에 놀라 철민은 젓가락을 내려놓고 멍하니 고개를 돌렸다. 하지만 이내 그의 입가에는 환한 미소가 그려졌다.

"어서 와요! 잠깐만 기다려요. 내 빨리 가서 주문하고 올 테니까."

철민이 일어서려는데 미옥이 그의 팔을 붙든다.

"철민 씨. 난 아침 먹고 왔어요. 들던 거나 마저 들어요. 혹시 내가 식사 방해한 거 아닌지 모르겠네요."

미옥은 겸연쩍은지 얼굴에 홍기를 띠고서는 방긋방긋 웃었다.

"방해라니요. 이제나저제나 하고 눈이 시리도록 시장 안을 살폈는데 미옥 씨를 보니까 사막 한가운데서 오아시스라도 발견한 것처럼 반갑네요."

모락모락 올라오는 김 때문인지 몰라도 철민의 눈시울은 뜨거워져 있었다. 가까이 다가간 미옥은 수건을 꺼내 철민의 얼굴을 닦아주고는 자신의 이마도 닦았다.

"난 물이나 한잔 먹어야겠어요. 철민 씨 찾아 시장 안을 두 바퀴나 돌았더니 목이 무척 마르네요."

미옥은 컵에 물을 가득 따르고는 벌컥벌컥 마셨다.

"천천히 마셔요. 체하겠어요."

맑고 영롱한 미옥의 눈에 자신의 눈을 맞추며 철민은 빙그레 웃었다.

"미옥 씨. 난 방금 대형사고 쳤습니다."

"대형사고요?"

"네. 태어나서 이렇게 무모했던 적이 없었어요. 지금도 앞날 따위는 안중에도 없어요. 잘못하면 수용소로 끌려갈 수도 있겠지만… 까짓 거 죽기밖에 더 하겠어요."

미옥은 철민의 안색을 살피고는 심상치 않은 속내를 직시했다. 그녀는 그의 손등을 어루만졌다.

"철민 씨. 한 번 주변을 둘러봐요. 저기 머리는 꼽슬에다 파란 눈의 사람도 보이잖아요. 여기에는 세세 각시에서 온 많은 사람들이 있어요. 그리고 철민 씨나 나나 이렇게 많은 사람들 중의 한 명에 불과해요. 시장이란 곳은 원래 사람과 사람이 자연스럽게 만나는 장소에요. 대관절 사람끼리 만나는 게 뭐 그리 잘못이겠어요? 더구나 같은 민족끼리인데."

철민은 빙그레 웃으며 말없이 듣고만 있었다. 그녀의 순진한 깡다구에 대해서는 여러 번 놀랐고 자칫 과대망상으로까지 이어질 때에는 아연실색할 수밖에 없었지만, 한편으로는 통쾌하기도 하였다.

"왜, 철민 씨는 북측 사람이고 나는 남측 사람이라서요? 다 구닥다리 유치한 사고방식이에요. 결국은 열리게 돼 있어요."

미옥은 철민의 어깨를 가볍게 잡아끌었다.

"철민 씨. 그만 일어나요. 눈길이라 얼마나 오래 걸릴지 장담을 못해요."

"어디를 가려는데요? 설마하니 어제 얘기했던 로씨아를 가려는 건 아니겠죠."

"왜 아니겠어요? 난 들뜬 마음에 안절부절 못하겠는데."

미옥은 시계를 보며 벌떡 일어섰다. 거리는 여전히 한산했고 밤새 내린 눈은 보이는 모든 것을 단순한 형상으로 만들어 버렸다. 그리고 철민과 미옥의 마음도 네모, 세모 모양 따라 단순해졌다.

"눈이 그쳐서 그나마 다행이에요."

미옥은 약간 찌푸린 채 주위를 둘러보더니 철민을 보고 방긋 웃었다.

"자. 빨리 가죠."

거북이처럼 천천히 조심스럽게 시내를 빠져나가면서 미옥은 감탄사를 연발하였다.

"철민 씨. 마치 도시 전체에 하얀 솜이불을 덮은 것 같아요!"

온통 하얀 세상은 반사되는 햇살 속에서 반짝거려 철민은 미간을 좁혀 초점을 잡으려 애썼다.

"와! 세상이 온통 하얗군요. 이런 때는 우리네 마음의 빛깔도 덩달아 하얘지는 것 같습니다. 하하."

미옥은 차문을 반쯤 열고 선글라스를 꼈다.

"이런 날 세상을 바라보면 우리네 오욕칠정이 참 덧없는 거 같아요. 근데 철민 씨. 지금 이 도시에 우리 둘만 있는 것 같지 않아요?"

"진짜 그런 것 같네요."

"아주 멀고 먼 옛날 이 세상이 있지도 않았던 시절에 에덴동산이란 곳에서는 지금 꼭 우리처럼 아담과 하와가 살았데요."

"아담과 하와가 뭡니까?"

"기독교에서 말하는 하나님의 피조물이에요. 그들이 아무것도 모른 채 신의 품에서만 살아갈 때는 삶 자체가 곧 행복이었어요. 그런데 하와가 금단의 열매를 따먹는 바람에 지상으로 쫓겨났어요."

미옥은 눈을 가늘게 뜨고 철민을 바라보며 미소 지었다.

"사방이 온통 하얀색으로 단조로워서인지 불현듯 창조론 이야기가 떠오르네요."

그런데 뜻밖에 철민도 귀를 쫑긋 세우고 진지하게 듣고 있었다.

"거 참 재미있는 얘기 같습니다. 그런데 하지 말라는 것을 하니까 벌을 받는 것은 당연한 거 아닙니까."

"그런데 내 생각에 잘못은 하나님께서도 하셨다고 생각돼요. 만약 하나님께서 처음부터 그녀에게 호기심이란 마음을 주지 않으셨더라면 그들을 험한 지상으로 내쫓는 일도 없지 않았겠어요?"

미옥은 차창 문을 활짝 열고는 환하게 웃으며 말했다.

"나는 하와를 동정해요. 아마도 그녀는 어느 날 자신의 내면의 모습을 봤을 거예요. 그리고 깊은 곳에서 들려오는 소리에 충실했을 거고 용기를 냈을 거예요. 어쨌든 하와가 자신의 쇠사슬을 끊었기 때문에 이 찬란한 세상이 열렸잖아요."

차 안으로 밀려들어오는 차가운 공기는 미옥의 말에 신선함을 더해 주었고 철민은 추운 줄 몰랐다.

"철민 씨. 감리 일을 하다가 아주 어려운 문제에 부딪힐 때면 완벽을 위해 때론 원점으로 돌아가야 하는 경우가 있어요. 물론 돌아가기 싫죠. 그동안 고생한 거 생각하면 억울하다 못해 눈물이 날 지경이고 심지어는 그냥 포기하고 싶은 생각마저 들기도 하고…. 그렇지만 정신을 가다듬고 냉정하게 문제를 살펴보면 원점회귀가 2보 전진을 위한 1보 후퇴란 사실을 알게 돼요. 왜냐면 마음을 비우고 처음부터 시작하려 하면 현장을 있는 그대로 볼 수 있거든요. 조금 있다가 삼각지에 도달하면 사상이고 나발이고 간에 다 던져버리고 우리 잠시나마 동심으로 돌아가요."

철민은 가볍게 실소할 뿐 말이 없었다.

"풍요롭든지 척박하든지 간에 순수하게 볼 수 있는 세상은 아름다워요. 왜냐하면 어딘가에는 희망이라는 보석이 숨어있거든요."

철민은 갑자기 속이 메스꺼워졌다. 급하게 차창을 조금 열고 숨좀 돌리려 애썼지만 속에서 천불이 나는 듯 이내 차창을 활짝 열어버렸다. 그리고 미옥을 향해 고개를 홱 돌리며 버럭 소리를 질렀다.

"사상 없는 삶이란 사상누각에 불과한 거요. 빈껍데기 삶이란 말이오!"

그렇지만 미옥과 눈이 마주치는 순간 왠지 자신이 없어져서 곧 말문이 막히고 말았다. 그리고 얘기를 계속 이어나갈 흥미마저 잃어버렸다. 그는 허리를 쭉 펴고 앉아 무심히 창밖만 내다보았다.

"철민 씨. 추워요. 창문 올려요."

철민의 표정은 그만 딱딱하게 굳어 버렸다.

"여자가 하기에는 궂은일을 하고 있지만 이래 뵈도 난 인문학에 관심이 많아요. 거의 시간만 생기면 인문학 책을 보거든요. 그리고 얼마나 빠졌는지 가끔은 아예 전업해서 평생 자리 잡을 생각까지 하고 있어요. 그런데 여기는 중국이잖아요. 사회주의 사상에 대해 접할 기회도 많고 마음만 먹으면 다양한 자료도 쉽게 구할 수 있어요. 그래서 여기 있으면서 관련 서적들을 많이 탐독했어요. 인류가 한때나마 그토록 열광했던 사상을 고찰하면서 오늘날을 생각해 봤죠. 그리고 나름대로 놀라운 사실을 발견했어요."

미옥은 옆에 앉아 있는 철민을 힐끔 쳐다보았다. 풀이 죽은 채 고개를 돌리고 있는 철민은 한편으로는 화도 난 얼굴이었다.

"궁금하지 않아요?"

"…."

한참을 그냥 달렸으나 철민은 말이 없었다.

미옥은 퍼뜩 화제를 잘못 선택했다는 것을 깨닫고는 잠시 동안 침묵했다.

"나처럼 건축 일을 하는 사람이 이렇게 넓고 멋진 평야를 지날 때면 종종 이런 곳에는 어떤 구조물이 어울릴까 하고 상상의 나래를 펴곤 해요."

"…."

"북측 아저씨. 말 좀 하자고요."

"듣고 있으니까 계속해요."

"철민 씨. 그거 알아요? 건축에도 유행이 있어요."

철민은 볼을 실룩거리며 퉁명스럽게 미옥을 쏘아보았다.

"로동하는 사람이 그런 건 알아서 뭐하겠소. 그저 그들이 바라는 대로 하자 없이 잘 지어주기만 하면 되는 거지."

"그렇게 투덜대지 말아요. 사람 무안하잖아요."

철민은 도리어 무안해져서 피식 웃었다.

"나도 건축하면서 별의별 건물들을 많이 봐 왔다만 중국 오니까 해괴하게 생긴 건물들이 진짜 많더라고요. 그런데 민욱이 말로는 그런 건물들이 진짜 돈 되는 공사라고 합디다. 그래 언제 기회가 되면 우리도 한 번 그런 일감 맡아보자고 하는데 내 생각에 그런 일은 좀 특별한 기술이 있어야 할 것 같지 않을까 생각도 들어요. 하지만 까짓거 배우려고 들면 뭐 대수겠어요? 나보고 하라면 금방 배울 자신 있습니다."

"아니, 내 말뜻은 그게 아니라…."

"…"

"가만히 보면 철민 씨도 꽤나 부자가 되고 싶은 거 같아요. 근데 북측은 원래 지상낙원이잖아요. 지상낙원에도 돈이란 게 필요한가요?"

철민은 미옥의 말에 쓴웃음을 지었다.

"부자란 게 뭔지 모르겠지만 돈 좀 벌러 중국에 온 건 사실이오."

"그럼 내가 돈 버는 방법 하나 가르쳐 줄게요. 물론 철민 씨는 유능하니까 일 자체를 배우는 데는 별 문제가 없을 거에요. 그렇지만 일과 돈벌이는 또 별개의 문제에요. 그렇게 남들 뒤꽁무니만 좇아가다간 돈 못 번다고요. 큰 흐름을 읽을 수 있어야 돼요."

그렇지만 철민은 여전히 시큰둥했다.

"무슨 말이냐면요. 변화란 결국 사람들의 정서 중에서 공감대가 형성되어 나타나는 현상인데 사람들의 마음이란 게 묘한 기질이 있어요. 바로 직전의 것들을 거부하면서도 어느 정도 세월을 놓고 보면 혁신과 복고풍이 교차해요. 유행이란 결코 새롭기만 한 것이 아니거든요. 이게 왜 중요하냐면요. 남들보다 흐름을 먼저 깨치면 돈이란 게 흘러가는 길목에 그물을 설치할 수가 있어요. 그럼 돈벼락 맞는 거에요. 호호!"

"돈벼락이 뭐요?"

철민은 미옥의 말이 거북하기만 했다. 그에게는 정해진 할당량과 대가 이외에는 어색했고 잉여량은 어디까지나 '인민의 것'으로 알고 있었다.

"오해하지는 말아요. 현장에서 철민 씨처럼 진취적이고 도전적인 기술자들에게 늘 해 주던 얘기인데 철민 씨가 새로운 기술을 배운다기에 참고하라고 실없는 소리 하나 했어요. 나도 지상낙원에 들어가기 위해서는 입장료를 내야 하잖아요."

미옥은 철민의 표정을 살피며 말을 이어나갔다.

"철민 씨. 근데 내가 인문학 공부를 하면서 이런 현상이 사람들의 사상에서도 나타난다는 것을 알게 됐어요. 건축에서 나타나는 유행의 변화처럼 눈에 보이지 않아서 그렇지 사상의 흐름은 결코 단조롭거나 선형적이지 않아요. 나름대로 굴곡을 그려요."

철민은 여전히 말이 없었다.

'사상이야 어차피 결정되어 내려오는 것인데 만고불변의 진리가 어떻게 변할 수가 있나?'

철민은 정말이지 미옥의 말이 낯설고 어색했다. 단지 홍조 띤 채 열중하는 그녀의 모습에 끌릴 뿐이었다. 철민은 흐뭇하게 미소 지었다.

"근데 미옥 씨. 운전 힘들지 않아요?"

"아뇨. 괜찮아요."

'이 북측 아저씨는 남의 말 끊는 데는 아주 선수야!'

미옥은 많은 현장경험을 바탕으로 북측 사람들과 대화할 때는 인내심이 필요하다는 사실을 잘 알고 있었다.

"온통 하얀색으로 세상을 꼼짝 못하게 바꿔놓고 우리 둘을 위한 날을 만들어 줬으니 이 이상 좋을 수 있겠어요! 은총에 감사하기 위해서라도 우리 오늘 멋진 하루를 만들어 봐요."

미옥은 가속페달을 더 세게 밟았나.

한참을 더 가니 두만강이 정면으로 보였다. 그리고 도로가 강을 비껴갈 때에는 두만강이 손에 잡힐 듯이 가까왔다.

"도무지 이 세상 같지가 않죠!"

아름다운 순백을 배경으로 굽이굽이 흐르는 푸른 두만강은 여러 가지 빛의 형상을 보여주었다. 바로 앞에 보이는 근처의 눈 색깔은 산 그림자에 그늘져 차라리 회색빛에 가까웠고 시야에서 멀어질수록 순백의 세상은 신비로움을 더해 강 건너 조국의 산천은 한 폭의 풍경화를 보는 듯했다.

"철민 씨. 잠깐 쉬었다 가죠."

미옥은 풍경의 아름다움에 홀리기라도 한 듯 모바일을 들고 나가 정신없이 사진을 찍어 댔다.

"철민 씨도 이리 와 봐요. 우리 함께 찍어요."

차창 밖으로 볼 때와는 달리 민낯으로 보는 눈 내린 세상은 훨씬 신선했고 자연이 만들어 놓은 눈부시고 경이로운 풍경 속에 두 사람은 푹 빠져버렸다.

"철민 씨, 이게 뭔지 알아요?"

미옥은 예쁜 막대를 꺼내더니 쭉 잡아 뽑았다.

"셀카봉도 가져 왔습니까?"

"촌뜨기 북측 아저씨가 이런 것도 아네요. 호호."

미옥은 모바일을 셀카봉에 장착하고는 철민과 함께 신나게 버튼을 연신 눌러 댔다. 눈 덮인 세상은 두 사람을 위한 또 다른 세상 같아 보였다. 미옥은 아무도 없는 텅 빈 도로에서 큰 소리로 웃고 떠들며 희희낙락했고 맞은편에 있는 절벽은 메아리로 돌려주면서 두 사람을 응원해 주었다. 그렇지만 국경이 가까워질수록 철민은 엄습하는 불안감을 떨칠 수 없었으며 세뇌되어 있는 쇠사슬은 그를 옥죄어 점점 현실에서 멀어지게 하였다. 그는 무의식적으로 자꾸 주변을 둘러보았다.

"철민 씨. 누구 쫓아오는 사람 없어요. 마음 편하게 가져요."

미옥의 충고에 정곡을 찔린 철민은 괜스레 머쓱해져서 살짝 눈을 흘겨보았지만 미옥의 얼굴을 보니 오히려 웃음이 나오고 용기가 솟았다. 마음을 가라앉히려 애쓰며 그도 자신의 손전화를 꺼내 들었다.

"미옥 씨. 그 봉 줘봐요. 나도 한 번 써 보고 싶네요."

셀카봉에 자신의 손전화를 바꿔 끼고는 철민도 미옥처럼 신나게 버튼을 눌러 댔다.

"철민 씨. 찍은 사진 좀 보여줘요."

미옥은 철부지 어린아이처럼 팔짝팔짝 뛰며 철민에게 매달렸다.

"미옥 씨. 사실 난 손전화로 사진 찍어 본 게 두 번째에요. 지금 두 번째 찍어보는 겁니다."

"우와! 웬걸요. 타고났네요! 조금 있다가 세상 끝에서 더 멋진 사진을 한 번 찍어 봐요."

미옥은 사방을 둘러보았다.

"철민 씨. 우선 내가 구도 잡는 법을 가르쳐 줄게요. 아. 저기가 좋겠네요."

두 사람은 눈 내린 평야를 정신없이 달렸다. 밟히는 눈 조각이 부서져 얼굴까지 튀어 올랐지만 두 사람의 흥분은 조금도 식을 줄 몰랐고 무작정 달리기만 하였다. 한참을 달려 고운 빛이 나뭇가지 사이로 내려앉아 눈 위에서 반짝이는 사구에 도달하였다. 미옥은 숨이 턱까지 차올라 털썩 주저앉고 말았다. 철민도 가쁜 숨을 몰아쉬었다.

"미옥 씨. 사진 배우기 힘들군요."

미옥은 허공을 응시하며 회상하듯 말했다.

"이곳에 와서 내가 처음 관광한 곳이 뭉성구였어요. 그때도 지금처럼 청명한 날이었는데 거기서 보니까 동해의 수평선이 다 보이더라고요. 날 수만 있다면 하늘과 맞닿은 그곳을 향해 날갯짓하고 싶었는데 영원히 도달할 수 없는 신기루라서 그냥 마음속에 화폭으로 담고 왔어요. 근데 철민 씨는 혹시 어떤 한계 때문에 꿈을 접어본 적 없어요?"

"꿈이요? 있었죠. 아주 어릴 적부터 있었는데. 그렇지만 청년동맹에 첫발을 내딛으면서 좌절했어요. 난 원래 만들고, 그리고, 글쓰기를 좋아했어요. 어느 정도 인정도 받았고요. 하지만 언제부터인가 열중하면서 단순히 시키는 일 너머의 세계가 궁금하더라고요. 그때도 태양절을 앞두고 당에서 하달된 작품을 렬심히 하고 있었는데 이 일은 결국 내 혼을 불어넣어야지만 완성할 수 있다는 확신을 갖게 됐어요. 그런데 안타깝게도 당에서 허락을 안 해 주는 거예요. 예술을 한다고 해서 배급이 두 번 나오지는 않아요. 더구나 당의 요구에 부응하지 못하면 죄짓는 거죠. 결국 먹고 사는 문제 해결하지 않고서는 예술을 할 수 없다는 더 가까운 사실을 깨닫고는 좌절할 수밖에 없었어요. 돈이 있었으면 예술전문학교를 갈 수 있었을 텐데 언감생심 당시로서는 꿈도 못 꾸었거든요. 그래도 현장에서 이렇게 렬심히 일하면서 돈도 벌고 기회 있을 때마다 못다 이룬 꿈을 발산하곤 할 때는 나름 만족해요."

"나도 사실 어렵게 자랐어요. 어릴 적부터 하고 싶었던 것도 많았고 꿈도 컸었는데 돈 때문에 포기했던 때가 많았죠. 해외에서라도 일자리가 생겼을 때는 정말 감지덕지했어요. 그런데 내 진짜 모습을 볼 수 있어서 그런지 꿈은 보다듬을 수 있을 때가 제일 좋은 것 같아요. 이룩하거나 포기하면 허무해지죠."

미옥은 철민에게 바짝 다가왔다. 그리고 손을 뻗어 철민의 왼쪽 가슴에 갖다 댔다. 철민은 흠칫 놀랐지만 곧 미옥의 온기가 온몸으로 전해지는 것을 느낄 수 있었다. 그리고 금방 익숙해졌다. 철민은 아무런 표정의 변화도 없이 덤덤히 미옥을 바라보기만 했다.

"내 가슴도 지금 마구 뛰는데 철민 씨 가슴은 더 요동치는 것 같네요. 돈 때문에 꿈을 접은 젊은이들끼리 오늘 한 번 멋지게 잊었던 꿈을 펼쳐 보자고요."

"꿈을 펼치자고요?"

"우리가 지금 가는 곳은 삼각주에요. 중국의 풍경구에서 보면 러시아와 북측이 보이고 러시아 핫산의 언덕에 오르면 중국하고 북측이 보여요. 북측에서 보면 중국하고 러시아가 보이겠죠."

미옥은 방금처럼 한쪽 손을 철민의 왼쪽 가슴에 다시 갖다 대었다. 요동치는 박동소리는 바로 귓전에서 울리는 것처럼 생생한 선율로서 미옥에게 들려왔고 붕 뜬 철민의 마음은 마치 풍선이라도 매단 양 평원의 지평선을 가로질러 버렸다.

"철민 씨. 그곳에서 광활한 풍경을 바라볼 때면 가슴이 탁 트여 시원하면서도 한편으로는 어떤 한계를 느낄 수 있어요. 방천의 전망대에서 북측의 나선 쪽을 바라볼 때도 그랬고, 러시아의 연해주 평원을 바라볼 때도 그랬고…. 그런데 지금 여기서 평원의 지평선을 바라보니까 같은 느낌이 드네요."

미옥은 모바일을 꺼내들었다.

"사진이란 단순히 버튼을 누르는 일만이 다가 아니에요. 요사이 기술이 발달해서 노출이나 밝기 그리고 초점 등은 기계가 알아서 다해 주지만 무엇을 어떻게 찍을지는 순전히 사진기 들고 있는 사람의 몫이라고요. 그래서 사진에도 자신의 혼을 불어넣을 수가 있어요. 그런데 철민 씨. 그리기 좋아한다니까 구도에 대해 어느 정도는 알겠네요."

"그냥 어깨너머로 조금 배웠을 뿐이에요. 아름답고, 좋다 싶으면 표현하고 싶었을 뿐이지 실은 잘 몰라요."

"사진 찍을 때도 그림 그릴 때처럼 구도가 중요해요. 하지만 별거 아니에요. 철민 씨는 아마 금방 배울 수 있을 거예요. 어떻게 하면 아름답게 잘 찍을 수 있을까? 선택일 뿐이니까요. 앞에 보이는 산과 언덕과 강을 봐요. 그리고 그 사물들을 잘 배치해서 삼각형으로 만들어 봐요. 그리고 모양이 완성됐을 때 누르면 돼요. 근데 삼각형이 뭔지는 알아요?"

"뭐라고요! 이 에미나이 못 쓰겠네."

"농담이에요. 이제 해 봐요."

순백의 대자연 속에서 더 이상 이념이나 체제 따위는 유치했다. 철민의 눈은 호기심으로 번들거렸고 기계를 다루는 데 익숙한 손놀림은 빠른 속도로 카메라를 이해할 수 있게 해 주었다. 겹겹이 포장된 내용물일수록 반드시 드러나게 마련인 것처럼 핍박받고 억눌렸던 그의 감성은 햇빛을 가득 받은 얼음새꽃처럼 활짝 피웠다. 다양한 기능에 눈이 휘둥그레지고 현란한 색판에 놀라 다 써보고 싶은 마음에 철민은 연신 버튼을 눌러댔다.

"이 손전화 사진기 쓸 만하군요."

미옥은 찬찬히 철민의 맑은 눈망울을 응시하며 그의 볼을 어루만져 주었다.

"풍경구의 전망대에 서면 그냥 시선 닿는 데까지 사방천지가 다 보여요. 근데 나도 항상 그 너머가 궁금했어요. 보이는 풍경이 광활하고 신비로울수록 수평선 너머의 미지의 세계를 동경하게 되더라고요."

"우리는 공통점이 많군요. 보이지는 않지만 막연하게 느낄 수 있는 뭔가를 표현할 때는 어떤 소명의식이 들었어요. 하지만 당의 판단은 나와 달랐기 때문에 힘들었던 거죠. 그런데 미옥 씨. 난 지금도 구사일생으로 살아났던 날 류치장에서 봤던 미옥 씨의 그 해맑은 미소를 어제 일처럼 생생하게 기억하고 있어요."

감사를 가득 담은 철민의 눈빛은 설경 속에서 반짝이는 미옥의 눈망울을 따라가고 있었다. 그리고 미옥도 상쾌하게 웃었다.

"철민 씨. 실은 오늘 아끼는 사진기를 가져왔어요. 정말 아무데서나 꺼내지 않는데. 우리 오늘 평생 추억거리를 만들어 봐요. 거기가면 철민 씨 더 잘할 수 있을 거에요."

"그러니까 미옥 씨가 꼭 고향으로 돌아가는 철새처럼 보이네요."

"철새요? 철새는 날갯짓하는 대로 갈 수 있으니 겸손이라는 미덕을 모를 거에요. 미지의 세계를 그리며 상상의 나래를 펼 때 그 상상력마저 바닥나면 한계를 절감하고는 절로 겸손해지죠. 마치 명상수련을 하는 듯한 느낌도 들고요. 그래서 그런지 여러 모로 나는 그곳을 무척이나 좋아해요."

미옥은 눈웃음을 지으며 살짝 애교를 부렸다.

"미옥 씨가 좋다니 나도 좋아할 것 같습니다. 하하!"

철민은 미옥을 보며 큰 소리로 웃었다. 그러자 미옥도 덩달아 크게 웃었다. 두 사람은 그렇게 한참을 같이 웃었다. 웃음소리는 사방으로 퍼져 나갔고 적막하고 황량하기만 했던 강변은 느닷없이 정감어린 곳으로 변했다.

"철민 씨. 풍경에 빠져서 너무 많이 지체했어요. 그만 가죠."

그리고 미옥은 철민에게 차 열쇠를 던졌다.

"철민 씨. 승용차 운전해 본 적 있어요?"

"승용차는 운전해 본 적 없어요."

철민은 멋쩍어서 씨익 웃었다.

"그럼 지금 해 봐요. 언제나 처음이란 있는 법이에요. 그리고 승용차도 운전해 보면 나름 재미있어요."

두 사람을 태운 차는 굴곡진 설원 위에 뚜렷한 자국을 남기며 지나간 자리가 도로임을 말해 주었지만 뭔가 부족한 듯했다. 만약 차에 꽃장식을 했더라면 그들이 가고자 하는 곳이 어디라는 것을 보다 분명히 알 수도 있었을 것 같았다.

* * *

"철민 씨. 다 왔어요. 바로 저기에요."

미옥은 손끝으로 모퉁이 너머 보이는 건물 위를 가리켰다.

"그냥 건물 옥상이지 않습니까?"

"맞아요. 그냥 평범한 건물이에요. 다만 애써 특별한 모습을 찾는다면 아무래도 이곳이 국경 부근이라 그런지 언제 봐도 군인들하고 공안이 상주하고 있더라고요. 처음 봤을 때는 무슨 군사기지인 줄 알았는데 저 건물 옥상이 전망대라 그러기에 황당했어요. 근데 막상 전망대에 서 보니까 생각이 확 바뀌는 거 있죠. 꼴에 건축일 한답시고 높은 데 많이 다녀봤지만 보이는 풍경이 저보다 그렇게 높은 곳은 몇 번 없었어요. 그리고 통과가 어렵지 전망대에서는 사진도 찍게 해 주고 별로 간섭하는 일도 없더라고요. 뭐 궁금한 거 물어보면 위병들이 친절하게 답변도 잘해 줬고요."

"사진은 아까 오다 많이 찍었지 않습니까."

"에이. 그런 사진 말고요. 풍경과 교감할 수 있는 사진이요."

미옥은 철민을 보고 씽긋 웃었다.

가까이서 봐도 그냥 건물 옥상이었다. 특별한 시설물도 없었고 관광지로서의 면모는 별로 보이지가 않았다. 그리고 지키는 병사들이 무척이나 까다로웠다. 신분증과 사람을 날카롭게 대조해 보면서 이 눈길을 마다 않고 국경까지 온 이유를 물었다. 그렇지만 미옥은 조금도 거리낌이 없었다. 위병들과 몇 마디 대화를 나눈 후 철민의 팔짱을 끼고 안으로 들어갔다. 그곳에 있는 모든 사람들은 다 자연스러웠고 일상적인 모습이었지만 철민만큼은 그렇지가 못했다. 등에서는 식은땀이 흘렀고 입장하면서도 흘끔흘끔 자꾸 뒤를 돌아보더니 위병이 뭔가를 기록하는 것을 보자 얼굴이 백짓장처럼 변했다.

'내 도강증을 보여줬는데 이거 영락없이 걸렸구나!'

생각이 거기에 미치자 갑자기 다리에 힘이 풀리고 현기증마저 났다. 몸의 중심을 잡으려 안간힘을 썼지만 자꾸 늘어지는 게 팔짱을 끼고 있는 미옥이 마치 부축하는 꼴이 돼 버렸다.

"철민 씨. 괜찮아요?"

"괜찮아요. 갑자기 좀 어지러워서…. 잠깐만 앉았다 가죠."

벤치에 앉은 철민은 두 눈을 감고는 마음을 가라앉히려 애썼다. 그렇지만 영문을 모르는 미옥은 근심 어린 눈으로 바라보다 손수건을 꺼내 철민의 이마를 닦아주었다.

"괜찮은 거 같지 않은데요."

미옥은 철민의 귀에 대고 속삭였다.

"말해 봐요. 무슨 고민 있어요?"

그렇지만 철민은 대답 대신 이를 악물었다.

'지금 이 사람에게 얘기한들 무슨 소용 있겠는가. 나 스스로 이겨내야지. 까짓 거 죽기밖에 더 하겠어.'

"고민은 무슨? 요새 밀린 작업을 한꺼번에 하느라고 좀 무리를 해서 그래요. 근데 전망대는 어디요?"

"가방 이리 줘요. 내가 들고 갈게요."

"됐어요. 빨리 가기나 해요."

전망대에 올라서니 청명한 하늘 아래 멀리 동해의 수평선이 선명하게 보였다.

"하늘도 우리를 축복해 주나 봐요!"

미옥은 얼굴 가득히 미소 지으며 시선 닿는 대로 둘러보았다. 그리고는 난간에 몸을 기대고 허공을 향해 팔을 쭉 뻗어 뭔가를 손으로 잡는 시늉을 하였다.

"철민 씨도 이리 와서 한번 해 봐요. 저기 수평선이 꼭 손에 잡힐 것만 같지 않아요."

"어, 어! 미옥 씨 조심해요. 잘못하면 넘어가겠어요."

"풍경이 너무 아름다워요!"

저 멀리 뭉게구름 사이로 퍼져 나오는 찬연한 빛은 수평선까지 창공을 온통 파란색으로, 하얀색으로, 회색으로 물들였는데 군데군데 혼탁하게 번져있는 색깔들은 이따금씩 강하게 부는 대륙풍이 휘저어 놓은 듯한 느낌이 들었다. 반면에 하얀 눈이 덮은 지상은 온통 흰색으로 단조로웠다.

가볍게 한숨을 내쉬며 철민도 시선을 최대한 멀리해서 감상했는데 눈에 들어오는 풍경은 모두 다 그의 가슴을 꽉 채웠다.

"미옥 씨. 하늘과 땅 사이에 우리 둘만 있는 거 같습니다. 그렇다면 여기가 바로 그 에덴동산 아니겠습니까!"

"나도 방금 그 생각을 했는데 우리는 이심전심으로 잘 통하네요."

서로 마주 보며 미소 짓는 사이 두 사람 사이에서는 자연스레 감동이 전해졌다.

"철민 씨. 이런 데 있으면 누구든지 예술가가 되는 거 같아요. 자연의 모습과 소리들을 흉내 내고 싶은 생각이 절로 들거든요."

'이럴 줄 알았으면 그리기 도구들을 챙겨 오는 건데.'

"미옥 씨도 그리기 좋아해요?"

"저번에 공원에서 벤치에 앉아 있는 철민 씨 모습 보고 금방 알아봤어요. 뭔가 우수에 젖어있는 모습이 꽤나 내면세계가 무거운 것 같던데…. 철민 씨는 일상을 사랑하고 소소한 것에서 즐거움을 찾죠."

"눈썰미가 대단하군요. 나도 몰랐던 내 모습을 발견해 주다니. 얘기 듣고 보니까 진짜 그런 것 같네요."

"호호. 미안해요. 너무 부담 갖지 말아요."

두 사람은 싱그러운 미소를 띤 채 한참 동안 서로 눈빛을 교환했다.

"철민 씨. 나도 그리기 좋아해요. 그런데 나는 빛으로 그리기를 좋아해요."

미옥은 들고 있던 가방을 열었다. 안에는 카메라가 보였고 렌즈도 여러 개 눈에 띄었다.

"빛으로 그림을 그려요?"

철민은 약간 의아한 표정을 지었다.

"오늘 그리기는 철민 씨랑 함께하려고 이렇게 도구들을 몽땅 챙겨왔어요."

미옥은 삼각대를 세우고 카메라를 얹고는 렌즈를 장착했는데 그 능숙한 손놀림과 열심인 표정에 철민도 덩달아 호기심이 생겼다.

"뭐가 그렇게 거창하고 많습니까?"

"한 번 봐요. 여기에 눈을 갖다 대 봐요."

미옥의 말대로 눈을 갖다 대자 철민은 탄성이 절로 나왔다. 정제된 틀 안의 풍경은 분명 액자 속의 작품이었다.

"놀랍군요. 근데 화면에 보이는 이상한 기호하고 수치들은 다 뭡니까?"

"절경이 주는 느낌은 구체화된 수치의 색감과 명암으로 아름다움을 인식할 수 있어요. 이른바 디지털 미학이에요! 철민 씨야 조금 낯설겠지만 열중하다 보면 나름대로 재미있다고요."

'느낌의 근거를 리해할 수 있게 해 주는 기계로군.'

홍미롭고 신선했으며 가슴속 깊은 곳에서 솟구치는 깅렬한 욕구를 느낄 수 있었다.

"미옥 씨. 이 사진기 어떻게 쓰는 겁니까?"

"그리기할 때도 단지 보이는 것이 전부라고 생각하지는 않잖아요. 똑같아요. 먼저 존재하는 대상에 자신의 마음을 빛깔을 투영시켜야 돼요. 그리고 팔레트에다 물감 섞듯이 빛의 강도를 적절히 조절해서 찰칵 누르면 돼요. 별거 아니에요."

미옥은 버튼을 돌려 가며 수치를 조정해 주었는데 그때마다 펼쳐지는 새로운 풍경은 철민의 입가에 탄성과 미소를 떠나지 않게 해 주었다.

"볼수록 놀랍군요. 도대체 어떻게 이런 마술이 가능한 겁니까?"

"마치 물감에 물을 타서 색의 강도를 조절하는 것처럼 카메라에 입사되는 빛의 양을 조절하는 거예요. 그래서 빛으로 그림을 그리는 거죠."

'빛으로 그림을 그린다. 거 참 그럴듯하군.'

"그렇지만 미옥 씨. 나는 몇 가지 그림도구와 도화지만 있으면 지금 미옥 씨와 함께 바라보는 마음의 빛깔을 더 잘 표현할 수 있습니다."

"그럼요. 어련하시겠어요. 나중에 꼭 한 번 보여줘요. 하지만 오늘은 이거에 집중해요."

미옥이 이번에는 가방에서 컴퓨터를 꺼냈다.

"내가 좀 더 자세히 보여줄게요."

미옥은 방금 찍은 몇 장의 사진을 비교해 가며 명암과 채도의 차이에서 오는 색감을 설명해 주었다. 새로운 문물을 접해 보는 경험은 그의 마음에 모닥불을 지펴 영하의 냉기 속에서도 추운 줄 몰랐으며 물을 만난 고기처럼 무언의 힘이 솟구쳐 살을 에는 듯한 칼바람도 아랑곳하지 않았다. 그녀의 설명을 곁들인 신선한 경험은 그의 내면세계를 온통 들쑤셔 놓았다.

"미옥 씨 설명을 듣고 보니까 빛으로 그렸다는 표현이 조금도 무색하지 않은 것 같네요. 그렇지만 내 생각에는 뭔가 부족한 것 같습니다. 풍경 속에 미옥 씨가 거의 없지 않습니까."

미옥은 환하게 미소 지었다.

"벌써 이해했군요. 출사 몇 번 더 가면 나를 능가하겠는데요. 그런데 철민 씨. 나는 피사체에 혼을 불어넣는 재주는 없어요. 그저 남들만큼 찍고 잘된 사진을 감상하며 즐기는 정도죠. 내가 보기에 그런 재주는 오히려 철민 씨한테 있을 것 같은데요."

"근데 당에서는 그런 것을 싫어했어요. 벌써 십여 년 전 일이었지만 태양절 당 대회에서 전시포스터에 내 주관을 넣어 표현했다가 게시되기는커녕 이가 몇 대 나간 적이 있었거든요. 당에서는 지금이 사진처럼 딱 시키는 대로만 표현하길 원했으니까요."

"미안해요. 내가 그만 아픈 기억을 건드리고 말았군요. 근데 십여 년 전이면 철민 씨 고등학교 시절이겠네요. 좀 더 얘기해 줘요. 철민 씨 학창시절이 궁금해요."

미옥은 눈을 반짝이며 철민에게 바짝 다가갔다.

"그런데 미옥 씨 얼굴이 말이 아닙니다. 어디 가서 따뜻한 차라도 한잔해야지, 잘못하면 눈사람 되겠어요."

'아. 이게 있었지.'

철민은 퍼뜩 생각나 안주머니에서 주머니 난로를 꺼내 미옥의 얼굴에 문질러 주었다.

"난 항상 이것을 갖고 다녀요. 내게는 필수품이죠. 이것만 있으면 혹한과 칼바람도 끄떡없어요."

"하하! 이거는 어디서 났어요? 나도 현장에서는 항상 패용하고 다니는데. 철민 씨와 함께 있으면 이 세상 어디에 있든 아무 걱정 없겠네요."

미옥은 환하게 웃으며 철민의 손을 잡았다.

"저번에 왔을 때 봤는데 건물 안에 차 마시는 곳이 있더라고요. 우리 가서 차나 한잔해요."

모락모락 김이 올라오는 중국 전통차를 앞에 놓고 두 사람은 마주 앉았다.

"난 원래 고등중학을 졸업하고 예술전문학교를 가고 싶었어요. 그래서 특기를 인정받으려고 당 대회 때 출품작을 냈었지요. 나라에서는 가끔 재주 있는 백성들을 선발해서 따로 교육받을 기회를 주곤 하거든요. 나한테는 유일한 비상구였지요. 아무래도 예술학교를 가려면 돈이 많이 드는데 집에 돈은 없고 그렇다고 내가 뭐 조상의 후광을 입어 출신성분이 특출난 것도 아니었거든요. 출품에 한 가닥 희망을 걸고 있었는데 결과는 참담했어요. 더구나 나중에는 보위부로 불려 가서 조사까지 받았는데 거기서 말실수를 하는 바람에 구타까지 당했고요."

"매까지 맞았어요?"

미옥은 혀를 찼다.

"뭐 그렇게 많이 맞은 것은 아니었어요. 그저 정신 차리라고 턱주가리 몇 대 돌리더라고요. 그렇게 낙선하고서는 바로 입대를 했지요. 그런데 내가 특기를 인정받은 곳은 오히려 군대였어요. 어려서부터 나는 손으로 하는 것은 뭐든지 좋아했고 또 잘했는데 군대에서도 열심히 했더니 금방 발탁이 되더라고요. 그래서 오 년 만에 공장으로 자리를 옮겼어요. 그리고 거기서 공장대학을 다녔습니다. 그 당시는 신의주가 개발특구로 지정되어 하루가 다르게 변모하고 있던 때라서 황금평으로는 매일같이 물자가 이동했고 새로운 공장들이 우후죽순으로 들어서서 근로인민들이 많이 필요했던 시기였는데 이제 와서 생각해 보니까 나도 그래서 보직이 바뀐 게 아니었나 생각이 들어요."

"흔히들 사람들이 신의주와 단둥은 쌍자도시라고 하던데 일단 빗장이 풀렸으면 당시에는 교류도 많았겠네요."

"그때 조선족하고 화교들의 출입이 부쩍 늘었어요. 나도 그들을 통해 처음 보는 물건들을 많이 접했는데 개중에는 남측 제품도 있더라고요.

"남측 제품이요!"

"지금 기억으로도 심지어는 장마당 한쪽 구석에서는 남측 제품만 전문적으로 취급하는 화교가 있었던 생각이 나요."

"오호! 철민 씨도 많이 써봤나요?"

"사실 남측 제품은 우리 근로인민들 사이에서는 인기가 많아요. 비싸서 못 쓰지."

철민은 쓴웃음을 지으며 차를 한 모금 마셨다.

"근데 여기 와서 북측 사람들을 접하면서 알게 됐는데 공산주의 국가에서도 돈 필요한 일은 많나 봐요?"

"하하하!"

철민은 다시 너털웃음을 터뜨렸다.

"돈 있으면 좋죠 뭐. 편안하게 살 수 있고."

"근데 중국에는 어떻게 오게 됐어요?"

"여러 가지 리유가 있지요."

미옥도 철민을 따라 차를 한 모금 마셨다.

"공장에서 오 년을 더 근무하고 만기제대를 했어요. 그때 동료 한 명이 같이 중국 가서 일해 보자고. 벌이도 훨씬 괜찮을 거라고 해서 친구 따라 강남 간 셈이었지요."

"그래 돈은 많이 벌었어요?"

"뭐 꼭 돈 벌러 온 건 아니니까. 고저 논이 있으년 나라에 보람도 되고 가족들도 편히 지낼 수 있으니까 여러모로 보람이 있죠. 빠지지 않고 다달이 집에 송금할 때면 가슴이 뿌듯해요. 그럼 이제 미옥 씨 애기 좀 들어볼까요. 미옥 씨는 언제 중국에 왔습니까?"

"난 중국 온 지 벌써 삼 년째 접어들어요. 나도 그때 학교 졸업하고 딱히 갈 데가 없었어요. 자격증은 학교 다닐 때 취득했지만 어디 일자리가 있어야 말이죠. 그래도 중국어를 열심히 공부했던 게 큰 도움이 됐어요."

미옥은 다소곳이 차를 한 모금 마시며 창밖을 내다봤다.

"난 학교 졸업하고 정말 일이 하고 싶었어요. 그래서 회사에서 입사조건으로 제시한 각서에 무조건 사인했지요. 물론 여자가 혈혈단신으로 외국에서 생활한다는 게 별로 내키지는 않았지만, 별수 있겠어요. 그리고 건축 일을 하려면 철새처럼 떠돌이 생활을 해야 한다는 건 진작 알았거든요. 그래도 난 지금 만족해요. 이 광활한 대륙에 내 손으로 뭔가를 이룩해 놓았다는 게 그렇게 뿌듯할 수가 없더라고요. 근데 철민 씨. 우리는 생래적으로 공통분모를 갖고 있나 봐요. 나도 손으로 만들고, 고치고, 부수고 하는 일들을 무척 좋아하거든요. 그래서 난 지금 현장일이 너무 재밌고 즐거워요."

"힘들지는 않나요?"

"당연히 힘들 때도 있죠. 더구나 감리 일을 할 때는 여자라서 무시당하는 경우도 종종 있거든요. 물론 그들에게 여자가 더 지독하다는 사실을 깨닫게 해 주는 데는 별로 오래 걸리지 않지만 말이죠."

미옥의 말에 철민은 또 너털웃음을 터뜨렸다.

"난 진작 깨달았어요. 처음 만난 날부터 미옥 씨는 팔색조였어요. 세상에 녀자 감리사가 있다는 사실도 놀라왔지만, 아침에 처음 봤을 때하고 작업 끝나고 봤을 때하고 콩쥐 팥쥐를 보는 듯했거든요."

이번에는 철민의 말에 미옥이 너털웃음을 터뜨렸다.

"콩쥐 팥쥐까지는 좀 심한 거 같네요. 근데 철민 씨는 여성의 사회 참여에 대해 어떻게 생각해요?"

"북측에서도 녀성의 근로는 너무나 당연해요. 중국으로 파견 나온 녀성 근로인민들도 많고요. 작업복을 입고 있는 미옥 씨 모습을 봤을 때도 눈에 많이 익은 모습이라 별로 낯설지 않았어요. 하지만 그렇게 남자 근로인민들을 착취하며 눈에 불을 켜고 악착같이 덤비는 맹렬녀성은 본 적이 없어요."

"거 참 유감이군요. 사회풍토가 여성의 적극적이고 진취적인 근로 자세를 칭찬해 주는 분위기 쪽으로 형성되어야 할 텐데…. 지구촌의 잘사는 나라들을 봐도 알 수 있지만 여권의 상승은 곧 국력의 상승으로 이어질 수 있어요. 국가 우선주의를 표방하는 북측에서 그런 사실을 간과한다는 게 안타깝네요."

미옥은 가볍게 한숨을 내쉬며 차를 한 모금 마셨다.

"나는 내년쯤 남측으로 돌아갈 생각이에요. 가서 좀 쉬고 미국으로 유학을 갈 거예요. 그동안 모아 놓은 돈도 좀 있고 해서 가서 건축디자인 공부를 하려고요."

"미국이요!"

철민은 갑자기 이맛살을 잔뜩 찌푸렸다.

"왜 하필 그 불구대천의 원쑤나라로 갑니까? 미제는 우리에게는 지난 수십 년간 울화통의 원천이었는데…"

미옥은 사소한 행동이 자칫 북측 사람을 격앙되게 할 수 있다는 사실을 잘 알고 있었기 때문에 터져 나오는 웃음을 간신히 참으며 철민의 얼굴을 살폈다.

"철민 씨. 내가 여기 와서 북측 사람을 처음 만난 건 뜻밖에도 식사하던 중이었어요. 그때 우리 기업이 중국 당국하고 마찰이 있어서 공사 진행이 잠정적으로 중단됐거든요. 그런데 현장 분위기가 어수선하다 보니까 사람들이 삼삼오오 모여 있던 때가 많았어요. 그때만 해도 나는 아무것도 모르고 그저 아장아장 열심히 쫓아만 다니던 시절이었는데 하루는 현장 근처에 있는 허름한 술집에서 기사들하고 탁주 한잔을 기울이며 타향살이의 시름을 달래고 있었어요. 그런데 당시 상황이 그렇다 보니까 아무래도 화제가 또 정치 쪽으로 흐르더라고요. 더구나 북측의 최고지도자가 마침 중국을 방문하는 시기였기에 그야말로 정치에 대한 관심이 만연했던 시절이었지요. 그때 취중에 내가 그만 북측의 최고지도자 이름을 함부로 불렀는데 갑자기 분위기가 살벌해지면서 동료들의 낯빛이 확 변하는 거예요.

'말 조심해! 여기 북측 근로자도 있어. 그들이 비록 쥐뿔도 없지만 기개만큼은 대단하다고.'

송곳처럼 들려오는 나지막한 목소리에 순간 술기운이 확 달아났어요. 나중에 들은 얘긴데 심지어 개중에는 북측의 보위부 요원들까지 있다고 하더라고요. 그래서 그때 이후로 될 수 있는 대로 정치 얘기는 안 하기로 했어요. 물론 나야 원래 정치에는 관심도 없지만 말이죠."

"미옥 씨 얘기를 듣고 보니까 나도 중국에 처음 왔을 때 생각이 나네요. 그때만 해도 사상무장이 부러질 때라서 낯선 것에 대해서는 적대감이 굉장히 강했어요. 어쩌다 우연이라도 어버이 수령님을 들먹이는 소리를 들을 때면 피가 거꾸로 솟았어요. 심지어는 울컥하는 기분에 허공에 주먹을 휘두르는 경우도 있었지요. 지금이야 그저 돈 좀 벌어보겠다고 눈과 귀를 막고 사니까 많이 무뎌졌지만요."

이번에는 철민이 푸념하며 실소했다.

"그러니까 철민 씨. 우리 지금 이후로 정치 얘기는 일절 하지 말도록 해요. 알았죠?"

"알겠습니다. 분부 받들죠."

두 사람은 서로를 마주 보며 빙그레 웃었다.

"근데 미옥 씨. 좀전에 찍은 사진 한 번 더 보고 싶네요."

철민은 사진 속의 풍경들이 자꾸 눈에 아른거렸다. 아직도 머릿속에 여운으로 남아 있는 빛의 향연을 다시 한 번 음미하고 싶었으며 전망대에서 미옥이 했던 것처럼 명도와 채도를 조정해 풍치를 한껏 살려보고 싶었다. 아니 미옥보다 더 잘할 수 있을 것 같았다. 미옥은 조용히 컴퓨터를 꺼내 들고 철민 옆으로 자리를 옮겼다.

"철민 씨는 색감이 남다르니까 금방 배울 수 있을 거에요. 그냥 컴퓨터 화면을 도화지로 생각하고 화면 상단에 있는 수백 가지 색들을 팔레트의 물감이라고 생각해요."

미옥은 손가락으로 몇 가지 색들을 끌어 와서 채색을 하였다.

"봐요. 간단하죠. 이런 원리에요."

미옥은 도화지에 색칠하고, 지우고, 또 다른 색을 칠하는 것처럼 컴퓨터 화면을 조작하며 사진기의 여러 가지 기능을 설명해 주었다.

"철민 씨도 한번 해 봐요. 재밌어요."

모니터를 응시하는 철민의 두 눈은 호기심으로 초롱초롱 빛나고 있었지만 굵게 튀어나온 뼈마디를 거죽으로 살짝 덮은 듯한 그의 손가락은 앙증맞은 하얀색의 컴퓨터와는 별로 어울리지 않았다. 그래도 떠듬떠듬 어쭙잖게 미옥을 따라 여기저기 꾹꾹 눌러보는 재미에, 채색하고 보정하는 재미에 철민은 점차 열중하였고 얼굴은 불그스레 상기되었다.

"재미있군요. 그렇지만 색의 깊이를 느끼는 데 있어서는 아무래도 종이만 못한 것 같습니다."

"질감이 달라서 그래요. 그리고 예술과 단순히 취미로 찍는 기술이 같을 수는 없잖아요. 그래도 건설현장에서는 이만한 취미활동이 없는 거 같아요. 상대적으로 여기기 극소수다 보니까 어디 어울릴 만한 자리도 마땅치 않은데 조용히 사진 찍으면서 혼자만의 시간을 갖다 보면 행복을 만끽할 수 있어요."

미옥은 차 한 모금을 마시며 조용히 철민과 눈빛을 마주쳤다.

"철민 씨는 혹시 현장에서 그냥 스쳐 보내기에는 너무 아깝다는 장면들을 본 적 없어요?"

"…."

"난 완공됐을 때뿐만 아니라 공사 중에도 생생하게 기억에 남는 명장면들을 여러 번 본 적 있어요. 지치고 힘들 때 황홀경에 찍은 사진들을 보며 추억에 잠기면 가슴이 시원해지는 게 묵은 체증도 풀리더라고요."

미옥의 말에 철민도 무심결에 보아 왔던 장관들이 아련히 떠올랐다.

"언젠가 기회가 되면 난 북측의 진솔한 모습들을 카메라에 담아 보고 싶어요. 또 근사하게 편집도 해 보고 싶고요. 근데 철민 씨 보기에는 신의주와 비교해서 중국의 생활현장이 어떤 것 같아요?"

철민은 빙그레 웃을 뿐 말이 없었다.

"말하기 싫으면 안 해도 돼요. 그냥 궁금해서 물어봤을 뿐이에요. 별다른 뜻은 없었어요. 오해하지 마요."

"신의주에도 사진 찍을 만한 곳은 많이 있습니다. 단지 중국에서처럼 금방 사라지는 명장면들은 별로 없는데 그거야 워낙에 요사이 중국이 하루가 다르게 변하니까 비교할 수 없는 거고. 뭐 굳이 차이점을 찾자면 그 정도겠죠."

"내 얘기 오해하지는 말고요. 어떤 때 보면 참 안타까워요. 불과 강하나를 사이에 두고 있을 뿐인데 왜 기운이 대륙으로만 모이는지."

철민은 손끝으로 창문 너머 보이는 기다란 푸른 물결의 띠를 가리켰다.

"미옥 씨. 저 물줄기 두만강 맞지요?"

"맞아요. 두만강이에요. 강줄기 따라 정면으로 보이는 쪽으로 우리가 방금 온 길이 있고요. 그 오른쪽이 북측 그리고 맞은편이 러시아에요. 엊그저께 러시아 핫산에서 중국의 방천을 바라봤을 때는 마치 거울을 보는 것처럼 좌우가 달랐어요. 그렇다면 강 건너 북측에서 여기 방천 합작구나 러시아 핫산을 본다면 어떨까요? 그거는 상상에 맡겨야겠죠."

들떠있는 미옥에 반해 철민은 차분했다.

"눈 덮인 세상 속의 두만강은 꼭 은반 위에서 반짝이는 보석 같습니다."

"참 멋진 표현이에요! 근데 사진으로 찍어 보면 또 다른 매력이 있어요."

"신의주에 있을 때부터 얘기는 많이 들었지만, 두만강 하구는 처음 와 봅니다. 근데 막상 와서 보니까 순수한 정취로 가득해 압록강 하구와는 확연히 다르네요. 신의주는 압록강을 사이에 두고 바로 단둥과 마주보고 있어서 강변에는 교역을 위한 인공시설물이 많아요. 더구나 요사이 압록강대교 옆에 또 다리 하나를 크게 짓고 있어요. 그런데 공들인 만큼 번성하려면 결국 왕래도 잦아야 하고 교류도 활발해야 할 텐데 잘될지는 모르겠어요. 시도 때도 없이 철조망이 가로막으면 우리 같은 백성들은 망연자실해서 돌아설 수밖에 없거든요."

"에고. 그냥 벌어먹게 좀 내버려두지."

미옥은 고개를 돌리며 혀를 찼다.

"철민 씨. 북측의 철조망은 나도 답답하고 두려운 때가 많았어요. 사업이란 게 항상 여러 가지 변수를 감안해야 하지만 특히 북측의 일방적이고 고압적인 태도는 늘 폭풍의 뇌관이었거든요. 거기다 마른하늘에 날벼락이 쳐도 어디 가서 하소연할 데도 없어요."

"그렇습니까. 뜻밖이군요. 남측 인민과 동병상련을 다 하다니."

"철민 씨가 몰라서 그렇지. 의외로 남측 사람들은 가깝게 있어요. 내가 보기에 지금의 북측은 뒷문 열어 놓고 앞문 단속하는 꼴 같아요. 비무장지대는 지구촌의 몇 안 되는 살인허가구역으로 살벌하기 그지없지만, 대륙과 반도를 구분해 주는 경계로서의 압록강과 두만강은 교역의 장으로서 그리고 많은 이들에게 삶의 터전으로서 북측과 중국 모두에게 은혜로운 모태거든요. 그런데 그 후광의 그늘에 남측이 있다는 게 참 아이러니하죠."

"근데 미옥 씨는 남측 어디 출신입니까?"

"저는 남측의 최북단에 있는 임진강변에서 나고 자랐어요. 이맘때쯤이면 내 고향땅은 정말 추웠답니다. 강변 따라 얕은 곳은 어김없이 꽁꽁 얼어버려 가지고 동네친구들하고 같이 얼음지치기하고 썰매 타고 했던 기억이 나요. 그리고 어릴 적 기억 중에 빠질 수 없던 것이 바로 군인이에요. 거의 매일같이 보고 자랐거든요. 그들을 가득 태운 트럭과 탱크 등이 한꺼번에 지날 때면 먼지가 얼마나 이는지 한치 앞도 구별 못 할 정도였어요. 그리고 그들이 내는 굉음에 땅이 다 울렸지요. 그래서인지 여기서 제복을 입은 공안들하고 인민군들을 봐도 별로 무섭지도 않고 낯설지도 않더라고요."

"듣고 보니 우린 정말 공통점이 많군요. 나도 추위라면 진저리가 나는 사람인데. 나는 평양 출신이지만 가세가 기우는 바람에 신의주에서 인민학교에 입학하고 쭉 그곳에서 자랐어요. 거기서는 지금 이 정도 추위로는 엄살도 못 부려요. 그런데 미옥 씨 방금 임진강이라고 했습니까?"

"예. 임진강에서도 북쪽과 아주 가까운 곳이었어요. 저희 집 근처에는 판문점까지 바로 가는 도로가 있었고요. 쾌청한 날 가시거리가 넓을 때 동네 뒷산에 오르면 멀리 개성까지 보였답니다. 그리고 초등학교 때 백일장 대회에서 '저 얼음조각을 타고 임진강을 거슬러 올라가면 어디까지 갈까?'라는 글짓기로 입상한 적도 있었어요."

"손전화편지 받을 때마다 예사롭지 않다고 느꼈는데 미옥 씨도 글쓰기를 무척 좋아하나 봐요."

"예. 나는 글을 쓰면서 마음을 가라앉히는 좋은 습관을 갖고 있어요."

"임진강은 내게도 참 기억에 남는 강이에요. 군복무 시절 한 반년 정도 전방으로 차출된 적이 있었는데 나만 간 게 아니라 부대 전체가 이동했지요. 그런데 생면부지 낯선 곳에서 생활하다 보니까 불편한 점이 한두 가지가 아니더라고요. 그나마 천만다행이었던 게 근처에 강이 있어서 식수는 걱정 없었고, 빨래도 할 수 있었고, 날 더울 때는 멱도 감을 수 있어서 당시에는 강에 갈 때가 제일 좋았어요. 그리고 어느 날인가는 날씨도 너무 화창하고 모처럼 한가하기도 해서 강에 감사하는 마음을 담아 조각배를 띄웠어요. 안쪽에는 내 이름과 군번을 새겨 넣었는데 그때 같이 있던 동기가 그러더라고요. '임진강은 굽이굽이 천릿길을 내려간다'고. 미옥 씨. 혹시 강변에서 철제로 테를 두른 조각배 하나 못 봤습니까?"

"그러고 보니까 언젠가 본 것도 같네요. 어쩐지 여기저기 깨지고 부서진 폼이 그 먼 길을 와서 그랬던 거군요. 그런 건 줄 알았다면 근사하게 유리 상자에 넣어서 방 안에 전시라도 할 걸 그랬네요. 호호! 근데 그곳에서 생활은 어땠나요? 그런대로 살 만했나요?"

"살 만했냐고요? 하기는 살아남았으니까 이렇게 두 눈 뜨고 미옥 씨도 만나고 있겠죠."

철민은 씁쓸한 미소를 지으며 차를 한 모금 마셨다.

"위대하신 장군님께서는 항상 우리 인민들이 혁명과업을 완수할 수 있는 정신무장이 돼 있는지 시험하시곤 해요. 덕분에 우리는 어떠한 시련도 이겨낼 수 있는 마음의 자세를 항상 지니고 있죠. 혹독한 추위와 굶주림 그리고 모진 작업도 우리의 기상을 꺾을 수는 없어요."

'위대한 장군님 만세!'

철민의 싸늘한 표정은 방금 내뱉은 말을 냉소적으로 곱씹고 있었다.

"철민 씨. 지금은 중국에 오길 잘했다는 생각이 들어요?"

"흔히들 인생에서 기회가 몇 번 찾아온다고 하는데 난 지금 그때 같이 가자고 했던 친구를 은인으로 생각하고 있어요. 그리고 류치장에서 구해 준 일에 대해서는 미옥 씨에게 진심으로 감사하고 있고요."

미옥을 바라보는 철민의 눈에는 눈물이 그렁그렁했다

"생각 같아선 지금 여기서 넙죽 엎드려 절이라도 하고 싶은데."

미옥은 철민의 손을 잡아 주었다. 그리고 손수건을 꺼내 철민의 눈 주위를 닦아 주었다.

"이제 보니까 철민 씨 울보군요. 우리 따뜻한 차도 한잔했으니까 전망대 한 번 더 가보죠. 이번에는 철민 씨가 찍어 봐요. 난 옆에서 구경만 할 테니까."

계단을 올라가는 두 사람은 서로의 손을 꼭 잡고 있었다.

옥상에 오르니 하늘은 여전히 청명했고 간혹 매서운 바람이 불기는 했지만 흩어지는 눈발이 보일 뿐 눈앞에 펼쳐진 세상은 미동도 않은 채 너무나 고요하고 평화로웠다. 철민은 얼굴 가득히 미소를 머금고는 카메라 접안구에 눈을 갖다 댔다. 옆에서 미옥이 수치 값을 조정해 줄 때마다 밝고, 어둡고, 강렬하고, 평이하게 배경색이 변했지만 철민의 마음은 다만 환희로 가득 차 있었다. 그는 미옥의 손을 꽉 잡았다.

"미옥 씨. 이제는 내가 할게요. 좀 있다 사진이나 감상해요."

철민은 들뜬 마음으로 버튼을 이리저리 돌려 가며 입사되는 빛의 양을 조절하였다. 그리고 때 묻지 않은 눈앞의 풍경에 마음의 빛깔을 투영시켜 사진 곳곳에 스며들게 했다. 추위나 칼바람 따위에 아랑곳하지 않았으며 셔터를 누르는 경쾌한 소리는 그의 마음에 방울방울 떨어져 온몸에 소름을 돋게 해 주었다. 철민은 자신의 작품을 당장 큰 화면에서 보고 싶었다. 그리고 미옥이 했던 것처럼 편집도 해 보고 싶었다. 두근거리는 가슴을 안고 찍은 사진을 화면 가득히 채워 보니 그런대로 만족스러웠고 무엇보다 자신의 정취를 표현한 것 같아 기뻤다.

"미옥 씨. 어떻습니까? 아까보다는 좀 더 그럴듯한 것 같지 않습니까."

"와! 훌륭해요. 진짜 철민 씨는 타고 났네요. 풍경사진이란 모름지기 이렇게 시원하고 탁 트인 느낌을 줄 수 있어야 하는데 우선 구도가 굉장히 안정이 돼 있어요. 그리고 색채의 조화가 원근을 아주 이상적으로 표현하고 있어서 이 정도면 누가 봐도 반하겠어요!"

"하하. 고맙군요. 난 단지 지금 내 마음을 표현한 것뿐인데."

두 사람은 나란히 난간에 기대어 쪼그리고 앉았다.

"바람을 등지고 앉으니 그래도 한결 낫네요."

미옥은 짧게 한숨을 내쉬며 철민의 어깨에 얼굴을 기댔다.

"철민 씨. 그때 있지는 않았지만 하늘이 처음 열리고 만물이 소생했을 때 지금처럼 꼭 이런 분위기였을 것 같아요. 서늘하지만 절도 있고 역동적인 기운들. 바로 탄생을 위한 전조가 아니겠어요."

미옥은 철민의 턱을 어루만지며 장난을 쳤다.

"미옥 씨가 무슨 말을 하려는지 다 알아요. 미옥 씨 가슴속에서 울려 퍼지는 공명이 내 마음속에서는 메아리치고 있는데 왜 세상 속에서는 침묵해야 하는 걸까요? 마음의 빛깔을 세상에 내비치기가 그렇게 힘든 건까요?"

철민은 가볍게 한숨을 쉬며 하늘을 올려다보았다.

"미옥 씨도 알겠지만 난 지금 목숨 걸고 따라온 거에요."

철민의 표정에는 이미 상당 부분 자포자기한 듯 쓸쓸한 구석이 역력했다.

"우리 조선의 근로인민은 절대 혼자 다니는 법이 없어요. 오늘도 둘이서 나왔는데 만약 그 친구가 입이라도 뻥긋하는 날에는 난 바로 수용소로 끌려갈 거에요"

"뭘 잘못해서요? 이념이 다르고, 체제가 다른 사람을 만나서요? 또 그런 사람을 좋아해서요? 어불성설이에요. 철민 씨나 나나 어떻게든 살아 보자고 왔잖아요. 일하고 싶고, 돈 벌고 싶고, 결혼하고 싶고, 잘살고 싶은데 국가에서 못해 주니까 울며 겨자 먹기로 살길 찾아온 거잖아요."

나지막이 그렇지만 날카롭게 속삭이던 미옥은 입고 있던 목도리를 살짝 풀었다.

"철민 씨. 도대체 언제부터 이곳에 국경을 가르는 철조망이 생겼을까요? 실정법이란 저 잡풀 속의 철조망과 같아요. 필요가 없어지면 녹슬다가 걷히죠. 언제부터 우리 민족끼리 이렇게 사람 만나는 일이 죄악시됐는지 모르겠지만 이미 뒷문 쪽 철조망은 녹슬 대로 녹슬었어요. 오히려 중국 쪽의 철조망이 날이 섰죠. 그네들이라고 해서 맹목적으로 넘어오는 사람들이 달갑겠어요? 결국 자기들 세금이나 축내야 하는데."

철민은 또 할 말을 잃었다. 그녀와 대화할 때는 종종 막연한 '벽'을 느꼈었는데 문제는 더듬을 수도 없고 윤곽조차 볼 수 없다는 것이었다.

"철민 씨. 세상은 이미 변했는데 지구촌에서 북측만 고립무원일 수는 없는 거예요. 실제로 또 그렇지도 않고요. 언젠가는 알고 지내던 중국 간부가 농담조로 나선특구시장에 한 번 같이 가보자고, 가보면 눈이 휘둥그레질 거라고 하더라고요. 그 사람이야 특구를 한 달에도 몇 번씩 드나드니까 그런 농담도 자연스럽게 건넸겠지만 그만큼 북측에서 유통경제가 확산된다는 반증 아니겠어요? 원래 북측은 배급경제잖아요."

철민은 새삼스레 배급이라는 말이 아련하게 떠올랐다.

'마지막으로 배급받아 본 게 언제지?'

"미옥 씨. 배급으로 먹고사는 게 배급경제입니까? 그럼 유통경제란 장마당을 얘기하는 건가요?"

"그렇죠. 장마당에 가면 물건이 많아서 돈만 있으면 골라 살 수 있잖아요."

"난 라선특구를 가보지는 못했어요. 그렇지만 들은풍월에 그곳이 신천지라서 어쭙잖게 당에서 말석이나 차지하느니 차라리 특구 가서 한 삼 년 고생하면 우리 조선 땅 어디 가든 떵떵거리며 살 수 있다고 하더라고요."

"그렇죠! 그까짓 간부 돼서 조막만한 복주머니 차느니 차라리 윗선에 어느 정도 찔러주고 목돈 만지는 게 훨씬 낫죠. 철민 씨. 때론 돌아가는 것이 질러가는 거예요. 오로지 통치만을 위한 법령을 고지식하게 신봉할 필요는 없요."

철민은 묵묵히 듣고만 있었다.

"한 번 터진 봇물은 어떻게 막을 수가 없는 거예요. 변화와 개방은 이제 북측에서도 어쩔 수 없는 대세라고요."

철민은 상체를 약간 눕히고 한숨을 길게 내쉬었다.

"미옥 씨. 도대체 무슨 말이 하고 싶은 겁니까?"

"여기 경이로운 산과 들 그리고 저 멀리 바다에 햇살이 가득할 때부터 그곳에는 영원불멸의 섭리가 존재했어요. 그리고 우리는 지금 그 섭리의 한복판에 있어요. 이 순간 필요했던 철고망은 그 필요가 다하면 순식간에 사라지기 마련이에요. 중요한 건 절경을 마주보며 따사로운 햇살 속에서 우리 둘이 함께 있는 지금 이 순간이죠."

미옥은 양손을 모아 철민의 손을 꼬옥 잡았다. 모진 노동을 이겨낸 억척스러움과 현장의 상흔을 고스란히 담고 있는 그의 손은 마치 묵직한 맷돌을 드는 느낌이었다.

"철민 씨. 내 마음속에서 울려 퍼지는 공명이 뭐에요?"

평온한 얼굴로 마치 요람 속에서 잠든 아기처럼 색색거리며 철민은 얼굴을 살짝 붉혔다.

"단지 그렇게 느꼈을 뿐이에요."

"철민 씨를 처음 봤을 때 왠지 가슴이 몹시 뛰었어요. 유치장에서 봤을 때는 반가워서 가슴이 콩닥거렸고, 유치장 밖을 나갔을 때는 환희로 가슴이 벅차올랐죠. 그리고 좀전에 수평선을 바라보며 얼굴을 기댔을 때는 뭐랄까…. 가슴 가득한 설렘으로 하늘을 나는 기분이었어요. 그런데 이 광활한 대륙의 끝에서 내 작은 가슴이 뛰는 소리가 들렸나요?"

철민은 엷은 미소를 띤 채 물끄러미 미옥을 바라봤다.

"미옥 씨 말투는 참 특이해요. 당장은 굉장히 거부감이 들고 불쾌해서 한 대 패주고도 싶은데 가만히 들어보면 또 되새겨 보게 돼요. 들려서 들린 게 아니라 단지 느꼈을 뿐이에요. 미옥 씨를 만난 게 몇 번 안 되지만 어떤 벽을 넘어서니까 자연스럽게 통하게 된 거라고요."

"북측 아저씨들은 가만히 보면 참 정직하고 자기감정에 솔직해요. 기꺼이 구애를 받아들이죠. 사랑해요."

제9화
승리

　아무도 없는 어둡고 텅 빈 방 안에 철민은 천장을 마주 보며 길게 누웠다. 편안한 기운이 온몸으로 퍼져나가고 세상 끝에서 품었던 감동이 아직도 온몸을 감싸고 있는 가운데 철민은 미간을 좁히며 현실감각을 갖으려 애썼다.

　'여기는 숙소야. 빨리 민욱이를 찾아서 상황을 알아봐야 돼.'

　스스로를 다그쳐 보았지만 점점 무거워지는 눈꺼풀은 각성하려는 노력을 공허한 메아리로 만들어 버렸다. 철민은 눈을 감았다. 얼마나 지났을까? 무겁게 자리 잡은 적막은 방 안에 서린 냉기를 더하는 것 같았다. 갑자기 무엇에라도 놀란 듯 퍼뜩 눈을 뜬 철민은 벌떡 일어나 주변을 두리번거렸다. 언제나처럼 방 안에는 몇 안 되는 가재도구들이 잘 정돈되어 있었고 벽면의 꼭대기에 걸려 있는 지도자동지의 초상은 방 안의 모든 것을 내려다보고 있었다. 점차 그는 자신이 침대 위에 누워 있는 살아있는 유기체라는 것을 깨닫게 되었다.

　'그렇지만 그런 사실 따위가 뭐가 중요하랴? 아래에서 맹목적으로 머리를 조아리고 있는 나 또한 방 안에 있는 여러 사물들 중의 한 개에 불과하지 않은가.'

　길게 내뿜는 나지막한 한숨소리는 적막을 깨며 허공에 한 줄기 선명한 자국을 남겼다. 답답한 마음에 웃옷의 단추를 몇 개 푸르고는 양팔을 베개 삼아 머리 뒤로 젖혔다.

'만약 거꾸로 누우면 혹시 방 안이 달리 보이려니?'

갑자기 엉뚱한 생각이 든 그는 비몽사몽간에 엉거주춤 몸을 일으켜 머리를 발이 있던 곳으로 옮겨 보았다. 그러자 지도자동지의 초상이 보이지 않았다. 대신 희미하게나마 어둠 속에서 빛나고 있는 창가의 윤곽이 보일 뿐이었다. 다시 한 번 미간을 좁혀 응시하니 굳게 닫힌 창문을 통해 투영되는 가로등 불빛이 보였다. 처음에는 오각형, 육각형으로 형상화돼서 흔들리더니 점차 그 크기가 줄어들어 콩알만 하게 오므라들었다. 철민은 자신도 불빛 따라 창문 너머로 빨려 들어가는 듯싶었다.

지도자동지의 초상을 배경으로 낮에 즐겼던 빛의 향연을 떠올리는 것은 분명 불경막심한 일일 것이다. 그렇지만 철민은 더 이상 개의치 않았다. 벽에 걸린 무서우면서도 자애로운 분이 더 이상 무섭지도 않았고 인자하게 느껴지지도 않았다. 그리고 방 안에 있는 모든 것이 낯설고 거북하기만 했다. 몹시도 창문을 통해 더 많은 빛을 보고 싶었다. 그리고 불현듯 이 세상 끝까지 펼쳐진 것 같았던 순백의 설원이 뭉게뭉게 떠올랐고 구름 사이로 퍼져 나오는 빛다발이 프리즘이라도 통과한 양 고운 빛깔로 그의 뇌리를 적셔주었던 즐거웠던 오후가 생각났다. 아직도 셔츠에서는 미옥의 체취가 느껴졌다. 마치 어떤 세상을 등지고 또 다른 세상으로 가는 나그네처럼 철민은 미옥에 대한 그리움을 좇아 행복한 상념에 잦아들었다. 언제나 틀에 박힌 적막함 속에서 하루를 정리하며 경건해야 할 시간이었지만 철민은 오늘 밤 애틋함을 느끼고 있었으며 미소 지으며 다시 스르르 잠이 들었다.

소등된 가로등을 대신하는 새벽달빛은 깊은 밤을 은은히 밝히며 점점 더 창틀 사이로 스며들고 있었다.

"철민아."

"…"

"철민아. 일어나 봐."

양 볼에서부터 귀 언저리까지 불그스레 상기된 민욱은 철민의 어깨를 마구 흔들었다. 강압에 못 이겨 눈을 뜨기는 했는데 철민은 상대가 누군지 식별을 하지 못했다. 몽롱한 의식 속에서 멀어져가는 울림을 좇는데 무슨 소리는 계속해서 들려왔다.

"어제 몇 시에 들어왔냐?"

"아. 민욱이구나."

어느 정도 정신이 돌아오자 철민은 본능적으로 옆의 선반 위에 있는 주전자에 손이 갔다. 그리고는 벌컥벌컥 마셨다.

"어제 별일 없었지?"

대답 대신 민욱은 의자를 가져와 철민과 마주 보며 앉았다.

"철민아. 사실 어제 나도 굉장히 늦게 들어왔어. 반장동지가 너 아파서 누워 있다고 하면 어디 건성으로 들을 사람이냐? 당장 가서 확인하려고 하지. 그래서 오자마자 데리고 나가 술 한잔 사줬어. 그런데 그 와중에도 네 얘기가 입 주위를 맴돌더라고. 너도 알다시피 난 보고의무가 있지 않냐. 지난 일 년 가까이 동고동락하면서 그런 모습을 본 적이 없었는데 아침에 시장에서 봤을 때는 너 꼭 뭐에 홀린 것 같더라."

흠칫 놀란 철민은 무의식적으로 민욱을 쏘아보았는데 입가에는 이상하게 미소가 감돌았다.

"그래서 반장동지께 뭐라 했냐?"

"네 얘기는 한마디도 안 했어. 왜냐면 진짜 대화는 너하고 하고 싶었거든."

그렇지만 철민은 대답 대신 이불을 젖히고 앉아 양손에 얼굴을 묻었다.

"철민아. 이러면 곤란하다. 아직 짐이 덜 깬 기냐? 아니면 말하기가 싫은 거냐?"

"미안해. 지금 정신이 없어서 그래. 오해하지 마."

철민은 침대에서 일어나더니 창가로 가 창문을 조금 열었다. 차갑고 매서운 바람이 곧 사정없이 밀려 들어왔다. 철민은 바깥공기를 막고 서서 민욱을 바라보며 빙그레 미소 지었다.

"민욱이 너 혹시 미래를 약속한 사람 없냐?"

"뭐! 하하하! 어쩐지 요새 모양새가 심상치 않다 했더니 콩깍지가 단단히 씌운 모양이구나. 그나저나 얌전한 고양이 부뚜막에 먼저 올라간다고 하더니만 너 참 대단하다. 객지에서 녀자를 다 사귀고…."

철민은 일단 민욱이 자세히 알지 못해 안심이 되었다.

"합작구에 있는 방직공장에서 일하고 있는 근로인민인데 지난달에 공단 근처에 있는 식당에서 우연히 만났어. 거 왜 짬뽕 잘하는 집 있지 않냐. 그날 자재를 싣고 오는 길이었는데 출출해서 요기나 하려고 잠깐 들렀거든. 근데 보자마자 눈에 확 들어오더라. 그날따라 무척이나 추워서 다들 난로 주위에 모여 앉았거든 그런데 나하고 무슨 인연이 닿는 사람인지 녀성동무 말투며 모양새가 굉장히 낯이 익더라고. 그래서 가까이 가서 몇 마디 나누어 봤더니 아나나 다를까 자기도 신의주에서 왔다는 거야. 세상 참 넓고도 좁아! 너무 반가워서 통성명도 하고 이런저런 대화를 나누다 보니까 어제는 시장 근처에 있는 공원도 같이 가게 됐다. 어제 오후는 정말 살맛 나더라."

철민은 환하게 웃으며 다시 창문을 닫았다. 민욱은 눈이 휘둥그레져서 주전자 물을 한 잔 가득히 따라 마셨다.

"거 굉장한 얘기를 들었더니 술이 다 깨는구나. 간밤에 두 번이나 놀랬는데 그게 다 그럴 만한 리유가 있었던 거였어. 그래, 얼마나 좋았기에 진자리, 마른자리 구분도 못 하고 베개 위에다 발을 올려놓고 잤냐. 나는 방을 잘못 들어온 줄 알고 다시 나가려고 했다. 그리고 자려고 불을 껐는데도 미소 띤 네 얼굴에서 환한 광채가 나더라."

"그랬냐. 하하하!"

"그 녀성동무 얘기 좀 더 해 줘라."

중국에 와서 처음 듣는 연애담에 턱 받치고 있는 민욱의 두 눈은 호기심으로 초롱초롱 빛났다.

"이 넓은 중국대륙에서 동향 사람을 만난 것도 신기한데 그 동무도 공장대학을 다녔다고 하더라고. 그래서 기계와 현장일에 대해 다정하고 유익한 대화를 많이 나눴어. 나는 주로 토목일을 설명해 주었는데 그 동무도 현장경험이 있어서 그런지 잘 알아듣더라."

"근데 왜 지금 방직공장에서 일한대냐?"

"뻔한 거 아니냐. 다 그놈의 돈 때문이지. 돈이 있어야 기술대학에 가서 공부도 하고 자격도 딸 수 있는데 지금도 자기는 다달이 집에 송금을 하고 있대. 그래도 돈 모으면 공부를 계속해서 자격을 취득하는 게 꿈이라고 하더라고."

자리에서 일어난 민욱은 창가로 와서 철민과 나란히 섰다. 그는 담배를 한 대 물고는 창문을 조금 열었다.

"철민아. 혹시 평양에 가 본 적 있냐?"

"내가 원래 평양 출신이야. 워낙에 어린 시절에 떠나서 그렇지 지금도 희미하게나마 평양에 대한 추억이 남아있다고. 그런데 느닷없이 평양 얘기는 왜 꺼내냐?"

"우리 색시 때문에 그런다."

민욱은 무겁게 담배 한 모금을 빨아 허공에 내뱉었다.

"나하고는 량강도 청년동맹에서 처음 만나가지고 벌써 칠 년째 사귀고 있는데 몇 해 전에 우리식 사회주의 우수 근로인민으로 뽑혀서 평양에 갔다 온 적이 있었어. 그때 나도 축하해 주면서 같이 부둥켜안고 좋아했었는데 상 받은 게 화근이 될 줄 누가 알았겠냐?"

민욱의 푸념 섞인 말투가 철민에게는 왠지 재미있게 들렸다.

"상 받은 게 왜 화근이 됐냐?"

"아. 이 촌뜨기 색시가 한 번 갔다 오더니 평양타령 노래를 하는 거야. 사람 변하는 건 잠깐이라고, 원래 참 무던하고 진중한 사람인데 옆에서 보기에 참 민망할 지경이더라고. 고저 죽은 사람 소원도 들어준다 하는데 산사람 소원 하나 못 들어 주겠냐. 그래서 돈 많이 벌어서 우리 색시하고 평양 가서 살려고 실상은 나도 돈 좀 벌러 왔다."

철민은 자기도 모르게 웃음을 터뜨렸다.

"그래 돈은 많이 벌었냐?"

"아직 멀었어."

"그럼 통장관리부터 잘해. 그렇게 아무 데나 놔뒀다가 누가 보기라도 하면 산통 다 깨진다."

철민은 날카롭게 민욱을 흘낏 쳐다봤다. 그러자 민욱은 당황해서 황급히 담배를 비벼 껐다.

"내 통장을 봤다고! 언제?"

"벌써 한참 됐지. 저 의자 위에 아무렇게나 던져져 있더라."

철민은 재밌어 죽겠다는 듯이 눈을 희번덕거렸다.

"걱정 마. 행여 반장동지라도 볼까 봐 내가 보자마자 옷가지로 덮어 놓았으니까. 근데 너 대단하더라!"

"아. 그때 입금횟수 확인하다가 화장실이 급해서 그만 실수를 했구나. 고맙다. 철민아. 역시 팔이 안으로 굽는구나."

민욱은 철민을 보며 빙그레 미소 지었다.

"그런데 봤다니 말인데 대단하기는 뭐가 대단하냐? 고작 고거 갖고는 어림도 없다. 우리 색시나 나나 우수 근로인민으로 뽑혀서 표창까지 받았고 출신성분도 좋지만 평양 가서 집 얻어 가지고 남들만큼 살려면 아직도 갈 길이 멀어."

"근데 식은 올리고 왔냐?"

"식은 무슨…. 돈이 있어야 할 거 아니냐. 아예 평양 가서 식도 올리고 신접살림 차릴 생각이야."

개인통장이야 철민도 진작 갖고 있었기 때문이기도 했지만 그는 민욱의 부르주아적 행위를 비난하고 싶은 생각이 조금도 안 들었다. 오히려 영웅적 행위라고 그를 격려해 주고 싶었다.

"잘됐으면 좋겠다. 그리고 어제 반장동지 대접해 준 일은 정말 고맙다."

"어제 진탕 마셔서 반장동지는 아마 지금도 자고 있을 게다. 그나저나 너 어제 저녁도 못 먹어서 배고프겠다. 원래 오늘 아침 해장하려고 찌개국물 좀 싸왔는데 식당 가서 같이 먹자."

* * *

또 한 주가 시작됐고 날씨는 쾌청하여 여느 아침과 다름없는 현장이었다. 다만 현장 역시 본격적인 겨울을 알리는 대설을 뒤집어써서 보이는 거라곤 온통 흰색뿐이었다. 공사를 위해 한쪽 가장자리에 잘 포장된 채 쌓여 있는 건자재더미 위에도 소복이 눈이 쌓여 있었고 구석구석 역력히 배어 있는 반원들의 땀과 노력의 흔적 또한 흰색으로 덮여 있었다.

철민은 고향에라도 돌아온 듯 마음이 푸근해졌다. 그리고 온몸에 불끈불끈 힘이 솟았다.

'그래. 내가 있어야 할 곳은 바로 이곳이야! 그런데 단지 하루를 쉬고 왔을 뿐인데 왜 이렇게 현장이 작아 보일까? 엊그저께 야간작업 할 때만 해도 바닥면이 광장처럼 넓게 보였는데 지금은 꼭 손비닥 안에 있는 것 같구나!'

"민욱아. 시작하자. 남아 있는 절개작업은 오전 중에 끝내 버리고 오후부터는 본격적으로 기초공사 시작하자."

일단 장애물이 제거되자 공사 진행은 순풍에 돛단 듯이 빠르게 진행되었다. 철민의 손과 발은 조금도 쉴 줄을 몰랐으며 찬연한 아침햇살 속에서 쩍쩍 갈라지는 암반 사이로 떨어졌던 그의 땀방울은 공장대지 위를 넓게 퍼져나가는 저녁노을 속에서 반짝이는 철제기둥 속으로 스며들었다.

"철민아. 새참 왔다. 잠깐 들고 해라."

식사 덕분에 숨 좀 돌리게 된 철민은 저절로 안주머니 깊은 곳에 손이 갔다. 그리고 주변에 아무도 없는 것을 확인하자 설레는 마음으로 손전화를 열었다. 역시 편지 한 통이 와 있었다.

'하하! 역시 미옥 씨구나. 어젯밤에 꽤나 피곤했을 텐데.'

철민은 그 정성에 울컥하여 목이 메어 왔다. 그렇지만 어디선가 인기척이 들리자 황급히 손전화를 집어넣고 태연히 식당으로 이동하였다.

그날 저녁 내내 그의 마음은 하늘 높이 두둥실 떠올라 있었고 작업 중에도 편지내용을 보고 싶어 안달이 났지만 남은 시간 작업에 열중하다 보니 욕망을 간신히 억누를 수 있었다. 그리고 또 하루해가 저물어 가고 있었다. 뉘엿뉘엿 지는 해는 현장을 점차 붉게 물들이다가 결국 윤곽만을 남기고 말았지만 종횡무진 활약하는 철민과 반원들의 노력은 황량한 동토에 또 하나의 창조물을 탄생시키고 있었다.

"철민아. 이제 그만 정리하자."

"그래야겠다. 민욱아. 이제 공사기간 맞추는 일도 불가능할 거 같지는 않지 않냐?"

"다같이 렬심히 한 덕분 아니겠냐."

"그래. 우리 작업반 모두가 근로영웅이다!"

현장정리를 끝내자 철민은 반장동지를 찾아갔다.

"반장동지. 원쑤 같던 지하암반이 완전히 제거됐습니다. 이제 기계는 반납해도 될 거 같습니다."

"그래. 수고했어. 오래 갖고 있으면 돈 드는 일밖에 없으니까 빨리 반납해."

관리소로 가는 발걸음은 더할 나위 없이 가벼워서 흐뭇한 마음에 괜스레 길바닥에 박혀있는 짱돌이라도 뻥 차고 싶은 심정이었다. 뭔가를 일궈냈다는 기쁨도 컸지만 무엇보다 홀가분한 심정으로 그녀의 글을 읽을 수 있어 하늘을 나는 것만 같았다. 혼자 있게 되자 부리나케 손전화를 열었는데 깜빡이는 수신신호는 마치 그를 향해 미소 짓고 있는 듯했다.

철민 씨. 잘 들어갔나요? 정말 궁금해요. 어제 헤어질 때 숙소 근처에서 어찌나 긴장하던지 옆에 있기가 다 민망할 지경이었어요. 사랑하는 사람과 공포에 떨며 작별을 고해야 한다는 건 참 안타까운 현실이에요.

난 오자마자 오늘 밤 철민 씨와 꼭 같이 보고 싶은 사진 몇 장을 추렸어요. 그리고 살짝 편집을 했는데 철민 씨 마음에 들지 모르겠네요. 보고 괜찮으면 몇 자 적어줘요. 이 세상에서 제일 무거운 게 눈꺼풀이라고 하던데 이제 그만 하루의 장막을 내려야겠어요. 오늘 중국에 와서 제일 행복한 하루였던 것 같아요. 잘 자요.

♡with much love♡

걱정해 줘서 고마워요. 덕분에 무사해요.

미옥 씨를 알게 되고 여러모로 유익한 경험을 많이 하게 됐는데 그중의 하나가 '언어의 역할'인 것 같습니다. 중국에 온 지 벌써 이 년째 접어들다 보니까 어느 새 몸과 마음을 불사르는 열정 어린 감정을 잊고 지낸 지 오랜데 덕분에 참 오랜만에 그런 감정에 다시 도취되어 봤어요. 지금 나는 꼭 마술에라도 걸린 것 같아요. 하나를 중심으로 전체가 하나 돼서 수령님께 다가설 때처럼 느끼는 뜨거운 감정은 늘 정열적이고 선정적인 어구로만 가능한 줄 알고 있었는데 미옥 씨를 통해 잔잔하고 일상적인 언어로도 격정을 불러올 수 있다는 사실을 알게 됐어요. 군중 속에서 그들과 함께 노도와 같이 절규하며 절대자를 찾을 때에도 지금처럼 뜨겁게 몰입했었는데 당신의 일상적이고 평범한 글귀들은 조용하고 자연스럽게 다가와 사나이 피를 끓게 하네요. 다만 사진은… 사진을 보니 이 세상에 미옥 씨가 있고 또 내가 있다는 사실을 확인할 수 있어 좋습니다. 그 이상 무엇이 더 필요하겠어요? 덕분에 오늘 파쇄작업을 완수했어요. 그런데 혁명의 깃발 아래서 사생결단의 각오라기보다는 따사로운 햇살 속에서 미옥 씨의 손을 잡고 과업을 달성했다고 생각해요. 기계가 없었다면 도저히 불가능했을 텐데 다시 한 번 감사해요. 전망대의 풍광을 감쌌던 찬연한 빛의 향연도 소박한 말로 얼마든지 노래할 수 있었던 것은 높은 사람도, 낮은 사람도, 부자도, 빈자도, 다 같이 누릴 수 있는 축복이었기 때문이 아니었나 생각이 드네요. 미옥 씨도 좋은 꿈 꿔요.

철민은 도무지 하루가 지났다는 생각이 들지 않았다. 방금 미옥과 헤어진 것처럼 그녀의 풋풋함이 아직도 느껴졌으며 그리움을 달래려 고개를 젖혀 바라본 달라진 하늘 모양이 생뚱맞게만 보였다.

"철민아. 기계는 잘 반납했냐?"

"예. 반납하고 깔끔하게 마무리 짓고 왔습니다."

"수고했어. 오늘은 총화가 있는 날이니까 늦지 않게 참석하도록 해."

총화가 임박하자 철민은 불안이 고조되었다. 마치 도살장에 끌려가는 소처럼 다리가 후들거렸으며 연신 주변을 살피느라 정신이 없었다. 특히 민욱의 동태가 궁금했는데 그는 여느 때와 다름없이 차분한 모습이었다. 다행히 철민 자신의 차례에도, 누구의 차례에도 걱정했던 일은 없었다. 이미 수십 년간 몸에 밴 총화였고 그 흐름을 알고 있었기에 일단 고비를 넘기자 철민은 그만 따분해졌고 앉아 있기가 지겹기까지 하였다. 우후죽순으로 들려오는 과격한 어투가 역겨웠으며 빨리 끝났으면 좋겠다는 바람뿐이었다.

다시 조용한 방 안에 혼자 있게 되자 언제나처럼 그는 침대에 걸터앉아 하루를 정리했다. 머릿속으로는 공사 진행을 가늠하며 오늘 했던 작업량을 계산해 보았으며 내일 해야 할 일에 대해서도 곰곰이 따져보았다. 그렇지만 머릿속 활동과는 달리 손은 자꾸만 가슴팍을 더듬었다.

'미옥 씨가 답장을 보냈을 텐데. 하지만 지금 여기는 너무 위험해. 총화가 있는 날은 보통 숙소점검도 같이 하잖아.'

안절부절 못하던 철민은 결국 자리를 박차고 일어섰다. 그리고 소리 죽여 문을 열고는 옥상으로 향했다. 그를 방해할 만한 것은 아무것도 없었다. 텅 빈 공간에 칼바람은 살을 에는 듯했고 매서운 바람을 막아줄 만한 구조물은 아무것도 없었지만 가슴이 시리도록 자유로워 온몸에 소름이 돋았다. 그는 환희에 젖어 손전화를 열었다. 역시 예상대로 메시지 수신을 알리는 신호가 깜박였다.

안녕, 철민 씨.

그리운 마음에 고개를 들어 하늘을 보니 벌써 하루해가 다 갔네요. 우리에게 지는 해를 볼 수 있는 날이 앞으로 며칠이나 남았을까요? 소중한 하루하루에 감사하며 충만한 날들을 보내야 할 것 같아요. 좀전에 관리소에서 반납한 기계를 확인했어요. 역시 철민 씨답게 뒤처리가 완벽해서 그쪽 런시 서기서도 아주 흡족해하더라고요. 매번 느끼지만 철민 씨는 정말 북측 근로자의 화신이에요. 하지만 그까짓 기계 하나 갖다 쓰는 게 뭐가 그렇게 번거롭고 중국이라는 매개체가 왜 필요한지 모르겠네요.

오늘은 내가 재밌는 우화 하나 들려줄게요. 꿈나라에서라도 곰곰이 생각해 봐요.

옛날에 원숭이 두 마리가 떡 하나 갖고서 서로 자기 것이라고 우기며 싸우고 있었어요. 그 때 마침 고릴라 한 마리가 지나가다가 우연히 이 장면을 목격했어요. 고릴라는 인자한 미소를 띠며 다가왔지요.

'너희들 왜 싸우니? 둘이서 공평하게 나눠 먹으면 되잖니. 내가 조정해 줄게.'

그리고는 떡을 부욱 찢어서 반반씩 나누어 주었어요. 그런데 모르고 그랬는지, 일부러 그랬는지 한쪽을 조금 크게 찢어 줬어요. 그러자 반대쪽 원숭이가 자기 떡이 작다고 하면서 화를 냈어요. 그러자 고릴라가 '으음. 그러고 보니까 불공평하구나.' 하면서 크게 찢어 준 떡을 자기가 조금 먹었어요. 그러자 이번에는 반대편 원숭이가 자기 떡이 작다고 화를 냈어요.

그러자 고릴라가 '으음. 그러고 보니까 불공평하구나.' 하면서 상대편 원숭이 떡을 또 조금 먹었어요. 이런 식으로 몇 번 반복하다 보니까 커다란 떡이 조막만 해졌어요. 그제야 원숭이 두 마리가 동시에 고릴라를 쳐다봤죠.

'이게 뭐에요!'

'으음. 그건 내 수고비야.'

고릴라는 그렇게 말하면서 나머지 떡도 다 먹어버리고 가버렸어요.

재밌는 우화죠. 하지만 이런 우화를 소개하는 내 심정은 씁쓸하기만 해요. 오늘 밤 한 번 누가 원숭이고 누가 고릴라인지 곰곰이 생각해 봐요. 그리고 내일 오후에 상황실 뒤에 있는 야적장에서 볼 수 있었으면 좋겠어요. 오늘 하루도 철민 씨 모습이 눈에 밟혀서 일이 손에 잡히질 않더라고요.

잘 자요.
♡with much love♡

철민은 양손을 다리 속에 집어넣고 있는 대로 비벼댔다.

미옥 씨. 편지 잘 읽었어요.

지금 내쉬는 숨조차 얼어버릴 것 같지만 미옥 씨 글은 화롯불처럼 내 가슴을 훈훈하게 해 주네요. 그런데 미옥 씨 필적을 따라가 보니 새삼스레 이 엄동설한에 막아주는 것도 아무것도 없는 허허벌판에서 내가 왜 이래야 하는지 회의감이 드네요. 타향살이를 하는 청춘남녀가 서로 어깨를 기대는 것이 과연 죄일까요? 고저 면도칼 같은 밤공기 때문에 손가락도 제대로 움직이지 못하겠어요. 그리고 얼핏 읽어봐도 참 재미있는 이야기네요. 뭔가 강하게 와 닿기는 한데 좀 더 고민을 해 봐야겠어요. 아! 여기는 너무 추워요. 래일 자재를 실으러 야적장 근처에 갈 일이 있는데 전화할 테니까 꼼짝 말고 거기 있어요. 밤새 고민해 볼 테니 래일 진지하게 얘기 나눠요.

그럼 래일 만나고 오늘은 잘 자요.

* * *

동토에 휘몰아치는 매서운 바람은 철민의 혼적뿐만 아니라 하루의 혼적을 모두 날려 보낼 정도로 강렬해서 본격적인 겨울의 태동을 알리는 듯했다.

"탁탁… 탁탁탁…"

조용히 트럭 문을 두드리는 소리와 함께 황급히 문이 열렸다. 그리고 차 안은 격정에 휩싸였다.

"미옥 씨. 고저 이게 얼마만입니까?"

"칠석날도 아닌데 느닷없이 오작교를 건너왔잖아요."

미옥은 철민의 눈을 뚫어져라 응시하며 방긋 웃었다.

"오늘 어땠어요?"

"미옥 씨 생각에 일이 통 손에 잡혀야 말이죠."

철민도 미옥을 보며 환하게 웃었다. 그리고 두 사람은 함께 한참을 웃었다.

"철민 씨. 이때쯤이면 출출하죠? 사실 나도 그래요. 그래서 약간의 간식을 준비해 왔어요. 우리 이거나 먹고 가요."

"하하! 미옥 씨 고운 마음만으로 벌써 배가 부른 것 같네요. 고마워요. 잘 먹을게요."

두 사람은 마치 트럭 안에서 소꿉장난이라도 하듯 오순도순 도시락 간식을 까먹었다.

"근데 철민 씨 어제 내가 이야기해 준 우화 어땠어요?"

"아주 재밌게 읽었어요. 자면서도 곰곰이 생각해 봤는데 근래에 그 잘나 빠진 기계 때문에 고생했던 일 때문에 그런지 두 번, 세 번 생각하게 되더라고요. 원숭이 두 마리가 처음부터 싸우지 않고 사이좋게 나눠 먹었더라면 두 마리 모두에게 좋았을 텐데요."

"언젠가 중국 도서관에서 우연히 읽은 우화예요. 만약 한국에서 읽었더라면 그냥 심심풀이 정도밖에 안 됐겠지만 중국에서 여러 가지 사업을 피부로 접하다 보니까 가슴에 절절히 와 닿더라고요. 이번에 기계를 임대했던 건도 마찬가지 경우 아니겠어요."

철민은 미소 지으며 눈빛을 반짝였다.

"미옥 씨. 세상 사는 이야기 좀 들려줘요."

국경을 넘었을 때부터 꿈틀거렸던 탐구본능이 다시 활활 타올라 철민은 호기심 어린 눈망울을 굴리며 바짝 다가왔다.

"여기서 삼 년 동안 있으면서 동해로 나아가는 두만강이라는 긴

장막은 저를 여러모로 많이 성숙시켜 줬어요. 나도 현장에서 부대끼면서 때로는 화도 나고, 어처구니가 없기도 하고, 안타깝기도 하는 경우가 많이 있거든요."

미옥은 철민의 모양새가 하도 열심이라 부담스러운지 물을 한 모금 마셨다.

"내가 워낙에 별종이라서 그런지 남들은 여기 와서 업무가 좀 눈에 익으니까 명소 찾아 관광하기 바빴는데 나는 두만강에 푹 빠졌어요."

미옥은 그 특유의 눈짓을 찡긋거렸다.

"그날도 운송로를 확인하느라 거의 반나절 동안 차 타고 다니면서 접경지역을 탐방했는데 엊그저께 우리가 갔던 삼각주에서 두만강을 처음 봤어요.

오우! 옛사람들이 왜 강에다 시름을 달랬는지 그 심정이 이해가 되더라고요. 그때가 초여름이었는데 멀리 수평선으로 모이는 바다 구름을 배경으로 한창 무르익은 신록이 선명한 색깔로 대륙과 바다를 구분 짓고 있었고 앞에 보이는 모래언덕들은 마치 옹기종기 모여 있는 두꺼비집 같았어요. 경치만 바라봐도 가슴이 시원해지면서 푸근한 느낌이 들어 그냥 드러눕고 싶더라고요. 해당화 군락지가 지금도 기억에 남아요. 처음 봤을 때는 장미인 줄 알고 '사구에 웬 장미야!' 하고 깜짝 놀랐는데 지구상의 동쪽 끝에서 장미를 본 줄 알고 신기하기도 했지만 이제 와서 생각해 보니 그곳이 내게는 원래 낭만이 꽃필 장소였나 봐요. 그리고 사구에 있는 식물들은 모두 다 자연이 맺어줘서 자생적으로 형성된 군락지라고 하더라고요. 우리처럼 말이에요."

미옥은 철민을 보며 씽긋 웃었다.

"그렇지만 내게는 단지 아름다운 풍경이 다가 아니었어요. 다른 면도 봐야 했거든요. 훈춘과 나선지구 사이에 교류되는 물동량과 품목은 우리가 여기서 하는 기업활동하고 생상히 밀접한 관련이 있어요. 그래서 우리 회사는 항상 민감할 수밖에 없는데 접경지역에 장막이 내릴 때와 걷힐 때에 희비가 극명하게 엇갈려요. 거대한 막이 내리면 부대비용은 훨씬 더 들고 심지어는 배보다 배꼽이 더 큰 경우도 있어요. 반면에 장막이 걷히면 교류는 활기를 띄고 많은 이들의 얼굴에는 웃음꽃이 만발하지요.

그런데 북측의 속내를 누가 알겠어요? 어떤 때는 문득문득 일률적으로 적용할 수 있는 장막이론 같은 것은 없나 하는 생각이 들 때도 있어요. 예측만 할 수 있어도 일하기가 훨씬 수월한 텐데 말이죠. 거기다 북측이 자기들 기분 내키는 대로 돌팔매질이라도 할 때는 이 근방에서 사업한답시고 간판 걸어놓고 있는 거의 모든 업체들이 피해를 입어요. 심지어는 죽어 나자빠지는 기업들도 있고요. 다만 안타까운 현실은 그래 봤자 부처님 손바닥이란 거예요. 결국은 중국이라는 고릴라 앞에 있는 원숭이 두 마리가 될 수밖에 없어요."

"세상이 그렇습니까."

철민은 푸념하며 혀를 찼다. 그리고 자신의 처지를 돌아보았다. 자신도 언제 불시에 조사받을지 모르고 또 언제 갑작스레 소환될지도 모르는 일이었다.

'여러 번 느끼지만 이 남측 근로인민도 나하고 비슷한 고민을 많이 하는 것 같단 말야.'

"그래도 '권력'이란 것은 역시 위대한 것 같아요. 많은 사람들을 그렇게 웃고, 울게 할 수 있으니 말이에요."

철민도 쓴웃음을 지으며 가만히 고개를 돌렸다. 그리고 자세를 편이한 채 눈을 내리깔고는 마치 혼자서 중얼거리는 것처럼 말했다.

"산고 끝에 출산하는 것처럼 모진 시련을 이겨내고 살아남고 보니까 권력이 창조한 세상에서 생존해 있는 사실이 더할 나위 없이 자랑스럽더라고요."

그런데 무슨 설움이라도 갑자기 복받치는지 철민은 눈물을 글썽였다. 미옥은 당황하여 철민에게 바짝 다가갔다.

"철민 씨. 괜찮아요?"

"괜찮습니다. 아무 일 없어요."

"그럼 이제 철민 씨 얘기 좀 해 줘요."

"미옥 씨는 리해 못합니다. 우리는 결코 동물원의 원숭이가 아니에요. 가끔 우리를 괴상하게만 바라보는 사람들이 있는데 끔찍하다든지 어떻게 인간이 그럴 수가 있냐는 식의 단순한 감정 갖고는 현실의 본질을 파악할 수 없어요."

철민은 보온병을 열고 차를 한잔 마시면서 앞에 있는 신선하지만 무모하기 짝이 없는 처자를 물끄러미 바라봤다.

"향이 기가 막히게 좋군요."

"내가 직접 끓여왔어요."

미옥은 살며시 미소 지었다.

"미옥 씨. 난 음식을 보면 이따금씩 만감이 교차합니다. 고난의 행군 시절 추위와 굶주림은 그냥 일상이었어요. 배급은커녕 장마당을 나가 봐도 삭막한 찬바람뿐이었고 력전에는 굶어 죽고, 얼어 죽은 송장들을 거의 매일 봤지요. 그런데 폭풍이 지나고 보니까 윤곽이 드러나더라고요. 왜냐하면 죽을 사람들은 다 죽었거든요. 자연히 살아남았던 사람들은 생존방식을 터득했던 위대한 인민들이었죠! 물론 나도 그중 한 명이었고요. 나는 음식에 감사했고 그것이 어디서 오는지 터득했어요. 위대한 령도자 만세!"

철민은 자랑스럽게 활짝 웃었다. 웃을 때 드러나는 관자놀이의 힘줄과 빛나는 눈빛은 마치 메마른 땅에 단비라도 내린 듯했다.

"나도 얘기는 많이 들었어요. 불과 강 하나를 사이에 두고 거대한 장막이 내린 건너편 땅에서는 그런 참극이 벌어졌다는 게 도무지 믿어지지가 않던데…"

미옥은 가볍게 한숨을 쉬며 과자를 한 개 먹었다.

"철민 씨. 참 장하네요. 그 혹독한 시기를 이겨내고 지금 중국에서 그래도 비교적 고소득을 올리고 있으니. 위기를 기회로 살린 역전의 명수로군요!"

미옥은 엷은 미소를 띤 채 반짝이는 눈으로 철민을 응시했다.

"철민 씨를 처음 봤을 때부터 무한한 에너지를 느꼈어요."

"하하! 그만해요. 그래도 미옥 씨에게 칭찬 들으니까 기분 좋네요."

"그런데 지금 생활에는 만족하고 있나요?"

"모르겠어요. 하지만 예전에 비해 확실히 나아진 것은 사실이에요. 어제와 오늘의 구분이 모호했고 미래는 꿈도 못 꾸었던 과거와는 달리 지금은 미래를 그릴 수 있으니까요."

'미래'라는 말에 미옥은 방긋 웃었다.

"철민 씨. 돈 벌면 뭐 할 거예요?"

"윗선에 좀 찔러 줘서라도 중국에 한 번 더 나오고 싶어요. 난 이제 돈 버는 방법을 알고 있단 말입니다. 여기서 한 삼 년 더 일하면 돈주도 될 수 있을 거 같은데."

"중국에서 일하려면 돈 많이 내야 해요?"

미옥은 나지막한 소리로 생뚱맞게 물었다.

"무슨 일을 하든지 간에 충성심에서 시작해야 하고 충성의 결과를 증명하는 일은 가슴 벅찬 일이 아닐 수 없지요."

"그러면 돈 없으면 충성도 못 하겠네요."

미옥은 나지막한 목소리로 물었다.

"또 엉뚱한 질문을 하는군요. 충성심이란 우리에게는 과거와 현재를 연결해 주는 가교이자 정의의 원천이요, 신념의 표상입니다. 까짓 거 돈이 문제겠습니까?"

"오랜 옛날 교황이 통치하던 유럽의 중세시대에는 신앙심의 깊이는 헌금의 액수에 의해 결정된다고 하면서 면죄부를 남발했던 어처구니없는 행태가 있었대요. 그런데 그때야 워낙에 호랑이 담배 먹던 시절이었으니까 웃을 수 있다 하더라도 지금 그런 거 한다면 좀 말이 안 되는 거 같은데…. 근데 요사이 북측의 젊은 사람들은 대체로 소망하는 바가 뭐에요?"

"그거야말로 해괴망측한 질문이로군요."

철민은 갑자기 속이 거북해졌다. 미옥에게 성의는 보이고 싶은데 자꾸 헛갈리기만 했다. 그는 젓가락을 내려놓고 반쯤 누운 채로 두 눈을 감았다. 현기증까지 약간 나면서 꼭 뭔가에 빨려 들어가는 느낌이었다.

"철민 씨. 괜찮아요?"

"괜찮습니다. 공사기한 때문에 략간 무리를 했더니 어지러워서 그래요. 근데 미옥 씨. 우리 조선의 젊은 인민들이 뭘 원하냐고요? 우리가 그걸 알면 지도자동지를 왜 쳐다보겠습니까?"

미옥은 갑자기 말문이 막혔지만 한두 번 겪은 일도 아니라서 그냥 덤덤하기만 했다.

"음식은 먹을 만해요?"

"그럼요. 오늘 간식 너무 잘 먹었어요. 태어나서 이렇게 훌륭한 음식은 처음 먹어 본 것 같아요."

뉘엿뉘엿 지는 해는 열심히 일한 두 청춘을 위로하며 저녁놀을 늘어뜨려 포근히 감싸주었다.

* * *

"철민아. 왜 이리 식사를 못하냐? 어디 아프냐?"

"아니야. 고저 기초공사 마무리를 서누르느라고 작업을 좀 괴하게 했더니 몸이 천근만근 무거워서 밥이 제대로 넘어가질 않아. 오늘 밤에는 총화도 없으니까 그냥 잠이나 푹 자야겠어."

"잠도 좋지만 철민아. 우리 오늘 간만에 때 좀 밀자. 지금처럼 중로동이 연일 이어질 때는 몸을 좀 풀어 줄 필요가 있어."

먹는 둥, 마는 둥 몇 숟가락을 뜬 철민은 식사를 마치자 오랜만에 목욕을 하였다. 따뜻한 물에 몸을 담그고 올라오는 증기방울 속에서 향긋한 비누 향을 맡는 것은 타향살이 중에 누릴 수 있는 몇 안 되는 호사가 아닐 수 없으리라!

자욱이 퍼져나가는 향기 속에서 철민은 문득 미옥의 향기가 느껴졌다. 욕탕을 꽉 채운 수증기는 세상 끝에서 느꼈던 그녀의 체취를 머금은 듯했고 몽롱한 분위기 속에서 좀처럼 가질 수 없는 여유를 만끽했다. 그렇지만 횅한 마음 한구석에서는 그리움이 찾아왔다. 미옥과 헤어진 지 불과 몇 시간밖에 안 지났지만 뿌연 허공에서는 그녀의 얼굴이 떠올랐고 손전화 수신호가 '편지글이 도착했다'고 깜박이며 그를 기다리고 있는 것만 같았다. 철민은 눈을 감고 얼굴까지 물에 푹 들어갔다.

"철민아. 등 좀 밀어다오."

벌겋게 달아오른 살갗의 묵은 때를 벗겨내면서도 철민은 온통 문자메시지에만 정신이 팔려있었다.

"이 간나새꺄! 살살 좀 해라! 등딱지 벗겨지겠다."

"좀 참아라. 언제 또 때 밀겠냐?"

민욱의 등에 찬물을 끼얹는 소리와 함께 비명소리는 더 커졌다.

"간나새끼. 돌아서라. 네 등딱지는 내가 벗겨주마."

"그래, 시원하게 벗겨줘라. 나도 비명소리나 한 번 크게 질러보련다."

희희낙락하며 서로 물 끼얹는 소리와 함께 밤이 깊어갔다. 그리고 점점 더 짙어지는 밤그림자를 따라 철민의 몸에 배어 있는 긴장과 애환도 거의 사그라졌다.

아담한 공간에 삐거덕거리는 이층침대와 다용도로 쓰이는 낡은 탁자 그리고 의자 두 개와 창가에 있는 석유난로가 전부였지만 철민은 오늘따라 그의 보금자리가 아늑하게만 느껴졌다.

"철민아. 차나 한잔하자."

민욱은 난로 위에 있는 주전자에서 차를 두 잔 따라 가져왔다.

"아! 좋다."

"철민아. 내가 중국에 오래 있고 싶은 리유 중의 하나가 이 차의 향내음 때문이야. 이때쯤 차를 한 모금 들이키면 하루의 깊이가 달라지는 것 같지 않냐?"

호호 부는 입김을 따라 전통차 특유의 향내가 은은하게 퍼져나갔고 홀짝홀짝 넘어가는 구수한 맛은 몸속의 묵은 때를 씻어 내는 듯했다.

"오늘은 오래간만에 목욕도 했으니 잠이 정말 꿀맛이겠다."

"그래. 모처럼 푹 자자."

철민은 서둘러 컵을 비우고는 침대에 들었다. 최고의 날이었다!

고된 노동이었지만 힘들었던 만큼 기초공사를 마무리했기 때문에 승리를 위한 교두보를 확보할 수 있었고 천상의 음식을 들며 밀회를 즐겼으며 요란한 구호가 아닌 자연의 품속에서 몸과 마음을 정갈히 하며 하루를 마감하였다. 자리에 누워 두 다리를 쭉 뻗자 철민은 곧 깊은 잠에 빠져들 것 같았지만 한 가지 소망이 그를 자꾸 잡아끌었다. 그를 기다리며 깜박이고 있을 수신신호였다. 철민은 이제나저제나 기다리며 아래칸 침대의 동태에 귀 기울였다. 그런데 불이 꺼지고 얼마 지나지 않아 고대하던 민욱의 코 고는 소리는 안 들리고 대신 간간이 흐느끼는 소리가 들려왔다.

'어! 어디서 우는 소리가 들리는 것 같은데? 오늘같이 좋은 날 이 게 뭔 조화야.'

철민은 자신이 벌써 꿈나라에 든 줄 알고 누운 자세를 바로 하여 보았다. 그런데 얼마 지나지 않아 구슬프게 흐느끼는 소리가 또 들려오는 것이었다. 철민은 바로 누운 자세를 고쳐 반대편으로 모로 누웠다. 그리고 나지막한 소리로 물었다.

"민욱아. 너 지금 울고 있냐?"

갑작스런 질문에 무안해서인지 잠시 동안 침묵이 흘렀다. 그리고 울먹이는 코맹맹이 소리가 들려왔다.

"고저 아직 안 잤냐?"

"원래 너무 힘쓴 날은 잠이 잘 안 오더라. 참 이상한 일이야. 몸은 납덩이처럼 무거운데 눈은 말똥말똥 뜨고 있으니…. 그나저나 내가 잠결에 잘못 들은 거냐? 방금 어디서 흐느끼는 소리를 들은 것 같다."

"철민이 너는 기술공업학교를 나왔고 군에서 병과도 기술병이었다 고 하니까 소한테 일 시켜 본 적은 없겠구나?"

"뭐라고?"

철민은 뜬금없는 질문에 난감했고 도무지 종잡을 수가 없었지만 절망적으로 울먹이는 그의 말투에서 뭔가 심상치 않은 분위기를 느낄 수 있었다.

"느닷없이 뭔 소리야? 요새 누가 소한테 일을 시킨다고 그래?"

"나 어릴 적에는 소를 모시는 일이 일과였어. 새벽에 일어나면 세수도 하기 전에 먼저 우물에 가서 물을 길어다가 부엌에 있는 솥단지에 채워 놓고 여물을 끓였어. 그리고 아침밥을 먹으면 부리나케 가서 구유통을 채워 놓고, 저녁식사 후에는 또 가서 채워 놓고…. 그런데 너 혹시 소코뚜레 만들어 본 적 있냐?"

"소코뚜레? 아, 거 소코에 끼우는 족쇄 말이냐? 나도 농사일에는 리력이 났다만 그런 거 만들어 본 적은 없어. 넌 만들어 봤냐?"

"내가 함북의 접경지 출신이잖냐. 그런데 변방에 있는 협동농장에는 항상 일손이 부족해. 그래서 나는 인민학교 입학하면서부터 황소를 몰고 농사일을 했거든. 그런데 이 황소란 놈이 힘든 일은 다해 주니까 고맙기는 한데 고집이 세서 여간해서는 움직이지 않는 때가 많아. 그래서인지 그 어린놈의 고사리 같은 손에 아버지께서 소코뚜레를 쥐어주시더라고. 그리고 직접 끼워 봐야 소와 일심동체가 되어 농사일을 할 수 있다고 하시면서 코뚜레 꿰는 일을 같이하게 하셨어."

민욱은 코맹맹이 소리에 더해 한숨까지 연거푸 내쉬었다.

"어른들 말이 맞더라. 코뚜레 끈만 잡으면 나보다 덩치가 10배는 큰 황소를 수족처럼 부렸거든. 그리고 이듬해에는 내가 직접 소코뚜레를 만들어서 끼워줬다. 그런데 말이다…"

갑자기 민욱이 흐느끼기 시작하였다.

"민욱아. 너 괜찮은 거냐? 도대체 왜 그러냐?"

철민은 자리에서 일어나려 하였다.

"괜찮아. 철민아. 정말 괜찮으니까 제발 날 그냥 내버려둬."

민욱은 땅이 꺼져라 한숨을 쉬며 다시 울먹였다.

"나는 알아. 잘 알아. 소코뚜레가 무언지. 그래, 분명 그거였어. 소코뚜레였어! 그들을 굴비 엮듯이 줄줄이 묶고 있는 것은 바로 소코뚜레였어. 근데 코뚜레를 어떻게 사람한테 끼울 수가 있냐?"

민욱은 복받치는 설움을 참지 못하겠는지 다시 흐느끼기 시작하였다. 그렇게 한동안 마냥 소리죽여 울기만 하였다. 철민은 아직 뭐가 뭔지 몰랐지만 지금은 민욱을 가만 내버려 두는 편이 좋을 것 같다고 생각되었다. 한참이 지나서야 철민은 자리에서 일어나 난로 있는 곳으로 갔다. 그리고 주전자에서 차를 한 잔 따라 민욱에게 가져왔다.

"목 좀 축이고 진정해라."

철민이 민욱을 부축해 반쯤 일으켜 세우자 민욱은 빼앗듯이 컵을 집어 들고 벌컥벌컥 마셔버렸다.

"돈 벌어야 돼! 돈 없었으면 아마 내가 그 트럭 화물칸에 태워졌을 거야."

"대체 무슨 말을 하는 거냐? 오늘 낮에 기초공사 끝내고 기계 반납하러 가기 전까지만 해도 나랑 같이 있었잖아. 그 사이에 도대체 뭘 봤기에 실성한 사람처럼 횡설수설이야?"

민욱은 고개를 돌린 채 무심히 벽 쪽을 바라봤다. 그리고 잔뜩 풀이 죽은 목소리로 조용히 말을 이어 나갔다.

"강변에 몇 년째 잘 알고 지내는 조선족 로인이 있어. 그 로인은 그 동네에서 나고 자라서 근방에서는 모르는 사람이 없을뿐더러 공안들하고도 친분이 두터워. 심지어는 강 건너 초소 경비병들도 겸사겸사해서 가끔 들리더라고. 내가 그 집에서 식사하고 가는 경비병들도 여러 번 봤거든. 하기야 이런 일은 장군 멍군해야 판이 돌아가니까 당연한 거겠지만."

민욱은 불편한 듯 자세를 고쳐 앉았다.

"여기서 한 시간 남짓 가면 세관이 있고 거기 하역장에는 항상 물건이 산더미처럼 쌓여있지만 물류이동이란 게 꼭 세관을 통해서만 되는 것은 아니거든."

민욱은 약간 눈을 치켜세우고 철민을 조용히 응시했다.

"때로는 모두가 살기 위해서 어떤 식으로든 시장이란 게 만들어져야 돼. 너도 알다시피 고난의 행군 시절 전대미문의 폭풍이 천지를 뒤흔들었을 때도 이곳 접경지역은 비교적 안전했어. 수많은 인민들의 목숨 값을 담보로 해가지고 스스로 생존비법을 터득했던 용감한 사람들은 천혜의 자연을 활용해서 대부분 살아남았다고."

민욱은 감정이 복받치는지 자리에서 벌떡 일어나 철민 옆으로 다가왔다.

"철민이 너야 내 통장까지 봤으니까 말인데 우리 작업반에서 손전화 쓸 수 있는 사람은 나하고 우리 반장동지밖에 없지 않냐. 그래도 지도자동지께서 하사해 주신 금쪽같은 특권인데 건성으로 쓰면 되겠냐? 그래서 이따금씩 나는 하해와 같은 은혜를 아주 적극적으로 활용하고 있어. 또 한편으로는 이런 생각도 들더라. 그 로인한테 물건을 조달해 주면 얼마나 많은 우리 인민들이 행복해할까. 그럴 때면 나 스스로가 대견스럽기까지 해."

철민은 불현듯 단둥에서 대방하고 신명나게 했던 부업이 떠올랐다. 그리고 스스럼없이 떠벌리는 그의 모습에서 왜 자신이 단둥에서 이리로 쫓겨왔는지 민욱이 그 이유를 알고 있음을 확신하게 됐다.

"나도 중국에 처음 왔을 때는 고저 나라가 어려우니까 조금이라도 보탬이 되고자 또 얼마라도 송금하면 집식구들이 최소한 굶지는 않을 테고 해서 소박한 심정으로 왔다만 지금은 생각이 완전히 달라졌어. 많이 번 내 모습을 보면 그렇게 대견스럽고 흐뭇해지더라고. 그리고 당과 지도자동지도 돈 많이 낸 인민 좋아하지. 돈 없으면 충성이나 할 수 있냐?"

민욱은 쓴웃음을 지으며 몸을 일으켰다. 그리고 담배 생각이 나는지 창가에 걸어 둔 외투를 뒤져 담배를 한 대 입에 물면서 말을 이어갔다.

"여기서 급여 받은 걸로는 나라에 계획금 내고 또 중국 당국에 세금 내고 하면 수중에 들어오는 거야 기껏 몇 푼 안 되잖냐. 고거 모아서 어느 세월에 우리 색시하고 평양 가서 살겠냐? 그래서 다른 일 좀 하고 있어. 아, 순전히 돈만 본다면야 우선 떼이는 것도 없고, 이

득도 훨씬 많고, 거기다 금상첨화 격으로 여기저기 인맥도 넓힐 수 있으니 오히려 이 일이 백 번 낫지."

"거 뭐 새삼스럽게 얘기하냐. 그렇지 않아도 일전에 네 통장에 찍혀 있는 숫자 보고서는 언제 기회가 되면 나도 좀 같이 하자고 부탁하려던 참이었는데."

"진작 말 좀 꺼내지 그랬냐. 너하고 같이 봤다면 차라리 위로가 됐을 텐데… 젠장. 흐흐흑…."

민욱은 신나게 떠들다가 갑자기 또 흐느끼기 시작했다. 철민은 입을 반쯤 벌린 채 눈만 껌벅였다.

"차근차근 얘기해 봐. 코뚜레라는 것은 당연히 소에 끼워야지 그걸 왜 사람한테 끼워?"

"이 일대가 경제특구로 지정되는 바람에 외국에서 들어오는 물건도 많고 상점들도 눈에 띄게 늘어났지 않냐. 그래서 물건 구하기가 한결 쉬워졌고 근래에는 거의 일주일에 한 번 꼴로 그 로인을 만나고 있어. 오늘도 자재를 싣고 오는 길에 부탁받은 가전제품 몇 개를 싣고 들렸는데 동네어귀에서부터 분위기가 심상치 않더라고. 그래서 몸 사리면서 가만히 보니까 중국 공안하고 안전원들이 쫙 깔려있는 거야. 그래도 지난 수년간 신뢰 하나로 지켜온 인맥인데 그냥 갈수 있겠냐? 바로 로인께 전화하고 진입을 시도했는데 아니나 다를까, 길목마다 불심검문을 하더라고. 다행히 도강증이 있었고 로인께서 마중 나오신 바람에 간단히 끝나기는 했다만 바로 건너편에 있는 안전원들과 눈빛이 마주쳤을 때는 모골이 송연하더라. 그런데 거기서 화물차에 실려지는 우리 인민들을 봤어. 오랏줄에 굴비 엮듯이 줄줄이 묶여가지고 실려지는데 요새는 해가 짧아져서 어둑어둑했지만 확실히 봤어. 그들을 엮어서 일렬로 세운 것은 분명 코뚜레였어!"

민욱은 담배를 한 모금 깊게 빨고는 크게 한숨을 내쉬며 내뱉었다. 그리고 울먹이며 말을 이어나갔다.

"그들이 떠나고 그 로인 집에서 물건을 건네며 물어봤더니 탈북자라고 하더라고. 자기는 벌써 여러 번 봤다고 하면서 그냥 대수롭지 않게 말하더라고."

철민도 절로 고개가 떨구어졌다.

"그들은 우리의 의리와 신념을 저버린 자들이야. 죄지은 놈들이 고생하는 건 당연한 거 아니겠냐."

민욱은 말이 없었다.

"그런데 코뚜레를 어떻게 사람한테 끼우냐? 좀처럼 믿어지지가 않는다."

무덤덤하게 말하면서도 철민의 얼굴은 흙빛으로 변해있었다.

"간단해. 코에다 구멍 뚫어서 줄줄이 엮으면 돼. 아마 사람 코는 훨씬 더 쉬울 거다."

"…"

"오면서 차 속에서 그 상황을 곰곰이 생각해 봤어. 그들도 결국 우리처럼 살기 위해 벌어 보겠다고 온 인민들 아니겠냐. 아마 공안이나 보위부 요원들에게 그 잘나 빠진 돈 몇 푼 쥐어줬으면 그렇게 짐승처럼 다루어지지는 않았을 거야. 나는 돈이 있어서 도강증을 살수 있었고, 인맥도 쌓을 수 있었지만 그들은 가진 게 없어서 원칙대로 처리된 거야."

민욱은 피던 담배를 비벼 끄고는 다시 자리로 돌아와 이불을 머리 위까지 뒤집어썼다. 희미하게 흐느끼는 소리가 이불 사이로 새어나왔다. 철민도 딱히 위로해 줄 말이 생각나지 않았다. 단지 이불 위로 손을 얹으며 위로했다.

"민욱아. 달리 우리가 할 수 있는 게 뭐가 있겠냐? 고저 열심히 사는 수밖에 더 있겠냐. 오늘은 고생했으니까 푹 자라."

철민은 불을 끄고 자기 자리에 누웠다. 그렇지만 방 안에는 소리 죽여 흐느끼는 소리가 오랫동안 지속됐다. 그리고 철민의 베개도 곧 축축해지기 시작했다. 울면서 잠이 들어 더 많이 잔 듯했지만 눈을 떠 보니 꼭두새벽이었다. 눈 뜨자마자 철민은 민욱을 살폈다. 평소와는 달리 코고는 소리도 안 들렸고 쥐 죽은 듯이 조용했다. 살며시 보니 영창을 통해 비추는 희미한 달빛 아래서 민욱은 잔뜩 웅크린 채 이불 위로 고개만 내민 채 모로 누워 있었다. 얼굴은 지난밤에 흘린 눈물로 모든 시름을 씻은 듯 평화로워 보였으며 곤히 잠들어 있었다. 철민은 조용히 반쯤 일어나 벽장 속에 숨겨 둔 손전화를 꺼내 들고 다시 침대로 돌아왔다. 열어 보니 역시 수신신호가 깜박이고 있었다.

철민 씨. 한 번 들어봐요.

매서운 바람이 옷깃을 후벼
둘러보니 온통 눈 덮인 산천초목이라

별에게 묻고저
푸르른 산천초목을 품었을 때에도 영롱했는가.

달에게 묻고저
녹색 향연을 굽어볼 때에도 휘영청 밝았는가.

손을 뻗으면 그대들에게 닿을 듯하나 닿을 수 없어
다만 쏟아지는 궤적을 좇아 백조자리를 그려보지만 오늘은 수초 속에서 보금자리를 튼 철새들을 볼 수가 없네.

별과 달에게 묻고저
세상의 하얀 장막을 녹이고
대지를 달구는 해와 인사할 때

긴 목을 흔들며 어우러진 한 쌍의
논병아리의 날갯짓에서도 그 영원한 빛을 찬연히 흩뜨리겠는가.

퇴근길에 철민 씨 얼굴을 봐서 그런지 기분이 날아갈 것 같았어요. 그래서 내친 김에 시외로 무작정 달렸지요. 오우! 두만강이 보이는군요. 누가 뭐래도 여기가 두만강의 백미라고 자신할 수 있어요! 그 맑고 고즈넉한 풍경은 밤에 봐도 아름답기만 한데 휑하니 부는 바람은 당신의 빈자리를 느끼게 해 주네요. 날개 잃은 철새처럼 왠지 마음이 쓸쓸해 마음 가는 대로 시 한 편을 써봤어요. 이 시의 제목을 뭐라 하면 좋을까요?

제목은 한 번 철민 씨가 근사하게 지어 봐요. 좀전에 차 속에서 한 말 중에 '우리'란 말과 '미래'란 말이 참 가슴에 와 닿았어요.

지금이야 세상이 온통 눈 속에 파묻혀 보이는 거라곤 끝없이 펼쳐진 설원뿐이지만 이제 몇 달만 지나면 이곳에는 거짓말 같은 풍경이 펼쳐져요. 멀게만 느껴지던 태양빛이 머리 위에서 세상을 비추면 눈과 얼음이 녹으며 여기저기서 호수와 습지가 생겨나죠. 그러면 바야흐로 만물이 소생해요. 이곳의 습지는 동화책 속에 나오는 으스스하고 기분 나쁜 늪과 달리 얼마나 청정한지 물에 떠 있는 수초의 뿌리까지 다 보여요. 그 청초함에 홀려 정처 없이 걷다 보면 이번에는 수풀 사이에 잘 지어진 철새들의 보금자리가 경이로움을 자아낸 답니다. 어미새의 온정이 만들어 낸 걸작이란 탄성이 절로 나오는 게 그 합리적인 건축술에 오히려 제가 한 수 배울 지경이에요. 새끼가 알을 까고 나오면 어미새의 품속에서 무럭무럭 자라 창공으로 비상하겠죠. 그때씀이년 세상 끝에 있는 **추운** 곳으로 기기 위해 힘차게 날갯짓하는 철새들의 울음소리가 원시의 정적을 깨곤 한답니다. 이제 몇 달만 지나면 천지간이 온통 초록으로 변하고 육안이 닿는 모든 곳에서 넘치는 생명력을 실감할 수 있어요. 자꾸만 지난봄의 추억이 샘솟네요. 추억을 더듬으며 무릎을 꿇고 겸손한 마음으로 살며시 눈밭에 손을 대보니 난 벌써부터 뭔가 약동하는 강한 기운을 느낄 수가 있어요. 철민 씨도 한 번 가슴에 손을 얹어 봐요. 내가 느끼는 봄기운처럼 지도자동지의 초상 휘장 이면에 꿈틀거리는 뭔가가 느껴지나요? 이념과 제도의 무서운 장막에 가려 고개를 내밀 엄두조차 못 내고 있는 진정 갈망하는 감정에 솔직해져 봐요. 그러면 철민 씨의 마음에는 벌써 봄이 성큼 다가왔을 거예요.

잘 자요. ♡♡

철민은 콧등이 시큰해져 두 눈을 감았다. 그리고 한쪽 손을 왼쪽 가슴에 대고 그녀의 시구의 한 구절, 한 구절을 달콤하게 되새기며 글의 향기에 흠뻑 빠져들어 저 깊은 곳에서 우러나오는 소리를 가만히 들어보았다. 마치 찬란한 햇살 속에서 유유히 흐르는 시냇물처럼 한가로운 소리였다. 결코 요란하지 않았고 언제 어디서나 들을 수 있는 자연스럽고 편안한 소리였다. 철민은 눈을 감은 채 한동안 그렇게 있었다. 아직도 창밖은 어슴푸레하여 새날이 밝아 오는 기운은 느낄 수가 없었고 방 안은 너무나 고요한 나머지 색색거리며 곤히 잠든 민욱의 숨소리가 다 들릴 지경이었다. 그런데 눈을 떴을 때는 그만 소스라치게 놀라고 말았다. 지도자동지께서 두 눈 부릅뜨고 내려다보고 계신 게 아닌가! 점점 밝아지는 방 안에서 지도자동지의 초상은 언제나처럼 상단에 위풍당당하게 걸려있었고 모든 것을 내려다보고 있었다. 놀란 가슴을 쓸어내리며 평정을 되찾으니 이상하리만치 절대 권력자의 초상이 낯설게만 느껴졌다.

'저분도 나와 같은 감정을 공유하고 계실까? 희로애락을 느끼시며 때때로 밤하늘의 별과 달을 바라보실까?'

그리고 이제는 절대자의 초상 앞에서 답글을 쓰면서도 전혀 불편하지 않았다.

미옥 씨. 시 잘 읽었어요.

손전화를 열 때면 무슨 보석상자라도 여는 것처럼 으레 설레고 가슴이 벅차오르네요. 그런데 나 보고 시의 제목을 지어보라고요. 미안하지만 아름다운 시의 선율이 내게는 별로 와 닿지 않네요. 엊그제 우리가 함께 봤던 설원도, 두만강도 사실 그렇게 낭만적인 곳만은 아니에요. 혹시 멀리서 봐서 볼품없이 희끄무레하게만 보였던 철조망 기억나요? 단순히 조선과 중국을 가로 짓는 철책선에 불과해 보일 수도 있겠지만 때로는 삶과 죽음을 관장하는 놀라운 위엄을 갖기도 해요. 사실 두만강에는 많은 인민들의 애환이 녹아있어요.

간밤에 우리 조선 인민들이 짐승처럼 두만강 너머로 끌려갔다는 아주 슬픈 얘기를 들었어요. 아직 새날이 밝을 기미는 보이지 않지만 눈물 젖은 베개를 베고 자서일까요? 나는 아주 오랫동안 잔 것처럼 느껴져요. 꼭 그들이 가여워서만이 아니랍니다. 슬픈 감정도 있었지만 잘못을 알고도 내가 할 수 있는 게 아무것도 없다는 현실이 너무나 답답해서 눈물이 절로 나오더라고요.

시의 제목을 짓고 싶어도 지금은 도저히 그럴 수 없는 게 차라리 지금도 내려다보고 계시는 경애하는 저분께 여쭈어 봐야겠네요. '언젠가 당신의 손끝이 지나간 자리에서도 훈풍 속에서 속삭이는 시의 노래를 들을 수 있겠냐'고.

오늘 하루를 미옥 씨의 따뜻한 글과 함께할 수 있어 행복합니다.

전송버튼을 누르자 철민은 희비가 엇갈렸다. 오랫동안 묵은 감정을 뭔가로 빚어내어 표현할 수 있어 기뻤지만 금시된 것을 위빈했다는 자책감은 그의 어깨를 무겁게 짓눌렀다. 어쨌거나 쏘아 놓은 화살이었고 철민은 새로운 날의 일상 속으로 빠져들었다. 이부자리를 정리하고 창문을 반쯤 열고는 주전자의 물을 새로 받아 와 난로에 불을 지폈다. 그리고 민욱도 부스스 눈을 부비며 일어났다.

"철민아. 몇 시냐?"

"일어났냐? 씻고 와라."

"그런데 속이 허해서 제대로 일어나지도 못하겠다. 철민아. 물 한 잔만 다오."

방금 올려놓은 주전자 물은 아직 차가왔고 아직은 이른 시간이었다. 물이 보글보글 끓어 따뜻한 차 한잔을 마실 수 있을 때쯤 돼야 본격적으로 하루가 시작되는 것이었다. 그리고 왁자지껄한 상황실은 요사이 활기찬 현장분위기 그대로였다.

* * *

"그 차에 실으라우."

작업반원들의 능숙한 손놀림에 의해 육중한 건자재들은 서랍 속에 잘 정리되는 문구들처럼 차곡차곡 화물칸에 쌓였고 덜컹 하는 소리와 함께 문이 닫히며 트럭이 떠났다. 때맞춰 조달된 자재들은 메마른 땅에 내린 단비 같아서 공사 진행을 더욱 불붙게 했다.

"푹푹…! 푹푹…! 푹푹푹…!"

쉴 새 없이 삽 뜨는 소리와 끊임없이 들락거리는 토공장비들의 부산한 움직임은 그동안 잃어버린 시간을 벌충이라도 하는 것처럼 현장을 뜨겁게 달구어 일찍 찾아온 추위를 핑계 삼아 잔뜩 움츠러든 주변 공사현장에 비해 철민의 현장을 단연 돋보이게 하였다.

"우웅! 그르릉!"

"철민아. 봐라. 굴착지점이 설계도면과 다르지 않냐?"

"무슨 소리냐. 암반이 제거됐는데 원래 설계대로 해야지."

"아. 그럼 이건 고친 거냐?"

그에게는 굴삭기만 있으면 굴착작업이고 적재고 운반이고 간에 거칠 것이 없었다. 철민의 굴삭기는 오늘도 종횡무진 공사현장을 누볐다.

"동무. 조심하라우! 굴착물 위에 지금 사람이 있어. 신호를 줄 때까지 잠시 대기해."

평적선 아래를 굴착할 때에는 사거리가 너무 많아 항상 사고위험이 도사리고 있었다. 잠금장치를 걸어 놓으며 철민은 안도의 한숨을 내쉬었다.

'휴우. 다행이군. 반장동지가 봤기에 망정이지 잘못하면 큰일 날 뻔했네.'

철민은 준비해 온 보온병에서 물을 한 잔 따라 마시며 수없이 목격했던 현장사고를 떠올렸다. 철민 또한 크고, 작은 사고위험으로부터 자유로울 수 없었다. 철민의 몸 여기저기에는 갖가지 상처자국이 남아 있는데 그중에는 특별히 기억에 남는 상처도 있었다. 시선이 장딴지에 고정되자 천만다행으로 불구를 면한 악몽이 떠올랐다.

'나는 어차피 공사현장을 위해 태어난 인민이야. 또 지금까지 그렇게 살아왔고.'

하루일과는 바쁘게 돌아가고 있었고 현장의 열기 또한 식을 줄을 몰랐다. 다시 평적선 아래공간을 흘낏 쳐다보니 굴착물 위에 작업인민이 더 와 있었다.

'간단히 끝날 것 같지가 않군.'

잠시 짬이 생기자 철민은 또 저절로 안주머니에 손이 갔다. 주변을 살핀 후 몰래 손전화를 열어 보니 역시 수신신호가 깜빡이고 있었다. 당장이라도 편지내용을 탐독하고 싶었으나 황급히 다시 집어넣고는 보온병의 물을 한 잔 더 마셨다.

　'오늘도 천사를 만날 수 있을 거야. 감자 두 개를 챙겨왔는데 저녁때 자재 실으러 가면서 잠깐 얼굴이나 보고 가야겠다. 간식으로 나누어 먹으면 얼마나 맛있겠어. 하하! 오늘은 내가 대접하는 거야.'

　마치 결승선을 목전에 둔 마라토너가 마지막 투혼을 발휘해 달리는 것처럼 철민은 마무리 작업을 앞두고 더욱 분발하였고 시간 가는 줄을 몰랐다. 그리고 다들 그랬다. 중장비로 토대를 닦고 이어 뚝딱거리며 미장일을 하는 소리가 이어졌다. 그러는 사이 주변은 어둑어둑해져 갔고 반원들의 얼굴에는 고된 일과로 피곤한 기색이 역력했다. 하지만 철민의 얼굴에는 오히려 생기가 돌았다.

　"동무들. 모이시오. 새참이 왔소. 잠깐 먹고들 하십시다."

　갑자기 철민의 얼굴빛이 변하였다.

　'젠장. 오늘 또 야간작업이구나. 이거 산통 다 깨졌네!'

　작업반원들이 모두 모이자 공사장의 한쪽 귀퉁이에 임시등이 켜졌고 화기애애한 분위기가 만들어졌다. 조촐하지만 모두의 몸과 마음을 따뜻하게 해 주는 성찬을 놓고 서로에 대한 위로와 격려의 덕담이 오갔으며 괄목할 만한 공사 진행에 대해서는 스스로를 대견스러워했다. 따뜻한 김이 오르는 설렁탕 한 그릇과 김치 몇 조각은 모두에게 노동의 가치와 하루의 보람을 느끼게 해 주었는데 이럴 때면 어김없이 당과 지도자동지에 대한 감사의 표시가 뒤따랐다. 철민도 남들 따라 고개를 숙였고 분위기는 잠시나마 경건해졌다. 하지만 그는 더 이상 이런 예배가 지겨웠다. 감사하는 마음이 들 때 이를 표시하는 것은 지극히 당연한 행동이겠지만 그 이유가 의심스러워졌고 이제는 그저 무의미한 요식행위로만 여겨졌다. 드럼통 속에 집어넣은 모닥불 옆에서 아쉬운 대로 허기와 추위를 달래면서 철민의 마음에 굴뚝같이 떠오르는 것은 미옥이 보낸 손전화 글이었다. 쓸데없이 두리번거리며 안절부절 못하는 모습에 민욱이 다가왔다.

"철민아. 어디 아프냐?"

"새참을 너무 급히 먹었더니 아무래도 얹힌 것 같아. 속이 거북해서 몸을 제대로 가누지도 못하겠어."

철민은 벽에 기댄 채 배를 움켜잡고는 오만상을 찌푸렸다. 그런데 철민을 바라보는 민욱의 표정이 야릇했다.

"공단 밖으로 나가서 물류창고 쪽으로 가다 보면 경비실 옆에 약국이 하나 있어. 걸어서도 갈 수 있으니까 소화제 하나 먹고 와. 반장동지께는 내가 얘기해 줄게. 덕분에 기초공사도 완료하고 타설작업만 남았는데 여기서 맥 못 추면 되겠냐?"

"그래. 아무래도 그래야겠다. 금방 갔다 올 테니까 얘기 좀 잘해 줘라."

잰걸음으로 사라지는 철민을 민욱은 고개를 갸우뚱거리며 물끄러미 바라보았다.

한편 공단의 구석진 담벼락 아래에서 긴장한 채 글을 읽어 가는 철민의 얼굴에는 화색이 돌았고 행간 사이에서 미옥과 춤을 추고 있었다.

답글 잘 읽었어요. 주책없이 내가 철민 씨 아픈 곳을 건드린 것 같아서 미안하네요. 그렇지만 같은 대상을 바라보는 우리 두 사람의 느낌이 다른 것은 완전한 원 안에 들어있는 음양의 이치와 같을 거예요. 한쪽이 넘치면 다른 쪽이 모자라겠지만 그 둥근 궤적을 따라 공처럼 굴리면 결국에는 넘치고 모자라는 쪽이 서로 어울려 조화를 이루죠. 다만 한 가지 아쉬운 점은 음양이 조화를 이루는 데 걸리는 세월을 우리가 가늠할 수 없다는 거예요. 한반도라고 하는 운명적 공간에서 결국 기낼 수 있는 사람은 같은 민족밖에 없는데 누군가는 한가로이 시를 읊는 풍경을 또 누군가는 절박한 심정으로 바라본다면 음양이 조화를 이루는 상황이라고 할 수는 없겠죠. 그렇지만 언제부터 이랬겠어요? 조만간에 다시 음과 양의 기운이 조화를 이룰 거예요. 그렇다면 철민 씨. 차라리 우리가 그 주역이 되는 게 어떨까요. 그리고 뭔가 단단히 오해하는 거 같은데 나 역시 두만강을 아름답게만 보지는 않아요. 때로는 피가 마를 정도로 초조하게 바라볼 때도 있어요. 금단의 강으로 변하거나 세관의 장벽이 터무니없이 높아져 버릴 때면 물건유통 안 되고 그럼 돈줄이 말라서 다들 손가락만 빨고 살아야 하거든요. 그런데 지도자동지께서 허락하시면 시의 제목을 지을 수는 있는 거예요? 만약 허락 안 하시면 못하는 거고요? 혹시 위대한 공화국의 일원이 되기 위해 자신의 너무 많은 부분이 국가에 담보 잡혀 있다는 생각 안 들어요? 옆에서 보는 내가 다 안타깝네요. 그래도 편지글을 받아볼수록 철민 씨가 더 선명하게 보여 다행이에요. 시간되는 대로 또 편지글 보낼게요. 그리고 지금 하는 일이 좋은 결실 맺기를 진심으로 기원해요.

　사랑해요.

　'고립된다는 것이 우리 조선 인민의 고유한 본성은 아닐 거야.'
　깊은 한숨을 내쉬며 먼 하늘을 올려다본 철민은 가슴이 답답하였고 목이 타들어 가는 것처럼 느껴졌다. 다시 한 번 찬찬히 답글을 읽어보았는데 입가에는 미소가 절로 그려졌다.
　'여러 번 느끼지만 이 녀성동무는 사람을 파악하는 남다른 눈썰미가 있어!'
　철민은 손전화를 다시 가슴속에 깊숙이 집어넣고는 현장으로 돌아왔다.

고지가 보이는 이상 반원들에게 그만하라고 하는 규정 따위는 우스울 뿐이었다. 다들 노동에 대해서는 일가견이 있었고 스스로들 그만두어야 할 때를 알고 있었기에 합작구의 규율과 중국의 노동법을 조롱했다. 어떻게 보면 아주 아름다운 조롱이었다. 캄캄한 밤하늘을 수놓는 별자리의 불이 하나둘씩 들어오고 그 빛이 한층 빛나도 현장의 열기는 식을 줄을 몰랐는데 현장을 환히 밝히는 야간작업등은 밤이 깊었다는 사실을 무색하게만 하였다. 급기야 합작구의 감독관이 오면서 고함소리가 여러 번 들렸고 비로소 현장은 조용해졌다. 여기저기서 작업도구며 건자재들을 정리하는 부산한 소리와 함께 야간 작업등도 꺼졌다.

"고생들 했어. 오늘 밤에는 총화가 있으니까 숙소에 돌아가면 간단히 씻고 바로 식당으로 모이라우."

공공장소로서의 식당은 여러모로 요긴하게 쓰이는 장소였다. 다 같이 모여 함께 식사를 하는 본연의 목적 이외에도 명절 때면 왁자지껄하며 한잔 술로 만복을 기원했으며 중요한 전달사항이 있으면 수시로 반원들을 모집하는 장소였다. 그렇지만 오늘 밤은 살벌하기만 하였다. 언제나처럼 다들 칼날 위에 서 자신에게나 상대방에 대해 가차 없는 비판을 하였고 총화 내내 팽팽한 긴장이 계속됐다. 다들 당과 지도자동지에 대한 맹목적인 충성심을 과시했고 또 충성심만이 자신들의 모든 과오를 사하여 줄 수 있다고 부르짖었다. 총화는 인민들을 옥죄는 생활의 일부라기보다는 생활의 구석구석을 담아서 규제하고 조정하는 삶의 보따리 같은 감시망이었고 부모 병수발을 못 드는 한이 있더라도 절대 빠져서는 안 되는 자리였기에 종일토록 노동에 지친 몸일지라도 반드시 참석해야 했다. 하지만 철민에게는 이제 총화조차도 한 발짝 물러서서 바라볼 수 있는 여유가 생겼다. 불순분자로 낙인찍힐까 봐 마지못해 참석했고 목이 터져라

316 둘이서 다섯처럼

'만세!'를 외쳤지만 마음만은 전혀 일체감을 형성할 수 없었다. 오히려 중간중간 속으로 웃기까지 하였다. 어쨌거나 총화는 끝났고 철민은 홀가분한 심정으로 숙소로 향했다.

'몇 가지 요령만 익히면 총화쯤이야 식은 죽 먹기지 뭐.'

식당을 정리하고 와서 그런지 숙소에는 민욱이 먼저 와 있었다.

"철민아. 속 좀 괜찮냐?"

"약 먹고 많이 나아졌어. 근데 무지하게 피곤하다. 아무래도 나는 바로 자야겠다."

철민은 외투와 겉옷을 벗고는 바로 위 칸 침대로 갔다.

"그래, 괜찮다니 다행이구나. 근데 약은 어디서 샀냐?"

'공단 근처에 내가 모르는 약방이 또 있나?'

민욱은 고개를 갸우뚱거리며 퉁명스럽게 중얼거렸다.

"자재 실으러 가다 보니까 약방문이 닫혀있던데."

철민은 순간 섬뜩했다.

"네가 일러준 곳에 가서 약을 사기는 했는데 마침 가게문을 닫으려고 해서 하마터면 못 살 뻔했어. 간신히 사기는 했지만 불편을 끼쳐서 미안하더라고. 그래서 가게 정리하는 일을 좀 도와줬어. 근데 무척이나 서두르는 모양새가 무슨 사정이 있는 것 같더라. 그나저나 지금 피곤해서 말하는 것도 힘들다. 귀찮게 하지 마라. 그리고 너도 피곤할 테니까 그만 자라."

그렇지만 민욱은 불을 끄더니 밖으로 나가버렸다. 갑자기 불안이 엄습한 철민은 자동적으로 상체를 일으켰다.

"어디 가냐?"

그렇지만 들은 체도 않고 민욱은 어딘가로 횡하니 사라져 버렸다.

"민욱아! 민욱아!"

철민은 자리를 박차고 벌떡 일어섰지만 이내 얼굴을 양손에 묻고는 주저앉아버렸다.

'이 친구가 어디로 간 걸까? 근데 지금 민욱이를 붙잡는다고 해서 무슨 뾰족한 수가 생기려나? 현실이 정말 답답하네'

철민은 한숨을 길게 내쉬었다.

'에이! 될 대로 되라. 까짓 거 죽기밖에 더하겠어.'

철민은 다시 침상에 대자로 누워버렸다.

얼마나 지났을까⋯. 저절로 눈이 떠졌다.

'이런. 내가 깜박 잠이 들었구나.'

방 안은 쥐 죽은 듯이 고요한데 민욱의 코고는 소리만이 주기적으로 들려왔다. 평온한 일상에 철민은 안도했다.

'휴우! 다행이다. 아무 일도 없구나.'

침대에서 살며시 내려온 그는 외투를 걸쳐 입고 조용히 나갔다. 아무도 없는 곳에서 손전화를 여니 역시 수신신호가 깜박이고 있었다.

안녕, 철민 씨.

기초공사 다 끝났죠? 워낙 유능한 사람이라 차질 없이 진행될 거라고 믿어 의심치 않아요. 오늘 감리일 때문에 현장을 두 군데나 돌았더니 지금 몸이 천근만근 무겁네요. 그래도 지금 책상 위에서 내일 시청에 제출할 자료를 정리하고 있어요. 중국의 건축법이란 게 보통 까다로운 게 아니라서 만반의 준비를 해야 하거든요. 정말이지 세상일이란 게 쉬운 게 하나도 없는 것 같아요. 오늘은 하역장에 갈 일이 있었어요. 감리일은 제대로 하려면 그 속도 들여다봐야 되거든요. 그런데 우연치 않게 철민 씨한테 들려준 얘기를 증명할 기회가 생겨서 사진파일을 첨부했어요. 트럭기사한테 교부된 전표사진인데 철민 씨에게 꼭 보여주고 싶은 세상의 청사진이에요. 자세히 살펴보면 우리가 얼마나 가까이 있는지 금방 알 수 있어요. 언젠가 얘기했죠. made in china로 찍혀있는 물건의 실제 모습이 때론 엉뚱할 수도 있다고. 전표의 물건이 실제로는 합작구에 있는 우리 회사 제품이에요. 인건비 때문에 북측으로 넘어가는데 죄송석으로 가공이 끝나면 디시 합작구로 넘어와서 우리 회사 상표를 부착하고는 남측의 속초항이나 부산항으로 가요. 경우에 따라서는 외국에 수출도 하고요. 거기 도착지를 봐요. 북측의 나선시로 찍혀 있죠. 철민 씨가 이 글을 읽을 때쯤이면 벌써 도착했을 거예요. 우리는 결코 멀리 있지 않아요. 단지 가늠할 수 없다 뿐이죠. 만약 현장에서처럼 객관적 도구를 가지고 그 거리를 정확하게 잴 수 있다면 얼마나 좋겠어요. 그러면 방법도 찾을 수 있을 텐데 말이죠. 큰 희망을 열 수 있는 접경지역이 말도 안 되는 이유 때문에 찬바람만 쌩쌩 불 때에는 참 안타까워요. 하지만 어쩌겠어요. 현실이 그런데. 다만 우리는 젊고 앞길이 구만리 같잖아요. 열심히 살아야죠. 정말 내 손으로 일해서 맛있는 거 먹고 싶었고, 근사한 여행도 가고 싶었어요. 그리고 지금은 내 손으로 지은 집에서 가정을 꾸리고 싶어요. 어릴 적부터 그림 같은 내 집 갖는 게 소원이었고 그래서 항상 건축일을 동경해 왔는데 현장에서 만난 사람은 이제 내게 또 다른 세상을 열어 주네요. 그런데 철민 씨는 다복한 가정을 동경하나요? 결혼하면 얘는 몇이나 가졌으면 좋겠어요? 답변이 너무 듣고 싶어 오늘 밤은 작별인사도 못하겠네요.

미옥.

철민은 그만 다리가 풀려 주저앉고 말았다. 모든 것이 혼란스러웠다. 구석에 웅크리고 앉아 바로 코앞까지 다가온 그녀의 중압감에 짓눌려 고개조차 못 들 지경이었다. 그렇지만 한편으로는 마음 한 구석이 뻥 뚫린 것처럼 시원해졌다. 오랫동안 잊고 지냈던 자신의 소망을 그대로 담은 그녀의 소탈한 자화상에서 마음의 벽이 송두리째 무너져 내리는 느낌이었다. 머리를 양팔 사이에 처박고 한참을 그렇게 있다가 철민은 손전화를 열었다. 그렇지만 이내 눈을 감고는 다시 닫아버렸다.

'이거 도대체 정신을 차릴 수가 없구나. 불과 몇 시간 전에 총화를 했는데 그럼 나는 반역자 아닌가? 하지만 그녀가 보여주는 청사진은 분명 미래를 꿈꿀 수 있게 해 준다.'

"휴우…."

철민은 한숨이 절로 나왔다.

'이제 중국에서 일할 수 있는 기간도 일 년이 채 안 남았는데 만기 연장을 할 수 있으려나? 만약 안 되면 뭐 하고 살지. 그리고 미옥동무를 다시는 못 볼 텐데….'

현실의 고뇌에 지쳐 철민은 멍하니 밤하늘만 응시했다. 그러다가 결국 손전화를 다시 열었다.

미옥 씨. 보내준 글 잘 읽었어요. 근데 고민이 하도 깊어서 그만 인사말까지 빠뜨릴 뻔했네요.

오늘 현장을 두 군데나 돌았다고요. 참 대단하군요. 이런 광활한 만주벌판에서는 미옥 씨 같은 강자만이 자기 앞길을 헤쳐 나갈 수 있을 거예요. 그런데 자꾸 시야가 흐려지는 게 오늘은 답글을 쓰기가 정말 힘이 드네요. 행간에 숨은 뜻이 나보고 목숨 걸고 미옥 씨 곁으로 가라는 건지 아니면 무슨 선구자라도 되라는 건지 납득을 못하겠단 말이에요. 그리고 나는 원래 자식욕심이 많았어요. 나중에 결혼하면 세 명은 낳을 생각이에요. 오늘 고생 많았어요. 그만 쉬어요.

철민은 서둘러 손전화를 덮고는 조용히 침실로 돌아왔다. 그리고 얼굴 가득히 미소를 띤 채 잠을 청했다. 얼마나 지났을까….

"어디 갔다 왔냐?"

정적을 깨며 섬뜩하게 들려오는 소리는 갑자기 철민의 머리에 찬

물을 끼얹었다.

"…."

"자냐?"

"…."

"이 친구 벌써 잠들었구먼. 근데 오늘 술을 너무 마셨나? 속이 영 안 좋네."

민욱은 주섬주섬 외투를 챙겨 입고는 문밖으로 나갔다. 민욱이 나가자 철민은 또 반쯤 일어나 앉았다. 혼자만의 공간이었다! 한동안 정적이 흘렀다. 그런데 혼자 있게 되자 철민은 또 손전화에 손이 갔다. 돌아온 지 불과 몇 시간 안 지났지만 이젠 아예 습관이 돼 버린 듯했다. 겨울이라 두꺼운 이불 덕에 누비질한 사이에 숨겨 둔 손전화는 철민이 찾을 때가 아니고서는 솜뭉치 사이에 고이 보관되어 있었다. 살짝 묶어 놓은 실을 풀어 손전화를 열자 철민의 얼굴에는 긴장이 사라지고 만면에 미소가 가득 퍼졌다.

철민 씨. 우리는 운명적으로 점지되어 있었을까요? 아니면 일심동체가 되기 위해서 만남을 이어가는 것일까요? 결혼을 동경하면서부터 나도 다둥이 가정을 꿈꿔왔는데.

그런데 어디서 살죠?

그리고 어떻게 살죠?

그냥 여기서 살까요? 그러다 누가 잡으러 오면 어떡하죠?

진정 세상에 우리의 꿈과 열정을 펼칠 수 없는 걸까요?

잠시 접어두고 여기는 대륙이니까 대승적 견지에서 한 번 한반도를 바라보고 우리를 돌아보죠.

나도 지금 몹시 피곤해요. 하지만 서너 시간 잠깐 눈 좀 붙이고 또 일어나야 돼요. 어두운 새벽부터 하루를 준비하는 일이 힘들어도 한 가지 위로가 된다면 세상을 촉촉이 적셔오는 햇살을 제일 먼저 느낄 수 있는 일일 거예요. 거기다 따뜻한 음식까지 있으면 하루가 충분히 행복할 수 있는 데… 어떤 날은 벅찬 가슴으로 솜털 같은 햇살을 느끼며 새 아침을 시작하기도 하고 또 어떤 날은 무겁고 따갑게만 느껴지는 아침햇살 속에서 새 날이 버겁기만 할 때도 있어요. 그렇다면 서로 다른 무게로 다가오는 아침 햇살이 철민 씨에게는 어떻게 느껴지나요? 그리고 다시 국경을 넘어 집으로 돌아갈 때는 어떻게 느껴질까요?

혹시 국경을 넘는 순간 모든 것이 단절되고 그동안 키워왔던 우리의 웅혼한 꿈과 사랑도 좁은 반도 안에 갇혀버리지 않을까요. 여기서 삼 년 동안 일하면서 나는 평생 살아갈 토양을 가꾸어 왔어요. 건축일도 열심히 했고 틈틈이 공부도 열심히 하면서 무엇보다 자신감을 키웠고 돈도 벌었죠. 그동안 뿌린 씨앗이 싹이 트고, 줄기가 자라 전 세계 어디에서든 내 한몫을 다하면서 열매를 맺을 수 있으리라 확신해요.

그런데 전망대에서 보니까 삼국 간의 국경선이 어떻게 보였나요? '마음의 벽'만큼이나 높던가요? 그리고 철민 씨가 중국에 와서 거쳐 왔던 삼천오백 리 길만큼이나 길던가요?

내 눈에는 엎드리면 코 닿을 거리에 옹기종기 모여 있는 초라한 철책선 정도로밖에는 보이지 않았어요. 실제로도 그렇고요. 먼 것은 사람의 마음속에 흐르는 망각의 강이지요. 증오로 가득한 강이 넓고, 깊을수록 어느쪽이든 강기슭에서는 결국 통곡소리밖에 안 들린다는 사실은 우리가 막대한 희생을 치르고 터득한 값진 교훈인데 혼자서만 등 돌리고 있다면 과거의 잘못을 망각하고 있는 것 아니겠어요. 이제 고립은 누구에게도 도움이 되지 않아요. 폐쇄된 밀실 속에서 어떻게 눈부신 햇살이 반짝이는 아침을 꿈꿀 수 있겠어요. 철민 씨를 만난 지가 바로 엊그제 같은데 벌써 한겨울이네요. 하기야 좋은 시절은 원래 화살처럼 지나가는 법이니까. 그렇지만 지난 몇 달이 중국에 있는 동안 나에게는 가장 행복했던 시절이었어요.

난 현장을 사랑하고 앞으로도 세계의 다양한 현장에서 일해 볼 생각이에요. 그렇지만 때로는 여지기 히기에는 좀 벅차다 싶을 때도 있어요. 그럴 때 기댈 수 있는 누군가가 있다면 더할 나위 없이 좋겠죠. 철민 씨. 아이를 셋은 갖고 싶다고요? 할 수 있어요. 우리 둘이서 세 아이와 함께 다섯처럼 살 수 있는 곳에서 우리 함께 그림 같은 집을 지어요. 내가 설계할 테니까 철민 씨가 토목해요. 우리 둘이서 함께 건축을 한다면 이 세상 어디에도 없는 멋진 집을 지을 수 있을 거예요.

그런데 그곳이 과연 어디일까요?

오늘 밤 꿈속에서라도 곰곰이 생각해 봐요.

잘 자요. 미옥. ♡♡

철민은 손전화를 닫고는 벌러덩 누워버렸다. 마치 현장에서 거대한 암초에 부딪혀 좌절할 때처럼 머릿속이 온통 캄캄하여 아무 생각도 나지 않았다. 납덩이처럼 굳어진 몸은 자신의 몸이 아닌 것처럼 느껴졌고 모든 것이 난감하기만 했다. 그리고 지금 이곳이 무척이나 낯설고 어색했다.

'진정 그곳이 어디일까?'

이리저리 뒤척이며 갈피를 못 잡는 와중에도 입가에는 미소가 그려졌다.

'다둥이 가정이라! 거 참 재밌는 말이군.'

철민은 동이 틀 때까지 거의 뜬눈으로 새웠다.

* * *

"철민아. 몸이 계속 안 좋냐? 너답지 않게 웬 늦잠이냐?"

동틀 무렵이 되어서야 잠깐 눈 좀 붙였을 뿐이었지만 새아침은 어김없이 밝았다. 자신을 깨우는 민욱을 퀭한 눈으로 올려다본 철민은 자신이 진짜 아픈 것처럼 생각됐다. 정신은 여전히 몽롱했고 무거운 몸을 일으키려 애썼지만 단지 마음뿐이었다.

"으음… 어떡하냐. 도저히 몸을 가눌 수가 없어."

"어제부터 아프다 그러더니만 약 먹고도 차도가 없냐? 내 반장동지께 얘기해 주라."

"괜찮아. 그 정도는 아냐. 저놈의 공사 빨리 끝내 버려야지. 누워 있을 시간이 어딨겠냐?"

물끄러미 바라보다 돌아서는 민욱의 얼굴에는 싸늘한 기운이 감돌았다. 민욱이 떠나고 철민은 반시간가량 더 잤는데 이번에도 그를 깨운 것은 민욱이었다.

"철민아. 여기 료기할 거리 좀 챙겨왔어. 그래도 뭘 먹어야 기운을 차릴 거 아니냐."

"고맙다. 역시 너밖에 없구나. 잠깐 기다려라. 같이 가자. 오늘 아침은 이거나 먹고 가야겠다."

일상에의 몰입이 때로는 모든 고민으로부터 해방시켜 주기도 한다. 운전석에 앉아 핸들을 잡자 철민은 물 만난 고기처럼 온몸에 생기가 돌았다. 언제 그랬냐는 듯이 작업현장을 살피는 날카로운 눈매와 빛나는 구릿빛 얼굴에는 간밤에 온갖 번뇌로 시달린 흔적 따위는 찾아볼 수가 없었다. 그리고 현장에 우뚝 서 있는 그의 굴삭기는 어디에서 보나 당당해 보였다. 본격적인 굴착공사를 진행하다 부서진 암반조각들과 바위덩어리 같은 큰 조각들을 트럭에 싣고 수십 개의 받침대를 동원해 거푸집을 고정했으며 타설 작업을 위해 바닥면을 다졌다. 그리고 그의 활약상은 모락모락 김이 오르는 누군가의 찻잔 속에 그대로 투영되고 있었다.

"동무. 어제 중국 공장에 타설작업 신청했지?"

"예. 이번 주 중으로 와서 해 준다고 했습니다."

"이거 보고서도 믿어지지가 않으니 말야. 불과 몇 주 전만 해도 이번 수주 건은 실패한 걸로 락담하고 있었는데 이젠 고지가 바로 눈앞에 있으니."

구수하게 퍼져 나가는 향내음처럼 현장을 바라보는 반장의 그윽한 눈빛은 흐뭇한 그의 마음을 담고 있는 듯했다.

"동무. 해가 바뀌기 전에 승리의 붉은 기를 꽂을 수 있을 것 같지 않아?"

"예. 충분히 가능할 것 같습니다. 그리고 저도 청년동맹 시절부터 하고 많은 속도전을 봐 왔지만 이번 공사는 '근로인민 한 명의 영웅적 행위가 붉은 기를 쟁취할 수 있게 해 줄 수 있다'는 대원쑤님의 교시록을 그대로 읽는 것 같습니다. 단둥에서는 저런 복동이를 왜 내쫓았는지 모르겠어요."

"운이 없었던 게지. 입방정을 떠는 바람에 밀고를 당했다고 하던데."

"그럴 사람 같아 보이지는 않는데…. 알다가도 모르겠네요. 어쨌든 반장동지 좋으시겠습니다. 저렇게 든든한 친구 데리고 있기가 어디 쉽습니까?"

덕담이 오고 가는 가운데 현장 분위기는 무르익어갔고 평화로운 일상 속에서 공사는 눈에 띄게 진척되고 있었다.

제10화
그녀와 함께

갑자기 불어닥친 바깥바람은 여유로운 상황실의 훈훈한 분위기를 온데간데없이 날려버렸다.

"여기 책임자가 누구야?"

반장과 작업반원은 깜짝 놀라 뒤를 돌아보았다.

"제가 반장인데요. 무슨 일로 오셨습니까?"

날카로운 눈매에 베이지색 점퍼를 입고 옷깃을 잔뜩 세운 불청객은 다짜고짜 들고 있던 서류가방을 탁자 위에 탁 내던졌다. 그리고 큰 소리로 밖에 대고 소리쳤다.

"야! 여기서 이 근로인민하고 얘기 좀 할 테니까 너는 현장을 둘러보고 와."

뭔가 불길한 예감이 엄습하여 가까이 다가간 반장은 정색을 하며 상대방을 살폈는데 고압적이고 일방적인 말투는 계속 이어졌다.

"동무. 여기 작업반에 리철민이라고 있소?"

순간 반장은 상대가 보위부 사람이라는 것을 직감할 수 있었다.

"실례지만 어떻게 오셨습니까? 그리고 우리 작업반원은 왜 찾으십니까?"

그는 가슴팍에서 신분증을 꺼내 보였다. 예상대로 안전원이었고 갑자기 상황실의 분위기는 살벌해졌다.

"리철민 근로인민은 지금 현장에서 일하고 있습니다."

"그렇군."

그는 허락도 없이 털썩 앉더니만 담배를 한 대 물고는 뻑뻑 피워대기 시작했다.

"조사를 해 보니까 그 동무는 단둥으로 파견된 외화벌이 일군으로 돼 있던데 지금은 왜 여기 훈춘에 있는 거요?"

"고저 상부로부터 근무지가 변경된 근로인민이 있으니까 적절한 보직을 주라고 연락을 받았지요. 그리고 감시가 필요한 인민이니까 그 동무의 총화내용은 따로 붙임으로 해서 보고하라는 명령도 함께 받았습니다."

안전원은 담배를 비벼 끄고는 몸을 반쯤 일으켜 세웠다.

"동무. 그 별첨보고서 가져오시오. 당장 봐야겠소."

그는 번뜩이는 눈으로 꼼꼼히 서류를 넘기며 철민의 기록을 샅샅이 검토했다.

"동무. 리철민동무가 여기서는 어떠했소? 지금 보고내용을 읽어보니까 반원들한테는 인식이 꽤나 좋은데."

반장은 만면에 웃음을 띄었다.

"두말할 나위 없이 영웅적 근로인민입니다. 그렇지 않아도 이번 공사가 끝나는 대로 당에 리철민동무를 근로훈장 대상자로 추천할 생각이었습니다."

그러자 옆에 있던 작업반원도 거들었다.

"안전원동지. 저기 중장비를 운전하는 근로인민이 바로 리철민동무입니다. 이번 공사에서 혁혁한 공을 세웠지요."

창밖을 가리키는 손끝은 굴삭기를 운전하는 그를 가리키고 있었으나 공사를 주도하는 활약상만으로도 그의 모습은 대번 눈에 띄었다.

"으음. 열심히 하는 근로인민이로군. 근데 동무. 근래에 공단에서 무슨 큰 사건이라도 있었소?"

반장도 짚이는 데가 있었지만 안전원 앞에서 혹시 말실수라도 할까 봐 허공만 바라보며 생각에 잠긴 척하였는데 옆의 작업반원이 또거들었다.

"한 달 전쯤에 중국 공단에서 파업이 있었습니다. 그래서 공단에 중국 공안들이 쫙 깔렸었지요. 그때 중국의 근로인민들이 많이 잡혀갔었는데 우리 작업반하고는 아무 상관도 없는 일이었습니다."

"아무 상관도 없는데 왜 중국 공안의 조서에 리철민 이름이 올라있고 그들이 협조를 요청한단 말야? 그런데도 상관없다는 게 말이 돼!"

그는 가방에서 서류뭉치를 꺼내들었다.

"동무. 거기 앉으시오. 동무한테도 물어볼 말이 몇 가지 있소. 중국 공안에서 보낸 자료를 보면 동무도 류치장을 방문한 걸로 돼 있던데 거기는 도대체 뭐 하러 갔던 거요?"

반장은 잠시 생각에 잠겼다.

"반원이 중국 류치장에 구금되어 있는데 반장이 가보는 것은 당연한 일 아니겠습니까?"

"이 동무 진짜 경을 쳐봐야 정신을 차리겠구먼. 지금 그 구금경위를 묻고 있잖아!"

"순전히 중국 공안이 오해한 일이었습니다. 그때 리철민동무가 기계를 빌리러 중국 공단에 갔었는데 일진이 사납다 보니까 그렇게 험한 꼴을 당한 거지요. 저도 중국어로는 간단한 의사소통밖에 못하기 때문에 그날 류치장에서 손짓, 발짓 섞어가며 어렵사리 상황설명을 했는데 당장은 풀려나질 못했습니다. 그래도 도강증하고 체류증을 보여주니까 며칠 조사하다가 방면이 됐습니다."

거만한 태도로 마치 먹이를 쫓는 독수리처럼 쏘아보며 한마디도 놓치지 않고 듣던 안전원은 음침한 목소리로 철민을 불러오라 했다.

같이 있던 반원은 허겁지겁 철민에게 달려갔다.

"철민아. 지금 상황실에 안전원늘이 와 있어! 네가 중국 류치장에 수감됐던 일 때문인 것 같던데, 지금 반장이 아주 곤욕을 치르더라. 그리고 너보고 빨리 오란다."

찡그린 얼굴에 내리쬐는 겨울볕은 따사롭기는커녕 그의 이마에 잡힌 주름의 골만 더욱 부각시킬 뿐이었다. 눈앞이 캄캄해진 철민은 온몸에 힘이 빠지고 맥이 풀려 몸을 제대로 가눌 수조차 없었다. 그리고 불려가길 주저하였다.

'안전원을 만나는 게 이번이 벌써 두 번째인데.'

그는 본능적으로 위험을 직감했다. 태어나면서부터 죽을 때까지 어떤 조직의 일원일 수밖에 없고 개인은 어디까지나 집단 속에 있을 때만 존재가치가 있기 때문에 그 존재이유를 말해 주는 평가기록은 평생 자신이 목에 걸고 있어야 할 명줄이었고 따라서 신상에 관한 절차와 형식이 얼마나 중요한지 철민은 잘 알고 있었다. 하루에도 수십 번씩 드나드는 상황실이 호구라도 되는 것처럼 내딛는 발걸음이 무겁기만 하고 후들거렸다.

"동무. 거기 앉으시오. 그리고 반장동무는 자리 좀 비켜주시오."

철민과 안전원만 남은 상황실은 적막하고 어색하기만 하였다. 그런데 이상하게 안전원은 앉으라고만 할 뿐 한마디 질문도 없이 관련 서류만 읽고 있었다. 철민은 속이 타들어 가는 것 같았고 앉아 있기가 민망하였다. 흘끔흘끔 상대를 보았지만 그는 망부석처럼 꼼작도 하지 않았다. 그러다가 삼십여 분이 지나서야 담배를 한 대 입에 물고 불을 붙였다. 그리고 천천히 몸을 일으켜 철민에게 바짝 다가와 어깨에 손을 얹었다.

"동무. 중국에 와서 돈 좀 많이 벌었소?"

나지막하지만 독기를 품은 질문에 철민은 몸서리를 쳤다.

"뭐 많이 벌었겠습니까. 고저 지금 나라가 어려우니까 미력하나마 보탬이 되고자 불철주야로 열심히 일하고 있습니다."

안전원은 철민을 보며 빙그레 웃었다.

"훌륭하오, 훌륭해. 중국에 나와 있는 모든 근로인민이 그런 자세로만 일해 준다면 우리는 금방 강성대국이 될 거요."

그는 조용조용히 말을 이어나갔다.

"동무. 근데 중국 공단에서 파업이 있던 날 거기는 왜 간 거요?"

"기계를 빌리러 갔습니다. 현장에 있는 암반 때문에 공사 진행을 못하고 있었는데 마침 중국 공단에 파쇄기가 있어서 기계를 좀 쓰겠다고 몇 달 전부터 약속을 받아놨던 상황이었지요."

"그래, 일은 잘되었소?"

안전원은 담배를 태우며 철민을 묘한 눈으로 응시하였다.

"잘된 게 다 뭡니까? 기계를 받으러 간 날 공교롭게도 중국 공단에서 파업이 났단 말입니다. 생전 파업이란 말은 들어보지도 못했는데 어처구니없게도 중국 공안에서 저를 파업가담자로 몰아 잡아갔지요."

"허허! 거참 운수 더럽게 사나운 날이었구먼. 그런데 어떻게 무사히 석방되었소?"

안전원의 호탕한 웃음소리에서는 딱한 처지의 인민에 대한 연민 따위는 조금도 찾아볼 수가 없었다. 오히려 웃음 뒤에서 번득이는 눈빛은 철민의 언행 구석구석을 뒤지고 있었다.

"반장동지께서 백방으로 애써주셔서 며칠 만에 무사히 방면될 수 있었습니다. 그렇지만 다시는 그런 황당한 경험 따위는 하고 싶지 않습니다."

"그렇겠지. 근데 기계는 어떻게 됐소? 빌렸소?"

"네. 천만다행으로 빌렸습니다. 그리고 장애물도 제거돼서 지금은 기초공사가 거의 마무리단계에 접어들었습니다."

"잘됐군. 동무의 충성심에 하늘도 감복했나 보오. 그럼 동무가 보기에 앞으로 공사는 어떻게 될 것 같소?"

"신용을 생명처럼 지키라는 수령님의 교시말씀을 철저히 리행하여 기필코 예정된 공기 내에 공사를 완료해서 우리 공화국의 위상을 다시 한 번 만방에 떨치도록 하겠습니다."

"하하! 거 말 한 번 시원스럽게 잘하는군."

안전원은 담배를 비벼 끄고는 팔짱을 낀 채 철민을 응시했다.

"근데 동무. 동무는 어디 출신이오?"

"신의주에서 왔습니다."

"오! 신의주. 근데 기계사용을 몇 달 전부터 허가를 구했을 정도면 간단한 기계 같지는 않은데. 그래, 신의주에서는 당사자들끼리 합의만 하면 당의 허락도 없이 그렇게 중요한 국가재산을 마음대로 쓸 수 있었소?"

조용조용하지만 송곳처럼 꽂히는 질문은 철민의 폐부를 찔렀고 등에서는 식은땀이 흘렀다. 철민은 불안한 마음에 갑자기 말문이 막혔다.

"왜 말이 없는 거요? 대답을 하시오."

안전원은 빙그레 웃으며 철민을 응시했다.

"여기는 중국입니다. 당초 약속한 공기는 꼭 차 가는데 도저히 당국에 신고할 시간이 없었습니다."

"근데 기계를 대여하는 데 비용은 얼마나 들었소?"

"구매비용보다는 훨씬 싸게 들었습니다. 설령 약속된 공기 내에 공사를 완료한다 해도 배보다 배꼽이 더 크다면 아무 소용이 없기 때문에 기계대여에 대해서는 달리 선택할 수가 없었습니다."

"그게 무슨 말이오? 좀 알아듣기 쉽게 설명해 주시오."

철민은 다소 생뚱맞은 눈으로 요원을 한 번 흘긋 쳐다보았다.

"공사대금은 정해져 있는데 공사비용이 적으면 아무래도 리익이 더 많이 남지 않겠습니까. 그리고 새로운 기술도 익힐 수 있고."

"으음. 그렇군. 많은 리익이 생기겠군. 그리고 리익이 쌓이면 자본이 될 거고…. 그런데 동무는 혹시 작업반이 거추장스럽지 않소? 내 보기에는 혼자 하면 돈도 더 많이 벌 것 같은데."

"그게 무슨 말씀이십니까? 혼자 하다니요?"

"모르겠으면 그만두시오."

안전원은 가소롭다는 듯이 철민의 말을 받아넘겼다.

"그리고 동무. 나는 아직 중국 류치장은 못 가봤는데 그곳은 어떠했소? 단련대보다 나았소?"

"전 아직 단련대를 가 본 적이 없어서 잘 모르겠습니다."

'누가 안전원 아니랄까 봐, 간나새끼 말 한 번 더럽게 하는구나!'

철민은 똥 씹은 얼굴이 돼서 얼굴을 푹 숙이고 있었다.

"안 가봤다고! 오! 아주 모범적인 인민이로군. 근데 동무는 합작구에 오기 전에 어디에 있었어?"

"단둥에 있었습니다."

"단둥에서는 무슨 일을 했는데?"

"하는 일은 대동소이했습니다."

"같은 일을 할 거면 뭐 하러 이 먼 데까지 온 거야?"

"리유는 잘 모르겠습니다. 단지 상부의 명령이었습니다."

"리유를 모른다고! 이 동무 진짜 정신 좀 차려야겠구만. 동무는 지금 반사회주의적 정서에 쩔어 있어! 단둥에서도 연기는 모락모락 오르는데 단지 굴뚝을 못 찾아서 단련대로 보내지 않은 거야. 그리고 단둥에서 돈을 물 쓰듯이 펑펑 썼다고 하는데 도대체 그 많은 돈이 다 어디서 난 거야?"

안전원은 책상을 세게 두드리며 철민을 다그쳤다. 철민은 퍼뜩 단둥에서 쫓겨 온 일이 생각났다.

"그때 단둥에서 급여를 받고 아직 집에 송금을 안 해서 돈이 좀 있었지요. 그리고 그 동무는 같은 방을 썼던 근로인민이라 평소에 도 이런저런 얘기들을 많이 나누었는데 그날 우연히 딱한 사정을 듣고는 좀 도와주고 싶었습니다. 진짜 그뿐이었습니다."

"으음. 그럼 그 밀고내용은 다 거짓이라 이거지."

"물론입니다. 그 동무가 전부 지어낸 얘기입니다."

"그거는 그렇다 해도 동무는 합작구에 와서도 부르주아적 행위를 일삼았어. 당장 돈 버는 욕심에 눈이 어두워 당의 교시 따위는 안중 에도 없었기 때문에 이런 불상사가 발생한 거야. 결과적으로는 우리 공화국의 위상에도 먹칠을 했고 따라서 동무는 인민의 비판을 받아 마땅해. 그리고 중국 공안에서 보낸 자료를 보니까 류치장에서 중 국 녀성이 증언을 해 주었다고 하는데 그 녀성동무는 또 누구야?"

안전원은 노기 띤 얼굴로 매처럼 쏘아보며 철민을 다그쳤다.

"그때 공단에서 중국 근로인민들이 무더기로 잡혀가는 바람에 류 치장을 드나들던 인민들도 무척 많았습니다. 그 와중에 공단에 소 속된 한 중국 녀성 관리자하고 대면을 했는데 그 녀성동무가 다행 이 제가 공단 소속이 아니라고 말해 줘서 신분이 확인될 수 있었지 요. 정말 그게 다입니다. 그 외에 그 중국 녀성이 무슨 증언을 했는 지는 모르겠고 또 그 당시 오고 가는 중국말을 알아들을 수도 없었 습니다."

철민은 눈을 내리깔고 약간 불쌍한 표정을 지었다.

"반장동무는 그렇게 말하지 않던데. 동무. 내 분명히 경고하는데 조사해 봐서 추호도 거짓이 있었다간 무사하지 못할 줄 알라우. 알 았어! 나가 봐."

곧이어 점심시간이 다가왔지만 점심시간인들 달가울 리 없었다.

사경을 헤매듯 정신이 혼미해진 철민은 어쩔 줄 몰라 하며 건물 밖으로 뛰쳐나와 사방을 두리번거렸다. 그렇지만 어디로 가야 할지, 누구에게 가야 할지 몰랐다. 마치 마음 한복판에 커다란 납덩이라도 가라앉은 듯 있는 대로 찡그린 얼굴로 터벅터벅 걸어 건자재더미에 앉아 두 손으로 얼굴을 감쌌다. 아무 생각도 나지 않았다.

'조사한다고 하는데 뭘 조사하겠다는 거야? 사실관계가 들통 나면 나는 끝장인데.'

철민은 새삼스레 몸서리가 쳤다. 세상이 노랗게 보였고 뼛속까지 사무치는 절망감은 중국에 온 것을 후회하게까지 만들었다. 트럭이 지나가는 자리에서 피어나는 흙먼지가 그를 덮치자 비로소 그는 자신이 현장에 있다는 현실감각이 돌아왔다.

'기초공사 마무리가 이제 목전인데 나도 저렇게 흙먼지처럼 사라지려나?'

철민은 창공을 바라보며 한숨을 길게 쉬었다.

'이렇게 앉아서 죽을 수는 없어. 뭔가 살길을 찾아야지. 일단 안전원도 미옥 씨를 중국인으로 알고 있는 것 같은데…. 그렇다면 미옥 씨는 방법을 알고 있을 거야.'

트럭으로 간 철민은 숨겨 둔 손전화를 꺼내 들었다. 지금까지 한 번도 손전화로 미옥하고 통화해 본 적 없었는데 지금은 그런 것을 가릴 상황이 못 되었다. 철민은 조수석 밑에 쪼그리고 앉아 떨리는 손으로 손전화의 통화버튼을 눌렀다. 미옥과는 늘 이심전심이라 두어 번의 신호음에 이어 착 가라앉고 나지막한 목소리가 무겁게 들려왔다.

"철민 씨. 웬일이에요!"

"…."

"괜찮아요? 어디에요?"

"공사현장입니다. 하도 경황이 없어서 갑자기 전화했어요. 하지만 미옥 씨 목소리를 들으니까 좋네요."

"호호! 나도 그래요. 철민 씨 전화 목소리는 꿈에서나 듣는 줄 알았는데 이렇게 통화하기까지 참 오래도 걸렸네요. 근데 진짜 웬일이에요?"

"미옥 씨. 지금 여기에 안전원이 와 있어요. 과거 행적이 책잡혀가지고 오전 내내 추궁을 당했는데 뜻밖에 류치장에서 석방된 경위에 대해 묻더라고요. 앞으로 철저하게 조사하겠다고 엄포까지 놓으면서 말이에요."

가냘프게 떨리는 철민의 목소리는 거의 울먹이고 있었다.

"내 얘기 듣고 있어요?"

"그럼요. 진정하고 차근차근 얘기해 봐요."

"지금 제일 걱정되는 건 미옥 씨의 신원인데 만약 남측 사람이란 게 밝혀지면 나는 당장 수용소행이에요. 일전에 분명히 류치장에서 중국 인민이라고 밝혔다고 했지요. 반원들이 계속 상황실로 불려 가고 있는데 얼핏 들은 얘기가 중국 공안에서 협조요청이 왔데요. 그래서 아무래도 오늘 중으로 또 불려가서 조사받을 것 같아요. 정말 너무 답답하고 막막해서 한숨만 나오네요."

"침착해요. 철민 씨. 호랑이한테 물려가도 정신만 차리면 산다고 했어요. 우선 그날 분명히 공단신분증을 제시했고 공안들에게는 중국어로만 상황설명을 했기 때문에 내 신분이 탄로 날 일은 없을 거예요. 그렇지만 이건 어디까지나 내 생각일 수도 있으니까… 이거 정말 정신 바짝 차려야겠네요. 그나저나 중국 공안에서 갑작스레 왜 조사요청을 했을까요? 혹시 공단에서 또 무슨 파업조짐이라도 보인 건 아닐까요?"

"…"

"알았어요. 당장 알아보고 연락할 테니까 손전화 켜놓고 있어요. 그리고 너무 걱정하지 말고 기운 내요. 다 잘될 거에요."

짧게나마 미옥과 통화를 하고 나니 그래도 위안이 되고 여유가 생겼다. 안도의 한숨을 쉬며 머리를 좌석 뒤로 젖히고 몸을 최대한 쭈욱 폈다. 그런데 점심때인데도 전혀 시장기가 느껴지지 않았다. 멍하니 운전대에 앉아 망연자실하고 있는데 상황실은 오전보다 더 혼란스러웠다. 먼저 반장동무가 다시 그들 앞에 불려갔다.

"거기 앉아."

언제 여기에서 김이 오르는 찻잔을 사이에 두고 담소가 오갔냐는 듯이 상황실은 순식간에 숨조차 제대로 못 쉬는 긴장 속에서 조사를 위한 공간으로 바뀌었다.

"동무. 우리 체제에 대한 리철민동무의 신념과 당성에 대해서는 여러 가지로 미심쩍은 부분이 많아. 그래서 다시 묻겠는데 그 동무가 그날 왜 중국 공단에 갔던 거야?"

"좀전에 말씀드렸지 않습니까. 기계를 빌리러 갔다고."

"무슨 기계!"

안전원이 갑자기 소리를 버럭 지르자 잔뜩 주눅이 든 반장은 아무 소리도 못하고 눈만 껌벅이고 있었다. 그도 그럴 것이 안전원은 당과 수령으로부터 권한을 위임받은 특별한 인민이 아니겠는가.

"동무. 중국이란 나라는 엄연히 남의 나라인데 외국에서 기계를 빌릴 때는 어떻게 하는 거야?"

"…."

"번갯불에 콩 구워 먹듯이 그렇게 마음대로 할 수 있는 거야!"

"그게 아니라 당시 하도 공기가 촉박해서 미처 당에 보고할 시간적 여유가 없었습니다. 그리고 대여기간이라 봐야 잠깐 쓰고 갖다주는 거였기 때문에 그 정도는 우리 작업반에서 할 수 있는 일로 생각했었지요."

안전원은 혀를 차며 반장을 무섭게 쏘아붙였다.

"명색이 작업반장이란 인민이 기초적인 근무수칙도 몰라. 그렇다면 동무네 작업반은 더 이상 중국에 있을 리유가 없는 거야!"

책상을 두드리며 질타는 계속되었다.

"당에서 알았다면 당연히 정식절차를 밟었을 테고 그럼 그런 불상사 따위는 발생하지도 않았을 거 아냐. 이 간나새꺄! 아무튼 동무는 이번 일에 책임을 피할 수가 없겠어. 그리고 여기 작업반 숙소가 어디야? 내가 직접 가서 조사를 한 번 해야겠어. 안내하라우."

또 다른 요원과 함께 불시에 들이닥친 방 안은 정리정돈이 잘 돼 있었다. 지도자동지의 초상사진은 볕이 잘 드는 쪽의 벽의 높은 곳에서 모든 것을 굽어보고 있었으며 밑에서 조아리는 안전원들의 마음을 어느 정도 누그러뜨렸다. 그렇지만 지상을 바라보자 그들의 시선은 완전히 달라졌다. 날카로운 눈빛은 방 안의 구석구석을 이 잡듯이 훑고 지나갔으며 곧 무작위로 수색하기 시작했다. 시장경제를 하는 중국에서의 삶이 부르주아적 색채를 띠는 것은 어찌 보면 당연한 일이었지만 생활용품 하나하나가 모두 안전원들에게는 코에 걸면 코걸이, 귀에 걸면 귀걸이였다. 그중에서도 중국어교본과 섞여 있는 책 한 권이 안전원의 눈에 확 들어왔다.

"이게 도대체 뭐야?"

"그 동무가 본래 책읽기를 좋아하는데 중국어를 알면 현장에서 도움이 많이 된다고 하면서 일이 없는 날에는 고저 중국어 공부를 열심히 합니다."

"동무 눈에는 이게 중국어 교본으로 보여?"

바닥에 내팽개쳐진 책의 겉표지에는 '경제학…'이라고 써져 있었다.

"이 따위 반사회주의적 불온서적이나 읽고 있으니까 자나 깨나 그렇게 얕은 생각이나 하는 거 아냐."

"요사이 중국의 공사현장에서 그런 책들은 얼마든지 쉽게 구할 수 있습니다. 더구나 갑자기 추워진 날에는 현장에서 가끔 불쏘시개로 요긴하게 쓰이기도 하고요."

"외국에서 살다 보니까 대가리고 수족이고 간에 잔꾀만 늘었구면. 그 책 이리 가져와."

반장은 서적을 주워 탁탁 털어 요원에게 바쳤다

"이건 내가 압수하겠어. 이 책이야말로 동무네 작업반이 얼마나 반사회주의적 정서에 물들었는지 똑똑히 보여주는 증거 아니겠어. 그리고 지금 보니까 혼자 쓰는 방 같지 않은데 또 누가 이 방을 쓰고 있나?"

"정민욱동무라고 운송을 담당하는 근로인민이 이 방을 함께 쓰고 있습니다."

"그 동무하고도 얘기를 좀 해 봐야겠으니까 당장 불러오라우."

그리고 안전원들은 수색을 계속하였다. 밖으로 잠깐 나온 반장은 다급하게 민욱에게 손전화 통화를 했다.

"민욱아. 지금 어디냐?"

"자재 싣고 현장으로 가고 있는 중입니다. 한 시간이면 도착하겠습니다."

"무슨 현장?"

"…."

"나 지금 숙소에 있는데 안전원들이 와 있어. 잘못하면 우리 작업 반이 아예 해체되게 생겼으니까 만사 제쳐두고 당장 이리로 와!"

"보위부 사람들이 와 있다고요! 무슨 일로요?"

"철민이 때문에 온 거 같으니까 좌우지간 빨리 오기나 해."

"예. 알겠습니다. 당장 가겠습니다."

뭔가 불길한 느낌에 민욱의 인상은 갑자기 딱딱하게 굳어졌다. 황급히 방향을 돌려 숙소에 도착한 그는 덤덤히 안전원들을 찾아가 인사를 했다.

"정민욱이라고 합니다."

"동무. 여기 합작구에는 얼마나 있었어?"

"삼 년이 조금 넘습니다."

"오래 있었구먼. 그럼 리철민동무하고 같은 방을 쓴 지는 얼마나 됐어?"

"거의 일 년째 접어들고 있습니다."

"그렇다면 리철민동무에 대해서는 충분히 알고 있겠군. 동무. 리철민동무가 처음 여기 왔을 때 철저히 감시하라는 얘기 없었나?"

"물론 있었습니다. 그리고 항상 명심하고 있었습니다. 그래서 그 동무에 대해서는 주기적으로 별첨보고를 하고 있지요."

"오오! 그래. 그럼 오늘은 내가 보고를 받을 차례군. 좀전에 그 동무 방을 수색했는데 남조선 서적이 나왔어. 평소에도 리철민동무가 남조선 서적을 많이 읽나?"

"그 동무가 원래 책읽기를 좋아합니다. 숙소에 있을 때는 중국어 공부도 열심히 하는데 그래서인지 현장에서 중국 인민들과 대화를 나누는 모습도 여러 번 봤고요. 그런데 오물지 서적은 한 번도 본 적이 없었는데 그리고 만약 봤다면 당연히 보고를 했을 겁니다."

"야, 이 간나새꺄! 그럼 이 책은 뭐야? 이 책도 즉시 보고를 했어야 할 거 아냐."

"그것은 리철민한테 직접 물어보시는 편이 좋을 것 같습니다. 사실 그런 책들은 공단 현장에서는 아무 데서나 볼 수 있고 아침에 추울 때는 불쏘시개로도 종종 쓰이니까요."

민욱은 마치 안전원의 의중을 훤하게 들여다보고 있는 듯 윽박지르는 그들을 마주 보며 눈 하나 깜박하지 않았다.

"안전원동지. 사실 같은 방을 쓰면서 이 근로인민이 반사회주의적 정서에 단단히 물들었구나 하는 것은 저도 여러 번 느꼈습니다. 어제 점심때에도 받는 돈은 적고 내는 돈은 많다고 불평을 잔뜩 늘어놓았지요. 뭐 중국 공단에서는 로동자들이 일한 만큼 벌기 때문에 나라가 하루가 다르게 발전하는 거라나…. 평소에도 반사회적 발언들을 마구 일삼았습니다."

안전원은 미소를 띠며 더 이상 아무것도 묻지 않았다.

"됐어. 동무는 그만 현장으로 돌아가서 일 봐도 돼."

"그런데 안전원동지. 시장하지 않으십니까? 아침 일찍 오셔서 아무것도 못 드시고 지금까지 고생하셨는데 사무실에 조촐하게 식사를 좀 준비해 놨습니다. 그리고 길림성의 백주 맛이 기가 막힙니다. 한잔 걸치시면 한결 나아지실 겁니다."

* * *

철민은 초조했다. 몸이야 현장에 있지만 신경은 온통 상황실에만 쏠려있어서 지푸라기라도 잡고 싶은 심정이었다.

"철민아. 좀전에 반장동지가 안전원들하고 같이 떠나면서 '지금 숙소로 간다고' 급하게 귀띔을 해주었는데 아무래도 너보고 단단히 각오하라는 말 같더라. 아마 지금쯤 거기는 뒤집어졌을 거야."

'내 방까지 뒤지는 거 보면 아예 작정하고 왔구나.'

입술이 바짝바짝 마르고 이제 제대로 서 있기조차 힘들었다. 그렇지만 아무것도 할 수 없다는 무력감은 철민을 더욱 비참하게 짓눌렀고 절망에 빠뜨렸다. 철민은 슬며시 자리를 떴다. 그리고 주변에 아무도 없는 것을 확인하자 조심스레 손전화를 열었다. 역시 수신신호가 깜박이고 있었다. 그러자 손전화를 쥐고 있는 손에 저절로 힘이 가며 어깨가 떡 하니 꺼졌다.

안녕, 철민 씨.

모르고 통화버튼을 눌렀는데 얼른 껐어요. 큰일 날 뻔했죠.

통화가 불가능하다는 사실을 깜박했어요. 이럴 때면 더 답답하고 신경질이 나요. 도대체 뭐 때문에 안 되는 건지. 빨리 좋은 날이 왔으면 좋겠네요.

역시 예상대로 지금 중국 공단의 분위기가 심상치 않아요. 지난 번 파업이 일단락되기는 했지만 아직도 공단에는 불씨가 여기저기 많이 남아 있대요. 그리고 중국 당국에서는 자칫 공단 내의 분규가 정치 갈등으로까지 비화될까 봐 꽤나 신경을 곤두세우고 있는 것 같아요. 당근과 채찍을 적절히 섞어서 노동자들을 달래려고 하는 모양인데 임금인상 요구는 어느 정도까지는 들어주되 단체행동에 대해서는 철저히 근절한다고 벼르고 있대요. 그래서 지금도 공단 내에는 아예 상주하는 공안들이 많다고 하네요. 근데 그들이 무슨 낌새를 챘는지 엊그제부터 활동이 부쩍 늘었대요. 결국 권력기관이 강하다는 것은 오지랖이 넓어야 하는데 그래서인지 외국기업이고 간에 가리지 않고 무차별적으로 들쑤신다고 하네요. 어쨌든 상황이 무척 안 좋은 것만은 사실이에요. 일단 여기까지가 내가 급하게 알아본 내용이고요. 유치장에 제출했던 자료에 대해서는 다시 한 번 확인해 볼게요. 기운 내요. 철민 씨. 다 잘될 거에요.

철민은 새삼스레 그녀의 친절에 눈시울이 뜨거워졌다. 유치장에서부터 반신반의했던 그녀의 호의가 이제는 밀물처럼 다가와 그를 삼켜버렸고 절체절명의 위기 속에서도 복잡하고 미묘한 감정이 그를 감쌌다.

'휴우⋯. 이럴 때 그녀와 머리를 맞대고 진지하게 얘기 좀 할 수

있으면 얼마나 좋을까.'

철민은 허공을 바라보며 두 주먹을 불끈 쥐었다.

'그래. 잘될 거야!'

해질녘 무렵에 기초공사는 거의 마무리되어 철민과 반원들은 내일 있을 콘크리트 타설작업에 앞서 다시 한 번 꼼꼼하게 거푸집을 살피고 있었다. 철근의 개수를 하나하나 세며 설계도면과 맞는지 확인했으며 이음새 또한 일일이 두드리며 점검하였다. 공사 수순상 몸에 밴 일이었지만 마치 먼 길을 떠나기에 앞서 정들었던 모든 것들과 고별사를 하는 것처럼 그의 손길에는 오늘따라 유달리 정성이 담겨 있었다. 점검작업까지 모두 마치자 철민은 허리를 두드리며 현장을 둘러보았다. 이미 공사현장 구석구석까지 내려앉은 석양은 신비로운 조명이라도 켜 놓은 듯 은은한 빛깔로 번져 있었고 철민의 마음까지도 아늑하게 밝히고 있었다.

'묵묵한 실행을 통해 뭔가를 이룩하고 만족을 느끼는 일은 가슴 벅찬 일이야. 나도 미옥 씨처럼 현장을 사랑하고 근로를 숭배해. 그녀를 처음 만난 곳도 현장이었잖아.'

철민은 혼자서 씨이익 웃었다. 그리고 뜨거운 물을 호호 불며 한 잔 마셨는데 올라오는 뜨거운 김과 찬 공기가 뒤섞여 부딪히는 그의 볼에는 한 줄기 눈물자국이 선명하게 만들어지고 있었다. 한 모금 들이키며 철민은 망연히 현장 너머를 응시했다. 뼛속까지 감개가 무량했다. 그렇지만 공사 막바지에 늘 가졌던 감정과는 다른 느낌이었다. 갖은 고초를 겪으며 허허벌판에 뭔가를 이룩해냈다는 뿌듯함보다는 다시는 못 볼 광경에 대한 애틋함이 앞섰다. 그는 자신에게 다가올 운명을 직감하고 있었다. 그리고 그것으로부터 벗어날 수 없다는 것도 알고 있었다. 뜨거운 물 한 잔과 함께 몸속에 훈훈한 기운이 퍼져 나가는데 마지막으로 현장을 떠나기에 앞서 그는 깊은 한숨을 내쉬며 정처 없이 먼 곳만 바라보고 있었다. 그런데 생뚱맞게도 그의 눈물진 얼굴에는 또한 엷은 미소기 그려져 있었디. 반원들을 모두 태운 버스가 숙소로 향할 때에도 철민은 차창을 통해 뒤안길을 하염없이 바라보았다. 그렇지만 숙소는 점점 다가오고 있었고 마음은 점점 더 불안해졌다.

몸에 밴 고생이야 어차피 일상이었고 당장 내일부터 더한 고생이 시작될지라도 적응하는 데는 그리 오래 걸리지 않으리라. 하지만 마음고생은 별개의 문제였다. 생래적으로 훈련받은 일상의 긴장은 두려움을 더해 불안과 공포로 그의 몸과 마음을 한없이 무겁게 만들었다.

'도착하자마자 또 불려 가겠지. 휴우…. 오늘 밤은 지독한 밤이 되겠군.'

식사는커녕 시종일관 살얼음판을 걷는 듯 내내 긴장한 채 흘끔흘끔 식당 구석구석을 살폈지만, 반장도 없었고 안전원들도 보이지 않았다. 또 식사 후에 자신을 어디로 부르지도 않았다. 철민은 점심때와 마찬가지로 거의 먹지 못했지만 그냥 자기 방으로 갔다. 그렇지만 곧 현실을 깨달을 수 있었다. 몇 안 되는 가구들은 모두 뒤집혀 있었고 이불이며 옷가지들도 마구 헝클어진 채 내동댕이쳐져 있었으며 벽에 걸린 지도자동지의 초상을 제외하고는 제자리에 있는 물건이 하나도 없었다.

'도대체 이게 다 뭐야! 보위부 새끼들이 오기는 왔구나.'

철민은 괜스레 분노가 치밀었다. 오랫동안 못 보던 광경이었고 아주 오랜만에 느끼는 허탈감이었다. 그래도 치우는 수밖에 없었다. 주섬주섬 옷가지며 이불 등을 모으고 가재도구들을 제자리에 다시 가져다 놓고는 청소를 시작하였다. 그렇지만 강하게 공포가 엄습해 왔다. 이제 본격적으로 뭔가가 시작된 느낌이었다. 말끔히 치워 놓고 벽에 기대앉아 천장만 바라보는데 민욱이 불쑥 들어왔다. 그리고 의자에 털썩 앉았다.

"난장판이었던 방이 깨끗이 정리됐구나. 이렇게 좋은 친구가 떠나면 나는 어떻게 사냐?"

"민욱이냐?"

철민은 몸을 일으켜 어둑어둑해진 방에 불을 켜려 하였다.

"불 켜지 마. 아직 그런 대로 보이니까 그냥 놔 둬. 그보다 문이나 잠가."

철민이 민욱에게 가까이 다가가자 술 냄새가 코를 찔렀다.

"너 정신줄을 잡고 있는 거냐? 지금 숙소에 안전원들이 와 있어!"

그렇지만 민욱은 놀라지도 않은 채 귀찮다는 듯이 고개를 돌렸다.

"빨리 가서 세수라도 하고 와."

"철민아. 보위부 새끼들이 그렇게 무섭냐? 뭐 그렇게 호들갑이냐."

"…"

"여태 그놈들하고 마시다 왔어."

민욱은 철민을 흘낏 바라보고는 실없이 빙그레 웃었다.

"인사 좀 하느라고. 중국 돈도 많이 집어 줬고."

"뭐라고!"

철민은 깜짝 놀라 입이 반쯤 벌어진 채 나무의자를 끌고 와서 민욱의 옆에 바짝 다가와 앉았다.

"정말이냐? 지금까지 그치들하고 술을 마시다 왔단 말야?"

"그렇다니까. 아끼던 백주를 몽땅 꺼내놨더니 그 새끼들 좋다고 곤드레만드레 마시더라."

"오전에 내가 조사받을 때는 안전원들 앞이라 숨소리조차 제대로 못 냈었는데 민욱이 넌 참 재주도 좋다."

"다 살자는 거 아니겠냐. 우리 작업반이 살아야 나도 살고, 저들도 봐주는 게 있어야 생기는 것도 있을 거고, 또 그래야 여기까지 온 보람도 있을 테고."

철민은 눈만 껌벅이며 듣고 있었다.

"보위부 놈들 구워 삶는 거야 누워서 식은 죽 먹기야."

민욱은 술기운이 올라오는지 혼자서 낄낄거렸다.

"철민이 너처럼 고지식해가지고는 접경지역에서 살아남기 힘들어. 언젠가 얘기했지. 나는 지금 중국에 두 번째 나온 거라고. 그게 다 비결이 있기 때문이야. 원래 봐주는 놈들이란 다 비슷한 속성이 있어서 열이면 열, 백이면 백 꿀 먹은 벙어리이기 마련이거든. 나는 이 곳에 온 리유를 알고 있고, 살아남는 법을 알고 있고, 돈 버는 법을 알고 있어. 하하!"

이제 막 수다를 시작한 민욱은 입맛을 다셨다.

"철민아. 물 한 잔만 가져다주면 너한테도 그 비법을 살짝 가르쳐 줄게."

철민은 군소리 없이 물 한 잔을 가득 떠다가 줬다.

"어, 시원하다!"

"그래, 시원하냐. 근데 안전원들하고 무슨 얘기했냐?"

철민은 조마조마하고 절박한 심정을 애써 감추며 넌지시 물었다.

"무슨 얘기를 했겠냐? 당연히 철민이 네 얘기지."

"…"

"나도 삼 년 넘게 중국에 있으면서 산전수전 다 겪었다. 그러다보니까 단속과 감시에 대해서는 나름대로 통달했는데 이번에 온 놈들은 그렇게 쉽게 볼 상대는 아닌 것 같더라."

민욱은 눈을 가늘게 뜨고 묘한 표정으로 철민을 바라봤다.

"철민이 너 본 지가 바로 엊그제 같은데 벌써 일 년이 다 되간다."

민욱은 한숨을 길게 내쉬며 두 다리를 쭉 뻗었다.

"접경지역은 양날의 검처럼 위기와 기회가 공존하는 곳이야. 까딱 잘못해서 저승길로 갈 뻔한 적도 여러 번 있었지만 이겨내니까 중국에 온 보람을 찾을 수 있겠더라고. 그런데 어쩌면 그래서 내가 접경지역을 사랑하는지도 몰라. 최소한 여기서는 꿈을 꿀 수 있거든. 철민이 너는 혹시 집안에 아사자 없었냐?"

"아사자! 요새 굶어 죽는 사람이 어디 있냐? 그 시절에도 천만다행으로 우리 집 식구들은 다 무사했어. 그런데 왜 그런 걸 묻냐?"

"그 시절에 나는 생존이란 위대한 가치를 각성했거든. 그리고 두만강을 건너고서는 생존에 대한 신념을 실천했어. 단지 강 하나를 건넜을 뿐이었지만 이역만리 먼 길이라도 떠나온 것처럼 생각의 여정은 넓고 깊기만 해서 나는 지금 내 일에 대해 무한한 긍지와 보람을 갖고 있어."

민욱은 철민을 보며 히죽 웃었다.

"돈 좀 벌어서 그런 거냐?"

"꼭 재물 때문만은 아냐. 접경지역에 처음 왔을 때야 돈 좀 벌어서 우리 색시하고 평양 가서 사는 게 소원이었지만 이제 나는 더 큰 꿈을 갖고 있어. 나는 이 근방에서 내로라하는 돈주가 될 거야. 자신도 있고."

"잘 되면 내 뒤도 좀 봐 줘라. 근데 안전원들은 뭐라 그러냐?"

민욱은 술기운이 버거운지 고개를 젖힌 채 한참 천정을 응시하다 무겁게 입을 열었다.

"보위부 놈들은 결코 괜히 오는 법이 없어. 좀전에도 유세 떠는 꼬락서니를 봤더니 벌써 잡아먹겠다고 작정을 하고 왔더라고. 지금 그 놈들이 하려는 짓거리는 단지 구색을 맞추려는 거야."

민욱은 애처로운 눈빛으로 철민을 돌아봤다.

"철민아. 네 감시원이 어디 나쁘냐? 너 처음 왔을 때는 단둥에서 우리 작업반에 필요한 기술인민이 왔다고 소개는 했다만, 벌써 며칠 지나니까 반원들 눈치가 빤하더라고. 네 일거수일투족은 이미 오래전부터 우리 반원들의 눈도마 위에 올라있었어. 근데 보위부 놈들도 그거 알거든. 그래서 아침부터 우리 반원들을 계속 부른 거야."

취중이라 그런지 민욱은 거침이 없었다. 그렇지만 한편으론 자기에게 안전원 따위는 아무것도 아니라고 과시하려는 것처럼 보였다.

"근데 방 안에 남측 서적은 왜 쓸데없이 비치해 가지고 공연히 화를 키웠냐? 그것 때문에 꼬투리 잡혀서 일이 더럽게 꼬이면 우리 작업반 전체가 날아가는 수도 있어."

"남측 서적!"

철민은 퍼뜩 일주일 전에 훈춘시내에서 구입한 중국어 교재와 경제학 서적이 떠올랐다.

'젠장! 재수가 없으려면 뒤로 넘어져도 코가 깨진다더니 하필 그 날 왜 그 책을 샀는지 모르겠네.'

철민은 고개를 푹 숙이고 두 손으로 머리를 쥐어뜯었다.

"그게 저… 지난주에 자재 싣고 오는 길에 나보고 차에 있으라 해 놓고서 네가 하도 안 오길래 맞은편에 있는 중국어 교습소를 들어가 봤는데, 참새가 방앗간을 그냥 지나칠 수 있겠냐? 공부하면서 항상 설명이 간절했는데 몇 장 넘겨보니까 쉽게 리해할 수 있어서 좋더라고. 그래서 좀 배워 보겠다고 샀지. 근데 그게 남측 서적인지 아닌지 내가 어떻게 알겠냐? 그리고 교습서에서 분명히 봤어. 우리 조선 인민이 왼쪽 가슴에 초상휘장을 달고서는 버젓이 남측 사람들하고 수업을 받고 있더라고!"

"그거야 나라에서 필요하니까 당에서 뽑아서 보낸 사람들이고 어디까지나 허락을 받은 인민들 아니냐. 그게 우리하고 무슨 상관있나?"

철민에게는 분명 상관이 있었지만 더 이상 얘기를 이어가 봤자 시빗거리밖에 안 된다고 생각되었다.

'배우면 됐지, 허락 따위가 뭐 그리 중요한가.'

"근데 걱정할 필요 없어. 그 남측 서적은 중국 돈 많이 주고 내가 보위부 놈들한테서 샀거든. 그리고 좀전에 오다가 소각장에 던져 버렸어."

민욱은 취기가 자꾸 올라오는지 비틀거리며 창가로 갔다. 그리고 창문을 조금 열고는 물을 한 잔 따라 마셨다.

"그렇지만 좀 고생할 각오를 해야 할 거다. 원래 수령님 곁으로 다가가는 길은 멀고도 험한 거야. 까짓 거 단련소 가서 몇 달 고생하는 게 뭐 그리 대수겠냐? 나도 겪었고 이 근방에서 행세깨나 하는 사람들은 다들 고생이라 생각 않고 달게 받았어. 그렇지만 반드시 이겨내야 돼. 그대로 주저앉으면 중국에 안 오니만 못하게 돼서 접경지역을 떠도는 부랑자 신세를 면할 수 없어.

너도 모아 둔 돈 좀 있지? 간수 잘하고 있다가 요긴하게 써. 고비 때마다 나도 돈 있어서 살아남을 수 있었어. 보위부 놈들한테 얼마 쥐어주면 기껏해야 근로대에서 한 일 년 정도 정신교육 받고 끝난다고. 운 좋으면 몇 달 살고 나오는 수도 있고. 하여간에 어떻게든 다시 돌아와. 우리 같은 사람들이 있어야 할 곳은 바로 이곳이야."

민욱은 고개를 돌려 벽에 붙은 초상을 바라보았다.

"만주벌판은 모질고 때론 무자비해. 이렇게 광활하고 험한 곳에서는 저분처럼 굳건한 병풍이 필요한 거야. 국경이 활짝 열릴 때면 통상구를 내 집 드나들 듯하지만 적재물을 가득 싣고 차례를 기다리다 맞은편의 중국을 바라볼 때면 뭔가 어색하고 거북해. 나한테는 병풍의 그늘이 훨씬 좋아. 통치라는 게 어차피 반드시 필요하고 누군가는 해야 하는 일인데 중국은 너무 복잡하고 변수가 많아. 세상살이가 좋을 수만은 없는 거야. 다소 억울한 일이 있더라도 단지 운

때가 좀 안 따라줬다고 생각하면 된다고. 그런데 철민아. 우리 작업반에서 손전화 쓸 수 있는 사람은 원래 나하고 만장동지밖에 없지 않냐?"

철민은 갑자기 손전화 얘기가 나오자 뜨끔해서 아무 말도 하지 못했다.

"보위부 놈들한테 그거 들키면 최악의 경우가 온다. 당장 흔적도 없이 박살내서 어디에다 버려."

창가에 비스듬히 기대고 서서 민욱은 눈을 가늘게 뜨고 철민을 내려 봤다.

"두만강을 건너니까 누구 고자질 안 해도 돼서 그거 하나는 좋더라. 난 밀고 따위에는 정말 진저리가 나는 사람이야. 그리고 지난 일 년 동안 지켜봤는데 철민이 너는 정말 쓸 만한 근로인민이야. 곁을 주기에도 믿을 만한 친구고."

민욱은 가까이 와서 철민의 어깨를 가볍게 툭 쳤다. 술도 한잔한 데다 하고 싶은 말까지 시원하게 해서 그런지 민욱은 곧 노동가를 흥얼거리기 시작했다. 그리고 잠시 후 침대 위에 벌러덩 누워 코를 골기 시작했다.

묵묵히 듣기만 하던 철민은 양손으로 얼굴을 감싼 채 한동안 꼼짝달싹도 못하였다. 늘 한기가 서려 있는 방 안이 오늘따라 더 춥게만 느껴져 몸을 있는 대로 움츠렸지만 만사가 귀찮아 난로에 불을 지필 생각도 안 났다. 한참이 지나 민욱의 코고는 소리마저 잦아들자 방 안은 정막 속에서 쓸쓸함만이 가득하였다. 철민은 깊은 한숨을 내쉬며 무겁게 몸을 일으켰다. 이불을 꺼내 민욱에게 덮어 주고 신고 있던 안전화도 벗겨주었다. 그리고 위 칸으로 가서 이불 속에 새우처럼 누웠다.

'여기로 쫓겨왔을 때부터 내 운명은 이미 정해져 있던 거였나?'

철민은 돌아서 바로 누우며 차분히 지난날들을 더듬어 보았다. 하지만 아무리 생각해도 자신이 왜 단련대로 가야 하는지 이유를 알 수 없었다.

'근로인민으로서 나는 조국을 위해 열심히 일했을 뿐인데…'

모순투성이 현실에 답답했고 막연한 배신감에 분노가 치밀었다. 이래저래 답답한 마음에 철민은 또 미옥이 생각났다. 몰래 이불을 뒤집어쓰고 손전화를 켜니 역시 수신 신호가 깜박이고 있었다. 갑자기 몸에서 힘이 솟았다.

철민 씨. 지금 괜찮아요?

난 안 괜찮아요. 내가 마음이 급해서 그러니까 두서없이 횡설수설하더라도 오해하지 말아요.

공단 분위기가 갈수록 심각해지고 있어요. 투입되는 중국 공안의 숫자도 점점 늘고 있고요. 일전의 소요사건은 단지 신호탄에 불과했었나 봐요. 그렇다고 해서 회사 측에서도 물러날 기미는 전혀 보이지 않아요. 아무튼 이번에는 회사나 종업원 그리고 중국 정부 모두 결심이 대단한 것 같아요. 그래서 더 위험한 시기에요. 왜냐면 이런 때일수록 서슬이 더 시퍼래지기 마련이거든요.

철민 씨는 지금 위험해요. 잡혀갈 수밖에 없다고요!

지난 삼 년간 나름대로 북측 근로자들의 실상에 대해 현장에서 뿐만 아니라 나름대로 연구를 많이 해왔어요. 그래서 그들에 대해서 뿐만 아니라 그들을 움직이는 힘에 대해서도 잘 알고 있어요.

경위야 어쨌든 남의 나라 유치장에 잡혀가 며칠을 살았으니 공화국의 위상에 먹칠을 한 거고 북측에서야 어디까지나 수령님과 국가가 우선이고 개인사정은 뒷전이니 당연히 고생 좀 해서 군기가 번쩍 들어야 하지 않겠어요. 물론 철민 씨야 잘못한 거 아무것도 없지만 지금 이 판국에 공염불이나 외울 수는 없어요. 당장 내일이라도 잡혀가면 앞날을 기약할 수 없잖아요. 냉정하게 상황을 파악해야 돼요.

두말할 나위 없이 북측은 정치성이 매우 강한 곳이지요. 모든 인민이 자신의 정치생명이 걸린 목줄을 지도자께 의탁하고 살아가잖아요. 그리고 실제로 정치수명이 자연수명이 되는 경우도 허다하고요. 하지만 이 세상 모든 나라가 다 그런 건 아니에요. 이제 극단적 사고는 바보천치들이나 하는 생각이에요. 누구에게도 도움이 안 되거든요. 차라리 인생의 시간표를 화폐가치로 환산해서 일렬종대로 짜는 편이 훨씬 건설적이죠. 결국 철민 씨도 돈 때문에 정든 고향을 떠난 거고 지도자동지도 돈 때문에 인민들을 보낸 거잖아요. 살아보면 별거 아닌 게 우리네 삶이지만 순리대로 살다 보면 또 많은 행복을 찾을 수 있어요.

철민 씨. 우리 결혼해요. 애 낳고 그림 같은 집에서 알콩달콩 재미있게 살자고요. 당신을 처음 봤을 때 진흙 속에서 진주라도 발견한 것처럼 설렜는데 사귀면서 은은하게 뿜어져 나오는 진가에 매료돼 정말 평생 같이 살고 싶었어요. 그런데 보석 같은 당신을 담을 수 있는 상자는 어디에 있을까요?

중국에 와서 여기저기 현장을 다녀 보니까 대륙이 넓기는 넓더라고요. 그렇지만 나한테는 다 똑같은 땅덩어리였어요. 호기심이 사그라지고 새로움을 맞보는 감흥도 잦아들면 가슴 가득 느꼈던 광활하다는 느낌은 쓸쓸함으로 다가와 온몸을 감쌌어요. 철민 씨. 혹시 대륙에서 우리 한반도를 바라본 적 있나요? 백두산 천지에 서서 우리 고향땅을 바라보니까 마치 시간을 거슬러 가는 느낌이었어요. 선명하게 그려지는 풍경은 정신없이 달려온 시간 속에서 잊고 지냈던 뭔가를 떠올리게 해 주었는데 뭔가가 막연히 그리웠어요. 우리가 목숨 걸고 살아가야 할 곳은 결국 강 건너편 아니겠어요?

그런데 '오물지'가 뭐에요? 남측이 '오물지'면 우리는 북측을 '변소'라고 불러야 하나요?

현재란 어디까지나 과거의 연장선이고 정립된 정의는 현세에서 인간이 인간되게끔 사회가 사회되게끔 그리고 나라가 나라되게끔 해 주는 토양이 되죠. 그렇지만 언제까지가 과거이고, 언제부터가 현재인가요?

어버이 수령님께서도 처음부터 '주체사상'이나 '우리식 사회주의'를 제창하지는 않으셨어요. 똑같이 인민복 입고 북측에 당신의 동상이 몇 개 없었을 때에는 '이밥에 고깃국'을 약속하셨죠. 우리는 과거를 파악하는 데 시야를 확대해야 돼요. 국가란 주어지는 것이 아니라 그 구성원들이 스스로 만들어 가는 집단이란 사실을 깨달았던 시절까지 거슬러 올라가야 한다고요. 남들은 엄청난 희생을 통해서 얻은 소중한 교훈을 바탕으로 국가역량을 결집해서 뻗어 나갈 때 인습과 아집에 스스로를 가두어 버리는 바람에 반세기 넘게 노예생활을 했는데 이제 와서 전철을 밟을 수는 없는 거예요. 진리와 정의는 결코 고정불변의 것이 아니라 살아 있으며 성장하고 또 소멸하기도 하죠. 그렇다면 우리는 어디서 행복을 찾고 꿈을 좇아야 할까요?

진작 한번 머리를 맞대고 진지하게 토의해 봤어야 했는데…. 그동안 같이했던 시간들이 너무 달콤해서 무릉도원에만 있었네요. 그런데 이젠 너무 늦었어요. 지금까지 질문에 자신이 없다면 나하고 같이 가요.

철민 씨. 언제고 이런 날이 올 줄 알았어요. 그런데 생각보다 빨리 왔네요. 마음 굳게 먹어요. 내일 새벽 4시쯤에 숙소 근처로 갈게요. 철민 씨가 하루 중에 제일 좋아하는 시간이잖아요. 그냥 신분증만 갖고 오면 돼요.

내일 봐요. 잘 자요. 내 사랑♡♡

세상이 모두 잠든 듯 너무나 고요해 지금 있는 곳의 안과 밖의 구분조차 힘들었지만 철민은 혼비백산하여 백주대로를 마구 달리는 기분이었다.

반가워서 단번에 읽고는 놀라고 두려워서 두 번, 세 번 천천히 다시 읽었다. 그리고 읽을수록 무섭고 떨리는 마음에 두근거려 도저히 이불 속에 그냥 누워 있을 수가 없었다. 이리 뒤척, 저리 뒤척거리며 마음을 가다듬으려 애써봤지만 도무지 길피를 잡을 수 없어 결국 조용히 방을 빠져나와 옥상으로 향했다. 옥상의 철제문을 열자 차가운 바람이 사정없이 그를 때리는데 철민은 춥다는 생각보다는 가슴이 확 트이는 시원함에 환호했다. 잔뜩 몸을 움츠리고 미간을 찌푸리며 주변을 둘러보니 여느 때처럼 황량한 공간에 건자재 몇 개만이 아무렇게나 놓여 있었다. 그렇지만 언제부터인가 이 볼품없는 공간이 철민에게는 더할 나위 없는 마음의 안식처였다. 무엇에라도 끌린 듯 그는 몇 발자국 나아가 우뚝 섰다. 그리고 밤하늘을 응시했다. 오늘따라 밤하늘엔 구름이 잔뜩 껴 그저 공허할 뿐이었다. 머릿속은 여전히 혼란스러웠고 뭐가 뭔지 정리가 안 돼 무슨 결심을 해야 할지 한 발자국도 더 나아가지 못했다. 그는 다시 손전화를 열었다. 그리고 한 줄, 한 줄 음미하며 천천히 다시 읽어 내려갔다. 그런데 탁 트인 공간에서 자세히 보니 하단에 처음 보는 신호가 눈에 띄어 무심결에 터치했다. 그러자 놀랍게도 미옥이 나타났다! 사진 속에서 그녀는 자신과 팔짱을 낀 채 귀엽게 미소 짓고 있었다. 그리고 배경으로 펼쳐진 설경은 선명한 추억 속에서 삼각주의 전망대를 떠올려 주었다.

사진으로 보는 풍경이 주는 느낌은 육안으로 볼 때와는 또 달랐다.

'아. 그때 미옥 씨하고 사진을 많이 찍었지. 사진 속에서 삼각주를 보니 더 아름답구나!'

함께 찍은 셀카사진을 보며 추억에 젖으니 감개가 무량했다.

'설령 내일 죽는다 해도 그녀와 함께 별이 되어 아름다운 밤하늘을 수놓을 수 있다면 무슨 여한이 있겠는가?'

철민은 다시 한 번 고개를 들어 밤하늘을 바라봤다. 자신의 몸이 두둥실 떠오른 듯했으며 눈에 보이지는 않았지만 예전에 그녀에게 가르쳐 준 별자리가 선명하게 생각났다.

"철민 씨. 별자리를 찾다 보면 뭐가 좋은 줄 알아요? 성취감과 호기심을 동시에 만끽할 수 있다는 거예요. 하나의 별자리를 완성하면 곧 다른 별자리가 궁금해지고 궁금증이 해소되면 또 궁금해지고 결국 미지의 세계를 끝없이 탐구하다 보면 도달할 수는 없어도 그 과정은 너무나 즐거워요."

미옥이 들려주었던 말이 귓가에서 들리는 듯하였다.

'최소한 지금 이 공간에서는 허가 따위는 필요 없어!'

철민은 미친 듯이 사방을 둘러봤다.

'그녀와 함께라면 이곳을 바꿀 수 있을 텐데. 삼각주의 비경을 이곳으로 옮겨 놓을 수도 있을 텐데.'

칠이 벗겨지고 텅 빈 콘크리트 공간이지만 그의 눈에는 벌써 아담하고 조약돌로 테를 두른 화단에서 초롱꽃이 다소곳이 군락을 이루고 있었으며 바람결에 흔들리는 해당화의 붉은 잎 사이로는 꿀벌들이 날아다니고 있었다.

'그곳이 어디든 그녀와 함께라면 가능해!'

철민의 눈에는 속눈썹을 적실 정도로 눈물이 그렁그렁하면서도 결의가 서린 검은 눈동자가 반짝반짝 빛났다. 그는 통화버튼을 눌렀다. 이젠 아무런 거리낌도 없었다.

"철민 씨?"

맑고 명쾌한 음성이 들려왔다.

"…"

"철민 씨. 진정해요. 그래, 나예요. 괜찮아요. 차분히 얘기해 봐요."

"…미옥 씨. 지금 올 수 있어요?"

가냘프게 떨리지만 단호한 목소리가 전파를 타고 미옥의 귓전을 울렸다.

"물론이죠. 하지만 서두르지 말고 침착해요. 지금 굉장히 힘든 거알아요. 바로 갈 테니까 자세한 얘기는 만나서 해요."

"고마워요. 기다리고 있을게요."

손전화를 끊고 철민은 다시 한 번 심호흡을 크게 하였다. 그의 볼에는 뜨거운 눈물이 주르륵 흘러 목덜미를 적셨지만 느끼지 못했다. 심지어는 한참 동안 대륙의 찬바람을 그대로 맞으면서도 추운줄 몰랐다.

철민은 자기 방에 돌아와서야 아직 살아있다는 사실을 실감할 수있었다. 민욱은 아직도 세상 모르게 자고 있는데 술에 잔뜩 취해 잠들어서인지 숨소리가 거칠게 들려왔다. 아직도 많은 번뇌와 고민이그를 짓눌러 똑바로 서 있지도 못할 지경이어서 철민은 무심결에 벽에 기대 쪼그리고 앉았다. 그렇게 얼굴을 두 팔 사이에 묻고 아무 생각도 없이 한참을 있었다. 온종일 중첩된 피곤으로 몸과 마음이 천근만근 무거워 끝도 모를 깊은 곳으로 떨어져 버릴 것만 같았지만 이상하게 정신만은 또렷했고 더 이상 초조하지도 않았다. 그저 평소에도 잠을 설쳐 공사현장에 대해 이런저런 걱정을 할 때처럼 소리 없이흘러가는 시간 속에서 뭔가를 꼭 쥔 채 새날을 기다리고 있었다. 아직 잠자리에 있어야 할 때이고 여명이 밝아 올 기미도 보이지 않았다. 하지만 손에서 전해지는 진동음은 철민에게 행동을 촉구했다.

용기를 내요. 철민 씨. 창문을 열고 밖을 봐요. 창 밖에는 '우리 둘이서 우리 세 아이와 함께 다섯처럼' 살 수 있는 세상이 있어요. 우리가 함께 만들 수 있는 세상이에요.

손전화를 닫는 철민의 얼굴은 불그스레 상기된 채 환한 미소가 그려졌다. 사진파일을 열고 미옥의 얼굴을 한 번 더 확인한 후 힘을 내 일어섰다. 그리고 대범하게 방에 불을 켰다. 그렇지만 민욱은 미동도 없었고 여전히 평온하게 잠들어 있었다. 가까이 다가간 철민은 그의 얼굴을 살핀 후 이불을 정성스레 목까지 덮어 주었다. 그리고 머리를 잘 감싸게 베개를 똑바로 고쳐 주었다.

'민욱아. 미안하다. 네 충고는 받아들이지 못하겠다. 꼭 성공해서 색시하고 평양 가서 잘 살아라. 그리고 나중에 우리 둘 다 좋은 모습으로 우리 애들 손잡고 다시 만나자.'

창가로 가서 밖의 동정을 살피니 저쪽 모퉁이에서 주기적으로 비상등을 깜빡이는 차 한 대가 보였다.

'미옥 씨가 틀림없어!'

불을 끄고 급하게 나가려는데 갑자기 뭔가가 그의 어깨를 꽉 잡는 듯했다. 부지불식간에 고개를 획 돌린 철민은 벽 상단에 있는 초상화와 정면으로 마주쳤다. 그렇지만 무심한 눈으로 바라보는 철민에게는 더 이상 방 안의 다른 사물들과 달라 보이지 않았다.

'거기 높은 곳에서 령원히 인민을 굽어보소서.'

그리고 문을 닫고는 마음속으로 크게 외쳤다.

'뒤에는 국가가 있지만 앞에는 세계가 있구나!'

-끝